落日の剣

真実のアーサー王の物語

上

若き戦士の物語

ローズマリ・サトクリフ
Rosemary Sutcliff
山本史郎・山本泰子 訳
Shiro Yamamoto Yasuko Yamamoto

原書房

落日の剣――真実のアーサー王の物語〈上・若き戦士の物語〉✝もくじ

アーサー王、ここに眠れる――かつての王、そして未来の王　1
第1章　剣　5
第2章　左半分に流れる血　26
第3章　リアノンの鳥　43
第4章　夢の馬　59
第5章　ベドウィル　80
第6章　働くものには報酬を　104
第7章　国境　126
第8章　北からの風　146
第9章　春の開戦　175

第10章 デヴァの戦い 197
第11章 魔女の息子 220
第12章 トリモンティウム 243
第13章 丘の民 263
第14章 キト＝コイト＝カレドン 293
第15章 夏至の火 319
第16章 収穫祭の松明 347
第17章 グエンフマラ 372
第18章 愛し合うものたち 390
第19章 修道女たちの家 418

アーサー王、ここに眠れる――かつての王、そして未来の王

アーサーは去った…
折れた剣とともに、トリストラムはカレオルに眠り
――イズールトも、そのわきに眠り、
滔々《とうとう》として西に流れる大河が、
リオネスを呑《の》みこんで、大洋にそそぐ。
ランスロットは斃《たお》れた…砕けた槍《やり》とともに、
騎士らしく輝いていた兜《かぶと》も、すでに錆《さ》び朽《く》ちた
――アヴァロンの名もない塚の中で。
みな土に還《かえ》った
――ガウェインも、ガレスも、ガラハッドも。
キャメロットの塔は、風見はどこだ？

高くそびえた、ティンタジェル城は、どこに消えたのだ?
悲恋の騎士たち、眼を輝かせていた貴婦人たちは、
どこに去ったのだ?
それは分からない。マーリンの魔法が失せた今は。
そしてグウィネヴィア。
彼女を呼びもどしてはならない。
美しい時のヴェールがはがれ、素顔が露《あら》わになり、
ナイチンゲールの孤独な嘆きに歌われた、
その麗《うるわ》しい名前、歓喜と苦悩の物語がだいなしになる。
深く追求するなかれ。
アストラットの姫の舘《やかた》が泥壁と草屋根の茅屋《ぼうおく》で、
内《なか》は煤《すす》とほこりだらけ、
恋する騎士が大ぼらふきで、百合の乙女がふしだら女
——すべてが見えてしまってもよいのか?
色鮮やかな伝説のすべてが、詩人のつづった壁掛《タペストリ》け。
蜘蛛《くも》の糸が、蜘蛛の体から紡《つむ》がれるように、
詩人たちが、空《から》の伝説に模様を描いたのだろうか?
では、そのほかに何が残っているだろう?

齢《よわい》を重ねに重ねて樹液が枯れ、
根も腐りはてた樫《かし》の老木のように、ローマが倒れ崩れたとき、
ともに朽ちてなるものかと、そのてっぺんの枝から、
奇跡のように伸びあがった、若々しい芽があった。
それはブリテン魂だった。
われらの島に生《お》い育った、
無骨《ぶこつ》で、無知な男たちが、
わが命よりも自由を愛し、
嵐が襲いきたって、暴風が荒れ狂いはじめると、
決然として立ち上がり、一歩もゆずるどころか、
嵐の真黒な中心をめがけて、
勇躍《ゆうやく》突進した。
剣をかかげ、槍《やり》をかまえ、
堂々と馬を駆ってゆく。
兜《かぶと》をつけたその姿には、不思議な威厳がただよい、
異教の戦士たちは忘れなかった
――すべてが滅び去っても。
そして、滅び去った敵を伝説にうたった。

アーサーか、アンブロシウスか、
名も知らぬ大将は、
夢のような騎士道の華となり、
騎士たちは、不滅の名声をあたえられた。
彼らは少数だった…
いつ、どこで、どのようにして、彼らは斃《たお》れたのか？
誰も知る者はない。
キリストの旗をかかげて、暗黒に突っ込んだのだろうか？
グウェントの、真っ赤な血色の竜に踏みつぶされたのか？
だが、皆このことは知っている。サクソンの群れが彼らを圧倒すると、
ブリテンの上に太陽《ひ》はもはや照らず、
最後の明かりがあえなくも消え去った。
そして、暗闇に残された男たちはつぶやいた。
アーサーは去った…

フランシス・ブレット・ヤング

第*1*章　剣

　満月が近いので、りんごの樹の一房の枝が、高窓《たかまど》を通って寝台横の壁にくっきりと影を落としている。ここには、いたるところりんごの木があるが、その半分は、昼間の光のもとでは、ただのすっぱい小粒りんごだ。しかし、いま壁に映っている影は、夜風のそよぎに合わせて、ぼやけては、ふるえはするものの、まぎれもなく、歌人《うたびと》の歌にも出てくる、あの枝なのだ。枝に実った九つの銀の果実が奏でる音を聞くと、生者《せいじゃ》の国へと帰ってゆくことができるのだという。

　月がさらに高く昇ると、影が消える。白い光が壁をつたい、上掛けの上に水たまりのように落ちている。そうして、ついに、わたしのわきにある剣を照らす。手もとに置いておかないことにはわたしが落ち着かないからと、彼らがそこに寝かせた剣だ。燃えるような紫の光が、剣の柄《つか》にはめられたマクシムスの紫水晶のはるか奥深くで、針の先のようにきらりと目を覚ます。そして月が行きすぎると、この小さな部屋は蜘蛛《くも》の巣だらけの灰色の空間となり、水晶の中の星もまた眠りに就《つ》く…眠りに…灰色の世界でわたしは剣に手を伸ばし、あのなつかしい感触を確かめる。数々の戦いでいつもわたしの手の中《うち》にあった、あの生暖かい感触。生の感触。そして死の感触。

近頃はよく眠れない。股間《こかん》と腹部の傷がひどく痛む。わたしが許せば、修道士たちは喜んで薬をもってこようとするだろう。だが、ケシの汁だの、マンドレークだのを飲んで眠る気にはなれない。心に苦い味を残すからだ。ただ眠気がふたたび訪れるのを待てばよいのだ。考えることはたくさんある。そして、思い出すことも…

思い出すといえば、もう四十年も前のことだ。この剣の紫の光を初めて目にしたのは…それはこんな青白い月明りではなく、アンブロシウスの書斎《しょさい》で、蠟燭《ろうそく》の柔かな黄色い光の中で輝いていた。あれは、わたしがこの剣と自由とを授けてもらった晩のことだ。

わたしは寝椅子の足もとの方に腰掛け、日に二回はやることにしていた、軽石を使っての顎《あご》の手入れに余念がなかった。出征中は顎鬚《あごひげ》を生やし、ただ短く切りそろえるだけだったが、冬場はいつもローマ風に、顎をつるつるに剃《そ》るようにしていたのだ。そのために、ガチョウ脂と剃刀《かみそり》を使ったが、へまをすることもあった。顎を傷つけたり、すりむいたりしてしまうのだ。そんなとき、自分が少なくともアンブロシウスや、わたしの友であり騎兵《きへい》の師でもある老アクイラのようにごわごわの黒鬚《くろひげ》でないことを、神々に感謝するのだった。当時はまだ、運がよければ軽石が手に入った。というのも、さすがのフランク族や〈海の狼《シーウルフ》〉の連中にも、交易路をすっかりふさぎ、商人のたぐいを自分たちの領域内にとどめておくことなど不可能だったからだ。つい数日ほど前にも、そんな商人のひとりがウェンタ・ベルガルム（ウィンチェスター）にやってきた。何頭も小馬《ポニー》を連れて、その背には、軽石と干し葡《ぶ》萄《どう》、それにブルディガラ（ボルドー）・ワインの入ったアンフォラ壺《つぼ》をいくつも吊《つ》るしていた。わたしはアンフォラ壺ひとつとこぶし大の軽石を、どうにか手にいれることができた。これでその冬と、うまくゆけば翌年の冬もしのげるだろう。

取り引きがすむと、一杯のワインを手に話がはずんだ。といっても、わたしはもっぱら聞く側だった。あちこちを旅してまわる人の話に耳を傾けるのは楽しいものである。旅の人の話はときとして炉《ろ》の光のもとで聞くにふさわしいものであり、かなりあやしげなのもあるが、この男の話は、白日のもとで語られてもちっともおかしくはなく、大げさなところなどほとんどなかった。その話といえば、リミニの鞍《くら》屋《や》街に面白い店があるだとか、ぞっとする船酔いの話だとか、ミルクで育てたカタツムリの旨《うま》さだとか、ふとした出会いや、面白おかしい路上の災難のこと、それから、ローマの花市場に送られていたパエストゥムのバラがどんな香りがしてどんな色をしていたか、などというのもあった（この商人にはそんな詩人のようなところあったのだ）。ある所から別の所へ行くのにどのくらいかかるかとか、泊まるならどの宿がいちばんかなどという話もあった。しかし、何よりも興味をそそられたのは、ガリア（フランス）南部のゴート族と彼らが飼っている大型の黒っぽい馬、そしてナルボ（ナルボンヌ）でひらかれる夏の馬市の話題だ。以前にセプティマニアの馬の話は耳にしたことがあったが、実際に自分の目でみて馬の価値を確かめた経験をもつ男の話は初めてだった。そんなこともあって、わたしはあれこれ質問し、聞いたことは、他の気がかりなことといっしょに後で考えようと、しっかりと憶《おぼ》えておいた。

当時、そんなことに何日も思いをめぐらせていた。そんなある日、寝ようとしてなかば衣《ころも》を脱いだ状態で、腰をかけて軽石で顎《あご》をさすっていて、考えるのはもうやめようと思った。

なぜその晩だったのか、見当もつかない。適当な時とはかならずしもいいがたかった。アンブロシウスは一日中会議の日だったし、第一もう遅かった。床に就いている可能性もあった。が、とつぜん、いましかないと思ったのだ。わたしは剃《そ》り残しがないかどうか頬《ほほ》と顎を手でさすりながら、体を斜めにして、寝椅子の頭部に掛けてある兜《かぶと》を覗《のぞ》きこんだ。それは歪《ゆが》んではいるが磨《みが》かれていて、わたしのもっている唯一の鏡といえた。わたしの顔が、わたしを見返す。兜の表面が湾曲《わんきょく》しているので、うつった顔は歪んでいたが、したたり落ちる蠟燭《ろうそく》の明かりではっきりと見えた。ジュート族のような骨太の顔、白っぽくなった収穫時の干し草のような色の髪と、褐色《かっしょく》の肌。これらはみな、母親ゆずりなのだと思う。たしかに、黒髪で、華奢《きゃしゃ》な骨格のアンブロシウスに似たところはおよそなかった。ということは、その兄でわたしの父であるウーゼルから受け継いだところもないということになる。ウーゼルはアンブロシウスによく似ていたと、人から教わったことがある。しかし、母がどのような人であったのかは、誰も教えてくれなかった。誰も母になど注目しなかったのだろう。ただひとりウーゼルをのぞいては。ウーゼルはたっぷりと一日狩猟《かり》を楽しんだ後、ほんの軽はずみな気持ちから、サンザシの茂みでわたしを孕《はら》ませたのだった。いや、ウーゼルでさえ、母のことなどほとんど見てもいなかったのではあるまいか。

顎を軽石でこすり終えると、わたしはそれをかたづけて立ち上がった。そうして寝椅子に広げてあった重いマントをとり、薄い下着の上にひっかけた。隣室でまだ物音をたてていた太刀《たち》持ちに声をかけ、今夜はもう休んでもよいと言った。そして愛犬のカバルだけをすぐ後に従えながら、柱廊《ちゅうろう》に出ていった。古い宮殿は、繋《つな》がれた馬でさえぴくりとも動かない真夜中の野営地のように、しんと静まりかえっていた。ただそこここに見える四角い窓のサフラン色のかすかな灯りから、まだ起きて見張りをしている者もいるのだということがわかる。わずかに消え残っている二、三の柱廊の灯が、冷たい風に揺《ゆ》れて、敷石《しきいし》の上に光と影をにぎやかに踊らせているばかりだ。柱廊の低い壁の上から吹き込んだ雪があったが、もうまもなく溶けてしまうだろう。現に空気が冷たく湿って感じられる。寒さはむき出しのむこうずねにもこたえたし、こすったばかりの顎《あご》もひりひりした。が、アンブロシウスの居所の敷居《しきい》をまたぐと、かすかな温《ぬく》もりが感じられた。護衛が槍《やり》を低くして、わたしを控えの間へと通してくれた。奥の間に入ると、火鉢《ひばち》の中で炭が熾《おこ》り、その上でりんごの枝が燃えていた。香りが部屋いっぱいに広がっている。国王アンブロシウスは、火鉢の横の大椅子にすわっていた。そして、太刀《たち》持ちのクノが奥の陰に立っていた。寝場所に通じる扉のすぐそばだ。わたしは入口で一瞬躊躇《ちゅうちょ》した。それはあたかも赤の他人の冷静な目で、自分の同族の者を観察するかのような一瞬だった。黒髪で、華奢《きゃしゃ》な骨組みの男がそこにいた。物静かで意思強固な顔をしている。どんなに大勢の中にいても、紫のマントを肩にはおるように、孤独の衣装をまとおうとする男の姿がそこにあった。いつもわたしはアンブロシウスの中に孤独をみていたが、このときほど強くそれを感じたことはなかった。そしてわたしは、自分が国王になる運命にないことを、ありがたいと感じた。一年中雪のとけない耐えがたいほど高い峰は、わたしとは無縁のものだ。しかしいまになってみれば、孤高の人であることは国王の地位とは何の関係もないことであり、その人自身の性格からくるものではないかと思う。というのも、わたしはいつも叔父《おじ》の中に孤独を見てきたが、叔父はつい三日ほど前に即位したばかりだったからだ。

　叔父はまだ着替えてもいなかった。しかし疲れたときにいつもそうするように、前かがみになって、両腕を膝《ひざ》の上にあずけていた。黒髪の額に巻いてあるほっそりとした金の王冠が、火鉢《ひばち》の炎に照らされてキラリと光った。そしてマントのまっすぐな襞《ひだ》は昼間は高貴な紫色に輝いているのだが、いまは黒とワイン色の縞《しま》がついているようにみえた。わたしが部屋に入ると、叔父は顔をおこした。そうして、わたしとアクイラ以外の者にはほとんど見せることのない輝いた表情をうかべた。

「アルトスよ、そなたも寝つけないでいたのか」

　わたしはうなずいた。

「ええ。それで、叔父上もまだお目覚めではないかと思って」

　カバルはこの場所がくつろげるのか、わたしの前をさっさと通りすぎて、満足げに火鉢のそばにどさりと寝そべった。

　アンブロシウスは一瞬わたしを見つめ、自分の太刀《たち》持ちにワインを持ってくるよう命じて、場をはずさせた。しかし若者がいなくなっても、訪問の理由をすぐには切り出せず、ただ突っ立って火鉢で手を暖めながら、いったいどう切り出せばよいものかと考えこんでしまった。みぞれが高窓《たかまど》にたたきつける音が聞こえ、すきま風が床をすうっと通っていった。どこかで、鎧戸《よろい》が風でばたんとしまる音がした。柱廊《ちゅうろう》をぬけていく足音が聞こえ、遠くに消えていった。この火を焚《た》いている小部屋の外に、真っ暗な冬の夜の闇が迫っているのを、わたしはひしひしと感じた。

夜闇の中に突風が吹き、ぱたぱたと、みぞれを窓にたたきつけた。かぐわしい煙が火鉢《ひばち》から立ち昇り、りんごの木の薪《たきぎ》はキラリと光って、真っ赤に燃える炭のくぼみにカサッと落ちた。アンブロシウスはいった。

「それで、どうしたのかね。わが親愛なる〈仔熊〉のアルトスどの」

叔父がずっとわたしを観察していたのは明らかだった。

「といいますと?」

「いったい何をいいに来たのだ」

わたしは身をかがめて、籠《かご》の中から苔《こけ》のついた薪をとり、そっと火にくべた。

「かつてわたしがまだそれこそ〈仔熊〉だった頃、叔父上《おじうえ》がブリテン中にラッパを響きわたらせるかのように、ひとつの大勝利を求めて叫んでいるのを耳にしたおぼえがあります。サクソン人の伝説をうち破り、諸部族も国民もみな一致団結して自分の旗のもとに集まるようにと。ひとり、二人とばらばらにやって来るのではなく、各地の国々がこぞって集まるようにと。叔父上は秋に、そのような勝利をグオロフでおさめられました。少なくともしばらくの間、サクソン人は南部では壊滅状態です。ヘンゲストも行方《ゆくえ》をくらましました。ドゥムノニアとキムル(ウェールズ)の王たちも、これまで三十年もの間ひそんでいましたが、叔父上の戴冠式《たいかんしき》の宴《うたげ》の晩から三日も飲みつづけています。潮の流れがこちらに向いてきています。だけど、時代はまだ始まったばかりですよね」

「たしかに始まったところだ。しかも南部だけのことだ」アンブロシウスはいった。

「それで、いまからは?」

叔父《おじ》は左の上腕《じょうわん》にはめていた、大きな腕環《うでわ》をはずした。竜をかたどった、純金の腕環だった。そして指でそれをぐるぐるまわしながら、組み合わさった環《わ》の上を光がきらきらと走り、戯《たわむ》れるのをながめている。

「われわれの勝利を確かなものにするため、ここ南部の王国を再建して力をたくわえ、海からやってくるあらゆる敵に対して、巌《いわお》のように立ちはだかるのだ」

わたしは叔父に面と向かって言った。

「それは叔父上のお仕事です。——古い国境のこちら側、タメシス(テムズ)渓谷からサブリナ海(ブリストル海峡)までのあいだに要塞《ようさい》をつくり、蛮族《ばんぞく》どもの侵入に備えるのは」

わたしは夢中で言葉を探った。何とか自分のいいたいことを伝えようと、しゃべりながら必死で考えていた。

「南部の、南部以外の場所に対する関係は、ただの集合の拠点なんかではありません。人間でいえば心臓のようなもの。かつてのローマ軍団にとっての鷲《わし》の紋章のようなものにしなければなりません。だけど、ここはわたしの場所ではありません。わたしの進むべき道は別にあります」

叔父は腕環をもてあそぶのをやめると、目を上げて、わたしをじっと見た。褐色《かっしょく》の肌に、このような目は不思議だった。冬の雨のように灰色で、しかもその奥には燃えるものがあった。が、叔父は口を開こうとはしなかった。そこでしばらくして、またこちらがひとりでしゃべらなければならなかった。

「アンブロシウスさま、もうこのわたしに木の剣をお授けになり、自由にさせていただいてもいい頃です」

「そんなことだろうと思っていた」

長い沈黙の果てに叔父《おじ》はそういった。

「なぜお分かりになったのです」

いつも冷静沈着で自分を見せない顔に、めずらしく微笑《ほほえ》みが浮かんだ。

「その目にかいてある。心が透《す》けて見えるぞ。少しは隠すこともおぼえないとな」

われわれは目と目を見合わせた。お互いに目の奥にある思いはすぐわかった。わたしが口を開いた。

「叔父上は国王です。この南部の地で叔父上は王国を建てなおし、先祖伝来のものを復興させるのです。しかし、いたるところから蛮族《ばんぞく》どもが侵入してきます。西の海岸には、エリン（アイルランド）のスコット族が押し寄せてくる。あろうことか、やつらはウル＝ウィズヴァ（スノードン）山のすぐ鼻先に定住しようとしています。北からは、ピクト族が投げやりを持って、ハドリアヌスの城壁を越えてきます。北方でも西方でも、〈海の狼《シーウルフ》〉どもの戦《いくさ》船が河口から侵入し、知らぬうちに国の奥にまでしのんでくる危険性があります」

「そなたにブリテン公爵《こうしゃく》の地位を授けたら？」

「それでも叔父上の臣下であることにかわりはありません。おわかりになりませぬか？　ブリテンは、いま、ローマ人がやって来る以前のように多くの国に分裂しています。もしわたしがだれかひとりの王につけば、たとえそれが叔父上でも、ブリテンの他の国々は衰《おとろ》えてしまうでしょう。アンブロシウスさま、わたしはいつまでもあなたの臣下です。ちょうど息子が世界のどこへいっても、その父親にとっては息子でありつづけるように。ブリテン擁護《ようご》のための大戦《おおいくさ》があれば、叔父《おじ》上と力を合わせて、最善をつくすつもりです。このわたしなしでは形勢不利とあれば、いかなるときでも、いかなる場所にもとんでまいります。しかし、そうでもないかぎり、わたしは自分の責任で行動したいのです。最も困っていると自ら判断するところに、駆けつけて行きたいのです…　もしローマ風の称号をいただくことができるなら、ローマ時代末期の騎兵《きへい》隊長の称号――すなわち公爵《こうしゃく》ではなく、ブリテン伯爵《はくしゃく》がよいかと存じます」

「ならばブリテン伯爵だ。騎兵隊三連隊をあずけ、あとはすべてをそなたにまかせよう」

「そんなに大勢いりません。同志なら三百人でだいじょうぶです」

「三百人でブリテンを救えるとおもうのか？」

叔父はわたしをばかにしているわけではなかった。そういうことをする人ではない。ただ質問しているだけなのだ。

しかしわたしはすぐには答えなかった。ちゃんと成算がなければならない。一度答えてしまえば、言い直しがきかないのはわかっていた。

「ちゃんと組織されていれば、三百人で蛮族《ばんぞく》をしばらくの間は追い返すことができると思います」

わたしはついに答えた。

「ブリテンを救うということについては、さあ、いかがでしょう。秋になると野生の雁《がん》が渡ってくるのが見えますが、それを追い返すことなど、誰にできるでしょう？　サクソン人の侵入をやめさせようと、もう百年以上も戦っています。ローマ軍がブリテンを去ってから数えても、もう三十年以上になります。すっかり暗黒に呑《の》み込まれてしまうまで、あとどれほどがんばれるとお考えですか？」

こんなことは、他の人にならば言わなかっただろう。

そしてまたアンブロシウスも、他の人に向かってならしないような答え方をした。

「神のみぞ知るだ。そなたの仕事とわたしの仕事をうまくやりおおせれば、百年はだいじょうぶかな」

ふたたび、よろい戸がばたんと閉まる音がした。遠くで笑いを抑えている気配がした。

「ならばいま、降参し、戦いに終止符をうってはいかがでしょう？　城市《まち》が焼かれることもなくなるし、犠牲者もそれだけ少なくてすみます。このまま戦《いくさ》を続ける理由がどこにあるでしょう？　ただ敵の前にひれ伏し、迎え入れてはいかがでしょう？　もがかなければ、溺《おぼ》れるのも楽だというではありませんか」

「理念の問題なのだよ」

ふたたび竜の腕環《うでわ》をもてあそびながら、アンブロシウスがいった。が、その目は炎の明かりの中で微笑《ほほえ》んでいた。わたしの目も微笑み返していたと思う。

「ただ、理念のため、理想のため、夢の実現のためなのだ」

「夢ならば、殉《じゅん》じるとも悔いなしというわけですね」

また、しばらく沈黙があった。次に口を開いたのはアンブロシウスの方だった。

「その椅子を持ってくるのだ。どうやら、われわれのどちらも寝る気はないようだな。いろいろと話さねばならぬことがあるのは、まちがいない」

ここでわたしの前半生が閉じ、目の前には新たな道が横たわっているのだと思った。

わたしは羚羊脚《れいようきやく》の椅子を引き寄せ、腰をおろした。椅子は見た目より頑丈《がんじよう》だった。二人とも黙ったままだ。先に口をきいたのは、ふたたびアンブロシウスの方だった。考え考えこういった。

「三百人の兵と馬、それに予備の馬もいるだろう。で、装備は？」

「できるだけ少なくします。のろまな荷車に足をとられていてはたまりません。野鳥のように、自由に天翔《あまが》けなければ。鍛冶《かじ》の炉と重い武具を運ぶため、駿足《しゆんそく》のらばが引く車を数台。四十ないし六十頭の馬を御者《ぎよしや》つきで。この者たちは、もちろん、いざというときには兵士となって戦いますが、野営地では馬の世話と料理番をさせます。若いのには、指揮官らの太刀《たち》持ちをやらせます。残りの者は、どんなに遠いところにも、自分の武具を運ばねばなりません。また、食糧は土地の者から徴収します」

「食糧を徴収された土地の者には好かれないだろうな」

「納屋《なや》を守ってほしければ、少しは蔵《しま》った穀物を差し出さねば」

同じことを、その後わたしは何度も言うことになる。

叔父は片方の眉《まゆ》を上げてこちらを見た。

「すべて考え抜いているようだな」

「いく晩も考えたのです」

「そうか。三百人の騎兵《きへい》と予備の馬、らばの荷車、荷馬——去勢馬だな？　それに馬丁と御者か。どこから連れてくるかは考えているか？」

叔父は身をのりだしてきた。

「軍団の兵士たちから、それだけ、いや、それ以上の人数を召集できるだろう。そなたの号令のもとに、すでに、優れた若者はみんな集まっているようだな。だがそれでは、わたしのもとには、アクイラや、昔の縁で一緒にいてくれる古参兵しか残らないだろう」

アンブロシウスはきらきら光る腕環《うでわ》を右手から左手へと放り投げ、またもとに返した。

「わたしとしても、自分の要塞《ようさい》をわずかばかりの老人だけでかためるわけにもいかん。だから、訓練のゆきとどいた部隊から、そなたの眼鏡《めがね》にかなった者を百人選ぶがよい。それから必要なあいだは、アルフォンの放牧場から毎年二十頭の馬を連れていってよろしい。残りは、馬も兵も自分で見つけるのだ」

「それでじゅうぶんに始められます。しかし、馬の方が、兵より気にかかります」

「なぜだ?」

「ローマ軍が騎兵《きへい》部隊のための馬の輸入をやめて以来、この国の馬の馬格が小さくなってしまいました」

「去年の秋のグオロフの戦いでは、馬の動きはそう悪くなかったぞ。そなたが知らぬはずはあるまい」

アンブロシウスはこう言うと、お抱えの歌人《うたびと》である老トラヘルンが、この戦いの日の夜にわたしのために作ってくれた勝利の歌の一部を、小声で口ずさみはじめた。

「そこへアルトリウス、〈大熊〉アルトスが騎馬隊を率いて、地響《じひび》きを轟《とどろ》かせながら丘を下ってきた。そのひづめの下で大地がふるえ、驚いたツバメさながらに泥が舞い上がる。ヘンゲストの軍勢は四散した。風に舞い散る木の葉のごとく。ガレー船の舳《へさき》の波のごとくに」

「トラヘルンがわれわれの勝利に祝杯をあげて、ビールで陶然《とうぜん》となっているときに、竪琴《たてごと》の神々が語りかけてきたのでしょう。しかし、馬にかんしていえば、われわれの丘で産するのは、小さいのばかりです。すばしこく、勇敢で、羊のように足もとの確かな馬ですが、大きさも羊とたいして変わりません。アリオンをのぞいては、わが国の放牧場には、最も軽い鎧《よろい》でさえ、身につけたまま乗れる馬はいません」

「鎧だと?」

叔父《おじ》はすばやく聞き返した。当時のわれわれは、いつも昔の防御服のような革の胴着《どうぎ》という軽装で、しかも馬はまったく無防備だった。

「ええ、鎧です。兵には、鎖《くさり》かたびらです。戦いながら敵から奪えるときに奪うしかありません。鎖かたびらを作れる職人なぞブリテンにはおりませんから。馬の胸当てと頬当《ほほあ》てには、煮固めた革で十分でしょう。今から二百年ほど前、ゴート族がアドリアノープルでわれわれの軍勢を破ったのは、そのような装備があったからです。だけどわが軍はそこから何も学びとっていません」

「まるで歴史の大家だな」

わたしは笑った。

「わたしを教育したのは、老ウィプサニウスです。師の心は、いつも何百年も前の時代、何千マイルも離れた場所をさまよっていましたよ。けれど、ときにはまともなことも言いました。大事なのは重量じゃよ、素手《すで》で戦うのと、拳闘籠手《グローブ》をつけて戦う差だな、と」

「ようするに、そなたには大型の馬が必要なのだな」

「ようするに、大型の馬が必要なのです。で、お返事のほうは？」

「思いつく唯一の回答は、種馬を買うことだな。セプティマニアのゴート族の者たちがそういう馬を飼育している。そこにいって、大型種の、二メートルぐらいは高さのある雄馬を二頭ばかり手に入れる。それに雌馬《めすうま》も何頭か買ってくる。この雌馬と、われらの国の雌馬で最上のものから、子を繁殖させるのだ」

「値段のほうは？　まさか、荷を運ぶ小馬《ポニー》を買うようなわけには行かないでしょう」

「相場でいうと、雄馬の方は、一頭につき雄牛六頭分くらいだろう。雌馬はもう少しかかる。雄馬二頭分と雌馬七、八頭分は、そなたが祖父から相続し、わたしの方にゆずってくれた土地でまかなおう。ただし土地は売らずにだ。わたしは自分の民を家畜のようによそに売りつけて、裏切るようなまねはしたくない」

アンブロシウスは火鉢《ひばち》の真っ赤な中心を見つめていた。黒い眉《まゆ》を寄せて考え込んでいたが、やがてこう言った。

「長すぎる。これでは長くかかりすぎる。はじめにこの二倍の数があれば、四年で、調教した大人の馬を、少なくとも精鋭の兵士にはあてがえるだろう。そして全員が乗れるだけの馬をしあげるのに、十年もかからないだろう」

「それは分かっています」

わたしは答えた。われわれは火鉢《ひばち》から立ち昇るかすかな煙をすかして、お互いを見つめた。アンブロシウスの眉のあいだには、昼間はほとんどわからないほどのミトラの印があったが、いまはそれが、下の火鉢からの黄褐色《きかっしょく》の光をうけて、浮き上がって見えた。

「さっきそなた、いまから世に出ていこうとしている息子のように、自分のことを語ってくれた」

叔父《おじ》がついに口を開いた。

「まさに、そのとおりなのだ。いままで、わたしにとって、そなたはただひとりの息子だったし、これからもずっとそうだ。だから、わたしはそなたを手ぶらで送り出すわけにはいかない。このところわれらはみな金に窮《きゅう》しているし、要塞《ようさい》を築くのにも金がいる。そんなことがなければ、そなたにももっと金をもたせてやることもできるものを。だが、さらに馬十頭分の金を与えよう」

そしてこちらが礼を言わない前《さき》に、叔父はもちまえのすばやさで立ち上がり、言った。

「〈仔熊〉よ、もっと明るくしてくれ。そばに蠟燭《ろうそく》があるだろう」

わたしが火鉢で小枝に火をつけ、書きもの机の上の太い蜜《みつ》ろうの蠟燭に火をともしている間に、叔父は部屋の奥の壁ぎわにある大きな収納箱のところにゆき、かがみこんで、ふたを開けた。蠟燭の炎はいったん小さくなり、それから月桂樹《げっけいじゅ》の葉の形に燃え上がった。天空のような真っ青な芯に、黄金の縁がついたような炎だった。翳《かげ》におおわれていた部屋に生命《いのち》が蘇《よみがえ》った。牛の頭を描いたフレスコ画、アンブロシウスの大切な蔵書である巻物の端が、棚の上に黒と金色の菱形《ひしがた》模様を作っていた。この夜の嵐も闇も、ほんのわずかに後退するかのように感じられた。

アンブロシウスは長くて細いものを箱から取り出し、くるんであった蠟引《ろうび》きの麻布をひらきながら言った。

「さっき、そなたは木の剣がほしいといっていたな。代わりにこれを使ってくれ。そしてこれとひきかえに、そなたのをくれ」

叔父《おじ》はふりかえって、わたしの手に一本の剣をのせた。それは長い騎兵《きへい》用のもので、成人して以来、わたしがもっているものとよく似ていた。わたしはどうしてよいかわからず、黒い狼皮の鞘《さや》から引き抜いた。鋭い光が、流れる水のように刃の上を走った。美しい武器だった。完璧なバランス。それで空を斬《き》っても、自然にまた手に納まる。しかし、それはわたしの剣でも同じだ。そのとき、わたしは気づいた。

「叔父上、これはあなたの剣ではないですか」

叔父はわたしの困惑を見てとったに違いない。火のそばの椅子にふたたび腰をおろすと、ふたたびこう言ったのだ。

「いかにも。わたしの剣だ。しかし完全にそうとも言いきれない。柄頭《つかがしら》をごらん」

柄《つか》は青銅製で、美しい銀細工《ぎんざいく》がほどこしてあった。握りにも、銀線が巻かれていた。剣の先を下に向けると、柄頭の部分に大きな正方形の紫水晶がはめこまれているのが見えた。それは濃い紫で、ほとんど王侯の帯びる高貴な紫に近かった。動かしてみると、蠟燭《ろうそく》の光がそこに集まり、澄んだ石の奥へと進んでゆき、一瞬、紫の閃光《せんこう》が炎のようにほとばしり出た。そして表面の光沢の上には、はっきりと鷲《わし》の紋章が彫り込まれ、その爪は二重のMの字をつかんでいた。剣をまわして文字に光をあてると、縁《ふち》に沿って「皇帝」を意味するIMPERATORの裏返った文字が刻まれていた。

「覚えているかね?」

「ええ。一度見せてくださいましたね。マクシムスの玉璽《ぎょくじ》ですね」

それはディナス=ファラオンの、アルフォンの一族の居城にずっと保管されていた。だからこそ難を逃れたのだった。

「しかし、あのときは剣にはめこまれていなかったのでは?」

「おまえのために細工させたのだ。この剣こそ、それにふさわしい」

長いことわたしは突っ立ったまま、玉璽に見とれていた。紫水晶の中心の星が、ぴかりと光っては消えたのを憶《おぼ》えている。長い年月をへだてながら、曾祖父《そうそふ》とわたしがこうして繫《つな》がっているのだ思うと、妙《みょう》に感動おぼえたのだった。曾祖父は気高《けだか》いスペインの将軍だったが、アルフォンの王女と結婚した。わが家の家系はそこから始まっている。その後、軍によって皇帝と宣言された曾祖父は、ガリアに遠征し、アクィレイアで亡くなった。処刑の後、将校のひとりが玉璽をアルフォンにいる、王女である妻のもとまでもって帰った。わたしは、皇帝のマントの色とほとんど変わらぬ紫色をしたこの石の奥底に、わが一族の歴史そのものを見るような気がする。波乱にとんだ痛ましい歴史だが、おおいに誇れるものだ。まずマクシムスその人がいて、その跡を息子コンスタンティンが跡を継いで、ウル=ウィズヴァ山の雪をかきわけ、アルフォンの峡谷《たに》を下り、サクソンの群れを追い返したが、最後にはここウェンタ・ペルガルム(ウィンチェスター)の城の広間で、刺客の投げ槍《やり》に刺さって最期をとげた。アンブロシウスはもう何度も、わたしにその話をしてくれた。そのときアンブロシウスはまだ九歳で、ウーゼルはそれより二つ年上にすぎなかった。それというのも、二人は親が年とってからできた子どもだったからだ。アンブロシウスは、いまだに火付けの松明《たいまつ》や人々の叫び声が夢に出てきたり、頭の上にマントをすっぽりとかけられ、鞍《くら》の前にのせられて連れていかれる夢をみることがあるという。アンブロシウスとウーゼルはその後忠実な近衛兵《このえへい》の手で他の場所に移されるのだが、何日もたってから、ブリテンの王室の血をひいているのは、自分たちだけだということを知る。そして数か月後、ポーイスのヴォルティガン、すなわち自分たちとは姻戚《いんせき》関係にある〈赤い狐〉ヴォルティガンが権力の座を奪ったのだということを知らされる。その物語も、この玉璽《ぎょくじ》の中にある。壮大な亡《ほろ》びの夢を見ていたヴォルティガン。この男にとっては、いささかなりともローマとの縁は、サクソン軍の脅威よりもなお嫌悪《けんお》すべきものと映った。ピクト人を制するという目的のために、サクソン人の部隊を招き入れた男。これは狼を家の中に入れてしまったようなものだと悟ったときには、もう後の祭りだった。そして、紋章の中にはわたしもいた。いまそれを手にしている、このわたしが…母はわたしを産んで亡くなった。父ウーゼルはそれが自分のせいだと感じたのか、あるいはわたしがとにもかくにも息子であったからか、自分のもとに引き取ると、狩猟頭《しゅりょうがしら》の妻にわたしをあずけ、養育をまかせた。ウーゼルが猪《いのしし》の牙《きば》にやられて亡くなると、アンブロシウスがわたしの父代わりになった。この時わたしは四歳で、猟犬をおしのけて、叔父《おじ》の膝《ひざ》めがけて突進していった。叔父の膝にいれば、満足だった。叔父もいったように、わたしは彼のただひとりの息子だった。そして叔父こそわたしの必要とする父親のすべてであったことも確かだ。そしてわたしが成長するまでの長い待機と準備の期間、それに続く戦いにあけくれた長い年月。しかし、それでいて、去年の秋の勝利の日はあっというまにやってきた。十五歳になって、剣を持たせてもよいと判断されたその日以来、わたしはいつも叔父とともに戦陣にあった。だからこそ、今宵《こよい》これからは独立させていただきたいなどと、言い出しにくかったのである。しかし、そんなときがくると叔父《おじ》は知っていたのだと思う。

ふたたび紫の石の奥で、星がきらりと輝きを発した。すると別のことが頭に浮かび、わたしは叔父の方を見上げた。

「アンブロシウスさま、これをちょうだいするわけにはまいりません。剣は、喜んでいただきます。わたしのとひきかえに。しかし、玉璽《ぎょくじ》となると話は別です。これはおっしゃるとおり、王室の印璽《いんじ》です」

「では、そなたは王家の血をひく者ではないのか？　そなたの父の息子ではないのか」

「母の子でもあります」

「ならば誰にゆずればよいのだ」

「まだ、そんなことを心配するようなお年ではありませんよ。そのときがくれば、ドゥムノニアのカドルがその人かと思いますが」

戴冠《たいかん》の宴《うたげ》でアンブロシウスに近い席にいた、褐色《かっしょく》の肌をしたドゥムノニアの王の、むこうみずな顔が脳裏《のうり》に浮かんだ。わが民族の者たちが麦から作る強烈な酒のように、瘦軀《そうく》ながら炎の塊《かたまり》のような男。たしかに、武人《もののふ》ではあった。しかし国王となると…

「カドルは、そなたほど王家の血が濃くない。しかも、母方の方だ」

「でも、カドルは私生児ではありません」

私生児という言葉が、わたしの耳の中で容赦《ようしゃ》なく響いた。

また二人とも黙ってしまった。カバルは夢の中で兎《うさぎ》でも追っているのだろうか、きゅんと鼻をならした。みぞれはますます激しく窓をたたきつけてくる。アンブロシウスが言った。

「〈仔熊〉よ、それが心の傷になっているのか？」

「いいえ、そんなことはありません。叔父上《おじ》が気をつかってくださったので。ですが、この王家の印璽《いんじ》をいただけない理由ではありません」

叔父はふたたび重い金の腕環《うでわ》を手に取った。剣を取ろうと立ち上がったときに、そこに置いたのだった。

「お前のいうことはまちがっている。これを、そなたにやるわけにはいかない。この腕環は、王子だけが身につける権利を有するのだ。だが、そちらはマクシムス個人の印璽にすぎない。印璽はそれなりに腕環よりも大きな力を発揮することもあるが、これはわたし自身のものだ。誰にやろうと――たとえ狩猟《かり》の勢子《せこ》だろうと――わたしの自由だ。だからこそ、わたしは王家に運を呼ぶ方の血筋を選んだのだ……　このような晩がくるだろうと、もう長いこと予想していた。そのときがきたら、そなたにわたしの剣を持たせようと、最初から決めていたのだ。それは、〈仔熊〉よ、お前を愛しているからだ。それに、マクシムスの印璽も。そなたこそが、それの真の持ち主なのだから」

「水晶のまん中で、光が星のように輝いています。わたしには、この光をわずかなりとも大きくして、闇を押し返せるかもしれません……　叔父上、われわれはどうやら少し酔ったようですね」

が、われわれはワインにまったく手をつけてはいなかったように思う。

第2章　左半分に流れる血

二か月あまり後、わたしは火のそばにしゃがんでいた。牧童小屋の前の空き地で焚火《たきび》をしているのだった。ハリエニシダやヒースの根が、パチパチという音をたてて燃えている。山の焚火だからこそ、こんなにも明るいのだろうと思われた。その背後をとりまいている闇も、山ならではの澄んだ輝くような闇だ。

わたしはすでにウェンタ・ベルガルム（ウィンチェスター）で、百人の兵を集めてあった。いまは、側近の者数名のみをともなって、ここアルフォンの放牧場に来ていた。アンブロシウスの約束した馬が、数年後にどれほどの数に増えそうか自分の目で確かめなければならない。それに、わたし自身の馬の中から、大型種の繁殖用にふさわしい雌馬《めすうま》を選びだすという目的もあった。

ウル＝ウィズヴァ（スノードン）山の北側の斜面にはまだ根雪《ねゆき》が残ってはいたものの、アルフォンの谷にはすでに春が来ていた。夜中《よるじゅう》、流れる水の音が賑《にぎ》やかに聞こえている。そして小屋の後ろのヒースの斜面からは、終夜鳴き通しそうなシギの声が聞こえてきた。しかしわたしの耳の底には、そんな夜の高山の音が響きながらも、蹄鉄《ていてつ》をつけていない馬の静かな足音がこびりついていた。今日はずっと一日中、人々は馬の群れを追い立て、ナント＝フランコンのこの深い谷に連れてくる作業が行なわれていた。ここは緊急のときには、アルフォン中の馬や家畜の隠れた牧草地ともなる場所だ。すでにしあがった馬が、調教の成果を披露《ひろう》するため、小さな集団で、そしてときには一匹ずつ連れてこられた。ここはぐにゃりと湾曲《わんきょく》した川に囲まれた場所で、牧童の小屋と焼き印のための囲いがある。わたしはじっと立ったまま、これらの馬が連れてこられるのを見守っていた。のちほど、この冬に調教がはじまったばかりの、脚《あし》のほっそりした二歳馬もやってきた。それから、たてがみと尾がくしゃくしゃで、荒々しい目をした子馬たちと、ふさふさの冬毛をまとった驢馬《ろば》もいた。子馬たちはまだ新しい状況になじまず、びくびくしている。もののはずみに驚いていっせいに駆け出すひずめの下からは、短い芝草の生えた土くれが高く舞い上がるのだった。雌馬《めすうま》たちは、もっとおとなしく連れられてきた。出産の時期が近づくとともに腹部が重く垂れ下がり、神経質でわがままになっている。こうした雌馬の面倒を見ているのは、俊足《しゅんそく》の小さな馬にまたがった牧童たちだが、彼らはまるで羊番の犬のように見えた。今日のこのような光景は、目の保養にもなり、また耳にも心地よかった。わたしは生涯、立派にしあがった雄馬や、子馬を連れた雌馬を見ると、心がおどった。

額に汗するこの日の仕事が終わり、牧童とわれわれの仲間は焚火《たきび》を取り囲んですわった。顔は焼けるように熱くても、背中には暗闇とともに寒さがしのびよってくるので、マントのすそをかき合わせていた。われわれはマトンのあぶり肉、ライ麦パンの厚切れ、馬の乳のチーズ、それに野の蜂蜜《はちみつ》で夕食をすませたところだった。われわれは満腹だったし、仕事もすっかり終わったので、話をしていても——ほとんどは馬の話だったと思うが——まるで手織の毛布に包まれているような満足感があった。

しかし、わたしにはこの毛布がどこかすりきれていて、冷たい風が吹きこんでくるような気がしてならなかった。たしかに、ふたたびこうして山の懐《ふところ》に抱かれているのは心地よかった。信じられないくらい心地よかった。が、長いことあこがれていた家にもどってはきたものの、まぎれもなく自分の故郷《ふるさと》に帰り、自分と根を同じくする人々に囲まれながら、自分の中のどこかが別人になってしまったような——そのような感覚に、わたしは襲われたのだった。

となりには、狼のマントにくるまって、わたしの馬をまかされている老フンノがすわっていた。フンノは、わたしを生まれたときから知っていた。われわれは焚火《たきび》を囲んでの皆のおしゃべりからはぬけていたが、やはり馬の話をしていた。少なくとも、馬が話に出てくるのは避けがたかった。

「長年低地に暮らしてしまうと、もはや、この山の飼育場では充分でないとおっしゃるのかな」

老人は顎鬚《あごひげ》を動かしながら、ぶつぶつとつぶやいた。その顎鬚ときたら、ねじくれたサンザシの枝に生えている灰色の苔のように、顔をおおっているのだ。

わたしは老人の黄色い歯がガタガタいうまで、揺《ゆ》すぶってみたい衝動にかられた。こうするより他に、老人を説得する方法がないという気がしたのだ。

「議論の余地はないのだ。もう、三度も話したろう。山の牧場もよいけれど、馬を訓練するには不便だ。ここから、馬の群れを低地のはじまるところまで連れて行くのでさえ、どのくらいかかると思う？　少なくとも七日はかかるぞ。七日もかけていられる余裕など、おそらくないだろうよ。嵐のときにでもぶつかったらどうなることか。川が氾濫《はんらん》してまったく馬を連れ出せないかもしれないのだ。デヴァ（チェスター）岬の牧場だって、ここと変わらないぞ。デヴァからなら、エブラクム（ヨーク）にしても、南のウェンタ・ベルガルムにしても、街道がちゃんと走っているので、すばやく移動できるのだ」

「そこで、デヴァのキンマルクス殿に頼むというのですな」

「もう話はつけてある。アンブロシウスの戴冠《たいかん》のあと、あの男が北にもどる前にな。向こうの土地に、こちらの馬を放牧してもよいことになっている。デヴァとアルフォンの領主とのあいだには、むかしから強い結びつきがあったんだよ。忘れたかい」

老人は年老いた羊のように鼻をならした。

「いきなり、デヴァの牧場の男たちの中から、新しい大きな馬の世話役を選ぶというのですな。平地での馬乗りしか知らず、鷹が急降下するみたいな急斜面の岩山で、荒馬《あらうま》をひっぱってきたこともないような連中ですぞ」

「答えはわかっているだろう、じいさん」

わたしがこういっても、老人はむっつりと黙りこんでいる。

「どうだ。いっしょに来てくれるか？」

もじゃもじゃの羊皮の帽子のつばのかげで、老人はわたしに向かって顔をしかめた。

「このわしが低地の飼育場の馬番になったら、誰がここを見張って、だんなの考えている大型馬を育てる役をやるっちゅうのかね」

「おまえの息子のアムゲリットだ。どちらにせよ、おまえが年をとったら、跡を継ぐことにはなっているではないか」

「もうそろそろ年だとは感じているよ。生まれたときからこの山にいるから、すっかり根づいちまった。いまさらひっこ抜けねえ」

「そうまでいうのなら、おまえの好きなようにするがいいさ」

こうして、わたしは老人にまかせることにした。結局はついてくるだろうと思ってはいた。以前なら肩をつかんだり、ゆすったり、笑ったり、脅《おど》したりして、くると言わせたかもしれないが、自分と自分のまわりの世界に違和感が生じてしまったいまでは、そうするのがためらわれた。そして老人もわたし同様に、この違和感、障壁《しょうへき》に気づいているのだと思った。

アクイラの息子で、わたしの太刀《たち》持ちを勤めている青年フラビアンは、牧童のひとりと話しこんでいた。夜風がその黒髪をもちあげると、ひたいには白っぽい傷跡がみえた。これはフラビアンが子どもの頃、馬から落ちてついたものだ。彼は一本の指を手のひらに押しつけながら、熱心なまなざしで何かを説得していた。牧童の方は褐色《かっしょく》のあれた肌をしていたが、何のことか、むきになって反対している。ビールの壺《つぼ》をまわしているオウェインとファルヴィウスの姿もみえた。二人とも、わたしとともに少年時代をすごした仲で、やはりこのあたりの山のことに詳しかった。二人とも、郷里に帰ってきて、わたしのような違和感を感じているのだろうか？　ベリクスが、脂《あぶら》まみれの豚の関節の骨を、投げ上げてはその落ちてくるさまをぼんやりとながめている。まるで、放り投げたさいころでも見ているようだ。遠目《とおめ》のきく、鍛《きた》え抜かれた牧童たちの顔があった。そのほどんどは、〈騎士団《きしだん》〉の仲間のように見慣れた顔だった。わたしの手の下にはカバルがいる。頭の毛はごわごわだが、ぴんとたった耳は柔かだなと感じた。わたしは、闇夜《やみよ》に響くシギの声に耳をすませた。慣《な》れ親しんだものをしっかりつかむことで、どこからともなく、わけもなくやってきた疎外感《そがいかん》に立ち向かおうとしたのだ。

ほどなく、誰か一曲弾いてくれということになり、オリーヴ色の肌をした、手にいぼのある少年が牧童たちの中からあらわれ、古い笛をだして吹きはじめた。はじめはそよ風のようにやさしく、次にセキレイのようにきびきびとしたメロディーが流れ、ささやかなメロディーやトリルでつなぎながら、次々と曲がくりかえされた。ときおり、焚火《たきび》のまわりの男たちがそれにあわせて歌ったり、また静かに聴きいったりした。少年の吹く曲は皆のよく知っている軽快な労働歌や昔の歌もあれば、どこかで聞いた曲をもとに、自分で作曲したらしいものも混じっていた。ささやかで陽気な笛《ふえ》の音であったが、わたしには、生まれる前から知っていた言葉で話しかけられたような、そんな感じがされてならなかった。またウル＝ウィズヴァの峰そのものが曲に耳をかたむけているようにさえ見えた。やがて曲が終わり、少年は笛をふり、唾《つば》をはらって腰にさしこんだ。そんな間も、われわれの耳には響きが残っているように感じられるのだった。

そこに誰かがハリエニシダの枝を焚火にくべたので、沈黙はやぶられた。ほとんどの者がほめそやしたので、少年は少女のように顔をあからめて、うつむいた。ふたたび話題が他のことにうつると、またわたしは横にいる老フンノに向かってこう言った。

「故郷《ふるさと》の山の人々の曲を聞くのは、ずいぶん久しぶりだ……　わたしの身体の左半分には、この人々の血が流れているのだ」

「だんなの左半分に流れる血ですと?」

「左半分を流れている血だよ……　あとの半分はローマ人の血だが。今晩はお前の中であまりにもその血がさわいだものだから、こっちにまで移ったらしい。わたしの右半分を流れる血はがっちりとした城砦《じょうさい》をつくり、まっすぐにのびる広い道路を城市《まち》から城市へと、途中の障害などものともせずに建設した。法と秩序を重んじ、冷静に議論をかさねる民族、陽《ひ》のあたる民族の血だ。左半分は陰、女性的な、心臓に近い方なのだ」

「二つの世界にまたがっているのが、つらいとおっしゃるのですな」

「最悪の場合は、木に縛《しば》りつけられていながら、馬に引かれるようなものだ。そうでなくても、つねに異郷《いきょう》にいるような気分なのだ」

老人はふさふさの毛皮帽の下でうなずいた。そして不承不承《ふしょうぶしょう》こう言った。

「どうしてもということなら、デヴァの飼育場にいくつもりだよ」

翌日は自分のために使った。すでにやって来た目的は果たした。明日《あした》は山を下りなければならない。ブリテンを南にぬけ、海峡を渡り、ガリア（フランス）をまたえんえんと南に下り、セプティマニアの馬市まで行く予定だ。いったん旅に出れば、またいつ故郷の山を歩くことができるのかはわからない。朝いちばんの冷たい空気を感じながら、胴着《どうぎ》の胸ポケットにはライ麦パンのかけらをいれて、はりきって前を駆けていくカバルとともに、わたしは丘をめざした。わがささやかな〈騎士団《きしだん》〉の者たちは、めいめい好きなことをして一日を過ごすことだろう。子どもの頃には、よくこんなことがあった。アンブロシウスが軍を率いてサクソン人の群れを追い出し、父親の首都を奪い返す前のことだ。その頃アルフォンこそがわたしの世界であり、わたしはまだ、その世界が二つの部分からなることに気づいてはいなかった。

谷を行きつくところまで行くと、流れが急になって白く泡立ち、ハンノキにかわって、ナナカマドやウワミズザクラが目立つようになった。日射しが強くなってくる。山腹にはまだ陽《ひ》はあたっていなかったが、光が鳥のさえずりのように、ちらちらとふるえるように差しはじめた。わたしは川べりを離れ、開けた斜面をめざした。カバルはまるで足に羽でも生やしているかのように、先の方へと軽やかに跳びはねてゆく。ふりかえると、背後には大きなナント＝フランコンの渓谷《たに》が、灰色や青や茶褐《ちゃかっ》色《しょく》の山々の下に、緑色にひろがっていた。川の湾曲《わんきょく》しているところに、ハンノキの新芽が吹き出して、褐色の煙のように見えている。あそこに、われわれが泊まった小屋の集落もある。そうして谷中に黒っぽく点々と見えるのは、草を喰《は》んでいる馬たちだ。わたしはふたたび谷に背をむけ、淋しい高山の中へ、太古から存在する、空《くう》の世界へと登っていった。聞こえてくるのは、ただ緑のチドリの鳴き声と、薄暗い草原をかけぬける風の音ばかり。動くものといえば、山から山へと流れてゆく雲の影だけだ。

わたしは山の背づたいに、長いこと歩いた。ウル＝ウィズヴァの白いいただきがつねに北側の山々の峰の上にそびえたっていた。正午をだいぶまわった頃、ある山の尾根の頂上についた。海に面した側は強風のために丸裸ではあったが、露出した岩が城壁のように並んでいるので、陸側は風もあたらず、わずかな暖かみも感じられた。ちょうどよい休憩場所だったので、わたしは腰をおろし、ライ麦パンを食べることにした。カバルはため息をついてそばにねそべり、わたしが食べる姿に、じっと目を注ぐのだった。手を伸ばせばとどくところに、岩の裂け目があった。そこに生えた草の綿毛のような葉っぱの間から、小さな高山の花がぴょこんと顔をのぞかせている。わたしの剣の柄《つか》の水晶のような紫の花びらが、星形に開いている。眼の前には、広大な丘の斜面が広がっていた。背黒カモメにつつかれて裸にされた羊の屍骸《しがい》をのぞけば、ここにいるのはわたしだけだ。粗挽《あらび》き麦の黒パンを食べ終えると、最後の一切れを欲しそうにしているカバルに放り投げた。しかし、わたしはすぐには立ち上がらず、ひきよせた膝《ひざ》に両腕をまわしながら、心地よい孤独感に浸《ひた》っていた。わたしはいつも孤独を恐れてきたが、当時わたしが最も恐れていたのは、自分がことなった存在として仲間から特別視されることであり、文字どおりひとりになることではなかった……　この風のあたらない日溜《ひだま》りにすわっていると、驚くほど暖かだった。そして、いわば草の間から眠気そのものが湧《わ》きあがってくるように感じられた。わたしはカバルを枕にして、だんだんとくつろいだ姿勢になっていった。犬とわたしは同時に眠りについた。

目がさめると、カバルの訴えるような声がした。頰《ほほ》にあたる空気の感じがかわっている。わたしは目を開けると同時に肘《ひじ》をつき、周囲を見まわした。下ってゆく広大な斜面、谷の向こうにそびえていた峰々は、まったく消え去っていた。ただふわっとした白いもやが渦巻き、黄褐《きかっしょく》色の草が数歩前まで見えていて、その先はというと、もやにまぎれている。眠っている間に、海から霧が上がってきたのだ。こうした霧の例にもれず、前ぶれもなく、馬が早駈《はやが》けでやってくるように、あっというまにやってきたのだった。わたしが見ているうちにも、霧は濃くなってきて、上の方の岩の頂上に、じっとりとした白い幕が巻かれていった。唇《くちびる》をなめると、塩の味がした。

ちくしょうと思ってもはじまらない。そこで次にとるべき策《さく》を練った。というのもアルフォンの山々でも、こちらの方面にはあまり来たことがなかったからだ。霧がはれるまでその場で待つこともできたが、こういう突如《とつじょ》として襲《おそ》ってくる不気味な山の霧がどんなものかを、わたしは承知していた。晴れるまで三日かかるかもしれない。川を見つけだして、それに沿って下ってゆく方法もあった。高い山のあいだなのだから、かならず近くに川が流れているはずだ。川に沿っていく方法には危険がともなう。うまく山からぬけだせずに、岩壁にぶつかったり、沼地に入り込んでしまうことがあるからだ。しかし山で生まれ育ったわたしにとっては、気をつけてさえいれば、そのような危険は小さかった。

カバルはすでに起きていて、まず前脚を、そうして次に後脚をのばした。そしてわたしが起き上がってのびをすると、尻尾《しっぽ》を振りながら、期待のまなざしをこちらに向けた。しばらくのあいだわたしは、方角を確かめるためにその場に立っていた。そしてカバルに口笛で合図をすると、下り坂を霧の中へと突入していった。わたしはゆっくりと進んだ。地面の傾斜で方向を決め、ときどき立ち止まっては耳をすました。そうしてついに、早瀬《はやせ》の渦《うず》巻《ま》く音が聞こえてきた。まだはるか下方のように思えたが、さらに三歩進んだところで、雪解《ゆきど》けで水かさの増した濁流《だくりゅう》の中に、まっさかさまにころげ落ちそうになった。どうやらナント＝フランコンとは逆の方に来てしまったらしい。しかしやむを得なかったのだ。霧が降りて来ても、わたしがなじみの峡谷《たに》にいるのだから無事なはずだと、他の者たちも思うだろう。そして、わたしの帰りを待つだろう。

川に沿ってゆくと、ほどなく急な傾斜がいくぶんゆるやかになり、足もとの地面はヌマガヤから、ところどころにヒースが織り混ぜられた、濃厚な香りを発散するヤチヤナギの絨毯《じゅうたん》に変わった。わたしは一歩一歩、固い地面をさぐりながら歩を進めた。すぐにまた下りになった。流れは急になり、サンザシの枝のからみあったトンネルの下に、磨《みが》かれた鏡面のようにつるんとした黒い川面《かわも》が長く続いている。そして山腹の黒い岩が露出している合間に、せり上がってきた荒れた牧草地に出た。それとほとんど同時に、薪《たきぎ》の燃える、うす青い煙を嗅《か》いだような気がした。

わたしはカバルにもっと近くに寄るよう合図し、青銅の鋲《びょう》つきの首環《くびわ》をつかむと、いったん足を止めて耳をすまし、それからまた歩きはじめた。下の方で、牛のモウという鳴き声が聞こえ、霧の中に、地に伏せたような家々の集落がぼうっと浮かんできた。柔かなひづめの音が聞こえ、煙まじりの霧の中に、角の生えた家畜の一群が上がってゆくのが見えた。囲いの中に追いこまれようとしているのだろう。そんなに遅い時間になっているとは知らなかった。一頭の小さな乳牛が、群れを離れて、霧の中へとやってきた。荒々しい目つきで、乳は重く垂れている。わたしは牛の向かって来る道筋に立つと、自由な方の手をふりながら、牛追いの声をあげた。子どもの頃習いおぼえたが、その後出したことのない声だった。牛は向きをかえ、モウモウと鳴きながら、頭を垂れて、泥炭《でいたん》の塀《へい》にあいた入り口に向って走っていった。わたしが首環をおさえていなかったら、カバルはすっとんで牛の後を追っていっただろう。狼皮を着た少年が、不機嫌そうな顔をしながら、群れの後を息を切らせてやってきた。少年は、大きなくるくる動く目をした雌犬《めすいぬ》を従えている。最後の牛が入ってしまったとき、われわれはちょうど門のところでいっしょになった。

少年は眉《まゆ》をひそめながら、横目でこちらを見た。二匹の犬はぐるぐるとお互いを追いかけまわしていた（向こうが雌犬《めすいぬ》とわかったのでわたしはカバルから手を放したのだった）。

「あいつはいつもはぐれるんだ。どこの誰かは知らないが、ありがとう」

いったい何者だろうというような目つきで、少年はこちらを見た。その目はわたしの胴着《どうぎ》の肩についている、メドゥーサをかたどった重そうな金のブローチの上にとまり、またわたしの顔にもどった。こんな立派なブローチをつけている男が、いったい山の中でひとり何をしているのかと問いたげなようすであったが、問うのは礼儀に反すると思っているらしい。

「あそこの谷で、魔法の霧に巻き込まれてしまった。山の向こう側のナント＝フラナコンの者だ。ひと晩泊めてはもらえないか」

「泊めてやるなんて、俺には言えないね。女に聞いてくれ」

しかし、わたしは少年と並んで、牛の後から中に入った。われわれは門の内側に入ると、顔つきからいって少年の父親と思われる男が現われ、夜に備えて、子どもが入口をイバラの枯れ枝で塞《ふさ》ぐのを手伝った。男も眉《まゆ》をひそめながら、わたしのことを横目でにらんだ。牛がわれわれのまわりをぐるぐるとまわっている。どうやら口数の少ない親子のようだ。

わたしがいまいるような農場は、このあたりの山のふもとにはたくさんあった。ここは背の低い小屋の集まり――壁は泥炭《でいたん》と灰色の石のつくりで、屋根はヒースで葺《ふ》かれていた。貯蔵小屋、牛小屋、住居が、土塀の内側に寄せ集められ、狼と夜闇《よやみ》から内の者を守っている。しかし、ここは初めてだった。——もっこりと盛りあがった山の背から立ち昇ってくる白い霧に、しっとりと包みこまれているこの建物は。一瞬わたしは、それが巣の中心で待ちかまえる蜘蛛《くも》のように、霧の中心にあるのだというような錯覚をおこし、不愉快な感覚をおぼえた。霧が晴れてしまえば、建物もなくなり、ただ山の斜面だけが残るような気がしたのである。

しかしこんな考えが頭をよぎっているうちに、わたしはとつぜん、誰かの視線を感じた。すなわち、男でも少年でもない者に、自分が見つめられているのに気づいたのだ。さっとふりかえると、家の戸口にひとりの女が立っていた。目の粗《あら》いサフラン色の羊毛の上着に身を包み、衿《えり》と袖口《そでぐち》に深紅《しんく》の模様が入っているせいか、炎のような印象をあたえる。豊かな黒髪はゆったりと結いあげられ、その目は冷たくこちらを見返していた。かつてはそうとうな美人であったが、老け込んでしまった結果、その残骸《ざんがい》を見ているのだというような印象を、わたしはとっさにもった。が、この女はわたしより年上であるにしても、せいぜいほんの数歳——年はおそらく二十七、八といったところだろう。戸口にたらした皮の扉に手がかかったたまま、女が立っていた。閉じたばかりの扉革は、まだ背後でゆれている。にもかかわらず、女のまわりには静寂《せいじゃく》があった。長いあいだ、ひょっとしたら生まれてからいままで、ずっとそこに立っていたかのようであった。ただこの瞬間を待ちながら……

今晩泊めてくれと頼まなければならないのは、この女だ。が、向こうから先に聞いてきた。低い声で、しかも牛飼い少年より短刀直入だった。

「あなたは誰？　何の用でここにいるの？」

「最初の疑問に答えれば、わたしは〈大熊〉アルトスと呼ばれる者だ。次の質問の答えはこうだ。

――さしつかえなければ、ひと晩の宿をお願いしたい。わたしは山の向こうのナント＝フランコンの者だが、知らぬまに霧に襲われた」

しゃべりながら、わたしは奇妙な印象にとらわれた。一瞬女の目の扉が開いて、その奥にどんな思いがあるか、見えそうになったように感じられたのだ。しかし、そこに何があるのかを確かめる間もなく、わたしに覗《のぞ》かれるまいと、故意におおいをかけてしまったかのようであった。女はあいかわらずじっと立っている。視線だけが動き、頭から生皮の靴まで、わたしを眺めまわした。そうしてにっこりすると、戸口の皮をよせた。

「そうだったのね。〈大熊〉アルトスがナント＝フランコンの馬の群れの中を駆けているという噂《うわさ》を聞いていたわ。霧が降りてきて、寒くなりましたわ。中へ入って、火のそばへどうぞ」

「この家と、家のご婦人に幸あれ」

戸をくぐるときには頭を下げなければならなかったが、中に入ってみると、泥炭《でいたん》の煙が喉《のど》と目をさすものの、そこは充分に広く、部屋の半分は炉《ろ》の明かりが届かず、闇に沈んでいた。

「待っていて」

女はそういってわたしの前を通った。

「もっと明るくしましょう」

女は奥の闇の中へと消えていった。足音が聞こえたが、まるで床に毛皮が敷《し》かれているように静かだった。女はもどってきて身をかがめると、部屋の中央の炉に、枯れ枝をくべた。枝の先端に火がつき、大きな炎になると、女は奥から持ってきた蠟燭《ろうそく》に火を移した。女のつぼめた手のひらの中で、新しい炎は小さく、青くなったが、すぐにぱっと跳《は》ねて、まっすぐに起きあがった。そして屋根がもっとも高くなっている、中二階のようなところに蠟燭《ろうそく》が置かれると、翳《かげ》は軒《のき》の奥へと退散した。

そこはゆったりとした住まいだった。戸口のわきにはおきまりの機織《はたお》り機が据《す》えつけられ、縞模様《しまもよう》の布が織られようとしていた。奥の壁ぎわに羊の皮を積んだ寝台があり、粗雑《そざつ》に色を塗った、彫刻つきのたんすが置かれてあった。女はまだらの鹿皮をかぶせた腰かけを、炉《ろ》のそばの板石の敷《し》いてある場所にもってきた。

「どうぞ、お掛けください。じきに食べ物をもってまいりましょう」

わたしはつぶやくように何やら礼の言葉を言って、腰をおろした。カバルも足もとに寝そべる。そして両肘《ひじ》を膝《ひざ》についた楽な姿勢で、女にじっと目を注いだ。女は見たところ、わたしの存在など忘れたさまで、一心不乱に夕食の支度《したく》をはじめた。わたしの視線のもとで、女は炉《ろ》の真っ赤な炎の前にひざまずき、香草入りのシチューの銅鍋をみたり、石の上で焼いている大麦パンを世話している。わたしは、わけが分からなくなってきた。女の上着は目の粗い手織で、百姓女が着るものより色こそ鮮《あざ》やかではあったが、決して肌理《きめ》細やかで上等なものとはいえなかった。大麦パンをひっくり返す手もざらざらで、形こそ違うが、肌はやはり百姓女の手だった。にもかかわらず、この女と外の男が夫婦だとは、どうしても思えなかった。しかも、炉の明かりに照らされた女を見れば見るほど、何かを思い出しそうで思い出せないような、もどかしい思いに悩まされるのだった。それは捕《つか》まえたと思ったその瞬間に、かならず逃げてしまう、ほのかな香りの記憶のようなものだった。しかし初対面であることに、まちがいはなかった。このようなうらぶれた美人の顔は、一度目にしたらけっして忘れるはずがない。ひょっとして誰かに似ているのだろうか？　だとすれば、いったい誰に？　どうしても思い出さなければならないという焦《あせ》りが、わたしを襲った。すべてがそれにかかっているのだ…　しかし手がかりをつかもうとすればするほど、気になる記憶の方はすり抜けていってしまうのだった。

とうとうわたしはこの問題をあきらめて、もっと単純な謎解《なぞと》きにかかった。

「外でみた男は…」

といいかけて、やめた。うまい言葉がみつからない。

女はこちらを見た。目を輝かせ、あなたの気持ちはお見通しですよといわんばかりに、わずかにからかうような表情があった。

「召使《めしつかい》です。あの少年も。あとで顔をあわせるでしょうが、ブロンズおじさんという人もそうです。ここで女はわたしだけなのです。だから、召使の食事の世話はわたしがするし、お客さんの分もわたしがするのです」

「それで農場のご主人の分は？」

「ご主人はおりません」

女はかかとの上に尻をおろして、わたしの顔をじっと見つめた。あんな風に熱い大麦パンをつかんだら、手に火傷《やけど》するのではなかろうか。しかし、女は痛みも何も感じることなく、まるで全神経を目に集中させているかのようであった。

「わたしたちは野蛮人《やばんじん》です。ローマ人もめったに足を踏み入れたことのない、こんな山奥に住んでいます。ですから、ここでは女が自分自身と自分の財産の主人なのです。それだけ力があればの話ですけれど」

彼女は、自分の国の流儀《りゅうぎ》をよそ者に説明するときの、なかば軽蔑《けいべつ》したような口調でしゃべった。そんな口調をきいていると、わたしの頭に血が昇った。

「わたしだって、自分の国の人の習慣を忘れてはいないぞ」

「あなたの国の人ですって?」

女は石の上に大麦パンをもどし、かすかに笑った。

「忘れてはいないですって? もう長いこと、低地にいたではないですか。ウェンタ・ベルガルムには家が建ち並ぶまっすぐな通りがあり、家の中には壁にペンキを塗った、天井の高い部屋があり、国王アンブロシウスは高貴な紫のマントを着ているというではありませんか」

カバルのピクピクする耳をひっぱりながら、わたしも笑った。この女はいままでに知っているどの女とも違う。

「ウェンタ・ベルガルムの通りがまっすぐだからといって、このわたしまで非難しないでくれ。いくらわたしが父の世界にも住めるからといって、母の世界まで奪《うば》わないでほしいものだ」

第3章　リアノンの鳥

　まもなく三人の男と、くるりと眼の丸い犬が夕食をとりに来た。男たちは牛のように肩で皮の扉を押しながら、のっそりと入ってきた。髪、手織や狼皮の衣《ころも》には、銀色の霧のしずくが点々と光っている。三人は炉《ろ》のまわりの、それぞれ自分の場所に来ると、撒《ま》いた羊歯《しだ》の上にぺたりと尻をおろした。腰かけのあるのは、わたしひとりだ。彼らはこのわたしが誰なのかすでに知っているので、横目でちらりと見上げただけだった。ふだんから話のはずむ者たちではなかろうが、わたしがいるせいで、おそらくいつも以上に黙りこんでいるようだった。

　女は籠《かご》にあつあつの大麦パンをいれ、青銅《ブロンズ》のシチュー鍋をおろして炉の横に置くと、固い白チーズと、ヒースの香りの薄いビールの壺《つぼ》を取ってきた。そして自分の分のシチューを椀《わん》につぐと、大麦パンをもって女のすわる場所にひきさがったので、あとはわれわれ男が自分で給仕をするしかなかった。

　こんなに誰も口をきかない食事ははじめてだった。男たちは疲れていたし、わたしがいるせいで、よそ者の臭《にお》いをかいだ動物のように用心深かった。炉《ろ》の向こう側では、女が固く自分を閉ざしてすわっていた。ただ、一度ならず、わたしがそちらに目をやると、あきらかにその直前まで女がこちらを見ていたのだということがわかるときがあった。

　残りの骨を犬にやり、壺《つぼ》の底に残ったスープの最後の数滴を大麦パンでふきとり、チーズを食べつくし、ビールも飲み干すと、男たちは立ち上がり、肩で皮扉を押しあげて、ふたたび闇の中へと出ていった。おそらく、牛小屋のそばにある自分たちの寝床《ねどこ》にもどっていったのだろう。わたしもそうしなければと、立ちかけたときだった。女はすでに立っていて、泥炭《でいたん》の煙ごしにこちらを見ていた。まるでその目は、わたしが見るのを待ちかまえていたかのようだった。目があうと、女は首をふり、軽く微笑《ほほえ》んでこういった。

「あの者たちは召使《めしつか》いです。食べ終えたら、自分たちの所へ帰っていくのです。でもあなたはお客さまです。だから、いましばらくここにおいでください。もっと上等の飲物をもってまいりましょう」

　わたしは女の姿を目で追った。女は中二階の翳《かげ》に引っこむというより、溶けこむように見えた。何をするにも驚くほど物音ひとつたてず、まるで山猫のように柔かな足をしているかと思われた。また山猫のように獰猛《どうもう》かもしれなかった。しばらくして女はもどってきたが、こんどは、年季がはいってほとんど真っ黒になった、大きな盃《さかずき》を両手でかかえてきた。それは樺材《かばざい》の細工もので、ぴかぴかに磨《みが》かれ、縁《ふち》には銀箔《ぎんぱく》がほどこしてあった。女がこちらに来たので、わたしも立ち上がり、さし出された盃《さかずき》から飲もうと前かがみになり、そうするときの習慣で、女の手の上に、軽く自分の手をのせた。ヒースの香りのビールが入っていたが、夕食のときのより強く甘かった。その甘みの底に、何か得体の知れない、舌を刺すような香料の味がするように思った。しかしチーズに含まれていた野生のにんにくの味が、まだ口の中に残っているだけのことかもしれなかった。傾《かたむ》けた盃の縁ごしに、女が妙《みょう》に熱心にこちらをみているのが見えた。しかしその視線をとらえるやいなや、女は瞳《ひとみ》のヴェールを下ろしてしまい、奥を覗《のぞ》かせてはくれなかった。

酒を飲みほすと、わたしは盃から手を離した。

「ありがとう。なかなかうまい酒だった」

わたしはそう礼を言ってはみたが、声は自分の耳にも妙にくぐもってきこえた。そして、ふたたび毛皮の敷《し》いてある腰かけにすわり、火の方に脚《あし》を伸ばした。

女はこちらを見下ろすように立っていた。わたしはその視線を感じた。女は笑って、掌《てのひら》に握っていた黒っぽい砂糖菓子を、カバルの方に投げた。

「ほら。犬にはヒースのビールより、こちらの方がいいでしょう」

カバルがそれをくわえ上げると(食いしん坊なのがこの犬の欠点だった)、女は今度はわたしの横にひざまずき、空の盃をスカートの襞《ひだ》のあいだにころがしたまま、火の世話をしはじめた。火を燃えあがらせるため、泥炭《でいたん》と、もつれたヒースの枝、それに樺《かば》の樹皮を足す。乾いた材料に火がつき、炎がその上を走ると、明るさが増して跳《は》ね上がり、壁まで照らし出した。わたしは、いままで見えなかったものが見えるような——皮を一枚脱ぎ捨てたような、奇妙な感覚に襲われた。家の壁がまるで自分の体か魂の一部のように感じられ、大きな盃《さかずき》にヒースのビールがあふれんばかりになっていたように、この家の中が、光でいっぱいになり、なかば忘れなかば憶《おぼ》えている、あの荒々しくも甘い魔法の味で満たされてゆくのを、わたしは意識していた。暗い屋根が、包みくるんでくれる翼になった。この黄金の環《わ》の外には、闇と山と霧が押し寄せてきている。わたしには、蠟燭《ろうそく》の炎のまわりを舞い飛ぶ青白い夜の蛾《が》の羽の鱗粉《りんぷん》が見え、足元のシダの中に、去年のエリカの枯れ枝の甘い香りを嗅《か》ぐことができた。

それまでは気づかなかった、別の香りもあった。草屋根と料理、しめった狼皮と泥炭《でいたん》の煙の混じった臭《にお》いの織り物に縫《ぬ》い込まれた、派手な刺繡《ししゅう》のような、甘く刺激的な香り。それは女の髪からくる匂《にお》いだった。女がピンをはずすところは見なかったが、いま髪はすべて下ろしてあった。黒くて艶《つや》のある髪で、サンザシの木の下の滝のようであった。女は所在なげに髪をさわり、房をゆらせては、指でとかすので、心をかき乱すような甘い香りが、吐息《といき》のようにやって来ては去り、炉《ろ》の明かりの中でわたしに囁《ささや》くのだった……

「牛小屋のどこで寝ればいいのか教えてください。もう失礼しなくては」

わたしは必要以上に大きな声で言った。

女はこちらを見上げ、豊かな黒髪をかきあげると、微笑《ほほえ》みながらこう言った。

「まだよろしいでしょう。やっと来てくださったんですもの」

「やっと来たとは?」

女がそんなことを言うなんてずいぶんおかしな話だと、わたし自身の中の冷静な部分ではわかっていた。しかし炉《ろ》の明かり、霧、髪の匂《にお》いが頭に充満し、すべてが夢幻のようになり、夜の蛾《が》の、魔法の鱗粉《りんぷん》がふりまかれたようになっていた。

「いつかあなたが来てくださると、信じていました」

わたしは眉《まゆ》をひそめ、頭をふってこのおかしな雰囲気をふりはらおうと、最後の抵抗をこころみた。

「先のことを知ることができるとは、あなたは魔女なのですか」

しゃべりながらも、別の考えが頭の中にうかんだ。

「魔女か、それとも…」

女はまた、わたしの心を見透《す》かしているかのようだった。そして、わたしの顔に笑いかけた。

「魔女か、それとも…何だとお思いです？　恐れているのでしょう？　朝起きたら、何もない山の斜面にいて、三代の世が過ぎ去っているなどということになるのを？　だけど、明日《あした》がどうであれ、今晩はとてもよいきもちでしょう？」

と言うと、猫のようにすばやく、しなやかに、女はひざまずいたまますするりと向きを変え、次の瞬間にはわたしの太腿《ふともも》の上に横たわっていた。顔が上を向き、流れるような黒髪が二人の上をおおった。

「あなたは銀の枝の歌を聞くのが怖《こわ》いの？　リアノンの鳥の歌を聞くのが怖いの？　それを聞くと現実を忘れてしまうからでしょう」

それまで女の瞳《ひとみ》の色には気づかなかった。いま見ると、それは濃いブルーだった。青いフウロソウの花びらのように筋が走り、まぶたはかすかに紫がかり、腐敗のきざしを思わせた。

「リアノンの歌などいらない。あなたといると現実を忘れてしまう」

そうくぐもった声で囁《ささや》くと、わたしは女の方に身をかがめた。女は声をふるわせながら低く叫び、立ち上がってわたしを見た。そして衣《ころも》の襟《えり》もとから、青銅のピンをむしりとる。衣がはらりと落ちた。女はわたしの手をつかむと、みずからサフラン色の布の下の、暗く暖かい部分へと導いた。重く柔かな乳がそこにあった。

女の手はざらつき、衣の上に出ている首の部分は褐色《かっしょく》に日焼けしていたが、胸は絹のようになめらかで、豊満で、瑕《きず》ひとつなかった。触れただけで、その白さを感じとることができた。指先をそっと押し込むと、それに応えて、踊るような歓喜が指に跳ね返ってくる。そしてふるえる渦《うず》がわたしの全身にこだまし、腰には小さな炎が燃え上がった。わたしは、アンブロシウスとは違う。はじめての経験は十六の時だったし、それ以来何人かの女を抱いたことがあった。おそらく、人より多くも少なくもないだろう。女を傷つけた覚えはないし、女を抱いている間は甘美だが、あとくされのないものばかりだった。しかし今回は違うぞと、わたしは醒《さ》めた部分で感じていた。かつてないほどの強烈な喜びをもたらしてはくれようが、一生消えることのない深い傷あとを残しそうな予感があった。

わたしは抵抗しようとした。薬を飲まされたのか、呪文《じゅもん》をかけられたのかは知らないが、女にあがおうとした。わたしは意志の弱い人間ではない。女はわたしの心の葛藤《かっとう》に気づいたのだろう。わたしの首に手をまわすと、静かに笑い、あやすように言った。

「怖《こわ》がることは何もないわ。わたしも名を教えましょう。もしわたしが魔女なら、そんなことなどできないでしょう。名を知られたら致命的ですもの」

「そなたの名など知りたいとは思わない」

わたしは長く引きずるように言った。

「知る必要があるのです。もう手遅れよ…わたしの名はイゲルナ」

そしてイゲルナはとても静かに――ほとんど息をひそめて歌いはじめた。それは呪文《じゅもん》かもしれなかった。いやたしかに、ある意味では呪文といえるだろう。しかしそれはわたしが幼い頃から知っていた、わらべ歌のようにきこえた。ちょうど女が子どもを寝かしつけるときに歌うような、ささやかな、心休まる歌だった。イゲルナの声は蜜《みつ》のように甘く静かで、どこか謎めいていた。

三羽の小鳥、りんごの小枝にとまったよ
鳥は真っ白、りんごの花も顔負けさ
人が通りがかると、小鳥は歌う
赤白マントに身をやつした王さま
金の冠をかぶった王妃さま
大麦パンをもった女…

歌も、声も、わたしに訴えかけてくるものがあった。わたしの内なる、母の世界を揺《ゆ》り動かすものがあった。そうして、これでようやく、ほんとうに故郷《ふるさと》に帰ることができるのだと、わたしの心に誘いかけてきたのだ。これのことをわたしは、内なる闇、女の部分、心臓に近い方などとよんだことがある。それがいま、両腕をひろげ、いざないながら、わたしの膝《ひざ》もとに横たわっている女を通して、わたしに呼びかけてきたのだ。そして、わたしをからめとった。わたしは霧がかかる前に大事だと思っていたことなどすべて忘れはててしまい、女が立ち上がると、立ち上がった。そしてよろよろと女を追ってゆき、壁ぎわの羊皮をつんだ寝床に倒れこんでしまった。

目がさめると、わたしは服を着たそのままの姿で、寝床に横たわっていた。皮の扉がフックからはずされ、入り口があいていた。夜明けの灰色の光が、部屋のすみずみの翳《かげ》に溜《たま》っている。ふたたび静《せい》寂《じゃく》をとりもどした女が、わたしの横にすわっていた。わたしが目覚めるのを、生涯待っていたかのようであった。

わたしは女に微笑《ほほえ》みかけた。なおも女を求めていたわけではなく、ただ満ち足りた気持ちで、暗闇の中でわたしに答えてくれた、あの燃えるような悦《よろこ》びを思い出していたのだった。女の方はわたしの微笑みに応えるでもなく、ただこちらを見返した。瞳《ひとみ》はもはやブルーではなく、夜明けの鈍色《にびいろ》の光の中ではただ黒っぽかった。色あせたまぶたには、昨夜にもましてしみがついていた。わたしは肘《ひじ》をついて身をおこした。よく見えたわけではないが、カバルが炉《ろ》のわきで寝ているのがわかった。火は燃えつきて白い灰になり、銀に縁《ふち》どられた盃《さかずき》は、昨夜、羊歯《しだ》の葉のあいだにころがったままになっている。そして女も、炎が燃えつき、冷えきっていた。恐ろしいほど冷たかった。女を見ると寒気がして、何もない山の斜面で目をさますという、昨日の女の言葉を思いだした。

「お目覚めになるのを長いこと待っていました」

身動きひとつせずに女がいった。

わたしは入り口ごしに、まだ月長石《げっちょうせき》さながらに、白々とさめた光を見ながらいった。

「まだ早いようだね」

「わたしはあなたほどぐっすりと眠れませんでしたわ」

ついで、女はこう言った。

「もし男の子が生まれたら、どんな名前をお望みですか」

わたしは思わず女を見つめた。女は、いまは微笑《ほほえ》んでいた。唇をわずかに歪《ゆが》めた、苦々しい微笑みだった。

「お考えにはならなかったのですか？　あなただって、サンザシの茂みのかげでできたのでしょう？」

「いや」

ゆっくりとわたしは言った。

「思ってもみなかった。わたしに何をして欲しい？　何が望みなのだ？」

「何かもらおうというわけではないのよ。ただこれを見せたかっただけなのです」

女はずっと両手を合わせて、何かを隠し持っていた。いま女は手をひらき、前に突き出した。それは重そうな純金の腕環《うでわ》で、ねじれ、とぐろを巻いた姿は、ブリテンの赤い竜そのものだった。わたしはこれと対になった腕環を、アンブロシウスの腕に毎日のように見て過ごしてきた。

「このような朝、あなたとわたしの父であるウーゼルは、母にこの腕環を渡して、去っていったのです」

長いことかかって、女の言っていることの意味がようやくのみこめた。気分が悪くなった。わたしは立ち上がって、後ずさりした。女は垂れ下がった黒髪の下から、じっとこちらを見ている。

「そんなこと嘘《うそ》だ」

やっとのことでそれだけ言えた。が、わたしは女の言ったことを、完全に信じていた。たとえ女が生涯嘘ばかりついてきたとしても、いまのこの瞬間ばかりは真実を語っているのだということが、その表情から読みとれた。そして、もはや後の祭りだったが、わたしはようやくのことに知った。——女は誰かに似ていると思ったが、それはアンブロシウスだったのだ。女は何もかも承知だった。ずっと承知の上で、事をはこんだのだ。誰かのうめき声が聞こえた。とても自分のだとは信じられなかった。唇は凍《こお》りつき、乾き、喉《のど》まで出かかっているのに、なかなか言葉にならなかった。

「なぜだ？　なぜ、このようなことを？」

女は竜の腕環《うでわ》をあの晩ウェンタ・ベルガルム（ウィンチェスター）でアンブロシウスがやったように、両手でくるくるとまわしていた。

「理由は二つあります。ひとつは愛で、ひとつは憎しみです」

「そなたを傷つけた覚えはない」

「ないかしら？　ブリテン王だったウーゼルは、あなたが生まれる前にわたしの母を傷つけたのです。あなたの母親はあなたを産んで亡くなりました。——わたし知っています。——私生児であれ何であれ、あなたは男だったから、父はあなたを引き取って、自分の屋敷で育てました。だから、あなたは父親の目で物事を見ているのです。だけど、わたしは女だったから、母のもとから引き取られることもなかった。そして母は、わたしに、かつては愛を営んだその場所で、憎むことを教えたのです」

わたしは目をそらしたかった。これ以上女の顔を見たくなかった。が、どうしても、そらすことができなかった。昨晩はあのような燃えるがごとき、むさぼるがごとき恍惚《こうこつ》のうちに自分の肉体をあたえておきながら、今朝になると、掌《てのひら》を返したように、それにおとらぬ強烈な憎悪《ぞうお》をさしだそうとは。

わたしの周囲には、憎しみの匂《にお》いが充満していた。それは恐怖の匂いと同じく、せまく閉じられた空間の中では、まるで手に触れるようにはっきりと感じられるのだ。そして、ついにヴェールが引き裂かれたように、女の瞳の奥にあるものが見えた。それは母と子──母と娘のあいだのひとつの情景だった。母と娘が、まさにこの場所、この泥炭の炉《ろ》のわきで、魂をむしばみ、破滅させる憎しみを教え、教わっている姿であった。このときとつぜん、わたしはイゲルナの顔に現われていた美の廃虚の意味がわかった。それは大輪《たいりん》の花が美しく開く前に腐ってしまった、つぼみのようなものだった。そして一瞬のあいだ、おくびのように喉《のど》の奥にこみ上げてくる恐怖に混じって、憐憫《れんびん》の情を感じた。しかし、煙の中の二人の姿が変化してきた。こんどは娘の方が母になり、娘のいた場所に男の子がいて、顔を、魂そのものを母親の方に向けながら、同じように、憎しみの教えを授かっている姿が目に見えた。おお神よ、わたしはなんと恐ろしい宿命の種を蒔《ま》いてしまったことか！　そしてこのわたしより先に、父はなんと恐ろしい種を世に放ってしまったのだ！

「もしも男の子なら」

やはり過去と未来を見通しているかのように、目を遠くにさまよわせながら、イゲルナが言った。

「メドラウトという名にします。子どもの頃、そういう名前の、ばら色の眼をした小さな白鼠《ねずみ》を飼っていたから。一人前になったら、息子はあなたのもとへやりますわ。お殿さま、その日がやって来たおりには、ご子息があなたのお気に召しますよう」

知らないうちに、わたしの手はそばに置いてあった剣の柄《つか》をさぐっていた。わたしが眠っているあいだに、なぜイゲルナは剣を隠さなかったのだろう？　わたしは柄をぎゅっと握りしめた。そして剣が半分、狼皮の鞘《さや》から出かかった。頭の中では、小さな槌音《つちおと》が繰り返し鳴っている。

「殺して…やりたい」

わたしはつぶやいた。

イゲルナはガウンのはだけた胸をかき寄せながら、さっと床から立ち上がった。

「なぜ殺さないの？　いましかないわよ。声も出さないわ。召使たちにみつかる前に逃げられるわよ」

とつぜん、女の声がすすり泣くような調子にかわった。

「それが二人にとっていちばんいいんだわ。さあ殺して！　いますぐ」

しかし、わたしの手は柄から落ちた。

「できない。わたしにはできないのだ」

「どうして？」

わたしはうめくような声でいった。

「わたしが愚《おろ》かだからだ」

わたしはよろめく足で、イゲルナのわきを通りすぎた。そのときイゲルナを払いのけたので、彼女はつんのめって膝《ひざ》をついた。追ってくる地獄の悪魔をふりはらうように、わたしは一目散《いちもくさん》に戸口の方をめざした。カバルはいつのまにか起きていて、わたしの足もとにうずくまっていたが、のちのちまで忘れられないほどの恐ろしいうなり声をあげ、首をふりながら、わたしを追い越して、靄《もや》のかかった朝の光の中へと駈けだしていった。農場はすでに活気をおびてきていた。乳牛の鳴き声が聞こえ、門をふさいでいたイバラの枝も、すでにどけられてあった。わたしは猛烈な勢いで門をとびだした。背後には女の笑い声が聞こえた。それは泣きわめくような笑い声だった。とうに聞こえないはずの所にきても、笑い声はわたしの耳の底に鳴りつづけた。

霧は急速に晴れつつあった。いまは、ぼろきれのような白いかたまりが、ところどころに浮かんでいるばかりだ。ときには真っ白なもやにすっかり包まれることもあったが、ぐしょぐしょに濡れたコケモモと去年のヒースにおおわれた丘の半分ほどが、目の前に広がってきた。谷の底で、わたしの足は流れをわたり、必要な方向に向っている道に行きあたった。わたしはこの道にのって、腿《もも》まで水につかりながら、浅瀬を渡った。まもなく、遠くの空が晴れ、低い谷にはまだ白い塊が浮かんでいるものの、北からは、ウル＝ウィズヴァ（スノードン）の山なみがわたしの上にのしかかってきた。わたしは自分のいるところが分かったので、道をそれて、低い丘をとりまいているハシバミの林におおわれた急斜面へと曲がった。

一度、吐《は》き気をおぼえて立ち止まった。しかしその朝は何も食べていなかったので、心臓を吐き出しそうなほど嘔吐《えづ》いたが、酸っぱいねばねばの液体が出ただけだった。わたしはヒースの上に吐くと、歩きつづけた。カバルはいつもの注意深さを忘れたかのように、がつがつと無差別に草をむさぼり、吐《は》いた。そうして犬らしく、やすやすと胃袋の中にあったものをすっかり吐きつくした。昨晩イゲルナの与えた砂糖菓子に、毒がはいっていたのだろう。その後何年もわたしが疑問に思ったのは、どうしてあのとき、イゲルナはカバルを毒殺しなかったのかということである。わたしが犬を愛していることは、イゲルナにも分かったはずだ。しかし結局のところ、他に向ける憎悪がもはや残らないほど、イゲルナの憎しみがもっぱらわたしに集中していたのではなかろうか。ほかに憎しみを散らすことで、その力が弱まることを恐れさえしたのではあるまいか。

昼もかなりまわった頃、わたしはディナス＝ファラオンに通じる山道に行きあたり、最後の尾根をころげるように下って、ナント＝フランコンのいただきへと向かった。最初に樺《かば》とナナカマドの樹々の生えてきたところで、わたしは立ち止まり、足もとを見下ろした。谷は下の方に広がり、深い山々の懐《ふところ》に抱かれている。緑の草原のところどころで、馬が草を喰《は》んでいる。ハンノキに縁《ふち》どられながら、川がぐにょりと湾曲《わんきょく》している。川べりの集落からは、煙がたち昇っていた。昨日、ここでふりかえって見たときと、何も変わりはなかった。こうして目の前の光景を眺めているうちに、心が落ち着いてきた。――ひとりの男、いや何千人の男に何が起きようと、日々の営みは変わらず続いてゆくのだ、と。わたしは、理性の光のあたらない心の奥底で、すでに谷が荒廃し、馬に病気が蔓延《まんしん》しているのではなかろうかと、いわれのない恐れにとらわれていた。しかし、これはばかげた心配だ。わたしは国王ではないから、わたしの行為によって、国に災《わざわ》いが招き寄せられるようなことなど、あろうはずがない。破滅の運命はこのわたしにだけかかわるものだが、それは絶対に実現するはずのものだということを、わたしはそのときすでに知っていた。騙《だま》されたとはいえ、わたしは太古から存在する罪を犯してしまった。これは逃れようのない大罪だ。わたしは種を蒔《ま》いてしまった。そしてそこから育つ木には、死のりんごが実を結ぶだろう。嘔吐《おうと》の味が魂に残り、わたしと太陽のあいだには影がはさまっていた。

カバルは犬らしいがまん強さで、わたしがふたたび歩きだすのを待っていたが、とつぜん耳をそばだて、道の下の方を見た。一瞬、緊張して立ったまま、ナント＝フランコンから吹いてくる微風《そよかぜ》に鼻を向ける。そうして次の瞬間、カバルは急に頭をもちあげてひと声吠《ほ》えた。下に見える樺《かば》の木のあいだから、長くひきのばした、うれしそうな少年の声が響いた。

「アルトス、アルトースさま」

わたしは口に手をそえると、応《こた》えて叫んだ。

「おうい、わたしはここだ」

わたしは山を下った。カバルは先を跳《は》ね下ってゆく。

先の方に樺でおおわれた突出部があり、道がそこで曲っていたが、この角のところに二人の人の姿があり、こちらを見あげていた。フンノと、フラビアン少年だ。年老いた馬番は手を上げてあいさつした。フラビアンの方は老人を置き去りにし、若々しい猟犬のように坂を登ってきて、わたしに飛びついた。

「ご無事で何よりです。この道のどこかにいらっしゃると思ったのですよ」

「夜お休みになる所はあったのですね。そうですね」

フラビアンはわたしの方に手をのばした。そしてわたしの顔を見たのだろう、わたしは言葉につまってしまった。しばらくのあいだ、二人は黙ったまま顔を見合わせていた。そこへ老フンノが登ってきて言った。

「どうかなさいましたか？　おけがでも？」

わたしは首をふった。

「いや。だいじょうぶだ。ただ、昨晩いやな夢をみただけだ」

第4章　夢の馬

　わたしはアルフォンから降りた。その前に、新しい放牧場についてのことをすべてフンノと取り決め、自分のところから、十四、五頭の雌馬《めすうま》を集めておいた。それからまた、二十人ほどの優秀な部族民を集め、〈騎士団《きしだん》〉の数も増やした。炎のように熱い若者たちで、命令に従うことなどさらさら頭になさそうだったが、わたしや、彼らが仕えるようになる者たちがこれから徹底的にたたき込めばよいのだ。それに彼らは猪《いのしし》のように勇敢で、〃幽霊《ゆうれい》の狩猟〃のように馬を駆ることができた。

　われわれがウェンタ・ベルガルム（ウィンチェスター）まで下ってくると、アンブロシウスはすでにアクアエ・スリス（バース）方面の辺境《へんきょう》防衛を視察するため、西へと旅だった後であった。これで叔父《おじ》と一対一になるのはしばらく先になると思うとほっとした。もちろんほかにも大勢の男たちと会って酒を酌《く》みかわしながら、わたしがこの春のはじめにアルフォンに向かった頃と、世界は少しも変わってはいないのだというふりをしなければならなかった。いまもまだ、あのときと同じ春なのだとは、とうてい信じられなかった。しかしそんな自分の気持ちを、わたしはなんとか隠しおおせるようになっていた。わたしのお芝居もなかなかのものだったのではなかろうか。わたしの軍事と馬術の父ともいえるアクイラは、何かまずいことがあるのに気がついていたようだが、サクソンの奴隷《どれい》になったときの首環《くびわ》の跡も残っているような男であり、思慮《しりょ》も慎みも深かったので、他人のことを詮索《せんさく》するようなことはなかった。とにかく、アクイラは馬のこと以外何もたずねなかったので、わたしはとてもうれしかった。そうはいうものの、そもそもわたしには、ウェンタ・ベルガルムにいるあいだ考えこむような時間はほとんどなかった。馬のためにさまざまなてはずを決めなければならなかったし、二十人の部族民も騎兵《きへい》大隊にふりわけた上で、最も扱いの上手な指揮官につける必要があった。それに、わたしがいないあいだの手配もしておかなければならない。セプティマニアで取り引きするための金の準備もあった。アンブロシウスはすでに約束していた分を、計量ずみの黄金のかたちでわけてくれていた(この頃のご時世だと、貨幣《かへい》など何の意味もないのだ)。しかしわたし自身が自分の土地や身のまわりの品からかき集めることができたのは、鉄や銅の貨幣にはじまって、珊瑚《さんご》のついた銀の馬具、高級な白と赤の牛皮、つがいの大型の猟犬など、種々雑多であった。そこである日、ゴールデン＝グラスホッパー街にあるユダヤ人のエフライムのところに出かけて行った。そうして、ほぼ一日をついやして、猟犬以外のものを、金と交換した。値を言い争うさまは、やり手の婆《ばあ》さんさながらであった。そして最後の最後になっても、エフライムはそっと秤《はかり》に親指をのせておこうとしたものだから、わたしは短剣の先でそれをこじ上げた。エフライムはいかにもユダヤ人らしくにこやかに微笑《ほほえ》んで見せ、両腕をあげて、計量に不正のないことを示した。こうしてわれわれは、双方ともに恨《うら》みをいだくことなく別れた。

猟犬はアクイラが買ってくれた。彼にそんな余裕があるとは思えなかった。というのもアクイラには軍からの給料しかなく、息子のフラビアンがわたしのところに来たとしても、養うべき妻がなおもいたからである。馬を別にすると、アクイラのもっている値打ち品はといえば、イルカの印《いん》が彫られてある、傷ついたエメラルドの指環ぐらいだった。それは父の代からゆずりうけたもので、いつか息子の手に渡るはずのものであった。またアクイラは、たいてい接《つ》ぎのあたったものを身にまとっていた。しかしわたしだって、アクイラが困れば、同じようにしただろう。

長旅のこまごまとした準備はおわり、わたしは〈騎《き》士《し》団《だん》〉の十九人の仲間とともに、ウェンタ・ベルガルムを後にした。こんなに大勢では費用もかかるだろうが、これより少なくては、どうしてよいのか分からなかった。とくに種馬をなるべく陸路でアルモリカ（ブルターニュ）まで連れてゆき、長い船旅を避けようとするならば、なおさらのことであった。金は厚手の鞍敷の中に縫い込み、すぐ入り用の分だけを腕環《うでわ》にして、それぞれが肘《ひじ》から上に帯びた。

三日後、われわれは葦《あし》の原と湿地のあいだにある、この場所にやってきた。ケルト人がりんごの島（グラストンベリー）とよんでいる所である。僧院の果樹園には、アンブロシウスの黒い大型の雄馬ヘスペルスが、他の馬といっしょに繋《つな》がれてあった。当時（現在でも変わりがないが）、ここには聖職者がいたのである。彼らの弁によれば、はるかキリストの時代からいたのだという。われわれもアンブロシウスの馬といっしょに、自分たちの馬をつないだ。そこはりんごの樹の下で、草が甘く、長く伸びていて、喰《は》ませるのにちょうどよかった。こげ茶の僧衣《そうい》をまとった若い修道士が、われわれの世話役をつとめることになったので、われわれはこの人物の後について、粗末《そまつ》な木造の教会のわきにある長細い広間へと向った。この教会の周囲には、かやぶき屋根の小さな僧坊が集まっていた。いわば真ん中に女王蜂の巣のある、マルハナバチの巣に似ていた。広間に入る。そこには、たる木に下げられた獣脂ランプが放つ、煙たい明かりがみちていた。修道士たちはすでに集まり、すでにパンと野菜スープの夕食がはじまっていた。その日は断食日だったのだ。アンブロシウスと数名の仲間は、修道院長とともに、荒削りな厚板のテーブルの上座についていた。わたしがアンブロシウスと会うのを恐れたのは、向こうがわたしの顔に何かを発見するような予感がしたからではない。わたしの方がアンブロシウスの中に、何かを見てしまうような気がしたのだ。わたしは、イゲルナの中にアンブロシウスの面影を見てしまった。だからアンブロシウスの中にも、イゲルナを見てしまうに違いないと、わたしは混乱した悪夢のような思いをいだいたのだ。じっさい、恥も外聞《がいぶん》もなければ、こんなところは通らなかっただろう。わき道をただ西に向かい、叔父《おじ》に出会わないようにしたはずだ。

木造の広間を歩いているときも、わたしはまともに叔父の顔を見なかった。そして慣習《ならわし》に従って、頭を低くしたまま、叔父の前にひざまずいた。叔父はわたしに立ち上がるよう合図をしたので、わたしはゆっくりと立ちあがり、ついにその顔をまっすぐに見た。

イゲルナはそこにいなかった。輪郭《りんかく》や顔色など、表面的な類似はあった。たとえば褐色《かっしょく》の肌、その下にあるほっそりととした骨組み、眉《まゆ》のつきかたなどは似ているといえた。イゲルナが誰かに似ているような気がして、そのままに去った方がよいような予感がしたのも、そのせいだ。しかしわたしの目の前で、肌色につりあわぬ灰色の目で、心を開いて微笑《ほほえ》みかけているのは、いままでと変わりないアンブロシウスであった。わたしはほっとして、溜《た》めていた息を吐《は》き出し、前かがみになり、身内の者らしく、暖かい抱擁《ほうよう》を受けた。

簡素な食事がすむと、修道士たちはおつとめにつき、われわれの仲間たちは炉《ろ》のそばでナックルボーン［お手玉遊び］に興《きよう》じはじめたので、アンブロシウスとわたしは二人だけで――いつものようにカバルだけはついてきたが――外に出て、湿地と果樹園を仕切っている、低い泥炭《でいたん》の塀の上に腰をおろして語りあった。アンブロシウスが剣をくれたあの晩以来、このような機会はなかった。

月が空高くあがっている。霧が沼と柳の土手の一帯にかかり、幻影《まぼろし》の海の潮が満ちてきたかのように見える。高くなった地面は、さながら島のように、霧の海から浮かびあがっている。そうして急な傾斜で盛りあがり、そのいただきが、神聖なサンザシによっておおわれている。しかし果樹園でも低地の部分では、馬のつなぎ場を照らしている角灯がかすかな金色の暈《かさ》をかぶっていた。りんごの白い花びらが散りはじめ、風がないので、まっすぐに落ちてきた。背後では、野営地と修道院の静かな声が聞こえてくる。湿原は静まりかえっている。やがて霧の中で、サギの声が大きく響いたが、またすぐに静寂《せいじやく》がもどる。じつに平和な場所だった。いまもそうだ。

しばらく後、曖昧な言い方をわざと避けながら、アンブロシウスが言った。

「で、そなたはセプティマニアへ行くのだな」

「はい」わたしはうなずいた。

「いまでも、自分で行く必要があると感じているのだな。そなたがいなくて、こちらはだいじょうぶだろうか」

こちらに向かって湿原の上をさらに近づいてきた霧を見つめながら、わたしは膝《ひざ》の間《あいだ》で剣をぶらぶらさせていた。

「そのことなら、いく晩悩んだか知れません。ひと夏の戦《いくさ》を犠牲にしなければならないのは、どれほどつらいことか。しかし戦いに使う馬を選ぶことだけは、ほかの者にまかせられないのです。とにかく、すべてが馬にかかっているのですから」

「アクイラでもだめかね」

「アクイラですか？」と言いながら、わたしはじっと考えた。

「ええ。アクイラなら信頼できます。ですが、叔父《おじ》上はアクイラをわたしに貸してはくれないでしょう」

「貸せんな。それはいやだ。無理というものだ。同じ年に、二人とも手放すわけにはいかない」

アンブロシウスは、だしぬけにわたしの方に向いた。

「そなたが不在のあいだ、そなたの部下たちはどうするのだね」

「叔父上にあずけます。わたしがもどるまで、わたしの部隊を使ってください」

しばらくのあいだ、それからそれへと話がはずんだ。まずは、わたしが繁殖用に選んだ雌馬《めすうま》のこと、フンノとたてた計画のこと、わたしの土地から工面《くめん》した金のことなどを話した。それから話題がかわり、アンブロシウスが西部に築きあげようとしている防衛態勢や、その他もろもろのことがひとしきり話されると、とうとう話がつき、二人とも黙ってしまった。沈黙がつづき、霧が晴れ、それと同時に月が昇ってきた。やがてアンブロシウスが口をひらいた。

「山にもどってよかったろう」

「ええ。よかったですよ」

と答えてはみたものの、わたしの声のどこかに、偽《いつわ》りの響きがあったのだろう。アンブロシウスは首をめぐらせて、じっとわたしを見すえた。沈黙の中、どこか葦の原でサギがふたたび声を大きく響かせ、また静かになった。

「しかし、何かまずいことがあったようだな。いったいどうしたのだ」

「どうもしません」

「どうもしないだと?」

わたしは剣の柄《つか》をあまりに強く握りしめたので、柄頭《つかがしら》にはまった大きな紫水晶の角が掌《てのひら》にくいこむような気がした。作り笑いをしながら、わたしは言った。

「何でもすぐ顔にでると、一度ならず叔父《おじ》上に言われましたが、今度は叔父上の思い過ごしです。何もありはしません」

「何もないだと?」アンブロシウスはまた言った。

そこでわたしは、わざわざ白い月の光がまともに顔にあたるように注意しながら、叔父と向き合った。

「どこか変わったように見えますか」

「いいや」考え込みながら、ゆっくりと叔父が答えた。

「むしろ変わったのはこちら側、こちらの世界だと、そなたは思ったのではないかな。あるいは、われわれが変わったように見えるのが、恐いのではないかな。今晩修道院の広間に入ってきたとき、お前はぎりぎりのときまで、このわたしを見ないように努めていた。そしてようやく見たと思ったら、まるでそこに他人の顔、ひょっとしたら敵の顔が見えるのを恐れているみたいだった。それは……」

アンブロシウスはさらに声をひそめた。そもそも最初から、声が出ているのかどうかわからないほどだったが。

「そなたを見ていると、歌人《うたびと》の歌に出てくる男、妖精《ようせい》の〈虚《うつ》ろな丘〉で一夜を過ごした男のことを思いだすよ」

わたしは、長いあいだ黙ったままだった。すべてを打ち明けてしまいそうになった気がする。しかし結局できなかった。わたしの魂がそれで救われたかもしれないのに……わたしは言った。

「たぶん、わたしは〈虚ろな丘〉で一夜を過ごしたのでしょう」

ちょうどこう言ったとき、りんごの樹々の向うで、木造の教会の鐘《かね》が鳴りはじめ、修道士たちを夕べの祈りへとうながした。月夜の明かりの下で、ブロンズ色の音、茶色の音が、りんごの樹々のあいだに鳴り響いた。アンブロシウスは少しの間こちらを見つづけていたが、これ以上は追及しないだろうと、わたしは思った。この間、わたしはじっとすわったまま、膝《ひざ》の上においた剣の柄《つか》をさわっていた。すぐにまた気持ちを奮い立たせて、旅を続けなければならないのだから、いまのうちにこの静かな瞬間を存分に味わっておこうと思ったのだ。

「もしわたしが本当に〈虚ろな丘〉から帰ってきたばかりだとすれば、この場所こそ、もっともふさわしい場所です。鐘が響いて、わたしの魂をキリスト教の神のもとへと呼びもどしてくれます…ここはよいところです。霧が葦《あし》の原に湧きあがるように、平和に満ちあふれています。ここは、最後に帰ってくるにふさわしいところでしょう」

「最後にとは？」

「最後の戦いが終わり、最後の歌がうたわれ、剣が最後にさやにおさめられたときですよ。おそらくいつの日かサクソン人との戦いを終え、自分の後継者に剣を渡す日がくるでしょう。年老いた犬が自分のうちに這《は》いもどって死ぬように、わたしもここにもどって来るでしょう。前髪を剃《そ》り、足をあらわにして、残された時間を魂の浄化に用いるのです」

「世に大昔からある夢だな…」と言いながら、アンブロシウスは立ち上がった。

「剣も王冠もおいて、托鉢《たくはつ》の生活を始めようというのは。そなたが額《ひたい》を剃り、はだしで歩きまわる姿など、想像もつかないがね、アルトス」

しかし、ちょうどアンブロシウスがそう言ったとき、剣の柄《つか》についている紫水晶がほんのわずか傾いたように、わたしの指に感じられた。しっかりはまっていないのだろうか？　確かめようとして、さっと身をかがめる。よそを向こうとしていたアンブロシウスが、ふり返る。

「何かまずいことでも？」

「マクシムスの玉璽《ぎょくじ》が、はずれそうな気がしたのです。だけど、だいじょうぶそうです。たぶん、気のせいでしょう…いずれにせよ、そのうち金細工師を見つけたらみてもらいます」

鐘はさらに大きく鳴り響き、その音がりんごの樹々のあいだに広がっていった。祈りの時間に修道士たちにつきあうつもりなら、もう腰を上げねばならない。わたしは立ち上がり、足もとにいる、気のすすまないカバルを駆《か》りたてた。

「起きるんだ。怠け者」

そして犬の鼻の先が手にあたるのを感じながら、わたしはアンブロシウスとともに果樹園の中を歩いていった。ゆるんだ紫水晶のことはもう頭になかった。少なくとも後日のことがあるまでは……

まだ当分夏が来そうにないある日のこと、わたしと小さな一団はドゥムノニアのカドル王のところに滞在し、船を待っていた。カドルは古い国境の城市《まち》イスカ＝ドゥムノニオルム（エクセター）か、いつも夏に宮廷を移すタマラ川沿いの町にいるかと思ったが、どうもサクソン人と同じで、町が好きではないらしい。それでわれわれは、カドル王の武骨《ぶこつ》な山の城砦《じょうさい》で数日を過ごすことになったのだ。ここは寥々《りょうりょう》として荒れはてた丘のすそ、カドルは、家来や女たち、それにたくさんの家畜たちとともに住んでいる。まるで、エリン（アイルランド）の田舎の族長さながらであった。

最後の晩のこと。われわれは、周辺の野山を闊歩《かっぽ》していた堂々たる赤鹿を二頭しとめ、小馬《ポニー》の背にのせて帰ってきた。その日は終日、狩猟日和《かりびより》だったが、しばらくのあいだ――ほんのしばらくのあいだ、わたしは追ってくる猟犬の群れと間をあけて、先行してしまった。われわれはカドルの城にもどってきた。われわれの長い影が、去年のヒースの枯葉と、春に蒔《ま》いた大麦の若葉の上にのびている。狩猟《かり》の一日の心地よい疲れが、手にも足にも感じられた。カバルはほかの猟犬の群れを離れて、わたしの馬の足もとについてきていた。カドルの猟犬もみごとだったが、そんな中でもカバルがいちばん大きかった。がたんがたんと城の広い門をくぐる。そこには牛小屋や厩《うまや》にまじって、戦《いくさ》のときに、兵士たちが各々の刃《やいば》を研《と》ぐための、ひょろ高い砥石《といし》が立てられてある。われわれは、出てきた従僕《じゅうぼく》に小馬《ポニー》と獲物を渡すと、うちそろって奥の庭へと入っていった。

女たちは、細長い木造広間の入口の前に集まっていた。そこにはなかば聖なる木とされているセイヨウサンザシの老木が生えていて、うっすらとした影を投げかけていた。

「天気がよいので、女どもがブョのように日なたに出てきたようだな」

女たちの姿が見えてくると、カドルが言った。なかなかよい光景だった。空色、れんが色、サフラン色と、女たちの衣《ころも》は色とりどりだ。ものういそよ風がサンザシの小枝を揺《ゆ》らすと、そろそろ色褪《あ》せてきた花びらがはらはらと散るとともに、女たちの衣装にうつった木漏《も》れ日のまだら模様が、ゆらゆらと揺れた。目も彩《あや》な小鳥の群れのように、そっとおしゃべりをしているのもいれば、糸を紡《つむ》いでいるのもいる。またひとりの少女は、濡《ぬ》れた髪をとかしながら、日向で乾かしている。カドルの妃エシルトは真ん中にすわっていた。切れた琥珀《こはく》ネックレスの、糸をつけ変えている。彼女の足もとには淡い褐色《かっしょく》の鹿皮が敷かれ、その柔かな襞《ひだ》に包まれて、小さな生きものが子猫のようなか細い声をあげていた。

カドルに息子がいることは知っていた。アンブロシウスの戴冠《たいかん》の後で生まれ、わたしの祖父にちなんでコンスタンティンと名づけられた。この子どもが女たちの部屋で、腹を空かせた子羊のように泣いているのは聞いたことがあったが、まだ、見たことはなかった。カドルは、他の男どもの前で赤ん坊のことを話題にすることなど恥《はじ》だと考えていた。しかし、いま、何気《なにげ》ない顔をしながらそうする機会が、目の前からころがりこんできた。カドルは、城を訪れた他人に赤ん坊を見せたくてたまらなかったのではなかろうか。いずれにせよ、中庭に入るとカドルの歩調は速まった。

エシルトは指の間にメロン形の琥珀《こはく》ビーズをはさみ、夕陽に目を細めながら、顔を上げた。

「お早いお帰りですこと。獲物《えもの》はなかったんですの？」

「なかったどころか、アルトスに、お前の猟場以外にも動物はいるんだぞと、見せつけてやったよ。二頭もしとめたぞ」

カドルはかがみこんで膝《ひざ》に手をやり、鹿皮の中でうごめいている小さな生き物を覗《のぞ》きこんだ。それから、一瞬、わきの妻の方に目をやり、白い歯をキラッと光らせた。

「どうして、狩猟《かり》から早く帰ってはいけないのだ？　わしに見られてはいけない何か——いや、誰かが隠《かく》れているとでも？」

「わたしのスカートの中に、男が三人隠れていますよ。四人目はそこにいるわ」とエシルトは言い、糸を持っているその手で子どもを指さした。

「その子の父親が誰だか知りたかったら、その子の顔を見れば、一目瞭然《いちもくりょうぜん》だわ」

まるで喧嘩《けんか》腰のように聞こえたが、これはある種のお遊びだった。少年や犬がなかば真剣、なかば笑いながら行うまねごとの喧嘩と同じだ。カドルは、自分が見てはいけない男などいるはずのないことを先刻承知だ。だからこそ、ふざけることができるのだ。わたしは、男と女がこんな遊びをするのを見たことがなかった。だから、とてもほほえましい光景だと思った。

「だけど、ろくに見えないじゃないか。まるでピンクの小豚だね。なぜそんなにぐるぐる巻いているんだね？」

「太陽が西に傾いて、風が冷たくなってきたからですよ」

エシルトはそう言って、とつぜん笑った。

「子どもは朝と変わりませんよ。だけど、どうしてもごらんになりたいというのなら、どうぞ」

エシルトが鹿皮の折り目をめくると、男の子が自分の巣に裸で寝ていた。身につけているものといえば、魔よけの珊瑚《さんご》ビーズだけだ。こればかりは、どんな赤ん坊も首のまわりにつける。

「さあ、あなたのピンクの小豚よ」

カドルはにやっと笑った。

「小さくて役立たずだ」

誇《ほこ》らしい気持ちを見せまいとしながら、カドルが言った。

「いつかこの子が成人して盾《たて》を持てば、息子をもってよかったと思えるかもしれんが」

わたしはというと、この言葉を聞いてとつぜん空が真っ暗になった。そしてまたもや、何者かに追われるような気分を味わうのだった。

カバルの子ども好きときたら、まるで雌犬《めすいぬ》も顔負けだったが、いまもまた、赤ん坊の匂いをかごうと、鼻を前に突き出した。わたしはさっとかがむと、首環《くびわ》をつかんで後ろに引いた。カバルには赤ん坊を傷つける気持ちなど、さらさらなかったろうが、母親が恐がるだろうと、わたしは思ったのだ。さて、わたしが身をかがめたとき、マクシムスの玉璽《ぎょくじ》がゆるんだ土台から飛び出して、鹿皮の中に落ちた。それはころころと転がり、赤ん坊のふっくらとした首にぶつかった。石は一瞬のあいだ静止し、めらめらと燃える夕陽を取り込むと、王にのみ許される高貴な紫の激しい炎となって輝き出すのだった。

エシルトも身を屈め、次の瞬間には、玉璽《ぎょくじ》をひろいあげてわたしに返した。皆がわっと一時《いちどき》にしゃべりだした。ヒースの中に落とさなくてよかったと、女たちは歓声をあげた。カドルはわたしの柄頭《つかがしら》のうつろなくぼみをのぞき込んだ。わたしの仲間たちと、カドルの家来たちが、一目見《ひとめ》ようと、寄り集まってきた。わたしは冗談にして笑いとばし、宝石を掌《てのひら》の中で投げた。あっというまのできごとだった。ウル＝ウィズヴァ（スノードン）山の尾根に突風が吹いてきて、草原を揺《ゆ》らせて消えるくらいのあいだに終わってしまった。しかし、サンザシの木の下にいた老女が隣の女に何事かをささやき、わたしがカドルを追って広間に向おうとしたとき、二人は赤ん坊とわたしをしきりに見くらべていた。わたしの耳に入れるつもりはなかったろう、しかし、わたしには二人の言葉が聞こえてしまった。

「お告げよ。お告げだわ。コンスタンティンは皇帝の名前…」

コンスタンティン・マプ・カドルに顔をあわせたのは、これが最初であった。最後に会ったのは、ほんの数日前のことだ。――何日前のことかは定《さだ》かでない。わたしには時間の感覚がなくなっているのだ――わたしは全軍の前で、コンスタンティンを後継者に指名した。それは戦いの前夜のことだった。指導者としての力量は未知数だ。しかしコンスタンティンはマクシムス直系の最後の男だし、少なくとも武人であった。ほかの選択はあり得なかった…

「わしの刀鍛冶《かたなかじ》のウリアンのところへ、持ってゆくがよかろう」とカドルが言った。

「ウリアンの専門は刃《やいば》だが、なんとか宝石くらいはめられるさ。ウェンタ・ベルガルムのどんな金細工師にも敗けるものか」

そこでわたしはカドルの指示にしたがって、城砦《じょうさい》の低くなった区画をめざして下っていった。そうして、刀鍛冶《かたなかじ》のウリアンのところにたどりついた。

わたしは鍛冶場《かじば》の戸口に立って、小柄《こがら》ながら、肩が牛のように盛りあがった刀鍛冶の男にじっと目をそそいでいた。――というのも、玉璽《ぎょくじ》がきちんとはまるまでは、一瞬も目を離したくなかったからだ。――そのとき、後ろから足音が聞こえた。ふり向くと、フルヴィウスが厩《うまや》の方からやってくるのが見えた。フルヴィウスは、カドルの家来二、三人をともなって海べりまで下りて、航海の手配をしてきたのだ。

「どうだった？　何かよい知らせか？」

フルヴィウスはにやっと笑ってみせた。子どもの頃から、この笑いを見ると、わたしはきまって野ネズミの穴に放りこむ、元気な毛むくじゃらの小型犬を連想したものだ。フルヴィウスは馬に乗ってきたので汗とほこりにまみれていたが、手の甲でぬぐうと、ひたいに縞模様《しまもよう》がついた。

「悪くないですね。二日後にブルディガラ（ボルドー）に向けて出航する船を見つけ、どうにか船長と話をつけてきました。この船はワインを積んで帰ってくる予定ですが、行きの荷は牛の皮がたった数枚だそうです。だから何人か乗ってもらえば、行きもむだにならないと喜んでいますよ」

「いくらだ？」

「四人につき、腕環《うでわ》ひとつです。溺《おぼ》れ死ぬって可能性もなくはありませんが」

「何ごとも経験さ。で、ざるのような船か？」

「まあ、まともに見えますね。ただし横幅が、長さと同じくらいあります。よく考えると、溺れる前に船酔いで死んじまうかもしれませんね」

その晩わたしたちは、夕食のあと、遅くまで馬を輸送する方法について話し合った。カドルは、八月のはじめまでに、海峡の向こう側に適当な船を二隻《せき》用意すると、約束してくれた。そうしてもらえれば、秋の嵐が吹き荒れる前に、六週間ほどの余裕がある。なにしろ、すべての馬を運ぶには、五、六回往復する必要があるのだ。しかし問題は、馬を運んだあとで、いかに船を元の状態にもどすかということであった。ローマの輸送船の場合は、最初から吃水線《きっすいせん》の下に入り口を組み込んで建造されていた。潮がひいたときにそこから馬を積みこみ、扉を閉じたあとは、すきまに詰めものをするようになっていた。しかし、どこの船長が、自分の船の水面下の部分に大きな傷をつけることなど、平気で許すだろうか。ところが、われわれには船を買うほどの余裕もなければ、たとえ時間がゆるしたとしても、建造する金もなかった。けっきょく、甲板《かんぱん》の一部を切除し、馬は薬で眠らせたうえ、吊《つ》り索《さく》と滑車《かっしゃ》によって中に運び入れようということになった。甲板の板は、終わったあとで修復するのである。これはいちかばちかの方法であったが、どうか人間も馬も——とりわけ馬は死にませんようにと、皆が神に祈った。人間ならかわりがあるだろうが、馬はかけがえがなかった。しかし、ほかにどんな方法も考えられなかった。

翌日カバルをからっぽの牛小屋につなぐと、——カバルは背後で激しく鳴きわめいたが、——われわれは海岸へと向かった(カバルがわたしと別れたのは、これが最初で最後だったが、わたしは自分がまるで人殺しのように感じられた)。そして翌日の朝の満潮にのって、ブルディガラに向けて出航した。われわれは、強烈な悪臭を放つ牛皮といっしょに押し込まれた。フルヴィウスの言ったとおり、船はほとんど丸いといってよく、まるで孕《はら》んだ豚のように、よたよたと波間《なみま》をのたうってゆく。波の谷間に突入するたびに、次の波頭が来るまでに、はたして立ちなおれるのだろうかと案じられたほどだった。われわれの気分は最悪で、やがて時間の感覚がなくなってしまった。いったい、どれくらいの日数がかかったのだろう？　しかし、われわれは沈没することもなく、〈海の狼《シーウルフ》〉の船に出くわすこともなく、ついにフランスの大きな河口に着いた。なにしろ初めての航海である。上陸したときにも、ひどく驚いたことがあった。大洋の長いゆったりとしたうねりに合わせて、わたしの足の下で、木の桟《さん》橋《ばし》が上下に揺《ゆ》れるのだ！

ブルディガラに着いたわれわれは、われらの次なる行き先を目指して集まっている、商人の一行を見つけた。ナルボ（ナルボンヌ）の馬市には、商売人の連中が、ガリアばかりか、ピレネーとよばれている山々をこえたスペインの周辺からも集まってくるようであった。そこでは馬の商人ばかりでなく、有象無象《うぞうむぞう》の者たちによって、砂糖菓子から剣にいたるまで、あるいは彩色陶器から象牙《ぞうげ》のアシュタルテ、安い天宮図にいたるまで、およそさまざまなものが商《あきな》われるのだ。われわれは、この一行とともに旅することにした。そして遅れて来る者たちを待っているあいだに、いまからの旅に必要な馬を買うことにした。われわれが選んだのは、小さくてもがっしりとした馬だ。値が張らぬよう、見てくれのよさも気品もないが、ナルボで売りやすそうなものばかりだ。わたしは耳慣れない言葉では取り引きも困難ではないかと案じていたが、誰もがくずれたラテン語をしゃべるので――少なくともわれわれの耳にとっては、くずれたラテン語だった。おそらくわれわれのラテン語も、彼らにはくずれて聞こえただろう――指を用いて数えたり、ときには大声で叫んだりすれば、なんとか取り引きできたのだ。ゴート人は、押し出しの立派な連中だ。まず背が高い。わたしにおとらぬ者もいた。ブリテンでは、わたしに並ぶほどの者はめったにいない。彼らは恐ろしく傲然《ごうぜん》としている。また金髪だが、わが故郷《ふるさと》の丘の人々にくらべると、それほど赤くなく、むしろ黄色っぽい。彼らは東ローマ帝国の忠実な家臣だが、この者たちの曾祖父《そうそふ》が七十年前にローマを略奪し、灰燼《かいじん》に帰せしめたのかと思うと、なんとも不思議な気がする。もしそんなことがなかったら、最後のローマ軍団がブリテンから撤退するようなこともなかっただろう…　しかし、そんなことに思いふけったところで、何の益もない。

最後の者たちが一団に加わり、われわれはトロサ（トゥールーズ）に向けて出発した。

われわれは古い街道の残骸《ざんがい》の上を、東に向いて進んでいったが、ガルムナ（ガロンヌ）川流域の広い谷間は、すっかりワインの産地のようであった。それまでも、ブリテンの南部のあちこちで、段々になった斜面に作られた葡萄園《ぶどう》を——ほとんど荒れ放題になっていたが——見たことはあった。しかし、こんなに広大なものははじめてだった。ときおり、ゴート人よりも小柄で褐色《かっしょく》の肌をした者たちが、道ばたで葡萄《ぶどう》の蔓《つる》を束ねていた。ゆるやかな曲線を描いて野を流れてゆく灰色の大河をはるか一望におさめることもできた。しかしわたし個人としては、山のささやかな流れが何よりも好きだ。

五日目の夜、さらに道中で加わった小集団もあったので、われわれの人数は膨《ふく》れあがっていたが、われわれはトロサの見えるところまでやってきた。ここまでくると、遠くの山々が空に高くそびえるのが見えてきた。そこでわれわれは一日の休みをとった。もっともきつい旅程《りょてい》に入る前に馬とろばを休ませるのと、自分たちの食糧を補給することが目的だ。これまで何度もその道を通ったことのある、世話好きの占い師が、山の中で四度《よたび》野営するのに必要なものを用意しておくよう助言してくれた。次の朝、この町で加わった者もいて、さらに人数は増えたが、われわれは山に向かってまっしぐらに進んでいった。

道が登り、ガルムナ川流域の広大な谷が背後に去ると、ピレネー山脈の峰々が、まるで巨大な城壁のように、雷雲のような藍色《あいいろ》の姿を南の空に現わした。しかし二日目ともなると、われわれは山に足を踏み入れるのではないということが分かった。左右のどちらにも、山がそびえている。そこまでは、およそ二十マイルもあろうか。しかし間はゆるやかな丘になっていて、そこを広い石畳の道が通っていた。ときに盛り土の上をゆき、また峡谷《きょうこく》の中では土手道となりながら、えんえんナルボの町と海岸まで続いているのだった。いままでと同じゆっくりとしたペースで、われわれは馬を進めた。日中は日かげがあれば休憩し、夜は火を囲んで身を寄せあった。というのは、夏でさえ夜は冷えこむからだった。遠くの狼の臭《にお》いに、繋《つな》がれた馬たちは脚を踏みならした。そして見張りの者たちは、マントの裾《すそ》をかき寄せて、朝の到来を心待ちにした。われわれ〈騎士団《きしだん》〉の仲間とわたし）は剣を手に持ち、大事な鞍敷《くらしき》を枕にして寝た。ともに旅する人々に不信の念をいだくようなことはなかった。というのはこうした集団では、〝汝盗《なんじ》むなかれ〟というのが掟《おきて》となっていたからだ。丘に無法者がひそんでいる危険な田舎では、同行の仲間の間に少しでも亀裂《きれつ》があれば敵につけこまれかねないので、不正をはたらいた者はただちに集団から追放される。そうなるとひとりで旅しなければならないが、もはや数を頼んで身を守ることができないので、先は知れているのだ。このように同行の仲間は信頼できるにしても、それでもなお、夜間に山賊《さんぞく》に襲われる危険はつねにあった。だから、われわれは念には念をいれたのだ。

五日目になった。この日まで、事故といえば、誰かのろばが荷物のせいでバランスを失い、小さな谷にすべり落ちたことくらいで、それ以外には何事もなかった。昼の最後の休息をとろうと、わたしたちは道をそれて、長い松林の陰に入った。茶色っぽい小川が静かに流れ、石を並べた渡し場があった。とぼしい水を馬に飲ませ、自分たちの眼や口についた白いほこりを最小限におとすと、われわれは木の陰に腰をおろして、ゆるやかに下ってゆく草原、そしてその先にあるナルボと海の上をはるかに見晴らした。

ここはトロサ周辺の葡萄《ぶどう》の産地とは、まったく違った世界だった。丘の斜面には、香りよい野草が繁っていた。――わたしの知っているものといえば、タイム、エニシダ、キイチゴくらいだ。――そして、これらの野草から立ちのぼってくる蒸れたような匂いと、松の木のひんやりとした香りがあたりに立ち込めていた。下の方では、地面は日にさらされて、白っぽい。そして海が近づくにつれて、土はますます白く、やせ細ってゆく。海はドゥムノニアの岬から見た海よりも、もっと濃い藍色《あいいろ》だった。たとえるならば、それはカワセミの襟羽のような色だ。谷につらなる緑の森を、そよ風が駆け抜けた。まばらに生えた、灰色じみた緑の樹々が――野生のオリーヴだと、わたしは後で教わった――さっと銀色にかわり、そこかしこで、脱穀場の白っぽい円盤がさかりをすぎた陽の光を受け、銀貨のように輝いていた。屋外で脱穀《だっこく》ができるほど、天候をあてにできる国にいるのが、なんとも不思議だった。

しかし眼前の光景で、いちばんわたしの心をつかんで離さなかったのは、はるか向こうの海岸沿いにある、白っぽい市松模様《いちまつもよう》の町のおぼろげな姿であった。ナルボの街。あの町の馬囲いのどこかに、馬場のどこかに、わたしが買いにきた種馬と母馬がいるのだ。わたしの夢の馬が……

第5章　ベドウィル

　夕暮れどき。夕陽をあびて、荷馬のひづめに舞い上がる土煙りが、黄金の雲となったころ、われわれはナルボ（ナルボンヌ）の城門の下をがたがたとくぐった。そこは、馬市《うまいち》をめあてになだれこんできた群衆が、まるで蜜蜂《みつばち》の群れのように、ごったがえしていた。かつては美しい町だったに違いない。いまもその面影が残っている。広場やバシリカの壁が、草ぶき屋根や木の壁を圧してほこらかにそびえ、ぼろぼろの漆喰《しっくい》や、蜂蜜色《はちみついろ》の古い石を、夕陽がぽかぽかと照らしている。そして人々の頭上では、無数のツバメが矢のように飛び交っている。どの家の軒下にも、そして、くずれかけた柱廊《ちゅうろう》のみごとな彫刻の割れ目にも、いたるところ、ツバメの巣があった。しかし、夕餉《ゆうげ》の火にくべるのは、馬の糞《ふん》だった。そのつんとくる乾いた臭《にお》いは、アルフォンの谷で牧童が焼くのと同じだった。

　当時も残っていた二、三の宿はすでに商人や馬であふれかえっていた。しかし城壁《じょうへき》の中にある何か所かの空き地が、網み垣、縄、イバラの枯れ枝などでおおざっぱに仕切られ、しもじもの輩《やから》や、遅れて来た人々の野営のために供されていた。旅の一行が解散すると、われわれはこうした囲いのひとつに、空いている場所を見つけた。そこには、およそ四十頭のらばと御者《ぎょしゃ》たちが、下ろしたばかりの荷物とともに野営していた。また、年老いた商人が、縞模様《しまもよう》の天蓋《てんがい》の下にすわり、土色の毛布の長衣にくるまって、気持ちよさそうに自分の体をかいている。そしてそのまわりでは、召使いたちが野営の準備をしていた。いうまでもないが、ここには何のサービスもなかった。緑のガラスのイヤリングを、髪のかかった耳にはめたものすごい太っちょが、ワインの屋台の日避けの下でのんべんだらりとしていたが――後で試してみたところ、このワインはなかなかのものだった――この男以外には、客相手に商売をやっている者はいないようだった。また、馬の飼料はすぐ近くで手に入ったが、人間の食べ物はなかった。そこで、われわれの中でもっとも有能な襲撃隊員であるフルヴィウスとオウェインが、調理済みの食糧を買いにゆくいっぽう、残っている者たちは馬に水を飲ませ、世話をしたのだった。そうして、さわがしいならばたちにまだ占拠されていない一隅を、住み心地よくしようと努めるのだった。

二人がもどると、われわれは、皮に香ばしい種子をふりまいたパンと、緑オリーヴとガーリックつきの冷肉を食べた。この料理の不思議な味にも、わたしはようやく慣れてきたところだった。そうして仕上げは、屋台で買ってきた二壺《つぼ》のワインだった。こうして食事がすむと、最初の見張り番が当たっているベリクスとアルン・ドリフィドを除いて、眠るために横になった。

しかし、わたしはなかなか眠りにつけなかった。そうして野営地や町が生みだす、夜特有の喧騒《けんそう》や足音に耳をすましていた。そして狩猟《かり》のおりにいつもわたしを導き、なぐさめてくれたおなじみの星を眺めていると、わたしの身体をかたちづくる肉の一片一片が、明日《あした》買うことになっている馬以上の、何かを期待する気持ちに戦《そよ》ぎ、おののくように感じられた。この強烈な期待感は、夕べの時間を過ごしている頃から、わたしの中で徐々に高まってきていた。それははげしい待望感――何かが、誰かが、わたしをナルボで待っている、あるいはわたしがそれを待っているのだという確信だった。愛する女を待ちながら男がいだく気持ちは、このようなものだろうか。ひょっとして、それは死かもしれないとすら、わたしは思った。やがてわたしは眠りに落ちた。狩猟に出て野に寝る男のように、静かで、浅い眠りだった。

真夏の馬市《うまいち》は、海岸の上の平坦地で、七日間にわたって行なわれる。したがって、わたしにはじっくりと選ぶことができたし、考え直す余裕も十分にあったが、二日目の晩までには、熱心に交渉したかいもあって、欲しかった馬の半分以上を買い終えていた。――買った馬のほとんどが、灰褐色《はいかっしょく》か、ほとんど黒に近いこげ茶で、額のところに白の炎か星の模様があった。――そして徐々に、自分の求めているものを見つけるのが、難しくなってきた。それは、市で売っている大きくて力強い馬に見慣れてくるにつれて、わたしの方が気難しくなってきたからかもしれない。

しかし、三日目のことだった。フラビアンをともなって、馬市の会場の向こうの端《はし》まで群衆をかきわけて行くと、それまで見た中で最高の馬に出会った。おそらく、他のよい馬が売れてしまったので、後で連れてこられたのだろう。それは、全身が黒――カラスの翼《つばさ》さながらに、真っ黒な馬だった。黒い馬の中にはほかの色のものに比べて、劣悪《れつあく》な馬が混じっている可能性が高いが、本当によい黒馬は、名馬ブケパロス〔アレクサンドロス大王の軍馬〕の正真正銘《しょうしんしょうめい》の兄弟である。この馬はよい黒馬で、肩のところで一メートル六十センチはあり、頭部も幅広く首筋も高く、身体のどの線にも力があふれ、心臓には炎が燃え、同じような息子を産める腰をしていた。ところが、もっと念を入れて調べてみると、馬の目が気になった。わたしは立ち去ろうとした。しかしそのとき、この馬の売り手の男――がにまたで、きらきらと輝く小さな目と、あるかないかの薄い唇をした男が、わたしの腕に手を触れた。

「今年のナルボにゃ、これ以上の馬はいませんぜ、だんな」

「ああ。おそらくそうだろうとも」

「だんな、もっとじっくりとこの馬を見たいのでは？」

わたしは首を横にふった。

「おたがいに時間のむだだろう」

「むだ？」

男ははげしく聞き返した――まるで、わたしが神に禁じられた言葉を使ったかのように。神を恐れぬあまりの不遜《ふそん》に、驚き入ったように。しかし、次に男の口から出たのは、猫なで声だった。

「だんな、こんな肩を見たことがありますかね？　こいつはまだ五歳ですぜ。だんなはセプティマニアでいちばんの馬をお捜しだと聞いたが、どうもまちがいだったらしい」

「まちがいではないよ」

ふたたび立ち去ろうとしながら、わたしは答えた。

「まちがいではないんだ。売るあんたにはよい商売かもしれんが、買う方のわたしにはよくないね」

「だんな、こいつのどこがまずいというのかね？」

「気性だよ」

「気性だって？　ハトの雛《ひな》みたいに優しいよ、だんな」

「そんな眼じゃないな」

「とにかく、歩くところを見てやってくだせえ」

馬を見せるために用意された空き地のすみに、われわれはいた。わたしの背には群衆がびっしりと押し寄せていたが、割りこんで、くぐりぬけることは容易《たやす》かったろう。なぜあのとき躊躇《ちゅうちょ》したのか、いまもってわからない。馬はたしかにすばらしかったが、その馬のせいというわけではないだろうと思う。男の強引な口調に押されたわけでないことだけはまちがいない。運命の指がわたしに触れたとしか言いようがない。というのは、この一瞬の躊躇のせいで、得たもの、またそのための苦い損失が、その後のわたしの生涯にずっとつきまとったからだ。

馬商人は、人だかりの中の誰かに向けて、ぐいと顎《あご》をしゃくった。それに応《こた》えて、ひとりの男が前に進み出た。わたしは、その男を遠目に見たことがあった。そのときは、買いそうなお客を相手に、馬を見せている商人たちと一緒にいた。こめかみにふさふさと生えた金髪が、頭の総じて黒っぽい印象と混じっていかにも奇妙なので、この男と分かったのだ。この時まで、これ以外の特徴には気をとめていなかった。しかし、よく見ると、とても特徴のある顔だった。まず第一に男は、たいへん若々しかった。年齢でいえば、おそらくわたしとフラビアンの中間ぐらいだろう。しかし、その年にしてすでに、激しい狩猟の季節をすごした猟犬のように、痩《や》せて、筋肉質だった。羊皮のキルトを皮ひもで腰に結びつけ、その裾《すそ》には羊毛をひらひらさせているが、それ以外には何も身につけていなかった。竪琴《たてごと》の入れものによく似たものが、むき出しの肩に皮ひもでかけてあった。馬商人の顔を見て、指示を待ちながら立っていたほんの一瞬のあいだに、いちばん強くわたしの印象に残ったのは、若者の顔だ。というのは、その顔はまったくことなった二つの顔を、左右半分ずつくっつけたように見えたからである。若者の口の一方は、もう一方よりつり上がり、黒い瞳の上にかぶさっているのは、かたや水平の深刻そうな眉《まゆ》、他は駄犬《だけん》の耳よろしく飛び跳ねている、向こうみずで陽気な眉だったのだ。美醜《びしゅう》あい混じった顔で、見ていて心暖まるような気がした。

「おい、ベドウィル、大将が黒馬の歩くのをごらんになりたいそうだよ。それでもってこいつの気性をご判断なさるとよ」

こう商人は言った。わたしは男の言葉を訂正しなかった。というのも、およそばかげた理由だが、こともあろうに、このとびきりケルト風の名前をもった若者がこんな馬をどう扱うのか、わたしは見たかったたからだ。

馬にはすでに轡《くつわ》と手綱《たづな》がつけられていたことは言うまでもないが、鞍《くら》はなかった。少年はわたしに向かって、すばやく、低くお辞儀《じぎ》をすると、むきをかえ、大きな馬の肩に手をかけたかと思うと、次の瞬間にはつやつやと光る背にまたがり、商人の手から手綱を受けとろうとした。そのとき馬は跳ねおどり、鼻をならし、横に歩きはじめたが、若者は踏みならされた芝生の上へ馬をかるがると導いた。若者が馬の足並みをためしているのを見ながら、わたしはいつのまにか自分が馬の気性のみならず、乗り手の力量をも見きわめようとしているのに気がついた。若者が荒馬のためのごつい馬衔《はみ》をかるがると扱いながら、一瞬たりとも馬に勝手な動きをさせない手際《てぎわ》に、わたしは感心した。この黒馬は、ほかの乗り手であったならば、暴れまわっているはずのところを、若者に唯々《いい》諾々《だくだく》として従っているばかりか、まるで若者と人馬一体《じんばいったい》になったかのように、向きを変え、旋回し、歩調を変えるのだった。こうして、空き地をぐるりと一周してきて、土ぼこりを上げながら、さっそうとわたしの前に止まったとき、わたしは若者ばかりか馬までもが笑っていると、断言してもいいくらいだった。

「さあ、おわかりでしょ、だんな。こいつ、汗ひとつかいていませんぜ」

商人の声が耳もとで響いた。しかしわたしは、国までの長旅のこと、とりわけ海を渡ることを考えなければならなかった。このすばらしい黒い暴れ馬を連れて帰りたいのはやまやまだったが、そんなことをすれば、国に着くまでに誰かが命を失うか、一頭かそれ以上の馬が犠牲にならずにはすまないだろう。

「これはいい馬だ――乗り手がいればな」

わたしはいった。ベドウィルという名の男が、あの燃え立つ炎のような眉毛《まゆげ》の下から、妙《みょう》に熱のこもった、大きく見開いた眼で、こちらを見ている。

「だが、そいつはわたしの目的には合わないな」

そういうと、わたしはくるりと向きをかえ、群衆をかきわけてもどろうとした。フラビアンがついてくる。黙りこくっているが、いかにも不満げだ。彼はまだ若く、本当にほしいと思ったら、たとえオリオン座であろうと、貝をこじあけるピンにひっかけて、空から取ってこられると思っているのだ。

フラビアンはふりかえって、ため息をついた。

「残念だなあ」

わたしはちらりと、フラビアンに目をやった。その姿があまりに初々《ういうい》しく、寂《さび》しげだったので、いつのまにか、フラビアンがまだほんの小さくて、カワウソ猟の犬の鼻くらいの背丈《せたけ》だったころの呼び名を使っていた。

「残念だね、チビ助」

わたしのこの残念には、馬ばかりか、あの若者のことも含まれていた。

しかし、ほんの数時間後に、わたしはふたたびあの金髪の前髪の若者を見たのだ。

最初の晩以来、われわれは囲いの一角で小さな火を焚《た》いていた。というのも、乾燥糞《ふん》は安かったし、一袋あればずいぶん長持ちしたからだ。そしてその晩、われわれはいつものように夕食をとりながら、火のまわりに集まっていた。するとその時、馬の繋《つな》ぎ場で足音がして、黒々とした馬の影のあいだから、ひとつの人影がぼうっと浮かび出てきて、焚火《たきび》の煙まじりの明かりの中に、その姿がくっきりと現われた。低く這《は》うようだった炎は、この人物を歓迎するかのように、ぴょんと跳ね上がった。そして金色の前髪は、ひたいの横に白鳥の羽が引っかかっているような印象をあたえた。男の手には、黒い樫《かし》の埋もれ木でこしらえた、ずんぐりとした竪琴《たてごと》があった。そして弦の上を焚火の光が、まるで川面《かわも》のようにするすると流れた。

若者のようすは、まるで放浪の歌人《うたびと》のようだった。彼らは招かれずにやってきては、どこの焚火にでもすわりこむ。そして歓迎され、歌を聞いてもらい、歌のお返しに食事をもらうのが当然だと思っている者たちだ。若者はわたしの方に、馬を披露《ひろう》したときのようなすばやいおじぎをすると、ほとんどの者が気づきもしないうちに、フラビアンとベリクスの間にぺたりとすわって、膝《ひざ》と肩のくぼみのところに楽器をかまえた。われわれは馬の話をしていた。それは愉《たの》しく味わいのある騎兵《きへい》の話だったが、若者の存在に気づくと、話はしだいにやんで、ひとり、またひとりと、期待をこめた目を若者に向けた。馬の話なんぞいつでもできるが、竪琴《たてごと》はいつでも聴けるわけではない。しかし、みなの注目が自分に集まると、ベドウィルはあわてて歌いだすようなことはせず、しばらくのあいだ、いかにも使いこんだらしい楽器をやさしく撫《な》でていた。それを見ていると、わたしの頭に、いまから鷹を飛ばそうとしている男が浮かんだ。そして何の前ぶれもなく、皮切りの和音《わおん》を弾くこともなく、いきなり若者は鷹を空に投げ放った。しかし、それは鷹ではなかった。雲雀《ひばり》が太陽に向かって飛んでいくように、いっきに上昇していったが、雲雀でもなかった。それは火の鳥だった…

老トラヘルンが下手な奏者というのではない。しかし、舞い飛ぶような、殺到するような音の流れにのって、わたしの心そのものが踊りはじめ、こんなみごとな演奏は、アンブロシウスの広間では聴いたことがないと思うのだった。

やがて音は低く沈んでゆき、小さく、かぎりなく小さくなり、そして悲しい調べに変わった。わたしが見つめていると、乾燥糞《ふん》のあいだで、乾いたナズナの茎に炎がうつり、一瞬のあいだ、野に生えていたときには見せたことのない、不思議な美しさに輝いた。それは、見るみる、真っ黒な繊維《せんい》と化してしまった。竪琴の曲は、これに合わせるかのように、一粒の草の種として地に落ちることなく、美がすっかり失われてしまったことを嘆くのだった… ふたたびそれはよみがえり、偉大な音楽、オラン＝モルの峰へとかけ上がり、正義と世界が失われたことを嘆き、人と神々の死を悼《いた》むのだった。ここまでは形式にしばられない音そのものだったが、それはいまや、うっすらと影のような形を帯びてきた。あるいは、嵐のように殺到する音また音の中から、形が育ってきたとでも言えるだろうか。それは、わたしの知っているメロディーだった。若者は顔をおこし、歌いはじめた。その声は力強く、少しの狂いもなかった。そして妙《みょう》に憂鬱《ゆううつ》な音色《ねいろ》が混じっていたが、それが歌詞の内容にぴったりだった。わたしはというと、若者の名前からいったらあり得ないはずなのに、ゴート人か、南の民の歌が出てくるものと思っていた。ところが、故郷《ふるさと》の人々の歌を、それもブリテン語の歌が耳に流れてきたのだ。それは昔からある名もない哀歌で、女たちが種蒔《ま》きのときに小麦が芽をだすよう歌うものだった。あるいは英雄の死、救世主の死、神の死を、闇とほこりに埋もれてしまった輝きを、そして過ぎ去った長い歳月を嘆く歌だった。なぜその歌によって麦が芽を出すのか、もはや理屈では説明できないが、心ではなおも知っている。ある意味で、この歌は死と再生の歌なのだ。イゲルナが歌った、りんごの木の小枝にとまった小鳥の歌も同じだが、わたしはこの歌を、生まれたときから知っていた。子どもの頃には、歌を聞きながら、また小麦が芽を出し、すべてが終わりそうだという希望の言葉が出てくるのが楽しみだった。いまわたしは、英雄の帰還が約束されるくだりを待っていた。

「霧の中から、常若《とこわか》の国から帰ってくる」

若者は、自分自身に向かって歌うかのようだった。

「りんごの木の下で、らっぱの音に勇気凜凜《りんりん》…」

わたしはこの歌が、英雄がすでに民衆のもとに帰ったかのように、じゃんと勝利の和音《わおん》を派手に響かせて終わるのを、いく度となく聞いていた。しかし、いまは、はるかな希望を思わせるひとつの澄んだ音で、曲は終わった。それは、荒れた空に輝くひとつの星のようだった。

竪琴《たてごと》の音はやみ、若者の手は跳ねる弦《げん》からおちて、膝《ひざ》の上に静止した。焚火《たきび》のまわりでは、われわれの静寂を破るのが押し寄せてきたが、長いあいだ誰も口をひらかなかった。そして野営地のざわめきが押し寄せてきたが、われわれの静寂を破ることはなかった。やがて、オウェインが前にかがんで、消えそうになった火を、おこしはじめた。オウェインもちまえの真剣さと慎重さで、茶色の乾燥糞《ふん》を、ひとつまたひとつと積み上げた。すると呪文《じゅもん》がとけ、らばの逐《お》い手たちの浅黒い顔が、焚き火の明かりの縁《へり》に見え、その背後から、らばの不機嫌ないななきが聞こえた。わたしのすぐそばに、例の老商人が鬚《ひげ》に手をうずめて立っていた。まだ音楽に聴き入っているかのように頭をおこし、静かに体をゆすっている。衣《ころも》から、かぐわしい匂いがかすかにただよってくる。そしてその口からは、こんなつぶやきの声。

「そうそう。わしが子どもだった時分に、女たちがあんな風に歌ったものだよ。深紅《しんく》のアネモネが岩の間から顔を見せるころ、アドニスへの哀歌を歌ったのじゃよ」

しかし、不思議といえば不思議だった。この老人はブリテン語をまったく知らないはずだ。乾燥糞の青い煙の向こうから、竪琴弾きの若者がこちらを見ているのに、わたしは気づいた。しかし最初に口をきいたのは、フルヴィウスだった。

「あの歌をセプティマニアで聞こうとは。われわれの仲間の誰かが歌ったというのならともかくも……」

竪琴弾きのベドウィルは微笑《ほほえ》んだが、そのゆがんだ唇には、かすかにあざけりの表情があった。

「わたしはマクシムス皇帝が第六軍団の強兵《つわもの》たちと開拓した土地の出だ。父方の祖母はポーイスの出身だ。これで答えになっているだろう」

話すときのベドウィルは、低い声だった。歌い手の声だ。いぜんとしてかすかに嘲《あざけ》りが感じられた。

フルヴィウスはうなずいて、ベドウィルにワインの壺《つぼ》をまわした。フラビアンは、冷肉とオリーヴの籠《かご》を置いてやった。ベドウィルは何も言わずに両方を受け取ると、やさしいしぐさで、刺繍つきの鹿皮の袋に竪琴《たてごと》をもどした。まるで、鷹にふたたび目隠しをするかのようだった。らばの逐《お》い手たちはもう歌が聞けない――少なくとも、しばらくは聞けないのだとわかると、闇の中へ引っこんでいった。

わたしはいった。

「どうりで、ブリテンの歌を竪琴の袋からひょいと出せるわけだ。だが、なぜわれわれのためにそれを選んだのだ？　ブリタニクスの焼印でも、ひたいについているのかね？」

「ブリテンの族長が種馬と雌馬を買いにきたと、知らぬ者はナルボにおりません」

パンとオリーヴを交互にかじりながら、ベドウィルが答えた。そしてついに、ひとつの質問をした。そのためにやってきたことは、こちらにも分かっている。

「どうして黒馬を断わったんです？　りっぱな種馬になるのは、まちがいないですよ」

「雄馬を種馬用にするということも、ナルボの人は皆知っているのかね？」

「みえみえではないですか。だんなさまのお選びになる馬はどれも、その着眼点は、丈夫《じょうぶ》な子孫を残すかどうかではないですか。雌《めす》だろうと、牡《おす》だろうと。馬そのものを買っているのではなくて、その子孫を買っているのでしょう。ならば、なぜ黒馬から目をそむけたのですか」

「われわれは、仰《おお》せのとおり、ブリテンから来ているのだよ。つまり、相当の距離を北上しなければならない。海も渡らなければならない。わたしの目にあやまりがなければ、あの馬は殺し屋だぜ」

「ほんとうの殺し屋っていうのは、殺しが楽しくってしかたがないんです。山猫のようにね。だけど、あいつのはそうではなくて、怒りです。子馬のときに虐待《ぎゃくたい》されたからああなってしまったのです」

「子馬の頃を知っているのだね」

「見たのは、今日がはじめてです。だけど、兄には弟のことがわかるものです」

自分の子ども時代のことを、ベドウィルがたとえ間接的にではあれ語ったのは、過去二十年のあいだで、このときが最初で最後だった。人が言いたがらないことを詮索《せんさく》するのは、わたしは好きではない。そんなことをするくらいなら、アクイラに向かって、サクソンの奴隷の環《わ》をはめられるのはどんな気分かとたずねる方が、まだましだ。

「たぶん、そなたの言うとおりだろう。たしかに、あの馬はそなたの言うことはよくきいていた」

とわたしは言った。するとベドウィルは、何か新しい考えが心に浮かんだみたいに、つと顔をあげ、それからまた手に持った肉にとりかかった。わたしはベドウィルのこんなしぐさに、そのときは気づかず、後になって思い出したのだった。

「だけどあの馬は、わたし以外の主人を見つけなければならないのだ」

そんな必要などなければよいのにと、わたしは思った。ナルボで見たどんな馬よりも、わたしはあの黒馬が気に入っていた。

ワインの壺《つぼ》がまわってきて、それを飲み、隣のベリクスにまわすと、わたしはふたたびもとの話題にもどした。

「われわれがナルボで何をしているか、あきらかにした以上、こんどは君がうちあける番だ。なぜここに来たのだ。国を離れて」

うわべだけ見れば、これはばかげた質問だった。相手はさすらいの歌人《うたびと》なのだ。どこにだって行かないことはない。しかしこの若者には、貴族の広間から市の立つ町にまで行くような、通常のさすらえる吟遊詩人《ぎんゆうしじん》とは、どこか違う雰囲気があった。あてどなきさすらいとは無縁の、ある種の目的意識というものが感じられた。また竪琴の演奏を商売にしている者が、今朝やっていたような仕事に手を染めるようなことは、ありえないと思ったのだ。

そしてとつぜん、若者の目が、目にしみる煙ごしにわたしの目と合い、わたしの心を見透《す》かしたように、嘲《あざけ》りを含んできらりと光った。

「わたしはコンスタンティノープルに行く途中です。皇帝の近衛隊《このえたい》に加われれば、本望《ほんもう》です」

こう若者は言って、わたしがどう出るかをじっと見ている。

「そなたの話など信じないと、言ってほしいんだろう？　ところが、おかしなことに、信じているんだよ」

わたしは若者と同じように、腕を膝《ひざ》の上にのせて、前かがみになっていた。乾燥糞《ふん》の煙の向こうとこちらで話しながら、他の人の存在はもはや頭から抜けてしまっていた。

「どうしてなのですか」

「まず、なにかの理由で嘘《うそ》をついているとすれば、そこまでとっぴな話はしないだろうよ」

「そのお話、将来のために肝《きも》に命じておきますよ。もし嘘をつきたくなって、どうしても信じてもらいたいときは、いつも大嘘をつけばいいのですね。そんなにとっぴですか？　いまどきは、東ゴート族が国境周辺に押し寄せてきているので、皇帝はどこの国の者であれ、自分の前に現われた優秀な戦士なら、自分の剣を授けるといううわさです。それにコンスタンティノープルは一見《いっけん》の価値があるでしょう。町が廃虚《はいきょ》になることなく燐《かがや》いている。剣をもつのも、戦う大義名分があるのも、すばらしい」

ほんの一瞬、大人っぽさと、嘲《あざけ》るようなよそよそしさが消え、煙の向こうに、希望に満ちたまなざしでこちらを見ている少年の顔が現われた。

「奇妙に見えるのは、ただ、あまりにも遠いからだ。昔あった駅馬の制度などとうに滅びたらしいから、よほどたくさんの金があれば話は別だが、さもなければ、ゆうに二年はかかるだろうよ」

「わかってます。でも、すでにここまで来ましたし、金のことは、竪琴《たてごと》と、今朝みたいな臨時の仕事で、食いつなぐぐらいのことは」

ベドウィルはまたオリーヴに手を伸ばし、すわったまま手から手へと放り投げている。少年はふたたび大人にもどり、話題もいったんうちきられた。

「ルシタニア［イベリア半島の古代ローマの州］種の子馬に乗れば、もっと速くいけるでしょう。だけどそれでは、途中の見物があまりできないでしょう。たった一度の旅なのだから、自分の立てる土煙りなどより、もっと別なものを見ておきたいですね」

「ルシタニア種というのはそんなに駿馬《しゅんば》なのかね？」

ベドウィルはあいかわらずオリーヴを投げながら、わたしを見た。

「雌馬《めすうま》は、西風から胤《たね》をもらうのだそうです。すると子馬は、父親の西風に敗《ま》けぬ駿足《しゅんそく》になる。寿命は三年らしいですがね。西風と話をおつけになってはいかがですか？　セプティマニアの雄を買うより、結局は安くつきますよ」

「なるほど。そなた、ポーイス生まれの祖母がいるといったが、さもありなんだな。そのよた話、いかにもキムル（ウェールズ）流だな……だが、わたしが欲しいのは、軍馬としての大きさと力なんだ。軍神カムルスの稲妻のような、破壊力なのさ。西風の速さではないのだよ」

「軍馬ですって」

「そなた、このわたしが曲馬団の馬でも育てるつもりだとでも思っていたのかい？　ブリテンで必要なのは、軍馬なのだよ。こちらでは、昔ゴート族が脅威だったが、ブリテンをいまでも悩ませているのは、サクソン族なのだ。サクソンに比べれば、ゴートなんてのは上品なものさ。ガリア（フランス）は〈海の狼《シーウルフ》〉の牙《きば》の凄《すさ》まじさを知らない。それにたいていの場合、ガリアは賢いから、征服者たちがやってきても、おとなしく寝たふりをして、やり過ごしてきた。だがブリテンは、別の道を選んだのだよ。だから、われわれに必要なのは軍馬なのだ」

ベドウィルは正座して、水平の位置からわたしの目を見つめた。

「だんなさま、いったいあなたは何者なのです？　まるで指揮官が自分の部隊について語るように、ブリテンのことを語るなんて」

「わたしは生まれて九日目に、アルトリウスと名づけられた。しかしたいていの者は、わたしのことを〈大熊〉アルトスと呼んでいる」

こんな名などこの若者には何の意味もないだろうと思いながら、わたしは言った
「そうですか。お名前は――わずかにですが――アルモリカ（ブルターニュ）でもお聞きしましたよ。あそこでは〈海の狼《シーウルフ》〉は暴れていませんがね」

こう言った後で、ベドウィルはさらに、

「では、だんなさま、なおのこと、あの黒馬を買わなきゃ。まことに、お似合い同士ですよ」

とつぜん、われわれは笑いだしていた。どこまでも商売を忘れないのがおかしく、息が詰まるほど笑いころげた。ベドウィルも、つかみあげたワインの壺《つぼ》に口をつけながら、いっしょに笑った。しかし、それは表面だけのことだと、わたしは感じた。微風《そよかぜ》が深い池の水面《みなも》を軽くなでるようなものだ……

その晩、みなが足を焚火《たきび》に向けて寝てしまったとき、わたしは二晩前のばかげた空想を笑いとばしてもよいはずだった。というのは、日はたっているのに、繋《つな》ぎ場にいる、新たに買った馬たちは別として、予感に反して、やって来たものは何もなかったからだ。とはいうものの、あれから後《のち》、黒馬ばかりか、ベドウィルのことが、わたしの頭を去ってくれないのだった。そうして次の日、馬囲いの汗と足踏みと土煙りの中に、ひっきりなしに彼らの姿を追い求めているわたしがあった。馬の方は二度ほどちらりと見かけたが、近づかなかった。おそらく、わたし以外の人々も、あの馬の目に殺し屋を見出したのだろう、だから、ずっと売れ残っているのだろうと思った。ベドウィルの方は、馬囲いの

ところではまったく見かけなかった。しかしその晩、安ワインの屋台をかこんだ群衆の中で、わたしはベドウィルとすれ違った。酔っていた。頬骨《ほおぼね》のところが赤らみ、目が熱っぽい。深紅《しんく》の薔薇《ばら》を片方の耳の後ろにくっつけ、通りかかったわたしに向けて、ワインのジョッキをふりあげてみせた。そして、コンスタンティノープルまでの道のほこりを、これで湿らすのだなどと叫ぶのだった。

四日目の夕べ。わたしは、とつぜん、戦《いくさ》の野営地の喧騒《けんそう》にくらべ、ふやけていて、無秩序きわまりないナルボの街とその喧騒に、嫌気《いやけ》を感じた。そこで、市から人の姿が消えはじめても、すぐには町にもどらず、ほかの者を先に帰らせるいっぽう、自分はひとりで、空き地をふちどっている荒れたオリーヴ園を散策《さんさく》することにした。そして泉を囲った石の上にすわり、海に向かって広がる白っぽい平《へい》坦《たん》な土地を見ていた。太陽が西に傾くにつれて、海は一面真珠貝《しんじゅがい》のような色に染まろうとしていた。しばらくのあいだこうしてひとりになるのは、気分がよかった。また、喧騒の染《し》みついた耳には、静《せい》寂《じゃく》の中にすわっていることが、むしょうにうれしかった。夕べに立つ微風《そよかぜ》が、背後のオリーヴの林を揺《ゆ》らすかすかな音、泉の水の暗いしたたり、山羊の鈴の柔かな音が聞こえてくる。はるか遠くの方で、漁師たちが網を曳《ひ》いている。これがナルボ最後の晩になるだろう。そして夕べの焚火《たきび》にもどったら、皆がそこにそろっているだろう。これがほかの夜でもあれば、多くの者はそそくさと夕食を済ませ、それぞれお楽しみの場所に急ぐだろう。酒場での大笑いやばか騒ぎ。そして街の女。優しいが、高くはつかない……朝になって野営を撤収しなければならないときになって、売春宿で泥酔《でいすい》している ばか者のために、重い頭をひきずってナルボ中を捜《さが》しまわるなんてことはできない。それで、わたしはそんなことがないように命令を出しておいた。しかしわたし自身も、オリーヴ園の下のこの静かな場所で、ぐずぐずしてはいられないのはわかっていた。フルヴィウスやチビ助やほかの連中には禁じておきながら、自分だけが楽しむために自由なときをむさぼっているわけにはゆかない。もちろん、そんなことでわたしを恨むような者たちではないが、公平とはいえなかった。

低く垂《た》れたオリーヴの枝の影が、泉の縁石《ふちいし》の割れ目に届いたら帰ろうと、わたしはつぶやいた。あとまだ手の幅だけはある……

このとき、オリーヴの下に生えた、丈の高い草を踏みわけてくる足音は、わたしには聞こえなかった。しかしひとつの影が――傾いた西日のせいで幻想的なほどひょろ長い影が、泉のほとりに落ちた。わたしは顔を上げる。槍《やり》一本ほどのところにベドウィルがいた。太陽を背に、黒々とした姿で立っている。

「馬の買いつけのほうは、いかがですか?」

何のあいさつもなく、ベドウィルはいきなりたずねた。

「うまくいってるよ。種馬はすべて選んだ。あとは雌馬が一頭残っているだけだ。野営撤収《てっしゅう》の準備もすべて終わった。明日は、まともな馬が見つかって、交渉がうまくいったら、すぐにそれを買う。運がよければ、正午には北に向かって出発しているだろう」

ベドウィルはわたしの足もとの地面に腰をおろした。泉の縁《ふち》の、陽《ひ》に暖ためられた石に頭をつけて、寄りかかっている。

「まだ市の日どりは、三日残っています。なぜそんなにお急ぎになられるのです、アルトスさま」

「北に帰る道はとても長い。それに海を渡らねばならないのだ。好天に恵まれたとしても、四日に一度は馬を休ませなければならない。だから、うまくいって、海岸についた頃には、秋の嵐まで一か月の余裕しかないだろうよ」

ベドウィルはうなずいた。

「海を渡るてはずは、もう整えてあるのですね」

「ドゥムノニアのカドルがうまくやってくれていれば、馬を船倉にいれるために甲板《かんぱん》を剝《は》いだ交易船を、二隻《せき》用意してくれることになっている」

「一度に何頭渡せるのですか」

「一隻に二頭だろうな。それ以上は、災厄《わざわい》と手を結ぶようなものだ」

「なるほど。ナルボの酒屋なんかで、ぐずぐずしていないのは賢明ですね」

「そう言ってもらって、安心した」

わたしはわざと深刻な顔をして言った。ベドウィルは笑ったが、とつぜんすわりなおして、わたしを見つめた。

「黒馬はまだ売りに出ていますよ」

「種馬はもう全部買った」

「ならば一頭お売りになればいい。さもなくば、残る一頭の雌《めす》のかわりに雄をお買いになればよいのですよ」

「涼しい顔をしながら、ずけずけと言ってくれるじゃないか」

「あの馬が欲しいのでしょう？」

わたしは躊躇《ちゅうちょ》した。が、そのとおりだということを、はじめて自分自身にも認めた。

「欲しい。欲しいが他の馬や人間の命が犠牲になるのは目にみえている。そこまでして手に入れるつもりはない」

ベドウィルは一瞬黙《だま》っていたが、おかしなほど抑揚《よくよう》を欠いた調子で言った。

「それなら、別のお願いがあります。わたしを連れていってください」

「どんな資格で?」

驚きもせず、わたしはたずねた。まるでこうなることを予期していたかのようだった。

「歌人《うたびと》でも、馬番でも、戦士でも。短剣はもっています。剣はくださるでしょう? あるいは…」

ベドウィルの左右不均衡《ふきんこう》な顔がほころび、片方の無鉄砲《むてっぽう》な眉《まゆ》がおどり上がった。

「あるいはお笑いの材料にでも。笑いが必要なときもおありでしょう」

ある意味で予期はしていたものの、どう答えてよいか分からなかった。普通、わたしは人を第一印象で見抜いてしまう。しかし、この若者はひと目では判断がつきかねた。底をうかがうことのできない、深い淵《ふち》のようなものだった。自分を出さないところは、アクイラと似ていた。しかしアクイラの場合はつらい過去があったので、傷の上にかたいかさぶたができるように、長い年月にわたって身につけたものだった。この青年の場合、それは生まれながらにそなわったもので、影が形に添うように、人柄《ひとがら》の一部なのだった。

「コンスタンティノープルと、皇帝の近衛隊《このえたい》の件はどうなるのかね?」

わたしは少し時間をかせごうと、こんな質問を投げかけた。

「どうなるのかですって？」

「それに、廃虚《はいきょ》になることなく燐《かがや》いている町、輝かしい冒険、それから戦士としての活躍は？」

「あなたが、わたしを戦士にしてくださるわけにはまいりませんか？　おお、でも誤解なさらぬよう、アルトスさま。〞別のお願い〞と言ったのは、まさにこのことなのです。だから、昨日酔っぱらったのです。ただし、何の役にも立ちませんでしたが。よろしければ、家来《けらい》にしてください」

「たしかに戦士はいくらでも必要だ」

わたしはついに言った。

「それに、ときには笑うことも。また歌にのせて、胸の思いをはき出すことも。しかし…」

「しかし？」

「試しもしないで、鷹狩りの鷹を飛ばさないだろう。試しもしないで、男を〈騎《き》士《し》団《だん》〉に入れたりはしないのだ」

ベドウィルは長いこと黙っていた。すでに太陽が山のうしろに沈み、オリーヴ園の夕べのざわめきがはじまった。この地で〞セミ（蟬）〞と呼ばれる虫が枝のあいだで鳴いている。そして漁師たちの声が風にのってかすかに聞こえてきた。一度、若者はわずかに、すばやく体を動かしたので、立ち上がって去るつもりかと思ったが、また動かなくなった。

「東方《とうほう》の皇帝なんか、そんなに慎重に人を選ばないらしいですよ」

「わたしには、慎重に選ぶ必要があるのだ」

わたしは前かがみになり、われ知らず、ベドウィルの肩に手をやっていた。

「君が皇帝の近衛隊長《このえ》になったあかつきには、この晩のことを思い出し、君が信じているどこかの神に、やっぱりこれでよかったのだと感謝するだろうよ」

「もちろん、そんな日がくれば、わたしは自分の信じているどこかの神に感謝しますとも。すべてを投げだし、せっかく来た道を五百マイルも這《は》いもどり、〈海の狼《シーウルフ》〉の牙《きば》に喉《のど》を噛《か》まれて、北国の霧の中で死なずにすんだとね」

わたしは何も言わなかった。言うべき言葉が、もうないように思われたのだ。するとベドウィルはふたたびこちらに顔を向けた。目の中で冷静な光がくるくると踊っている。それは笑いではなく、戦いの宿った目だった。

「もし黒馬をブリテンまで連れていくことができたら――そして黒馬はもちろんのこと、他の馬も人間もみな無事であったなら、それで試験に合格とはならないでしょうか？　そうなったら、わたしを家来にしていただき、報酬として剣をいただけないでしょうか？」

わたしはベドウィルがはじめて同行を申し出たときよりも驚いた。そして驚きのあまり一瞬黙り込んでしまった。そしてこう言った。

「もし失敗したらどうするのかね」

「失敗して命を落とさなければ、犠牲となった男なり馬なりといっしょに、わたしの命も捧《ささ》げましょう。これで公平ではないでしょうか、アルトスさま」

自分でも決心がついたかどうかわからないうちに、わたしの口が勝手にしゃべっていた。

「すぐいって、黒馬の口の中を調べ、体に触れて状態を確かめよう。まだわたしは触《さわ》ったこともないのだ。そしてもし馬が見かけどおり健康ならば、そなたの条件でいこう、ベドウィルよ」

そしてわれわれは手のひらに唾《つば》を吐《は》き、市で契約をするときのように、手と手を打ち合せた。

九月も終わりに近いある荒れ模様の夜、秋いちばんの大風が草屋根に吹きつける音を聞きながら、われわれはふたたび、カドルの広間で夕食をとっていた。わたしの膝《ひざ》の上には、カバルの満足げな大きな頭がのっている。われわれはあの長い道のりを、息もつまりそうな、夏の土ぼこりを巻き上げながら旅した。天気がくずれないうちに、すべての馬を渡してしまおうと、必死の格闘もあった。骨太《ほねぶと》の五頭の種馬と、繁殖用の雌馬が、城内の円形の囲いの中に繋《つな》がれていると思っただけで、勝ちほこった気分になり、松明《たいまつ》はますます明るく、ビールはますます美味《うま》くなるのだった。

ベドウィルは目の下に隈《くま》ができていた。——黒馬を連れての最後の渡海はけっしてなまやさしいものではなく、慣れているはずの黒馬のそばにいてさえ、前の二晩はろくに寝ていなかったのだ。——にもかかわらずベドウィルは、〈騎士団《きしだん》〉の仲間のあいだにみごと勝ち取った自分の席から立ち上がり、炉《ろ》のそばの、竪琴《たてごと》弾きの椅子にすわった。そしてわたしたちのために——いや、おそらくは自分自身のために歌ったのだ——翼のアルワスが、赤猪を倒してうたった勝利の歌を。

第6章　働く者には報酬《ほうしゅう》を

　敵は正午になって敗走した。その日の午後と次の日、われわれは柳の樹《き》に囲まれた島々や、葦《あし》の茂みや、水鳥の池などを横目に見ながら、彼らを追い立てた。われわれは彼らの冬の陣営を焼き払ったのだった（農場が火につつまれて炎上するときのいやな臭《にお》いは、彼らにはおなじみのはずだ）。われわれは落伍《らくご》者たちを切り伏せ、彼らの幅細の黒い戦船《いくさぶね》を、グレイン川の河口で焼き払った。そして二日目の夜となったいま、われわれは沼地から出て、小高い丘の上にある僧院をめざした。われわれはそこに荷馬を残してあったからだ。

　われわれは、いまではもう三百名からなる正規の騎馬《きば》部隊になっていた。少なくとも二日前にはそうだった。今夜はそれより少ないが、数週間のうちにまた定員が満ちるだろう。われわれはいつもそうだった。捕虜《ほりょ》はいなかった。わたしは一、二度人質《ひとじち》が必要となったとき以外、捕虜をとったことがない。

いつものように、カバルはわたしの馬の前足から少し離れて、速足で駆《か》けていた。ベドウィルはわたしの剣をさした側に、もう一方の側にはケイがいた。ケイはちょうど二年前、われわれが初めてリンドゥム（リンカン）に本部をおいたとき、われわれのもとに、荒れ狂う西風のように舞い込んできた。ケイは大柄《おおがら》な、赤っぽい金髪の男で、熱しやすい青い目をしていた。そしてサクソン人か売春婦にでも似合いそうな安物のガラス玉の趣味があった。この二人は過去二年の夏のあいだ、手柄《てがら》をたてたのだった。あるときはわれわれだけで、またあるときはこの地の王であるグイダリウスのなかば訓練された兵士たちと共に、ヘンゲストの息子であるオクタの定住地を攻撃したのだ。そして内陸への侵入を何度も阻止したのだった。ベドウィルをわたしの第一補佐、ケイをわたしの第二補佐とする日も、もう間近だった。

ベドウィルは、肩のいつもの位置に掛けていた竪琴《たてごと》をおろし、弦をかき鳴らした。勝利の調べのさざ波が、きらめく大波となってひろがる。そんな間、ベドウィルは膝《ひざ》だけで馬をあやつるのだった。ベドウィルはよくこのように、戦いからの帰り道で竪琴をつまびき、歌をうたった。俗にいうように、「剣の次は竪琴」だった。これによって、いつもわれわれの疲れは去り、傷が癒《いや》されるように感じるのだった。知っている曲だと、ケイも低く耳障《ざわ》りにうなったが、それが彼にとっては、せいいっぱいの歌というものだった。そしてわれわれのうしろのそこかしこで、とぎれとぎれになじみの節にあわせて歌う者もいたが、大部分はあまりに疲れていて歌どころではなかった。

われわれが葦《あし》の茂みから引きあげる頃、太陽がいまにも沈もうとして、広大な空の丸天井が真っ赤に染まった。ベドウィルの竪琴《たてごと》にこめられた感情が、そのまま夕陽に乗り移り、炎の波となって広がったかのようだった。わたしの故郷《ふるさと》の山の中でさえ、東部の湿原《しつげん》のこのような夕陽は見たことがなかった。輝く空は、まるで市《いち》に集まる群衆のようにせわしなく、戦《いくさ》の野の軍旗《ぐんき》のようにはためいている。葦《あし》の茂みのあいだのよどんだ水にも、空の炎が燃え移り、頭上には野鴨が揺《ゆ》れる線を描いて空を渡っていた。

地上に目を移すと、沼地がちょうど果てたあたりで、修道院の馬が草を喰《は》んでいた。ここは馬の産地なのだ。ここの馬は頑丈《がんじょう》なつくりではあったが、われわれには小さすぎた。しかし、贅沢《ぜいたく》を言ってはいられない。われわれには選択の余地がなかった。デヴァ（チェスター）の飼育場から本格的に馬を得ることができるようになるまでには、まだ七、八年かかるだろう。われわれはこの二日の間に、二十頭以上の馬を失っていた。そして馬は人間より補充が難しい。

馬番をしている地元の男が――修道院は自給自足だが、馬の飼育と調教だけは修道士自身が行なうことはなかった――見張り場所にしていた小高い丘からわれわれを一目《ひとめ》見るなり、槍《やり》を放り上げると、修道院の建物に駆けこんでいった。男の叫び声が耳に入った。

「帰ってきましたよ、帰ってきたんですよ、皆さん、ブリテン伯爵《はくしゃく》ですよ」

そして、ほとんど間をおくことなく、小さな教会の鐘《かね》が歓迎と喜びを表して、青銅《ブロンズ》の音《ね》を響き渡らせた。

「まったく。まるで英雄扱いだね」

ベドウィルは言った。そして竪琴の弦から指を離した。すると後ろからついてくる、ひづめの疲れて乱れた足音が急に大きくなった。

サンザシの生け垣《いがき》の門に着いたころ、空の火は消えようとしていた。教会の周辺に寄り集まった、葦《あし》でふいた小屋、農場の建物、木造の食堂などが、薄暗くなりはじめた西の空を背景に、くっきりとその形を際《きわ》だたせていた。修道院の果樹園では、強風のためにいじけたりんごの樹々には、白いふわふわとした雲のように、花が咲きほこっている。と、とつぜん、りんごの島にあるあの修道院の夕暮れのことが、わたしの頭に浮かんだ…修道士たちと、そこで養われている貧しい人々が、鐘《かね》を鳴らしている者をのぞいて、門に押しかけていた。彼らは、われわれに向かって手をさしのべている。その不安気《ふあんげ》な顔には、聞きたいことがいっぱいだ。われわれが入っていくと、彼らは、皆さんに天のお恵みをと唱えた。ランプを持っている者がいた。その明かりで、ひとりのやつれた女が赤ん坊を肩に抱いているのが見えた。そして、老修道院長のヴェリクスは泣いていた。

生け垣と建物とのあいだの空き地で、わたしは馬から降り、兜《かぶと》を脱いだ。わたしのまわりでは、他の者たちもぐったりとして立ち止まり、馬から降りている。負傷して、ふらついている者もひとりや二人ではない。ランプの鋭い黄色の光線がわたしの目にはいった。人々がわたしのまわりに押し寄せ、わたしの手や膝《ひざ》をつかもうとした。やせて長身の修道院長が近づいてくるのが、目の端に見えた。出陣のときのように、ひざまずいて、祝福を受けることが期待されているのだ。わたしはまっさきに負傷者の世話をしたかったが、ひざまずいた。カバルは不満げにぐうと鳴いて、わたしの横に伏せた。

「今日はどうだったかね、わが息子よ」

修道院長は美しい声をしていた。なおもわれわれの上に鳴り響いている、青銅《ブロンズ》の鐘の音のようだった。

「彼らの冬の陣営を焼き払いました。これで牧草地をだいなしにするサクソンの村がひとつ減りました。この場所も、少なくとも次の攻勢があるまでは、蛮族《ばんぞく》どもの侵入をまぬがれるでしょう」

修道院長はわたしの頭に手をのせた。朽《く》ちた木の葉のように軽かった。

「神の恵みのあらんことを。汝《なんじ》の盾《たて》が、神のご加護《かご》のもとで、今日われらを守ったように、ブリテン島を守らんことを。戦いが終われば、神の平和が汝に下されんことを」

しかし、そのとき必要だったのは神の恵みなどではなくて、兵士たちのための、膏薬《こうやく》と包帯と食物だった。わたしはゆっくりと立ち上がった。というのも、わたしはあまりに疲れていたので、自分の体重を支えることさえままならなかったのだ。

「院長様、祝福に感謝いたします。負傷者がいるのです。手あてはどこでしていただけるのでしょう?」

「負傷者じゃな。おお、覚悟はしていたぞ。広間ですべて用意されておる。修道士ルシウスがわれらの薬師《くすし》じゃ。いっしょについて行くがよい」

荷馬車隊といっしょに残っていた御者《ぎょしゃ》たちは、すでに帰ってきた馬の世話をはじめていた。手伝っている村人もいる。アリアンが先頭になって、わたしの馬を引いていくのが見えた。青銅と牛皮の円《まる》盾《たて》が、鞍枠にぶつかって、がしゃがしゃと音を立てている。わたしは負傷者をまとめる仕事にとりかかった。有望な若者のひとりであるゴールトは、腿《もも》に長い槍傷《やりきず》があり、ほとんど意識を失いながら、友人のレヴィンの腕の中に倒れこんだ。しかし他の者はまともに歩けたので、いっしょに広間へと向かった。わたしは剣をもつ方の腕に、刀傷があった。――われわれの傷のほとんどが、騎馬《きば》の兵士らしく、剣をもつ腕か、厚皮のキルトよりも下の腿《もも》に受けていた――そこには、まだ赤く血がにじんでいた。

広間では、傷のぐあいがよく見えるよう、いつもよりも多くのランプがたるきから吊《つる》されていた。また場所をあけるために、テーブルもわきに寄せられていた。身のまわりの品や大事な物が、小さな包みにまとめられて、いざというときにすぐもち出せるよう、戸の内側に積み重ねてあった。〈海の狼《シーウルフ》〉が接近していたので、修道士たちも、ここにかくまわれている村人たちも、われわれがやってきたときには、逃げる準備が完了していた。われわれの力およばず、万が一最悪の事態となってもだいじょうぶなように、逃げる準備はそのままにしてあったのだ。

傷の軽い者は、重傷の者が手あてを受けている間、壁に寄りかかっていた。春とはいえ夜になると外は冷えこむので、広間の中に入ると、とても暖かく感じられた。というのも、湯を沸《わ》かし、焼きごてを熱くするため、火が焚《た》かれていたからだ。煙はたるきのあいだにただよい、ランプのまわりにも、くるりと巻いた黄色の輪が浮かんでいる。暑くなってきた。膏薬《こうやく》と、苦痛に呻《うめ》く者たちの汗の、むっとする臭《にお》いがする。そして一度か二度、焼きごてが使われると、肉の焼ける吐《は》き気のする悪臭が立ちこめた。まず最初にこてがあてられたのはゴールトだった。まるで鷹の叫びのような、短く鋭い悲鳴をあげた。つぎにゴールトは泣いた。しかしそれは苦痛のためというよりも、自分が悲鳴をあげたのを恥《は》じたのだと思う。

修道士ルシアンは、僧衣《そうい》の袖《そで》を肩までまくり上げて働いていた。ランプの明かりに照らされて、きれいに剃《そ》った頭の上に玉の汗が輝いている。ルシアンには二、三人助手がいた。その中に、以前にも見たことのある、若い修練士がいた。金髪で太りすぎの若者で、まっすぐで、きれいな目をしており、左足をわずかに引きずるような歩き癖《ぐせ》があった。最初、わたしはやや心配な気持ちで、若者を見ていた。あまりに若かったので、腕はたしかなのか不安だったのだ。しかし、この若者はちゃんと理解して行動していること、さらに自分の仕事を深く愛していることが、わたしにはすぐに分かった。若者は一度ちらとわたしの方を見上げ、自分が見られていることを知ったが、その目はすぐにまた自分の手もとにもどった。わたしに見られていることを、完全には意識していなかったのではなかろうか。わたしは若者のそうした一途《いちず》なところが気にいった。

わたしの手当の番がまわってきた。わたしがランプの下のテーブルのところに行くと、ルシウスはまだ他の者で手がふさがっていたので、さっきの若い修練士がわたしの方に向いた。わたしが血の固まった布をはがそうとすると、若者はそれを制止した。自分の仕事に自信をもった男の威厳があった。

「わたしにやらせてください。無理にはがしたら、また血が出てきてしまいます」

若者はナイフをとると、それで布を切り開き、重なって固まった部分を取り去ると、傷口を診《み》た。

「たいしたことはない」とわたしは言った。

「しっかりと手を握ってください」

若者は命令した。言われたとおりにすると、若者はうなずいた。

「たいしたことはありません。ついてますね。そっちへもう爪の幅ほど切れていたら、親指を動かす神経をばっさりやられていたかもしれませんね」

若者は傷をきれいに洗うと、膏薬《こうやく》を塗り、傷口をあわせるようにして、縛《しば》った。彼の手には、他の部分のように余分な贅肉《ぜいにく》はついていなかった。仕事に対する自信にあふれた手であり、力強いと同時に優しく、しかも情に流されることなく、必要な場合にはすばやく、無慈悲に動くことのできる手だった。また、それは戦士の手でもあった。このときはじめて、癒《いや》しの術《わざ》が教会に独占されているのは残念なことだと、わたしは思った。治癒者《ちゆしや》が俗世の生業《なりわい》のひとつとしてあり、軍医が軍団といっしょに行軍した昔の方がよかった、と。わたしには、この男の手は聖域に閉じこめられた者の手だとは、とうてい感じられなかった。この男の技術は、ひとつの宗教が要求する枠組にはおさまりきらないものだという気がした。

若者が包帯を結び終えると、わたしは礼を言って、その場を去った。そしてしばらくすると、歩ける者だけで外に出て、他の仲間に合流した。彼らは兜《かぶと》を脱ぎ、武具をはずして、教会の、蠟燭《ろうそく》を灯《とも》した入口のまわりにひざまずいていた。教会の中には、われわれのうち、半分も入ることができなかった。いまは夕べの祈りの時間だったからだ。修道院長は感謝の祈りを唱えていた。その荘重《そうちよう》な祈りの文句は、わたしにはほとんど意味をなさなかった。しかし、クロウタドリが果樹園で鳴き、沼地の方から風がざあっと吹いてくると、ブリテンから〈海の狼《シーウルフ》〉の村がひとつ消えたことにたいして、わたしは自分だけの感謝の祈りを心の中で唱えたのを憶《おぼ》えている。この後で、修道士たちは彼らの宝物を取り出してきて、われわれに高くかかげて見せた。おそらく、聖アルバヌスの足の骨か何かだろう。

修道院長がそれを両手にささげると、開いた戸からもれる光が遺宝箱の金細工とエナメルを照らし、目も彩《あや》に光り輝いた。すると、村人たちが畏敬《いけい》の念に打たれて、思わず息を呑《の》むのがわかった。彼らはいわば、そういった物の神聖さの影に寄りそって生きているのだ。

ありがたいことに、ようやく食事のときとなった。われわれは果樹園の中に野営し、そこで食事をとった。教会と同じように、広間もわれわれの半分も収容できなかったからだ。ましてや、地元の避難民の群れまでいたのだから、とうてい無理なはなしだった。こげ茶色の僧衣《そうい》をまとった修道士たちが給仕をし、食事を共にした。修道院長自ら、わたしに給仕をしてくれた。

われわれはりんごの木から十分に離れたところで焚火《たきび》をしていた。そのちらちらする光で、例の若い修練士が一度ならずわたしの方を見ているのに気づいた。そしてその晩遅くなってから、わたしが中庭を横切り、重傷を負った者が収容されている小屋の前までくると、この若者がちょうどそこから出てきた。手にはランプを提《さ》げ、やはり左足をかすかにひきずっている。

「ゴールトやほかの者のぐあいはどうだね」

出会うなり、わたしはこうたずね、小屋の方に顎《あご》をしゃくって見せた。

「傷が原因で熱が出なければ、大丈夫でしょう。腕の方のぐあいはいかがですか、アルトスさま」

「こちらもなかなかいいよ。君はずいぶん腕が立つ」

「いつかそうなるのがわたしの夢です」

話を切り上げて小屋に向かおうかとも思ったが、若者は動かない。何かここで言っておきたいという、せっぱつまったことがあるような顔をしている。そしてわたしの方でも、足が動きはじめない。

今晩ずっとこの若者はわたしの注意をひこうとしていたのだ。

「それで修道院に入ったのかね？」

ひと呼吸おいてからわたしはたずねた。

「今日では、教会以外に癒《いや》しの術《わざ》を学び、行なうところがないのです」

若者は答えた。そしてわずかに言葉を喉《のど》に詰まらせながら、こう言った。

「だからわたしはここで暮らすことにした、と言ってもよいかもしれません。けれど、それ以外にも、理由がなくもないのです」

若者は厚く折り重なった僧衣《そうい》の下から、左足を突き出した。だしぬけのそんな動きに、思わず目をやると、足は内側にまがり、瘦《や》せて、鳥の鈎爪《かぎつめ》のように歪《ゆが》んでいた。若者が足をひきずっていた理由がこれで分かった。

「わたしは長男ではありません。わたしには傷口に膏薬《こうやく》を塗ったり、水薬《みずぐすり》を調合したりする技術を除いて、財産というものはありません。男の子なら誰でも教わるていどには、剣術も習いました。でも、親父にもさんざん言われましたが、わたしみたいに鈍足の兵隊を雇ってくれる主人は見つかりっこないでしょうね」

「さあ、どうだろうか」

「アルトスさま、お優しいのですね。わたしも、さあ、本当にそうだろうかと、いくど思ったことか。でも、やっぱり、父の言うとおりなんでしょうね」

「それはどうだか知らないが、君は兵隊になるより、薬師《くすし》になってもっと成功していると、わたしは思うね。なぜそんなに後ろめたがることがあるのかね。君のことを非難したわけではないんだよ」

若者の目はランプの光に照らされて輝いていると同時に、みじめでもあった。そして、ややもの淋しげに笑いながらいった。

「さあ、どうしてでしょう……　いまは誰もが剣をもって戦うべき時だからでしょうか。わたしのことを気にかけてもらうつもりなど……」

若者は言葉を詰まらせた。今の言葉、口にしなけりゃよかったと、顔に書いてある。

「すみません。ついずうずうしくなってしまって。わたしはばかでした。アルトスさまが、こんなわたしみたいな者のことを……」

「貴重な時間をさいて、気にかけてくださるとは」と、わたしが残りを言ってやった。

「わたしの商売は戦《いくさ》で、君の商売は祈りだ。どちらも立派な商売だ。わたしが君のことをどう思おうと、気にすることはない」

「アルトスさまがどう思ってらっしゃるかは、誰にとっても大問題です」

若者はいった。そしてさらに晴れ晴れとした調子で言い足した。

「それでもなお、癒《いや》しの術《わざ》を究《きわ》めるというのは立派な商売です」

「戦を行なう時には、癒しの術はなくてならないものだ。君、ところで名は何という？」

「グワルフマイと申します」

グワルフマイ。すなわち五月の鷹。気の毒なほど似つかわしくない名前だった。この男は鷹というよりも、ウズラと言いたくなるような体つきだった。

グワルフマイはランプを持ち上げて、揺《ゆ》らしはじめた。

「まったく滑稽《こっけい》ですよね。アルトスさま、あなたのために客間が用意されています。でも、きっともうお聞きになったでしょう」

「もう話はあったよ。だけどわたしは仲間と一緒に果樹園で寝たいな。おやすみ、グワルフマイ」

こうしてわれわれは別れた。わたしはゴールトと、その他の三人のようすを自分の目で見にいった。グワルフマイの方はランプをふって自分の前に光を撒《ま》き散らしながら、中庭を渡って、修練士たちの寝場所に行った。

まもなくわたしは仲間のところにもどり、マントにくるまり、カバルの横腹を枕にして、りんごの木の下でぐっすりと眠った。犬の横腹ほど気持ちのよい枕はない。

次の朝。「喉元《のどもと》すぎれば…」とはよく言われることだが、それをまず実感させてくれたのが、薬師《くすし》のルシアンだった。もっとも本人は無邪気《むじゃき》なものだった。わたしは低地にある牧草地に行き、修道院の馬を見てきたところだった。とくに秋の市に備えて、なかば調教されているものを中心にみてきた。四、五頭、骨格が大きくてわれわれのつかいものになりそうな馬があり、これなら失った分を補えそうだった。そしてわたしは心の中で、どれくらいの値を申し出たものだろうと考えていた。その金はグイダリウスに出させることだって、できるかもしれない。あの男のために戦ったようなものなのだから。それがうまくいかなくても、何がしかの軍資金はあった。というのも、われわれの何人かは土地もちだったのだ。飼育場で満一歳になった馬のうち、あまり大きくないものを売りとばした上がりがあるし、また、ときおり手に入れたサクソンの武器や金細工も、そうとうの値で売れた。それらはほとんど馬のために消えたが、ほかの方法で馬が入手できるときはなるべくそうした。金しか通用しないときのために、いつもいくらかの蓄《たくわ》えが必要だったからである。

わたしの頭は馬のことでいっぱいだったので、真正面からルシアンにぶつかりそうになった。わたしを見るなり、ルシアンはご丁寧《ていねい》にわきにのき、けが人のことはご心配なく、ご出発の後も、手厚く面倒をみるから、と言った。

わたしはルシアンの言っていることの意味が、一瞬まったくわからず、相手の顔をまじまじと見つめた。

「心配などしていないよ。だが、ルシアンよ、われわれはまだ、馬に鞍《くら》をつけやしないぞ」

「そりゃあ、まだでしょうとも。まだお日さまもでたばかりだ」

ルシアンがにこにこしながら返す。

「違うさ、ルシアン。われわれがここから出ていく日は、まだ来ていないと言ったのだよ」

わたしはあけすけに言った。柔和《にゆうわ》な老人らしい目に、びっくりしたような表情が浮かんだ。

「だけど、アルトスさま、もうフェンズのこのあたりでの仕事はおすみになったからには、さっさとリンドゥムにおもどりになりたいのでは？」

われわれを追いだそうというつもりではないらしい。そのことは分かった。ただ、この閉ざされた世界に住む愚《おろ》か者どもには、何日も緊張状態で過ごした人間と馬は、機会が許せば休息を取らねばならないということが、分かっていないのだ。

「わたしの部下は、まる三日の休みが必要だ。馬も同じだ。今日と明日《あした》と明後日《あさって》はここにいる。リンドゥムに向かうのはその後だ」

「だけど、だけど…」

ルシアンは雌山羊のように泣きごとを言いはじめた。

「だけど何だね、ルシアン」

「蓄《たくわ》えです。穀物ですよ。春にはいつも不足するんです。それに、ここ数日、貧しい農民に食べさせてやったのですよ」

「だが、もう出ていくだろう」

すでに危険は去ったのだから、田舎の住人は、大部分、もう自分たちのところへ帰って、犬や牛やあひるや豚といっしょに暮らしているはずである。

「ここにいるあいだ、食わせてやりました」

ルシアンは反撃に出た。たしかにもっともではある。この老人の頭の中にいくつもの口と穀物の籠《かご》が浮かんでいて、その間をもろもろの考えがかけめぐっているのが、目に見えるような気がした。

「アルトスさまのもとには、馬丁《ばてい》や御者《ぎょしゃ》も含めれば四百人近くの方々がいます。たとえ、わたしどものように粗食だったとしても――失礼ながら、戦《いくさ》をする方々は大食いでしょうが――まあ、かりに粗食だったとしても、一か月分以上の食糧を食べてしまうでしょう。それに馬だって、うちの馬や乳牛の分を食べて、牧草地はまるはだかですよ」

わたしはルシアンの話をさえぎった。

「ルシアン、修道院長のところに行って、面会願えないか聞いてくれ」

「院長さまはお祈りの最中です」

「お祈りくらい待つ。だけどそれ以上はだめだ。すぐにいって、ブリテン伯爵《はくしゃく》から話があるというのだ」

修道院長は一時間以内にわたしに会った。昨晩負傷者の手あてがおこなわれた広間で、院長が立派な自分の椅子にすわり、えらい修道士たちがそのまわりに並んでいる。院長の頭は金貨に刻まれている王の頭像のようだ。院長は立ち上がって、非常に礼儀正しくわたしにあいさつをすると、ふたたび、青い静脈の見える手を大きな椅子の彫刻つきの肘かけにのせてすわった。

「ルシアンから聞いたが、このわたしにお話があるそうじゃな」

「どうやらわたしと仲間がいつまでここにいられるか、お互いの考え方に、いささかのずれがあるようですな」

院長は頭を下げた。

「ルシアンからお聞きしております」

「だから問題をかたづけ、今後、お互いに話のくいちがいに悩まされることのないよう、お願いにまいったのです。今日、明日《あした》、明後日《あさって》はお世話になりたいのです。三日後の朝、兵も馬も充分に休んだら、リンドゥムに向けて発ちましょう」

「そのこともルシアンから聞き及んでおります。そしてわれわれの立場も話があったと思うが、冬の後は蓄えが不足します。それに四百人もの兵、加えて同じだけの馬を食わすことなど、はじめてですな。それでなくても、面倒をみなければならない貧しい民がおりますのじゃ」

「フェンズ周辺のこのあたりにはよい牧草地があります。うちの馬が三日で食べつくすようなことはありますまい。われわれのほとんどは狩りができますから、自分の食べる肉くらいはとってきます。穀物と蓄えのことは……」

わたしは院長の耳もとに向かって話した。この男が本当の状況をつかんでいるとは思えなかったので、わたしは怒る気にもならなかった。とにかくいまはわかってもらうことが先決である。

「神父さま、納屋《なや》を守った者には、中の穀物の一部をもらう権利が生じるのではないでしょうか？　負傷者は多いし、みな消耗しています。三日の休みはどうしても必要です」

「だが、穀物が納屋になかったらどうするのじゃ」

あいかわらず優しい口調で院長が続けた。

「現にないのだよ、息子よ。そなたの要求する三日の食事を出したら、たとえずっと断食したとしても、次の収穫までもたないのじゃよ」

「リンドゥムの穀物市で買うことができるはずです」

「金はどうする？　われわれは自給自足しているのだよ。金持ちではないのだ」

もうわたしにもがまんができなかった。そしてこう言った。

「商《あきな》うものがないからといって、貧乏でもないはずです。聖アルバヌスの足が上等の小箱にはいっているでしょう。あの骨だってかなりの金になるはずだ」

院長はまるで短剣の切《き》っ先《さき》を突きつけられたように、ぴくりとした。みるみる眼の下が紫色になってくる。じっと見つめていた修道士たちも息を呑《の》み、十字を切り、「冒瀆《ぼうとく》だ！」と叫び、突風にさらされた大麦畑のように動揺した。

「まことに神の冒瀆《ぼうとく》である！」

院長は耳ざわりな大声をあげた。

「サクソン族と同じじゃ。アルトスよ、ブリテン伯よ！」

「そうかもしれません。しかし、わたしにとっては部下の方が、金の小箱にはいっている灰色の骨の切れっぱしなんかよりも大事です」

院長は何の返事もしなかった。たぶん怒りのあまり、口もきけないのだろう。わたしは容赦《ようしゃ》なく続けた。はじめわたしは馬を、こちらにしてみればかなり無理をしても、いい値段で買うつもりでいた。しかし、いまは考えが変わった。

「神父さま、働く者には報酬《ほうしゅう》を、というキリストの教えをお忘れかな？　二日前、わたしと〈騎士《きし》団《だん》〉は、この土地をサクソンの焼き打ちと暴虐《ぼうぎゃく》から救ったのだ。その見返りとして、まる三日の食物と、ここの牧場で最高の馬四頭をちょうだいする」

院長はようやく声が出せるようになり、わたしのことを教会の略奪者と呼び、〈海の狼《シーウルフ》〉のような真《ま》似《ね》はやめろと叫んだ。

「よく聴いてください、父よ。わたしにとっては、〈海の狼〉どもがこの土地を踏み荒すのを待って、もっと西のフェンズで、船からもっと離れたところでやつらを捕捉《ほそく》した方が、はるかに被害は少なかった。兵も馬もこんなに失わずにすんだかもしれない。それなのになぜ、わざわざこんなにまでして、見返りに何も要求せず、黙ってこの場を去らねばならないのです」

「それは神への愛のためだ」

今度はわたしの方が黙ってしまった。広間が急に静まりかえったので、屋根に巣をつくっている、ミツバチの飛び交《か》う音が聞こえた。わたしは、目の前にいるのが、心に正義も慈悲《じひ》ももたず、ただ二十人の男の命と、その他の者の汗を要求しながら、何の見返りも出そうとしない、貪欲《どんよく》なばかりの男だと思っていた。しかしいま、この男にとって、神への愛というのはわたしの考えるのとは別な意味をもっているというだけの話ではないかと思えてきた。すると、わたしの怒りは鎮《しず》まってきた。

「わたしも、わたしなりに神を愛してきました。でも愛し方はひとつではないようですね。わたしは祭壇に神の炎をみたこともなければ、聖域で神の声を聞いたこともありません。わたしは、後についてきてくれる部下たちを愛しています。命をかけても守りたいもの――それを愛しています。わたしにとって、それが神への愛なのです」

院長自身も怒りがおさまってきたのか、その表情はいくらかやわらぎ、急に、疲れた老人のように見えた。しかし、わたしは厳しい表情をくずさない。それはどちらも同じだ。しばらくして、院長が冷たく、うんざりした声で言った。

「われわれは、あなたがたが決めた日よりも、前に出て行けと言えるほどの力はない。また、たとえわれわれがあなたがたと同じくらい大勢で、強かったとしても、われわれのために血を流してくださったのだから、求められれば、もてなさないわけにはいかないじゃろう。だから、ここにおるがよい。報酬《ほうしゅう》として四頭の馬ももっていきなさい。われわれはあなたがたのために祈ろう。そしてわれわれの祈りと、次の収穫までのわれわれの空腹のことが神に伝わり、次回、別な場所では、このようなことがあっても、もっと優しくふるまっていただけますよう」

院長は椅子の背もたれに身をあずけ、血管の浮き出た老人の手で、もうこれで話すことは話したというような仕草《しぐさ》をした。

われわれは予定どおり三日間いつづけ、修道院の果樹園で野営した。馬の方は湿地の放牧場に連れられていって、草を食べた。武具師のカラダウグは屋外に炉《ろ》をたき、助手と一緒に修理に余念《よねん》がなかった。はずれた鋲《びょう》を付けなおし、盾《たて》の飾りや兜《かぶと》のへこみをたたき出し、鎖《くさり》かたびらの傷んだ鎖を取り換えたりした。われわれには、いまではかなりの数の鎖かたびらがあった。とはいえ、総数はなかなかめざましくは増えなかった。それというのも、サクソン兵のうちでも身分の高い者のみが、そういった武具を身につけていたので、大将と渡りあって、首をとるか、とらえるかでもしないかぎり、蓄えは増えなかった（そのため、鎖かたびらの獲得は、〈騎士団《きしだん》〉の者のあいだで競争となり、彼らは手柄《てがら》の印として、それを誇《ほこ》らしく着たのだった）。その他の者は交替で馬の番をするいっぽうで、火のそばでくつろぎながら、サンダルの革ひもを直したり、皮のチュニカの傷を縫ったりする光景があちこちに見られた。また、料理の鍋を満たすため、ひっきりなしに罠を仕掛け、狩猟《かり》に出た。しかし、われわれと修道士たちのあいだは、もはや友好的な関係ではなかった。

修道院長とのいきさつを話すと、〈騎士団〉の者たちはよい顔をしなかった。ケイなど、火を放ってわれわれの不満を示すべきだといい、過激な連中はそれを支持した。これに対して、わたしは一喝《いっかつ》して頭を冷やせといったが、するとケイは、食事のたびに腹がはちきれんばかりに食べ、穀物の蓄えを減らすことで憂《う》さを晴らすのだった。修道士たちは、祈禱《きとう》であれ、農作業であれ、できるかぎりわれわれのことを無視しながら、日々の活動にいそしんでいた。ただ、ルシアンとグワルフマイだけは例外だった。以前と変わらず、けが人の手あてに来たのだ。面倒が生じる前に老薬師《くすし》がわたしに請け合ってくれたように、われわれが去ったあとも、負傷者たちについては何も心配しなくてよいことは、わたしも確信していた。こげ茶の僧衣《そうい》に身につつんだ二人の修道士は――彼らの剃った頭の中で、奥歯ががたがたいうまで揺《ゆ》さぶりたい気持ちに駆《か》られることもあったが――ほんとうに善人だった。三日目の朝がきて、わたしはラッパ手のプロスペルに朝食を知らせるラッパを吹くよう命じた。そして馬の用意が整い、すべての準備が完了すると、修道士たちが、院長とともに門のところまでわれわれを見送りに出てきた。彼らに怒りはなかった。院長は客を送る祝福までしてくれた。しかしそれは義務感からやったもので、少しの暖かみもなかった。

馬は休養充分で、力強く足踏みし、頭を高くふりあげている。荷を運ぶらばの一頭が、隣のらばの首に噛《か》みつこうとして、かん高い悲鳴を上げて喧嘩《けんか》をはじめた。アリアンに乗ろうとして、わたしはふり返った。するとそのとき、修道士たちの集団のはずれに、修練士グワルフマイが立っているのが見えた。わたしをじっと見つめている。この瞬間のグワルフマイほど、警戒心をすべて捨て、己をさらけだしている顔は見たことがない。沼からの風に、ひたいの金髪がふわふわと揺れている。グワルフマイは下唇を嘗めた。そしてなかば微笑《ほほえ》みをうかべると目をそらした。

「グワルフマイ」

なぜそこで呼んだのか、自分でも分かっていなかった。

相手の視線が、ふたたびわたしの方にさっと向けられた。

「アルトスさま、何か？」

「馬には乗れるか？」

「はい」

「ならば来い。われわれには医者が必要だ」

もちろん、けが人が治ってわれわれに合流するときに、グワルフマイにいっしょに来させるという手もなくはなかった。しかし、ゴールトらのためには、修道士ルシアンがいれば何の問題もなかった。そしてもしいまここでグワルフマイを連れていかなければ、もう永遠に連れていけないと、わたしは思った。

「待て。われわれの仲間までも奪おうというのか！　そなたは、われらの最高の馬四頭でも不足なのか」

院長は叫んだ。そして両腕を、大きく垂《た》れた袖《そで》とともに翼のようにひろげた。うしろに寄り添った修道士たち守ろうとするかのように見えた。

「その子はまだ修練士にすぎない。自由に自分の道を選べるはずです。グワルフマイ、さあ、選ぶんだ」

少年はそう言われて、ゆっくりと視線をわたしから院長へと向けた。

「神父さま、心ここにあらずではつまらぬ修道士にしかなれません」

こう言うと、グワルフマイは仲間のところを離れ、わたしの鐙《あぶみ》のわきに立った。

「アルトスさま、こんなわたしにすぎませんが、わたしはあなたのものです」

そして誓いをたてるときのように、わたしの剣の柄《つか》に触れた。

修道院長はもう一度さらに激しく抗議し、口をつぐんだ。修道士たちも、わが〈騎士団《きしだん》〉の者たちも、何も言わず、ただ黙って見つめている。しかし、わたしもグワルフマイも、老人が叫んだことなどに耳を傾けてはいなかった。

「よろしい。そなたはわれわれにないものをもっている」

こう言うと、わたしは鞍《くら》の上でふり向いて、修道院の馬の一頭に馬銜《はみ》と手綱《たづな》をつけ、背に敷き皮をかぶせるよう、二人の御者《ぎょしゃ》に指示した。

その間、グワルフマイはまるでもう何週間も前からわたしとここを出ていくことが決っていたみたいに落ちつきはらって、生皮のベルトを締《し》め、僧衣《そうい》のじゃまな裾《すそ》をたくしあげていた。

「何も取ってきたいものはないのか？　着るものは？」

「いまとっているもの以外には、何も。その方が身軽な旅ができます」

グワルフマイは修道院長も、仲間の修道士たちの方も二度と見ることがなかった。人の手をかりて馬に乗ると、少年は敷き皮の上にまたがり、手綱を手にとって、われわれの仲間のあいだへと馬を進めた。兵士たちは次々と馬にまたがった。こうしてわれわれはがたがた、じゃらじゃらとにぎやかな音をあげながら、湿地のはずれへと向かっていった。そこまで行くとローマの軍団の古い街道があり、グレイン十字路からリンドゥムへと、まっすぐ北にのびているのだった。

第７章　国境

修道院長がリンドゥム（リンカン）の司教にわたしのことを悪く言ったのも、当然といえば当然だった。しかし司教は熱意にあふれてはいたが、小柄《こがら》で、ネズミのように口先だけはちゅうちゅうとうるさいものの、人に感銘《かんめい》をあたえない男だったので、黙らせるのにさほど困難はなかった。しかし、これがわたしと教会との反目のはじまりであった。そして、それ以来ずっと、このような状況はほとんど変わらない……

五年の歳月が流れた。そしてこの五年間の夏は、ヘンゲストの息子オクタと、そのまた息子で、すでに部下を率いる年齢になっているオイスクとの戦いに終始した。リンドゥムからは、あまり保守されてはいないものの、街道がまるで車輪の輻《や》のように放射状にのびていたので、こうした軍事行動の基地としては申し分がなかった。そしてわれわれは、そこの第九軍団の古い城砦《じょうさい》をグイダリウス公からゆずり受け、冬の陣営をかまえた。ここからなら、南のグレインに討って出ることも、海ぞいに西行してメタリス（ウォッシュ）湾の海岸に行くことも、北に向かって、〈海の狼《シーウルフ》〉どもをアブス（ハンバー）川に追い落すこともできた。

その間、暗黒の時代の侵入をくいとめるため、アンブロシウスも城砦《じょうさい》を築き、老いてなおも衰《おとろ》えを知らぬヘンゲストと、新たな敵アエレに対して陣を張っていた。アエレというのは王国の南に艦隊《かんたい》を率いて上陸し、ブリテンの東側の脅威《きょうい》となっていた人物のことである。こうしたことは、その頃のわたしとは関係のないことであったが、それにもかかわらず、もしアンブロシウスに呼ばれたならば、当分のあいだグイダリウス公のことは見捨て、たとえすっかりやり直しになるとしても、なかば達成した仕事を打ち切って、アンブロシウスのもとに駆けつけただろう。しかしアンブロシウスはわたしを呼ばなかった。そして、わたしはそのまま当面の仕事を続けた。

つらい歳月であった。われわれはいつも勝利の月桂樹《げっけいじゅ》をもって帰れるわけではなく、ときには、ただ傷口を舐《な》めなければならないこともあった。しかし七年目の夏までにはリンドゥム地域と、イケニ族の海岸［イングランド東部、ノーフォーク州およびサフォーク州のあたり］の北部からサクソン人をほぼ一掃《いっそう》し、近寄れない場所にしたので、しばらくの間は、彼らのきちがいじみた軍船が、東風が吹くたびに岸辺をおかすというようなことはなかった（当時のわれわれは、東風のことを〝サクソン風〟と呼んでいたものだった）。そして春がきて、遠征のときがふたたびやってくれば、そのときこそアブス川を渡って北上し、エブラクム（ヨーク）に攻め上がらねばならないと思った。かつて女神ブリガンティアを奉じるケルトの民が住んでいたこの土地に、オクタ率いる軍勢が、新たに戦陣を築いていたのだ。

その秋、カバルが死んだ。この犬は、ほぼ成犬になって以来、わたしが戦いに出るときは、鐙《あぶみ》につ
いて回らぬことはなかった。前の夏も、いつもどおり、カバルはわたしとずっといっしょだった。し
かし、老いて――とても年老いて、口のまわりも白毛《しらが》になり、体も傷だらけであった。そしてついに、
その雄々《おお》しい心臓も力つきた。ある晩のこと、カバルはいつものように広間の炉《ろ》のそばで、わたしの
足もとに伏せていた。カバルは、とつぜん頭をもち上げて、こちらを見た。まるで、何か自分でも分
からないものにとまどっているかのようだった。わたしは身をかがめて、顎《あご》の下の柔かなくぼみを撫《な》
ではじめた。カバルは軽くため息をもらし、わたしの手に頭をもたせかけた。そのときでさえ、わた
しには何が起きているのか理解できなかった。ただカバルの頭がわたしの手の中でどんどん重くなっ
てゆき、ついに、地に横たえるべきときがきたことを知ったのだった。

わたしはそれから外に出て、暗闇の中で、長いこと柱廊《ちゅうろう》の壁に寄り掛かっていた。

しかし、その秋は、死んだ犬に心を痛めている暇《ひま》などほとんどなかった。

それからいくらもたたないある晩のこと。われわれはふたたび、かつてのローマ軍団の城砦《じょうさい》時代に
は、兵士の食堂として用いられていた広間にいた。入り口の上の剝がれかけた漆喰《しっくい》には、不運の第九
軍団の記章や称号などが描かれてあった。真ん中の炉のそばには、犬が何匹か寝そべっている。〈騎《き》
士団《しだん》〉の仲間たちの犬だった。フルヴィウスの赤い雌犬が、子犬に乳を飲ませている。それをじっと
見つめながら、わたしは思った。別の犬を手に入れれば、いつもわたしについて来た軽い足音、長い
爪が地面をひっかく音がもはや聞こえないこの空白感など、造作《ぞうさ》もなく満たされるのだ、と。しかし、
それはカバルではないだろう。ただ運命のみが、わたしに次のカバルを送ってよこすだろう… 夕食

が終わり、若い連中はそれぞれ食後の楽しみに興じていた。炉の向こうでは、二人が上衣を脱ぎ、半ズボンだけになって組み討《う》ちをしている。他《ほか》の連中がそれをかこんで声援を送る。二人の荒い息づかい、見物人の笑い声と、あれこれ助言する声が聞こえてきた。人から離れた片隅《かたすみ》で、グワルフマイがチェス盤に身をのりだし、わたしのかつての太刀持《たち》ちのフラビアンと対局していた。二人はずいぶん前からいっしょに好んでチェスをやるようになったが、それは二人ともほとんど同じくらいに下手だからだろう。この五年間の活躍でグワルフマイの脂肪はずいぶんおちて、もはやウズラのようなところなどどこにもなかく、もの静かな顔つきの、細身で、がっしりとした若者になっていた。フェンランドの修道院からグワルフマイを引き抜いてきたのは正解だった。彼の父親はまちがっていた。というのも、歩兵としては不自由な足のため動作はのろかったが、いったん馬に乗ればなかなか手ごわかった。しかし何よりもうれしかったのは、わたしの睨《にら》んだとおり、グワルフマイはりっぱな医者だった。彼のおかげで命びろいした者もひとりや二人ではなかった。わたしが〈騎士団《きしだん》〉の仲間を選ぶにさいして、過《あやま》ちをおかしたこともあろう。しかしグワルフマイにかんしては、過ちどころではなかった。これはベドウィルの場合もケイの場合も同じである。この三人は、他の誰にもまして、われわれが初めてともに馬を駆って以来、いわば〈騎士団〉の核となったのだ。

ケイは長椅子にもたれて眠っている。黒と赤の細身のズボンをはいた足は、炉《ろ》に向けて伸ばしている。もう少しすると、ケイは起き上がり、犬のように体をぶるっとふるわせてから、派手なガラスの腕環と首飾りをジャラジャラ鳴らしながら、〈女の街〉へぶらりと出かけていくのであろう。だいたいケイが宵《よい》の口から寝ているときは、夜中に、寝ることなんかよりもっと別の楽しみが待っているときである。馬具を直している者や、さいころ賭博《とばく》をしている者もいれば、ぽつりぽつりと思い出したように話をしている者もいた。あるいは、ただ火を見つめている者もいる。ベドウィルがわたしの足もとの白い牛皮の上にすわって、ふたたび歌ってくれるのを待っているのだ。ベドウィルに歌ってくれだの、物語をしてくれだのとせがんでもむだだった。彼は自分がその気になったときに、好き勝手に歌い、語り、竪琴《たてごと》を奏《かな》でるのだ。気が乗らないときには、何人《なんぴと》もベドウィルに無理強《じ》いはできなかった。

翳《かげ》で何かの動くのが目の端に映じたので、そちらにちらと目を向けると、わきの長椅子《いす》のひとつに腰かけ、二人だけの世界にひきこもっているかのように、ゴールトとレヴィンがお互いの肩にもたれあい、ひとつのコップからビールをいっしょに飲みながら、低い声でしゃべり、静かに笑っている。こうしたことは遠征中には起こり得ることだ。女がほとんどいないわけだから。どの司令官も、そういったことは分かっている。しかしときにはこの二人のように、それが人生の一部になってしまうことがある。

ベドウィルはわたしの視線を追うと、笑みをこぼしながらいった。

「われわれの善良なる司教フェリクスがいなくてよかった。あんな光景を見たら、教会はきっと恐ろしさのあまり両手をあげて、許し得ぬ罪だというだろう」

「許し得ぬ罪か……だが、わたしはここ五年というもの、教会とはまったく話が合っていないからな。あの若い連中が幸せで、意欲満々に戦ってくれるかぎり……」

というのも、そのおかげで、二人がお互いにとってふさわしい人間であろうと努力をし、お互いにほこりをもちあうならば、じっさいに、戦いにも気合いが入るのである。そしてわたしは、金髪の女の子を思うあまりに人生が楽しくなりすぎ、剣の切《き》っ先《さき》が鈍《にぶ》った男の例を知っているのだ。

「あのような罪人《つみびと》からなる一隊をよこせ。若ければ、文句は言わない」

「でも年を取ったらどうするのですか」

「年などとらないさ。あのような情熱があるのなら」

ただしわたしは、指揮官というものが、戦闘らっぱに応《こた》える者たちの顔を見て、ときにもたねばならない幻滅感を知らないわけではない。けっして年を取ってくれない若者をどう扱うかは、悩みの種なのだ。

柱廊《ちゅうろう》を急ぐ足音が聞こえ、歩哨《ほしょう》の任についていたオウェインが戸口に現われた（われわれはたとえ野営中であろうと、冬の陣内であろうと、つねに軽装備の歩哨を立てることにしていた。とくにヘンゲストがタメリス（テムズ）河口に軍船を集合させているという情報をアンブロシウスからもらって以来、とくに気をつけていた）。

「アルトスさま、斥候《せっこう》のひとりが来ています。それにもうひとり連れがいます。すぐに話したいことがあるようです」

「よし、こちらから出向こう。ベドウィル、次の歌は、わたしがもどるまで取っておくのだぞ」

こう言うと、わたしはオウェインといっしょに、秋の夜闇に包まれた柱廊へと出ていった。

かつてのローマ軍団が、鷲《わし》の紋章、祭壇、軍資金庫などを保管していた礼拝所で、二人の男が待っていた。われわれの軍資金庫と兵士の名簿も、ここに保管されている。そして片隅に、ペンキを塗った槍《やり》が立てかけられ、その軸からは赤い竜の旗が垂《た》れていた。ここは、偵察《ていさつ》や伝令からもどってきた者に会うための場所だった。わたしはこの男のことを、以前から知っていた。この男はグイダリウスに仕える猟師のひとりで、北の湿地帯のことを自分の庭のように知りつくしていた。忍びにかけてはいたちのように鋭かったが、ずるいところはいっさいなく、まったく信頼がおけた。もうひとりの人物は初対面だ。大青《たいせい》で染めた円盾をもっているので、女神ブリガンティアを奉じるケルトの民には違いなく、首のまわりに族長の金の環《わ》が下がっている若者だった。わたしの故郷《ふるさと》の山の人々、北の荒野の民族も同じだが、ローマの軍団が去って以来、彼らは身に帯びるものをはじめとして、ほとんどの風習において、旧に復してしまったからだ。わたしは彼らの話に耳を傾け、それがすむと食事と休息を取らせるために、帰らせた。というのも、彼らが見るからに疲れていて、とてもわれわれにつきあえそうにはなかったからだ。それからわたしは食堂にもどり、ケイとベドウィルを呼び出した。

われわれは礼拝堂へと向かった。ぐっすり眠っていたケイは、あくびばかりしながらついてきた。そして礼拝堂につくと、扉を足でけって閉めた。

「それで？　どんな知らせです。街へ行こうと思っていたところなんですよ」

ケイは不機嫌《ふきげん》な声で言った。ケイはたいてい寝起きが悪い。

「話はすぐにすむ。まだまだ夜は長い。彼女のところにいるあいだに、お別れくらい言えるさ。コルダエラだか、ララゲだか、誰だか知らないが。」

ケイの目は大きく開いた。みるみるうちに、機嫌がなおってきた。

「なるほど。やっぱりですね」

ベドウィルは竪琴《たてごと》を持ったままやってきていた。いまは壁にもたれてわれわれを見ていたが、ばらんとひと掻き——驚愕《きょうがく》のひと声のような音を、竪琴から放った。

「ああ、やっぱりだ。われわれはこのあたりで、みごとに仕事をやりすぎたようだ。ヘンゲスト伯《はく》爵《しゃく》は心配になったらしい。息子を助けにやってきて、アブス川の北岸に上陸し、エブラクムを目指している」

「それでヘンゲストは船を集めていたのですね」

ベドウィルは言った。わたしはうなずいた。

ケイは剣のベルトをぐいと引いた。

「では北に進軍して、やつらを迎え討つのですね」

「そうだ」

「あらたに軍を進めるには、もう冬が近すぎませんか?」とベドウィルが聞く。

「それは分かっている。ヘンゲストも、われわれがそう思うのをあてにしているのだろう」

わたしはせまい部屋を行ったり来たりした。窓から戸まで四歩。逆方向にまた四歩。歩きながら考える方が、わたしには性にあっている。

「いまこのままヘンゲストを放っておいたら、この冬のあいだに守備がためをされ、春にはますます手を焼くことになるだろう。その上、いつやつらの方からしかけてくるかもしれない。あと一か月なら、遠征可能な天気が続くだろう。——運がよければな。天気がもたないかもしれないが、そこはかけだ」

「エブラクムにも女はいるでしょう」ケイが悟ったふうに言う。

ベドウィルは飛び跳ねた眉《まゆ》をつり上げて言った。声の中に、笑いがかがやいている。

「ケイ殿、そなたには、どんな女でもいいのかね？　どんな街のどんな女でも」

「熱くって、かいがいしい女ならね」

ケイはわたしの方に向いた。

「で、ご命令のほうは？　アルトスさま」

「いつ出発できる？」

「三日あれば」

二人が声をそろえて言った。そしてケイがつけ加えた。

「三日で準備できるのはわれわれ〈騎士団《きしだん》〉のことです。グイダリウスの兵の方は何とも言えません」

わたしはベドウィルの方をじっと見た。その指はなおも竪琴《たてごと》の弦の上にあったが、音は出てこない。ベドウィルは目を上げて、わたしを見た。そしてそのおかしな眉をひそめて、懸命に考えながら言った。

「それが言えるのは――さあ、グイダリウス本人でしょうが……　だけど、リンドゥムの兵はあてにできるかなあ」

わたしもそう思った。われわれは東岸にいるここ何年かは、夏のあいだずっといっしょに戦ってきた。グイダリウスの寄せ集め軍団は槍兵として、また弓を持った騎兵《きへい》として活躍した。彼らのずんぐりした小型馬は信頼性が高く、敵に向かって突撃するだけの重量はなかったが、この仕事にはとても適していたし、偵察《ていさつ》にも役立っていた。それにわれわれは、七年以上もの間ともに戦ってきた者同士として、気心が知れていた。わたしが疑っているのは、彼らではなくてグイダリウス本人のことだった。

「他の者に知らせるんだ。そして事を進めていてくれ、ベドウィル。わたしはすぐに行って、グイダリウスに話をつけてくる。だけど一時間でもどるからな」

「で、わたしは？」

ケイはいつものように、親指を剣のベルトにはさんでいる。

「ララゲのところにいってお別れをいってくるがいい。朝になったら、二倍働けばいい。それでとんとんだ」

わたしは野営地の大門をあとにした。すでに背後はざわつきはじめている。そしてわたしは、通りを渡り、広場の近くにある、昔の総督《そうとく》の宮殿へと向かった。初秋特有の、苦いにおいのする霧が川ぞいの湿地から上がってきて、街の低地の部分におおいかぶさっている。グイダリウスの前庭の入口にかかったランプからは黄色の光が放たれ、敷居《しきい》の上のポプラの、黄色い落葉の上に注いでいた。たしかに、新たに戦《いくさ》をはじめるには、危険な季節になってきている。

空になったビールの壺《つぼ》をわきにおいて、のんきに居眠りしている門番を起こし、グイダリウス公に話があると告げた。

グイダリウスは私室で、妻や娘たちと一家団欒《いっかだんらん》のときを過ごしていた。いら立たしいほど待たされたあげくに通された部屋は、蠟燭《ろうそく》の光がやたらと明るく、中央に置いてある火鉢《ひばち》のせいで非常に暑く、女が大勢いた。

グイダリウスは狼の頭のついた長椅子《いす》でくつろぎ、足もとには妻がかいがいしくすわっていた。この男の外見はまったくローマ風だ。そのふっくらとした顔はきれいに剃《そ》ってあり、残されたわずかな頭髪も、短く刈られていた。でっぷりと腹は出ているが小柄《こがら》で、上質の白い羊毛のローマ風の上衣《チユニカ》を着ていた。妻の方は古めかしくガウンを帯で締《し》めていたが、わたしの若い頃でさえ、こんな着方をしている女はほとんどいなかった。グイダリウスのところは何代にもわたって行政長官や州の総督であったが、ローマ人がやって来る前は、地方の〝王〟であった。だからわたしは、グイダリウスに会うたびに、よくぞこの人が〝王〟を名乗るつもりになったものだと、驚きの念を禁じ得ないのである。もちろん、ブリテンのあちこちで、ローマ支配から昔の小国が独立していくにつれて、他にもこのようなことは起きていたが、グイダリウスのようにいまだにローマ風の上衣を身につけ、誓うときはローマの女神を引合に出し、そしてローズマリーとスミレの環《わ》を禿頭《はげあたま》にのせて夕食をとる（というのは、耳のあたりにその残骸《ざんがい》がぶら下がっているので分かるのだが）ような〝王〟はどこにもいなかった。

わたしが入ってゆくと、グイダリウスは顔を上げ、愛想《あいそう》よくうなずいた。

「おおアルトス閣下。お待たせしてすまなかった。だが、お分かりでしょう――ときには国の心配事も忘れはてて、くつろがなければ。家族と静かな時間を過ごしているときには、わしはなかなかつかまらんのじゃよ」

「事情はよくぞんじております」

わたしは相手に合わせた。

「が、火急《かきゅう》の用なのです。そうでなければ、とつぜん押しかけたりなどしません」

グイダリウスは一瞬わたしの方を見つめ、立ちあがって迷っている女たちに向かって、すでに場をはずすよう合図をした。女たちはあわてて出ていった。あとには、チェスの差しかけだの、刺繍《ししゅう》に針がささったままの柔かな布だの、女がいた場所にはかならずあるようなかわいらしい物が雑然と残った。

女たちが姿を消すと、戸口に重いカーテンがおろされ、グイダリウスは足を床につけて、きちんとすわった。

「それで、いったいどうしたのだね?」

わたしはグイダリウスの方に歩いていった。

「グイダリウス公、まだ一時間にもなりませんが、ヘンゲスト伯爵《はくしゃく》が一族の者を助けに、北にやって来ているとの情報を得ました。アブス川の向こうに上陸し、エブラクムを目指しているようです」

グイダリウスは驚いてわたしを見つめた。みるみる、しみだらけの頬《ほお》が紅潮してくる。

「そなたが情報を得ただと? なぜわたしのところに、先に知らせがなかったのだろう?」

「それは殿下の領土の外のことだからでしょう。しかし、わたしの称号はブリテン伯爵ということになっています。ですから、わたしの守るべき領土の方が広いのです」

本来ならこの男の歓心を買わなければいけないときに、こんなことを言うのはばかげていた。しかしはじめてわたしがリンドゥムに入って以来、この男にはどこか人の気持ちをさかなでするところがあった。そしてもう何年もいっしょにやってきたのに、その点はちっとも変わっていなかった。しかしじっさいには、わたしがこの男の足もとに土下座したとしても、事情は変わらなかったろうと思う。

グイダリウスは喉《のど》の奥で何か言いかけたが、それを飲みこんでしまった。そしてただ、ぶっきらぼうにこう言った。

「これはこれは。子犬がいちばんよく吠《ほ》えると言いますな。まるでアレクサンドロス大王気取りだが、まあ、その椅子《いす》をひっぱってきて、かけなさい。そのように松の木みたいにつっ立っていられたら、話をしようにも首の筋を違えそうだよ」

わたしは命じられたとおりにした。そして言うつもりでいたことを続けた。

「わたしは知らせをもってまいりました。そして三日のうちに北に向けて遠征する予定だと告げに参りました」

するとグイダリウスは深刻な顔でこちらを見つめた。眉《まゆ》をひそめたせいで、ひたいに皺《しわ》が寄っている。そして、しばらくして、「もう新たに軍を動かす季節ではない」と言った。ベドウィルと同じだった。

「ほとんどそうですが、まだ時間はあります」

グイダリウスは肩をすくめた。

「そなたがいちばんの権威だ。ご指摘のとおり、ブリテン伯爵《はくしゃく》なのだからな。さて、もしうまく敵に遭遇して、一度で決着がつけば、悪天候のはじまる前にここにもどってきて、冬営の陣で心地よく過ごせるだろうよ」

「グイダリウス公、われわれは冬の始まる前にも後にももどってはきません」

グイダリウスは口をぽかんと開けてわたしを見た。

「もどってこないだと？」

「はい、もどってはまいりません」

グイダリウスが急に老けて感じられた。皮の下には、あまり肉もついていないよう見える。わたしは身をのりだして、こちらの主張はあくまで理にかなっているところを示そうとした。

「いずれにせよ、われわれは春には行動を起こすはずでした。それに、今年の冬はこれ以上〈海の狼《シーウルフ》〉に悩まされることもないでしょう。であるとすれば、いま出かけて何がまずいのでしょう？」

「次の春といえば、半年先だ」

グイダリウスはちょっとなさけなさそうなしぐさをみせた。

「猶予期間が終わる前に、そなたの気が変わってくれればよいのだが」

わたしは首を横にふった。

「殿下はクラドックとゲラニクスという二人の優れた指揮官をおもちでしょう。それにわたしは、殿下の兵をずいぶんと仕込みましたよ。彼らはわたしがここに来たときから勇敢でしたが、なんのまとまりもない、ただの烏合《うごう》の衆《しゅう》でした。いまでは訓練された軍隊です。それなりに、統制もとれています。そして必要とあらば、迅速《じんそく》に殿下のもとに結集するでしょう。殿下は、いまではご自身の手で蛮族《ばんぞく》どもの侵入を防げるはずです。そしてわたしにはもっとせっぱつまった用が、ほかの場所で発生したのです」

沈黙がつづく。やがてグイダリウスは、丸々と太った肩をまっすぐに伸ばすように、ぐいとひいた。そのたるんだ顔の下に、若い頃の闘士の面影《おもかげ》が見えるような気がした。わたしが去っても、メタリス川とアブス川とのあいだの地域はもはや心配ないと思った。

「それならば、これ以上言うことはなさそうだな」

「いや、それがあるのです。北に遠征するのに二百人ほど兵をお借りしたいのです」

わたしは、グイダリウスの眼が飛び出すかと思った。

「やれやれ、なんてことだ。そなたは、いまでも百名からのわたしの精鋭を自分の〈騎士団《きしだん》〉とやらに引き込んでいるではないか。それに、ここ何年にもわたって、それ以上のわしの兵を使って来たではないか。これ以上何が欲しいというのだ?」

「志願兵、それにわたしの指名もあわせて四百名ほどほしいのです。補助兵として、また槍兵および弓の射手として、今度の遠征に必要です。先程申し上げたように、少なくとも今年は〈海の狼《シーウルフ》〉の心配はないでしょう。秋の戦いが終わり、ヘンゲスト伯を無事エブラクムから退散させたら、彼らを殿下のもとに送りかえしましょう」

「生き残ったのだけをな」

「生き残ったのだけです」

「そうは言うものの、誰にも——智将《ちしょう》のほまれ高きそなたにさえ、〈海の狼〉どもが何をたくらんでいるか、知れたものではないのだよ。やつらの動きはまったく予想できない。やつらをわれらの海岸へ運んでくる風と同じさ。こちらの戦力が四百名も減ったのでは、もちこたえられないな」

ここでわたしは割り込んだ。

「誰も——名君のほまれ高き殿下でさえ、わたし以上にはご自分の戦力がどのくらいか、どのくらいの損失に耐え得るかをごぞんじありません」

グイダリウスの顔に、わたしを言い負かそうとする、新たな闘志が湧《わ》きおこってきたようだった。

「われわれの牧草地から、〈海の狼《シーウルフ》〉を追い出すだけで手いっぱいなのだ。なぜエブラクムで戦うために、うちの若い者を送り出さなければならないのだ」

とつぜん、自分が老い、疲れはて、無力になったように感じた。

「もし、城市《まち》、公国、部族が国境の中でばらばらでいれば、城市も公国も部族も、ひとつ、またひとつと倒されるのは目に見えています。われわれは団結してはじめて、サクソン人を海に追い返すことができるのです」

その事をどれだけ長く議論したのかは分からない。が、とても長い時間が過ぎたように感じられた。一度はグイダリウスの方が歩み寄って、四百名を差し出すと、ほとんど口に出かかったのではないかと思う。ただし秋の戦いが終わってから、もう一年ここにいることが条件だった。しかし、それを言う前にわれわれはお互いの手のうちが、あまりにもよくわかってしまった。それでグイダリウスもそんなことを言いだすよりも得策があると思ったようだ。

結局、まずいことにはならなかった。グイダリウスから、二百名の兵を借りるという約束を取りつけたのだ。ただしエブラクム遠征が終わったら、彼らをもどすということをマクシムスの玉璽《ぎょくじ》に誓わされた。

霧が町の低地から忍び寄ってきていた。木を焼く煙と、濡《ぬ》れた落葉の匂いがただよっている。わたしがふたたび道に出ると、中庭の角灯のまわりを湿った黄色の煙が取り巻いている。その冷たさが、わたしの心にしみた。出水《でみず》のような蛮族《ばんぞく》の襲来を、どうやって防ごうか？　アンブロシウスが百年治めたとしても、もしわれわれが一丸《いちがん》となり盾《たて》と盾を合わせて国境を守ることを学ばなければ、われわれにどんな望みがあるだろう？

翌日からの二日間は、いつにかわらぬ、遠征準備のあわただしさのうちに過ぎ去った。食糧や装備が配給され、皮のふたがついた、大きな背負い籠《かご》に入れられた。矢の束や予備の武具が出され、点検された。秋の牧草地から馬が連れてこられ、新しい皮の足かせをはめられた。鎧《よろい》と武具も最後の検査が行なわれ、すべてが使用可能かどうか確認された。昼といわず、夜といわず、リンドゥム中に鎧《よろい》職人がかなとこをたたく金槌《ハンマー》の重たい音が響きわたり、にわか仕立ての繋《つな》ぎ場につながれた馬が興奮していいななくのだった。この二日間は、この古い城砦《じょうさい》都市の中でも、その周辺でも、数多くの別れがあったに違いない。グイダリウスがいみじくも言ってのけたように、いまや〈騎士団《きしだん》〉の仲間のうち、百人以上がこの地のコリタニ族の者であり、そうでなくてもこの町になじみの女がいる者も、それとほぼ同じほどいたのだ。われわれがここを本拠として以来、何人かは（わたしは、できるかぎり思いとどまらせようとしたものだが）結婚していた。いつの日かきっと帰ってくるとか、かならず呼び寄せるからと、約束をかわしての濃厚な惜別もあれば……キスをして、きれいなネックレスをプレゼントし、何の約束もかわさない、軽い別れもあった……しかし、みながみな別れたかというとそうではなかった。というのは、ついに行軍がはじまったとき、荷車隊に四十人以上もの勇ましい女たちが加わっていたからだ。女たちはひき臼や、鍛冶屋《かじや》の道具を積んだ軽い荷車に便乗したり、御者《ぎょしゃ》や荷を積んだ小馬《ポニー》の間を、スカートを膝《ひざ》まではしょって、大手をふって歩くのだった。

女たちが勇敢で、自分を守り、男の足手まといにならないほどの強い気持ちをもっているかぎり、軍が数人の女を連れていくのは、悪いことではなかった。というのは、料理をしてもらえるのはありがたかったし、負傷兵にとっては、女たちの手あてのいかんが生死を分けることさえあるからだ。もちろん問題もある。大勢の男の中に女が少し混ざっていれば、何人もの男がひとりの女を同時に求めることもあるし、ひとりの男がひとりの特別な女を独占しようとすることもある。〈騎士団《きしだん》〉の団結が綻《ほころ》びるのはそんなときである。おお、神よ、〈騎士団〉の団結が綻《ほころ》びるのはそんなときなのだ！　だから、女にかんする面倒が起きているという噂《うわさ》が耳にはいると、その瞬間どこにいようと、ただちに女どもを全員置き去りにすると、わたしは宣言した。このようにして、わたしはことを静観することにした。

ヘンゲストの到来を知らせた若い族長と猟師が、案内役を務めた。最初の三日間、猟師はわれわれを北西に導いていった。はじめは立派な道路だったが、やがてくねくねの沼道となり、葦《あし》の茂みや、曲りくねった川、サンザシやサルヤナギの茂みの間を抜けていった。われわれだけでは一時間ももたないうちに道に迷って、にっちもさっちも行かなくなっただろう。たとえ迷わないにしても、黒々とした腐敗臭のただよう泥の中に、馬の足がけづめのところまで沈んでしまうこともたびたびであった。ある日のたそがれどきに、前の年にわれわれが焼き討ちをした、サクソンの居住地の跡を通り過ぎた。すると、何者かが——たぶん山猫だろうが——廃虚の中から、われわれに向かって鋭い声をあげた。三日後にわれわれは沼地を脱し、ゆるやかな丘陵地帯へと入っていった。枯れたヒースの上を吹き渡る風の音は、沼の上を吹くおだやかな風の音に慣れたわれわれの耳には、無情に響いた。こうして四日目の夕べ、われわれはラゲントゥスからエブラクムに通じる道に出たので、その道をまっすぐに北上した。猟師はもう自分の縄張の外に来ていたので、自分のところへともどっていった。こんどは若い族長の国なので、彼が案内役となった。

道に沿って二日間北に進むと、石をきれいに並べた、幅の広い渡り場に出た。そこは灰色の、うち捨てられた防御柵《さく》におおわれていた。当時の田舎には、いぜんとして、そのようなものがあちこちに残っていたのだ。そして、ここで、われわれは白い馬の尾の軍旗《ぐんき》のもとに結集したサクソン軍に出くわしたのである。

彼らが、われわれがやって来るという噂《うわさ》を耳にして、迎え討つために進軍してきたのか、それともリンドゥムの駐屯地にわれわれの背後からまわりこんで、不意討ちをくわせようとしたのかは不明であるし、いまとなってはどちらでもよいことだ。荒模様《あれもよう》の十月の夜明けとともに、戦いがはじまった。去年のワラビのぐしょぐしょの残骸《ざんがい》の上に、雨が容赦《ようしゃ》なく降り注いだ。彼らには地の利があった。左側は川岸の柔かい地面だったし、右側にはサンザシが密生していた。グイダリウスのせいで、サクソン軍は数の上ではるかにわれわれに勝っていた。雨のためにわれわれの弓のつるはのびてしまったが、これに対して、おぞましい小さな投げ斧《おの》が武器の敵は、雨の影響を受けなかった。われわれの側の有利な点としては騎馬部隊があったが、このように敵に当たる正面がせまいと、不利をさしひきして、とんとんといったところだろうか。正午までに戦いは終わった。小さな戦いだったが、痛手《いたで》は大きかった。われわれのどちらが勝ったわけでもなかった。両者ともにひどい目にあったので、その年はもはや戦えなかった。

ヘンゲストとその軍勢はエブラクムに、われわれはいまだにローマ軍団の都市と称されているデヴァ（チェスター）に退却した。われわれの冬営の陣として、デヴァ以外には考えられなかった。というのは、背後には広大な牧草地があったし、モン（アングルシー）の小麦畑もそう遠くなかったからだ。しかしそこまでたどりつくには、犠牲を払わなければならなかった。そして路上で亡くなる負傷者も、ひとりにはとどまらなかった。ようやくのことに、われわれはデヴァに乗りこんだが、そのときはすでに、西からの強風が吹き、激しい雨がからからに乾いた夏の荒れ野を、じめじめとした苔《こけ》の地面に変えていた。人も馬を疲れはて、餓死《がし》寸前であった。われわれは野で食糧を得ることには慣れていたが、十月の丘陵での暮らしは、人にも馬にも厳しいものであった。

若い族長は肩の負傷にもかかわらず、われわれに同行し、山に入るまで見届けてくれたが、それ以上は来なかった。族長のいうところによると、自分の村が徒歩でそこから東へ一日もかからないところだという。春になってわれわれがもどってきたら、また同行したいとのことだった。われわれは荷物用の馬を一頭あたえた。傷が深く、かなり弱っていたからだ。族長はわれわれとは違う方向に馬を進め、尾根の上からふりかえって手をふり、故郷の山の方へと消えていった。はたして村までたどりつけたのだろうか？　われわれは二度と彼に会うことはなかった。

第8章　北からの風

わたしはデヴァ（チェスター）のことをよく知らなかったが、かつてのこのローマ軍団の都市は、アルフォンとつねに友好な関係にあったので、わたしは子どもの頃に二、三度来たことがあった。そしてセプティマニアの馬を育てることになったおりにも、デヴァを訪れた。そして例年は、春に馬の飼育場と訓練場を視察する仕事を、ベドウィルとフルヴィウスに任せていたのを、ほんの数年ほど前には、空いている冬のあいだを利用して、アルフォンとデヴァを駆け足でたずね、自分の目で見にきたこともあった。だから、いまアリアンの重いひづめが、門のアーチ天井の下にさしかかり、うつろな音を響かせると、急に安全地帯に入ったような気になり、慣れ親しんだ場所にもどってきたような気がした。デヴァの方でも、わたしのことを憶《おぼ》えていてくれた。われわれが渋面《じゅうめん》を作ったような灰色の城砦《さい》をめざして、雑草ののびた道をとぼとぼを馬を進めていると、人々が駆け出してきたのだ。はじめはほんの数人だったが、知らせが広まるにつれて次から次へとやってきて、門番のいない〈法務官の門〉をくぐる頃には、街の半分の人々がわれわれの馬のすぐあとについて走り、歓迎の言葉を叫びながら、熱狂的に出迎えたのだった。

強風の閲兵場《えっぺいじょう》で、わたしはアリアンの鞍《くら》からどさりと降りた。脚《あし》が痙攣《けいれん》をおこし、よろめく。うなだれた馬の首は、雨に濡《ぬ》れて黒く見える。その上に手をのせたまま、わたしはあたりを見まわした。ほかの者たちも、にぎやかな音とともに入ってきて、馬から降りている。古い要塞は町からの流入者でいっぱいだろうと予想していたが、こうしてわたしが見ているあいだにもどこからともなくわき出てくる、ボロをまとった幽霊のような連中を除けば、この場所はローマ軍団が去ったときのままにがらんとしていた。こんにちでは、ほとんどの大きな町で、人が田舎へと流出するという現象がおきているが、おそらく、デヴァではそれがほかより早い時期に起きたのだろう。というのも、カドル同様に町を好まないキンマルクスは、自分の辺境の小国の首府を、オルダウッズの城市《まち》にもどしたのである。そこはもともと、ローマ人がやってくる前までは、彼の先祖が首府にしていた場所であった。くたびれはてた老人が亡くなるときのように、デヴァの城市《まち》はほとんど死の眠りについていた。だから空いている場所はいくらでもあり、わざわざさびれた要塞の方にまで登っていって住む必要はないのだ。

ベドウィルとケイはわたしの横に立ったまま、自分の疲れきった馬をつかんでいた。グワルフマイはらばに引かれた荷車がけが人を運んできたので、忙しく立ち働いている。

「兵舎をいくつかきれいにして、雨露《あめつゆ》をしのげるようにしてやれ。それから予備の兵舎と穀物倉庫には馬を入れなければならないだろう。厩《うまや》には、六十頭以上は入らないだろう。ここはローマ軍団が騎兵を用いるようになる前に、すでに使われなくなっていた場所なのだ」

兵士のような顔つきの老人が、立派な彫刻のついた杖をついて立っていた。先ほど街の人々が、まるでえらい人のように道をゆずっているのが目にはいった、その老人だ。わたしはこの人物の方に向いて、たずねた。

「ご老人、あなたがここを治めているのか」

老人のまっすぐな口もとが、おかしな質問だと思ったのか、ぴくりと動いた。

「近頃では、長官というのか、それとも族長といわねばならんのか知らんが、まあ、治めているといえば、そのとおりでしょうなあ」

「よろしい。それならばお願いがある。われわれは薪《たきぎ》がほしい。人間には食糧、それに馬の餌《えさ》も必要だ。ごらんのとおり、いまのところ、馬は放牧するような状態ではない。ここで調達できるだろうか」

「わたしどもでなんとかいたしましょう」

「さらに新しい膏薬《こうやく》と亜麻布が、けが人のために必要だ。向こうにいる足の悪い男が必要な物を指示するから、どんなものでも、調達していただきたい」

「わたしの王国の半分でもさしあげましょう」

老人はそう言った。そしてじっと見つめている群衆を見渡して、話しはじめた。口調ががらりと変わった。まるで別人のようであった。ごうという強風を圧するような声で、早口でてきぱきと名を呼んでは命令を下す。やがて人々は命じられたことを果たすために、めいめいの場所に散っていった。

わたしは、兵舎の端で降りしきる雨をしのぎながら立っていた。杖《つえ》をつきながら老人が歩いてきて、わたしの横に立った。

「飼葉《かいば》が届くには、しばらくかかると思います。これだけの馬に食べさせるだけの飼葉は、デヴァにはありません。われわれは大きな農場を一、二あたってみなければなりません。しかしかならずなんとかします」

「心よりのもてなし、痛みいります」

わたしは鉄の兜《かぶと》の革紐《かわひも》を引っぱり、脱ぎながら言った。

「赤の他人にはこんなことはいたしません。あなたは、アルフォン公の一族につらなるお方ではありませんか」

(わたしはこの慎重な言いまわしに、内心にやりと微笑《ほほえ》んだ)。

「それに、仔を孕《はら》ませるための、あなたの雌馬《めすうま》は、言ってみればうちの城壁のすぐ下で草を喰《は》んでいるのではありませんか。わたしどもは、あなたを友人と思っております。ブリテン伯アルトリウスとよばれる前から〈大熊〉のアルトスさまだったのです」

「たしかにブリテン伯というのは便利な称号だ。地方の諸公に対して、権威となりうる。だが、〈大熊〉アルトスの方が、親しみがもてる」

わたしのまわりでは、〈騎士団《きしだん》〉の仲間たちが、馬番や御者《ぎょしゃ》といっしょに、けんめいに仕事をしていた。腹をすかせた顔つきの若い司祭が、どこからともなくやってきて、グワルフマイを手伝いながらけが人の手あてにあたっている。疲れた馬は連れ去られていった。アムロズがアリアンを連れにきた。アムロズというのは、わたしの太刀《たち》持ちの役をフラビアンから引き継いだ、陽気なそばかすだらけの若者だ。わたしも、自分の仕事に取りかかろうと思った。しかし老人が腕に軽く触れて、わたしをとどめた。老人は、この瞬間によろめく足で前を過ぎていった二人の兵の姿をじっと見つめている。二人は、弱った仲間を支えながら、とりあえずもよりの扉から建物の中に入れてやろうとしているのだった。

「ずっと戦ってこられて、戦場から傷ついて帰られたばかりだし、今夜は話どころではないでしょうが、どうかおひまができたら、いったい何が起きたのか、お話しください。ブリテンのほかの人たち同様、わたしどもにもおおいにかかわりのあることですから」

「話すことなど、あまりありません。引き分けですよ。場所はエブラクム（ヨーク）南部。だけど今夜はサクソンの焼き討ちの心配などありませんよ。狼の群れなど追って来やしませんからね……ところで、あとひとつお願いがあります。若いのをひとり、オルダウッズの城に使いに走らせてください。キンマルクス公に、われわれが殿下《でんか》の城市《まち》にいる、できるだけ早く話をしにおうかがいすると、お伝えいただきたいのです」

しかし結局のところ、わたしの方から城に出向くことはなかった。三日後にキンマルクス自身が、側近の者を連れてやってきたからである。

その日はもっとも順調に回復している馬を牧草地に連れだし、すこしでも餌《えさ》やりの労を軽くしたところであった。そしてわたしが城砦《じょうさい》にもどってきたところ、かつて士官の兵舎だった場所の前にある閲兵場《えっぺい》で、荒々しい目をして跳ねまわっている雌《めす》の小馬《ポニー》から、キンマルクスが降りるところにでくわした。側近の者たちもそばに立っている。そして赤鹿の死体が二つ、真ん中の二頭の小馬《ポニー》の背に載せてあった。

キンマルクスはわたしに気づくと、疾風《しっぷう》のような大きな叫び声をあげた（小柄《こがら》なのに、声だけはやたら大きな男だった）。そして、届くかぎりに腕を伸ばして、わたしを抱こうとした。

「さあ、さあ、わが〈仔熊〉よ。ずいぶんと久しぶりだなあ。まるで太陽と月がいっぺんに出たみたいにうれしいぞ」

「僕の耳には、あなたの声はまるでらっぱですよ、キンマルクス殿下《でんか》」

そう言われて、彼は声高く笑った。

「若いのが君のところから言伝《ことづ》てをもってきたよ。君がデヴァにいて、わたしに話があるのでうかがいたいとな。ちょうどこちらの方に狩猟《かり》に来ていたので、少し足を伸ばして、ここまで来たというわけだ。今日の獲物《えもの》を土産《みやげ》にな」

「すばらしいお土産ですね。今晩は伝説の英雄のように祝宴《しゅくえん》を張りましょう」

キンマルクスは、短い脚《あし》を大きく広げて立っている。さばくために、鹿を引いてゆく側近とわたしの部下たちの上をぎろりと睥睨《へいげい》する。こうして風格のある一瞥《いちべつ》で家来どものことをかたづけてしまうと、キンマルクスは口を開いた。

「さて話はちがうが、祝宴の料理ができるあいだ、この蜂の巣のようなやかましい場所で、話のできるところがあるかな。ほかの者には聞かれないで、自分の声が聞こえるくらいのところが……」

「城壁の上に行きましょう。門にはひとりずつ歩哨《ほしょう》を置いていますが、そのあいだを歩きまわっている者はいません。そこなら静かに話ができます」

しかし城壁の歩道の南西のすみまで登ってきても、ここまで来て話をしなければならないことが何なのか、キンマルクスはなかなか切りだそうとはしなかった（われわれは友人だったが、これがたんなる表敬訪問でないことは、どうみてもあきらかだった）。彼はただわたしの横で笠石にもたれかかり、山を見ているばかりだ。ここ数日のあいだ吹き荒れた嵐が過ぎ去り、今日は上空に雲がただよい、ときおり日の翳《かげ》る一日だった。ウル＝ウィズヴァ（スノードン）山と、その周囲に伺候しているような低い山々は、くっきりと姿をみせ、荒れた空を背景に、流れる雲がまるで黒い花のようにかかっている。同じ方角を見ていると、城壁の上を風がひゅうと吹きわたり、それとともに高山の雪の匂いや、腐葉土の香り、それに木々の北側の苔《こけ》の香りがはこばれてくるように感じられた。それはまさに、わたしが生まれたディナス＝ファラオンの、森の吐《は》く息の香りだった。そしてそのとき――これは故郷の山々に目をやるとよく経験したことだが――一条の泥炭《でいたん》の煙と、女の髪のかぐわしい匂《にお》いが、その同じ風にのって来たような気がした。あの蒼《あお》く翳《かげ》った渓谷、隠れた谷間のどこかに、わたしの息子がいるのだろうか？　もう七歳になっているだろう。はじめて母の乳とともに憎悪《ぞうお》という毒を飲まされて以来、ずっと憎むことを教わっているはずだ……そう、たしかにいる。わたしには分かっていた。愛と同じで、憎しみも遠くから感じることのできるものだ……わたしはディナス＝ファラオンのすその、森の香りを逃すまいとした。そして暗闇でお守りにすがりつくように、心の中でその香りにすがりついた。

たぶんわたしは身震《みぶる》いしたのだろう。そばにいたキンマルクスが笑っていった。

「どうしたんだい？　寒気でもするのかい？」

「ただちょっと日が翳《かげ》ったのが気になって」

キンマルクスは横目でこちらを見た。ばかなことを言ったものだ。そのとき、日など翳っていなかったのだ。しかしキンマルクスはそのことを深く追及しなかった。

「さて、この秋に何が起きたのか話してくれ」

まずわたしの話す番だ。わたしは一部始終を語った。じつは話すことなどほとんどなく、すぐに終わってしまった。

「それでデヴァにやってきて、傷を癒《いや》し、冬営しようというのだな」

「おっしゃるとおりです」

「で、兵糧《ひょうろう》はどうするのだ？」

「デヴァを選んだ理由のひとつがそこなのです。馬の牧草地があるし、われわれにはモン（アングルシー）の大麦があります。わたしは分隊長のベドウィルを、荷車と護衛《ごえい》つきで、今朝アルフォンにやり、手に入るものはなんでももってくるよう命じました。本来ならベドウィルをもう二、三日休ませるところですが、冬が迫っているので、やむを得ません。なんとか穀物が冬にまにあい、モンでも豊作だといいのですが。これればかりは、じつのところ、神に祈るしかありません」

「で、帰ってくるまでのあいだは？」

「それまでは、この地のみなさんにお願いするしかありません。わたしは払えるだけのものは、皆さんに払いました。とても充分とはいえませんが。軍資金は充分にないのです。充分にあったためしがありません。それに大半は、馬商人や武具師のところに消えてしまいます」

「アルフォンにも小麦代を払わねばなるまい」

わたしは首をふった。

「小麦は民からの貢物《みつぎもの》です。それに、わたし自身の土地でとれたものもあります。わたしは、こちらの族長の言うように、アルフォン公の一族の者です。だから小麦はくれるでしょう……不足の分は、狩りをすれば済むことです。倉の穀物と森のイノシシ……これこそ、かつて前哨《ぜんしょう》基地を守る者が糧《かて》としたものではないでしょうか?」

しばらくのあいだ沈黙が支配した。しばらくして、それを破ったのはキンマルクスだった。

「ならば、君がわざわざわたしのところにまで来て、言おうとしたことは何なのかね?」

わたしは片肘《ひじ》を笠石につき、ちょっとふりかえってキンマルクスの方を見た。

「兵が欲しいのです」

キンマルクスは微笑《ほほえ》んだ。しかし唐突《とうとつ》に顔に浮かんだその微笑みは、すぐに消え、真剣な表情になった。

「君なら小国の王の助けなどなくとも、兵を思いのままに募《つの》ることができるだろう」

「自由にやらしていただけるのなら、できます」

「リンドゥムでは、自由にやらせてはもらえなかったのかね?」

「彼らの領土内の〈海の狼《シーウルフ》〉を追い払う分には、自由にやらせてもらいました。春になって、王の許可がいらず、妨害もなしに、わたしについてデヴァを出て、山を越えてエブラクムまで行ってくれる兵が、どうしても必要なのです」

「君の好きにやるがよい。君の軍旗《ぐんき》を掲《かか》げなさい。火に群れる夏の虫のように、若い連中が君のもとに来るだろう。ただ女たちと家を守るために、少しは残していってくれ」

「スコット族の侵入に備えてですか？」

「スコット族だの、その他もろもろだ。サクソンの風が山を越えて吹いてくるかもしれない」

いったいどういう意味なのかとこちらが問う前に、キンマルクスはとつぜん向きをかえて頭を上げた。うすい黄色の縞《しま》のある髪が風になびく。

「エブラクムの後はどうする？」

「たしかにエブラクムは心臓部にあたりますが、そこだけではすまないでしょう。女神ブリガンティアの国の、東部全体に注意しなければなりません。その後は差し迫ったところがあれば、どこへでも飛んでいきます。南西の、昔のイケニ族の国あたりの可能性がもっとも高いでしょう。サクソン人はすでにその地域のことを、自分たちのノーフォークだとか、サフォークだとかよんでいます」

キンマルクスがだしぬけに言った。

「もし君が賢明《けんめい》な人間なら、北に向かって、〈ハドリアヌスの壁〉を越えるだろうな。それも早いうちにな」

わたしはすばやく相手の顔を見た。この謎《なぞ》かけこそ、この男がわざわざ言いにきたことなのだ。

「で、その心は？　キンマルクス殿下」

わたしに視線を合わせて、キンマルクスが答えた。

「まだ言うべきことがあるし、話さねばならない事情もある。だから君が来るのを待たず、デヴァの方へと狩猟《かり》に出たのだ。もしわたしの勘《かん》に狂いがなければ、来年の夏至《げし》の頃までには、カレドニア〈スコットランド〉の低地の半分で、ヒースが真っ赤に燃えているだろう。収穫の季節までには、火は〈壁〉を越えてきているだろう」

「また謎かけですね。それじゃ答えになりゃしない。いったいどういう意味です？」

「もう一年以上、カレドニア南部で不安定な情勢がつづいている。わしらはそれを感じるのだよ。北部の公国をかかえているとな。これだけ〈壁〉から離れていても、感じるのだ。だが、はっきりと姿が見えないのだ。夏の日のそよ風みたいなものさ。吹いてきたと思ったら、伸びた草が四方八方に倒れていて、どこから吹いてきたのか分かりゃしない。だがここにきて、その姿が見えてきたのだよ。風がどっちから吹いてくるのかも分かった。サクソン人は〈刺青《いれずみ》の民〉、つまりピクト人を味方《みかた》に引き入れ、ブリテンが落ちたあかつきには、分け前をたんまりとはずむと約束をしたのだ。いっぽう、ピクト人の方は、海の向こうのエリン〈アイルランド〉に使者を送ってスコット族を呼び寄せるばかりか、いまこそあらゆる束縛《そくばく》から自由になって、自立していばれる好機と思っているブリテンの族長どもと、手を組んでいるのだ。ばか者めが。わざわざ自分の首を、サクソンの足もとにさしだすようなものだ」

「ヘンゲスト伯の、ですか？」

わたしの中に冷たい戦慄《せんりつ》が走った。

「いや、そうではないと思う。オクタは一枚かんでいるかもしれないが、じつは北方の海岸の、生粋《きっすい》のサクソン人のもくろみではないかという気がする。いいかね、われわれなら、ひとつの名前のもとに皆が集まるが、ヘンゲストはジュート族だ。〈海の狼《シーウルフ》〉はまだ手を組むということを知らないのだ」

キンマルクスは声の調子を落として考えこむように言った。

「われわれよりも先にやつらが手を組むということを覚えたら、もうブリテンも終わりだ」

「どうして、そんなことが分かったのです?」

しばらくしてわたしが聞いた。

「まったくの偶然だよ。あるいは、神のはからいともいえるかもしれないな。あれからまだいく日もたってはいないが、カレドニアの海岸に向かっていた小舟が北西の風に流されて、うちの海岸に着いたのだ。乗っていたのは何かの使者だろう。本来は戦士なのだろうが、武器といえば、短刀しかもっていなかった。それに、いっしょに流れついたものの中に、和睦《わぼく》の印として使者がもち歩くような、緑の枝があった。白く塗った、戦《いくさ》用の盾など、どこにもなかった。ただひとり、生きて流れ着いたものがいた。その男は意識不明のまま岩にうちつけられていた。陸に引き上げた者たちは、その場で始末しようとした。傷ついた毒蛇を殺すようなものだ。ところがその男が、〈刺青の民《いれずみ》〉だの、サクソンだのと口走っていたのだ。これを耳にしたら、いったんは短剣にかかった手も、下げざるを得ない。もっと何か聞き出せるのではなかろうかと、彼らは、男を漁師小屋に運びこんだ。それから、わたしに知らせがあったというわけだ」

「拷問《ごうもん》にかけたのですか」

わたしは聞いた。わたしはスコット人やサクソン人なら、拷問《ごうもん》にかけるのも厭《いと》わない。が、ときにはやむをえない手段であるにせよ、何かを吐《は》かせるために、じわじわと人を焼いたり、爪の下に短剣の先を入れたりということは、どうしても好きになれなかった。敵を憐《あわ》れむわけではない。ただ、皮膚が焦げたり、水ぶくれになったり、短剣の先が爪の下で鋭い音をたてるのを、わが身に引きつけて、あまりに敏感に感じてしまうのである。

「その男の状態では、たとえ拷問をこころみても、われわれの手にかかって死ぬ方を選んだだろう。そこでわれわれは数日間待ってみた。その間に男が力を回復するかと思ったわけだ。しかし結局その必要はなかった。男は熱にとりつかれたのさ。いってみればしゃべり熱さ。死ぬ前の丸一昼夜というもの、男はしゃべりつづけた」

「それがたんなるうわごとでないと断言できるのですか」

「人が死ぬところは何度もみたよ。わたしにもうわごとで妄想《もうそう》をしゃべる者と、熱にうかされて心の秘密をうちあけている者との違いぐらいわかる……　それによく考えてみると、おおいにありそうな話ではないかね」

「ありそうなんてもんじゃありませんね。もしそれが本当だとすれば、われわれがエブラクムにいるヘンゲストを征伐《せいばつ》しているうちに、こちらが焼き討ちなどにならないようにと、神に祈るしかないですね。まずヘンゲストをなんとかしなければならない。来年は時間との争いになりそうですね」

その晩われわれは上古《いにしえ》の英雄のようにご馳走《ちそう》を食べた。そしておおいに浮かれ騒いだ。ベドウィルの不在と、その竪琴《たてごと》がないのは物足りなかったけれども……　そして翌朝、計画を練り、約束をかわすと、キンマルクスは仲間といっしょに帰っていった。キンマルクスの荒々しい目をした小馬《ポニー》は、まるで焼け石の上ではじける豆のように飛び跳ねるのだった。

そのあくる日はよい日だった。重大なことが起きたわけではなく、何の変哲《へんてつ》もない一日だが、もはや勝利と災《わざわ》いの区別もつかなくなってしまったときにも、記憶の中に、いつまでも端正な形と、くっきりした色あいで残るような日であった。わたしには、そのときまで、われわれの馬の何頭かがすでに放たれている、城内の牧草地より外にまで、出ていく時間がなかった。しかし、その朝、わたしはアリアンを連れてこさせた。アリアンはすでに充分に休んでいた。そしてケイ、フラビアン、それに若手のアムロズを連れて、馬の飼育場を見に出かけた。

すでに冬がすぐそこにまで迫っているように見えたが、その日は寒さも少しやわらぎ、小春日和《こはるびより》といったところだった。穏《おだ》やかに波うつ平原の上を、西からのそよ風が吹き抜け、太陽には銀の靄《もや》がかかっている。大西洋からの強風のために斜めに傾いた樫《かし》の防風林からは、茶色の枯葉が舞い飛んできていた。あちこちの小高い丘の上には、そのような細長い防風林があった。そこかしこで、黒っぽい小さな牛が顎《あご》をゆっくりと動かしながら、通り過ぎてゆくわれわれをふりかえって見た。——先月、秋の屠殺《とさつ》前ならこんなに少なくなかったろう。——また小馬《ポニー》の群れが、矢の届くほどのところまでばらばらと逃げては、こちらに向きなおり、毛がぼさぼさの頭をもちあげ、鼻をならしながら見つめるのだった。村の近くまでくると、晩秋の畑おこしが行なわれていた。空ではカモメの群れがくるくると舞いながら、鳴き声をあげている。堀り起こされたばかりの土の香りには、心を揺《ゆ》さぶるものがあった。デヴァから数マイルのところで、干し草やワラビや豆を積んだ山のあいだに、泥炭《でいたん》の小屋が集まっているところがあった。牧童小屋だ。そこにおそろしくやぶにらみで、馬に乗って生まれてきたみたいながにまたの足をした、小柄《こがら》の男がいて、フンノは群れといっしょに外に出ていると言った。そこでわれわれは、浅い谷になっている、馬の飼育場をめざした。

われわれのアルフォンの飼育場は、ほとんどの部分が、空積みの石塀で囲まれていた。山あいに、手頃な石がごろごろしていたからだ。ここにも石はあるにはあったが、それほど簡単に手には入らなかった。また、もともとが雑木林《ぞうきばやし》や低木の多いところなのでそれを利用して、石塀がとぎれて、ざっと刈り込まれたイバラの生け垣が続いているといったところもあった。また低くなった谷の出口は湿地になっていて、土手や泥炭《でいたん》の塀《へい》で囲われていた。

われわれは毛なみの荒い小さな小馬《ポニー》に乗ったフンノに出会った。フンノは、やはり小馬に乗った、わたしの知らない若者を連れて、谷の下の湿地の方から、馬を軽く走らせながら上がってきた。あきらかに、日課の見まわりをしてきたところだった。この前に見たときと、フンノはまったく変わりがなかった。わたしに物心《ものごころ》がついたころから、まったく変わらないと言ってよいだろう。大きな口、薄い唇、そしてきらきらと輝く小さく目が、いつもかぶっている大きな羊皮の帽子のひさしの影からのぞいていた。その帽子までも、前と変わらなかった。

「デヴァ（チェスター）にお帰りと聞いていました」

まるで一週間前にでも別れたみたいな口調で、フンノがいった。そしてやや責めるような調子で、「ここ三日というもの、いつお会いできるか、いつお会いできるかと思っておりました」

「来られなかったのだよ。ほかにいろいろと手がふさがってね。ここはどうだい、フンノよ？」

フンノは節《ふし》だらけのハリエニシダの根っこのような手で、指さした。

「これがどう見えますかね？」

が、あらためて見る必要などなかった。わたしは、谷の上からずっと見てきたのだ。小川のほとりで若い馬たちが草を喰《は》むのを――戦《いくさ》馬が刻々と成長しているまさにその姿を――わくわくしながら眺めたのだ。まるで、守銭奴《しゅせんど》が指のあいだからこぼれ落ちる金の輝きに見惚《と》れるようなものだった。

「ここから見るかぎり、うまくいっているようだな」

わたしは答えた。われわれは大げさな言葉など使ったことがなかった。が、目と目を合わせて微笑《ほほえ》んだ。

「もっと近くからごらんください」

フンノは顎《あご》で川の方を指した。そこでわれわれは、いっしょに川をめざした。わたしの太刀《たち》持ちアムロズは人なつこい若者だったので、うしろに下がり、はじめて出会った若者と並んだ。フンノ、フラビアン、ケイ、わたしは、一団となって先を行った。多数の雄馬がセプティマニアで手に入れた五頭の種馬から繁殖し、三歳、四歳、あるいは五歳になっているのもあった。若くがっしりとした馬たちは、われわれがやってきたのに気づくと、いったんは四方に散ったが、また好奇心にかられてもどってきた。そんなようすをひと目見ただけで、すべてが計画どおりに進んでいることが分かった。もちろん、すべての馬が種馬ほど体格がよいわけではなかったが、土着の馬と比べれば、どれも少なくとも二十センチは高かった。

「すべて調教はすんでいるのかね」

わたしはたずねた。

「おおかたすんでいます。三歳馬の何頭かはまだ未完成ですがね。人手が足りんのですわ。いわゆる熟練した人がね。この肥沃《ひよく》な低地にゃね」

フンノはぺっと唾《つば》を吐《は》いた。湿原のアザミのつやつやの種の上に、みごとに命中した。低地の飼育家への軽蔑《けいべつ》がこもっている。

「いずれにせよ、今年ばかりは調教師にこと欠かないだろう」

訓練場で見たかったものはすべて見てしまい、フンノは、もっともできのよい若駒の足なみを見せるよう言いつけていた少年に対して、終わりにするよう合図を送った。その頃には、秋の日も暮れかかっていた。尾根を越えて、向こうの谷の下にある馬の繁殖場へと向かう途中でフンノが言った。

「囲い柵《さく》のところに来ていただくのがいちばんです。そうすれば、残りを追い込んできますから。谷中を馬でまわっていては、半分も見ないうちに日が暮れちまう。そうなると、いちばんの子馬も見られないかもしれない」

わたしはうなずいた。いまはフンノにまかせよう。ここは彼の王国だ。わたしは尾根の上までくると、風のためにねじくれたイバラのあいだで馬の手綱《たづな》をひいて腰をおろした。そうして、海に向かってなだらかに下っている斜面を眺めわたした。およそ、弓の射程《しやてい》の半分くらいのところに繁殖場があった。目の前の谷は、いま見てきた谷よりも、もっとしっかりと囲われてあった。そして海側には樫《かし》の低木が密生している。馬を育てるのに、これほどうってつけの場所はなかった。傾斜地の上の端に、静かに草を喰《は》む雌馬《めすうま》や子馬にまじって、風格のある例の黒い雄馬の姿があった。この細長い谷は、ただ簡単な囲いがしてあるだけであった。このあたりには狼はほとんどいなかったし、湿地を駆けまわっている小さな地元の雄馬が、ここの雌馬《めすうま》めあてに侵入をこころみても、なわばりの王が一撃を加えるだろう。いっぽう、三十ないしは四十頭の雌に満足している一頭の雄が脱走する危険性などは、訓練場のまだ相手のいない雄が脱走する危険性に比べれば、はるかに小さかった。

わたしはアリアンの向きを変え、谷のもっとも高いところを囲った石塀のところに向かった。その途中で、繁殖期を向かえた雌のための、ハリエニシダの屋根のついた囲いをすぎた。門まで来ると、われわれはサンザシの藪《やぶ》に馬を繋《つな》ぎ、ケイとフラビアンとわたしは、そこに腰をおろして、待つことにした。いっぽうアムロズはあとの二人といっしょに、馬を追い込む手伝いをしに行った。

例の黒馬は、われわれが彼のなわばりの境界に来てから、ずっとこちらを見ていた。自らが不安を感じたわけではなく、もっぱら雌馬を守るためだ。鼻をならし、頭をふりあげ、たてがみを黒雲のようになびかせ、速足でやってきて、雌馬とわれわれとのあいだで、ゆったりと環《わ》を描きながら旋回した。

「黒馬はちゃんと自分の雌の面倒をみてるんだ」

フラビアンが言った。

毛がもじゃもじゃの小馬《ポニー》に乗った老フンノが、通りすがりに黒馬に向かって、そっと意味不明の言葉をかけた。黒馬はあいさつがわりに鼻をならした。この馬にかんしてベドウィルの言ったことは正しかった。

フンノとその小さな一団は速足を続け、しだいに小さくなってゆき、谷の下の端《はし》のあたりにまでたっした。そして沼の方へと下りてゆく傾斜地に生えた、ハリエニシダとサンザシの茂みのあいだを、見え隠れに動きまわっている。まもなく、谷全体がわれわれの方に向かってくるように感じられた。馬を逐《お》う者たちの叫びが聞こえ、ほんのまたたくまに、草を踏む、蹄鉄《ていてつ》をはかない柔かなひづめの音が聞こえてきた。馬たちが速足でやってきた。空を渡る鴨の群れのように、長く連なっている。もじゃもじゃの小馬《ポニー》に乗った牧童たちが、両わきについて誘導していた。ほんの一瞬、わたしは八年前のナント＝フランコンの、春のある日にもどっていた。馬たちは叫び声によって、囲いの中へと導かれていた。荒々しい目つきの雌たち。母親の尻を追う子馬。一歳馬たち。それにその冬の調教を待っている、毛の長い二歳馬もいた。ぎこちなく、ややおびえてはいるものの、これが何の意味なのかを知りたがってもいた。そしてこうした馬の真ん中に、いまや鼻のあたりに白髪がまじっていたが、あいかわらず力強く、自分の群れを守っている――黒い馬がいた。アムロズが、牧童たちとともに馬に乗ってくるのが見えた。そばかすだらけの頬《ほお》を赤くそめ、恋する乙女のように目を輝かせている。すでに広い入口が垣で閉ざされてあったので、アムロズは馬を降り、馬勒《ばろく》を腕にまわして、笑いながら、息をきらしてやってきた。

「おおアルトスさま、もしわたしがあなたの太刀持《たち》ちでなかったら、なかなかの牧童になったでしょうに」

「第三騎兵大隊の隊長になるころには」

とフラビアンがいった。フラビアンは、もと太刀持ちで、いまは騎兵隊長なのだ。

「太刀持ちも牧童も、どちらもさんざんやらされているだろうよ」

そしてそれまで弄《もてあそ》んでいた色あざやかなサンザシの実の房を、アムロズの方に投げる。アムロズはあわてて手を伸ばした。それから、さかんに足踏みしている馬たちの方にからだを向けた。

わたしははじめ黒馬のところに行った。黒馬はなわばりの王らしく、群れから少し離れて立っていた。そこからだと、見るべきものがすべて目に入るのだ。黒馬は油断なく頭を上げて、われわれが来るのを見ている。鋭く尾をふりまわしているが、はじめてわれわれを見かけたときよりも警戒心がとけていた。それというのも、わたしといっしょに、羊皮の古帽子をかぶったおなじみの男が来たからだろう。

「もし、だんなさまが竪琴《たてごと》弾きのベドウィルだったら、やつは駆けつけてきたでしょうよ」

老フンノがいった。

「そんなに馬が何から何まで覚えているものかね」

「自分をはじめてならし、乗りこなした者のことは忘れないものです」

フンノが答えた。

「ちょうど女がはじめての男を忘れないのといっしょです。ある意味では同じことでしょう」

わたしは黒馬に塩をひとなめ与えた。馬は超然としてそれを受けとる。わたしが敵でないという事実を認めたようだ。大事な点を馬に分からせることができたので、わたしは心ゆくまで雌馬《めすうま》と子馬を見せてもらおうと、フラビアン、ケイとともに中に入った。われわれは馬たちのあいだをまわり、ときどき馬のそばに立ち止まっては、そのほっそりとした脚腰やしなやかな首に秘められた、力強さや反応のすばやさを調べ、確かめ、感じとるのだった。そのあいだ、フンノは耳を寝かせている馬の頭を押し上げたり、毛のはえた尻を平手で打ってわきにどけたりして、われわれが馬たちのあいだを通り抜けられるようにした。そしてこの後で、もっとも優れていると思われる馬たちが、別々にわれわれの前に連れだされた。雌馬《めすうま》と子馬、一歳馬と二歳馬、雄の子馬と雌の子馬というように。どの馬を見ても、身長と骨の重量の増加という点でいちじるしいものがあった。

「神は慈悲《じひ》深い」

ケイが言った。この男はそれなりに信心深いのである。

最後にわたしはもう一度フンノに手まねきをした。

「向こうにいる、白の子馬をつれた栗毛の雌だ。こっちに連れて来てくれ」

じつをいえば、囲いに逐《お》われてきたときから、この馬の親子には注目していた。むしろ、子馬の方に注目していたと言った方がよいかもしれない。しかし、まるで子どものような話だが、楽しみは後にとっておこうと思ったのだ。

フンノは馬の親子を群れから引き離し、わたしのところに連れてきた。向こうがにやっと笑ったのを見て、やはりフンノもこの子馬を最後にとっておいたのだと感じた。どうか最後まであの馬を指名しないでほしいと、心に念じていたのかもしれない。わたしはまずはじめに、母親の信頼を得ようとこころみた。首をなで、ピクピクする耳にちょっとした愛の言葉をささやいた（母親の警戒心がとければ、それだけ子馬もなつきやすいものだ）。その後で子馬の方に関心を向けた。子馬はやせた雄で、その年に生まれたものの中では、かなり遅い方だろう。おそらく夏の終わりか、秋のはじめの生まれではないかと、わたしは思った。雌のさかりがおくれて来るか、本来の時期よりも遅くまでさかりが残っているようなときに、こんなことが起きる。子馬はまだ白くなく、白鳥のひなのように灰色だったが、一度こういった子馬を見たことがある者なら、三歳までには白鳥のように真っ白になるということを知っている。いまどき珍しい色だ。しかしローマの騎馬部隊のほとんどの馬には、リビア馬の血が混じっていると言われていた。そして、その中には白馬も数多くいた。この子馬の色は、母を通じて、鷲の軍団の馬に先祖がえりしたものだろう。こうして母のそばに立って、まだはっきり自分というものが分からずに、ほとんど卒業しかけた母乳に安心を求める気持ちと、初対面の人間たちに対する好奇心とにひきさかれていても、この馬にはすでに将来性が感じられた。この馬には、母から引き継いだ情熱と、父から引き継いだ力と落ち着きがあった。わたしに対して、ほんの少ししか警戒心を抱いていないようだった。自分の母親が、安心してわたしの手を首の上に置かせているのを見て、なおさらそうなったのかもしれない。わたしの故郷の山でも、草原に野放しにされて、年に二回だけ駆り集められるような子馬はいざ調教しようという段になると、鷹のように野生的で、手に負えないものになる。しかし、飼育場で飼い慣らされた母親から生まれた子馬は、誕生の日からわれわれも扱い慣れている上に、その時期がきても、このような「しつけられた」子馬は調教がしやすい。そういうわけで、この灰色の子馬も人間に触られることには慣れていた。まったくの初対面だったので、わたしに対してほんの少し恥ずかしがってはいたが、掌《てのひら》を舐《な》めさせると――おそらく塩の味が残っていたに違いない――、すぐになついて、やがてはたてがみになるはずのあらい毛のふさをさすらせたし、柔かな鼻筋を柔かな口もとまで、平気で撫《な》でさせるのだった。こうしてわたしは子馬を撫でながら、将来性を感じとり、なかばはにかむような反応の中にも、たしかな手応《てごた》えを感じていた。わたしはこの瞬間に確信したのだ。――アリアンは頑強だが年老いているので、名誉《めいよ》ある引退をした日には、この馬が未来のわたしの戦馬《いくさ》になるのだ、と。わたしは戦いのときには、いつも白馬に乗った。別段、白馬の方がほかの色より優秀だと思ったからではない。ただ白の方が後についてくる者に、はっきりと統率者の位置が見えるだろう。敵にもはっきりと見えてしまうが、これは致し方のないことだ。それに白馬を神聖なものと考えるのは、何もサクソン人にかぎられたことではない。ローマ軍団がやって来る前から、ブリテンの人々は、ブリテン島の中央部へと通じる谷を見下ろす丘の中腹に、白亜の岩を彫って、白の竜馬を描いたではないか？ であってみれば、ブリテン軍を率いて戦《いくさ》に突入するには、白馬こそふさわしい……

秋に生まれ、秋に見出された子馬ということから、名前は自然に決まった。シグヌスだ。白鳥座シグヌスの四つの星にちなんで、そう名づけよう。ちょうど秋の大風の頃に、南の空に現われる星だ。いまここでわれわれのあいだに契約が成立した証《あかし》として、この名前を授けよう。

「シグヌス、シグヌスだぞ。チビ助よ、われわれがともに戦う日に備えて、よく覚えておくんだぞ」

すると子馬は頭をひょいと下げて、またふりあげた。鼻面にのせたわたしの手が、そうさせただけのことだ。しかし、馬が同意してうなずいたように見えた。皆が笑った。すると子馬はとつぜんはにかんで、少し後ずさりし、広げた長い後ろ足の上でくるりと向きをかえると、母馬の方に行き、乳を飲んで安心するのだった。

その晩のこと、牧童小屋でハリエニシダのパチパチと燃える火を囲んですわっていると、老フンノが、壺《つぼ》に入れた馬乳の酒を持ってきた（思いもかけないものから酒ができるのは、驚くべきことだ）。そしてこれといっしょに、皮をむいたヤナギの細枝をもってきた。そこにはフンノ自身の記録と、彼の息子のアムゲリットが毎年アルフォンの飼育場から送ってくる記録が刻まれていて、ひとつにまとめられていた。白い枝の上にさまざまな形に刻みこまれているのは、ここ七年のあいだに生まれたすべての馬の記録であった。毎年九十頭から百頭の子馬が生まれていたが、三年目だけはその半分にも満たなかった。

「あの年は暗黒の年でした。ここでも、山でも、雨つづきの春、どぼどぼの春でしたな。二十頭以上の子馬がばたばたと死に、後から病気になる馬もいました。雌馬《めすうま》も大打撃をこうむりました。しかし今年は…今年はなかなかのできですぞ。ほら」

皺《しわ》だらけな茶色の指が——波うち、反《そ》り返った爪が、もっとも新しく、もっとも白い柳の枝の上を走り、刻み目を次々と差していった。

「百三十二、三、四、五、百三十六。そのうち、七十三頭は雄です。死んだのは九頭もいません。生まれる数は増えている。若い雌の一部を、繁殖用にまわしたからです」

ときおり死んでしまう子馬以外にも、こちらの必要とする大きさに達しない馬や、雄に近づかない雌もいたし、妊娠しにくい雌もいた。フンノはわたしの指示に従ってこうした不出来な馬は売り、餌《えさ》代や、ときには他の馬を買う費用にあてた。しかしこうした売買を除いては、機が熟するまでは、どんなに困窮しても、決してこれらの馬をあてにしないという、当初の計画に忠実であった。しかし、ついにそうしてもだいじょうぶな時期がきたのだ。われわれは目を輝かせて、ハリエニシダの火のそばでお互いを見つめあった。

「待ったかいがあったな。フンノ爺さん、あんたのおかげで、こいつらを用いることができるようになったぞ」

フンノはうなずいた。

「どういうお考えです？」

「四歳馬、五歳馬の雄をすべてだ。雌に種付けをするには、セプティマニア産の雄だけで充分だろう。たぶん、三歳馬の何頭かも、この春に調教がすみしだい来てもらおう。それで二百五十頭を超えるだろうよ」

「あまった雌はどうなさるのです」

「連れていかない。いよいよというときがくるまでは、戦闘に使うのはもったいない。山で放し飼いにしておけば、もっと子馬が増えるかもしれない。来年必要になったら、呼びもどすこともできよう」

わたしは充分に満たされた気持ちだった。いま使っている馬の半分を、新しくすることができるのだ。この頃には、ほとんどが湿地育ちの馬になってしまっていた。よく言うことをきくよい馬だが、気性のはげしさに欠けていた。この馬たちは、新しい馬の余りと合わせて、予備の馬にすればよい(どんなに訓練が行き届いていても、一年のうちに、あまりに多数の新馬を戦《いくさ》の前線に投入するのは賢明な策ではない)。いままでは、予備の馬をあてにできるような余裕はなかった。そして、いま予備の馬があればと、心から願ったことも、二、三度ではない。やはりケイの言ったとおり、神は慈悲《じひ》深い。馬乳の酒壺《つぼ》が空になり、話もつきると、われわれはいとまごいをし、ふたたびデヴァに向かった。

はわたしが飲んだ中で、もっとも強い酒だった。わたしはいつも頭はしっかりしている方だが、その晩の星はスイカズラの色をしていたし、真夏の星のようにとろけそうだった。デヴァに帰る路上で、われわれは少し歌を歌ったように思う。しかし、それは馬乳のせいばかりではなかった。

われわれが帰りついたのは、すでに夜警の当直が交替した、深夜だった。が、わたしの部下ではない何人かの男が、かつての士官区域に通じる入口の、角灯《かくとう》の下に立っていた。体格のよい青年で、みな若く、たくましく、それに武器をたずさえていた。彼らが何を求めているかは、そのうちのひとりが——わたしの伝言をキンマルクスのもとへ持っていった男が——わたしの鐙《あぶみ》のところまで進みでる前から、わたしには分かる気がした。

「アルトスさま、お話しがあるのですが」

「そのようだな」

わたしは馬を降り、アリアンを太刀《たち》持ちに渡した。そのとき、とつぜんこの馬に申しわけないような気持ちにおそわれ、ことさらねんごろに撫《な》でてやった。

「後はよろしく頼む」

わたしはケイにそう言いのこすと、新来の者たちに向かって、後からついてくるよう合図して、自分の部屋へと向かった。角灯がともり、陶器の火鉢《ひばち》には火がおこしてあった。わたしは火鉢のそばにすわり、手をかざした。手綱《たづな》をもっていたので、すっかり冷えきっていた。昨日は一日穏《おだ》やかだったが、すっかりうすら寒くなってきた。わたしは、目の前にひしめきあっている若者たちを見た。

「さて、用件は何かね」

前にわたしの使いをした者が代表で答えた。

「剣を持ってまいりました。〈騎士団《きしだん》〉に加えていただきたいのです」

わたしは彼らひとりひとりの、真面目で熱意にあふれた顔をのぞきこんだ。

「君たちはみな、まだずいぶん若い」

「フィオンがいちばん年下です。でも、来月十八になります。アルトスさま、われわれは皆もうおとなです。自分の武器も持っています」

わたしは前かがみになり、順にひとりひとりの顔を見ていった。どの青年もたのもしい顔をしていたが、みな大変若いこともまちがいなかった。

「みんな、よく聴くんだ。わたしは二とおりの人間を必要としている。〈騎士団〉の仲間はもちろん必要だ。必要でないときなど、ないくらいだ。が、ほかにも必要なんだ」

わたしはしばしためらい、言葉をさがした。

「補助兵や非正規兵がいるのだ。〈騎士団〉の者は重騎兵として、わたしに忠実に仕えてくれるが、それとは別に、軽騎兵として、あるいは弓の射手《いて》、斥候《せっこう》、槍兵《そうへい》として、忠実に仕えてくれる者が必要なのだ。その必要が生じたときには、喜んで自分の故郷《ふるさと》の国境を越え、わたしが必要とするかぎり、ともにいてくれる者だ。一年か、二年か、あるいは三年たって、わたしが必要としなくなったら、国もとに帰るのは自由だ。〈騎士団〉に加わるとなると、話は違ってくる。彼らには、わたし自身と仲間同志への、いつまでも変わることのない忠誠を求める。――少なくとも、最後のサクソン人がブリテンの海岸にある最後の岬を手放すまでは、そうあってほしい。われわれは兄弟だ。そして、われわれと外を結びつける絆《きずな》はないし、数年で解放されるということもない。君らの面構《つらがま》えを見ていると、まさに、こちらからお願いしたいほどだ。補助であれ、〈騎士団《きしだん》〉であれ、喜んで迎えよう。しかし決める前に、よく考えることだ。君たちには未来がある。そしていったん道を選んだら、名誉ある撤退《てったい》などありえないぞ」

彼らはお互いに顔を見合わせた。赤毛の若者が、下唇をなめた。別の男が短刀に手をやって、もじもじしている。

「家に帰りなさい。よく話し合うんだ。一晩寝て、よく考えるんだ。そうして明日《あした》の朝、また来ればよい」

また別の男が、首を横にふった。

「今夜、われわれは自分たちを戦士として捧《ささ》げにまいったのでございます。何も決めずに家に帰るわけにはまいりません。アルトスさま、どうかここで、いましばらくあいだ話し合いをさせてくださ い」

「もちろんいいとも。好きなだけ話をするがよい」

わたしは短剣を鞘《さや》から引き出して、マントのすそでそれを磨きはじめた。若者たちは放っておいて、自由に話し合いをさせよう…… 彼らは入り口のところまで引きさがった。それからしばらくのあいだ、ひそひそ声が聞こえていた。やがて床を踏む足音が聞こえ、顔を起こすと、彼らがふたたびわたしの前に立っていた。わたしの使いをした若者が、残りの者たちから少し離れて立った。二人がそのわきに立っている。さっきと同じように、この男が彼らの代弁者だ。

「アルトスさま。話し合いは終わり、決心がつきました。わたしの後ろに立っている者はアルトスさまが二番目にお示しならられたようなかたち、すなわち補助兵としてお仕えいたします。この者たちには、それぞれに世のしがらみがあり、断ち切ることはできません。妻子のある者も二人おります。しかしわれわれここにいる三人、フィネンとコルフィル、それにこのわたし、すなわちブラッドマンの息子なるブリスには、なんの係累《けいるい》もありませんので、喜んでアルトスさまのものになります。もし〈騎士団《きしだん》〉のお仲間にしてくださるならば、赤い竜のもとにお仕え申しあげ、故郷に帰ることなど考えもいたしません」

すると、また別の男がたずねた。

「何か誓《ちか》いはするのでしょうか。どのような形であれ、いたします」

「もう充分誓いはたてたようなものだ」

わたしは答えた。

こうして、キンマルクスの予言したように、人集めは、しょっぱなから幸先《さいさき》よくはじまった。このような志願者は冬のあいだ中集まりつづけ、ふたたび春がめぐってきたときには、わたしに従う軍勢は、そうとうの大きさに膨《ふく》らんでいたのだった。

第9章　春の開戦

もう帰ってはこないのではと、ほとんどあきらめかけていた矢先に、ようやく、穀物を積んだ荷車と護衛《ごえい》を連れて、ベドウィルが吹雪の中からひょっこりと現われた。北東からの黒い風が、雪の粉をま横にたたきつけてくる、ひどい嵐だった。人馬ともに、ばったりと倒れて、そのまま力つきてしまいそうなほど、極限の状態だった。しかしベドウィルが引いてきた荷車には、穀物の袋が山と積まれ、天幕《テント》でおおい、縄でぐるぐるにとめた荷物もあった。

「アルフォンの王という肩書も、役に立つことがあるのですね」

仲間といっしょに、食堂まで運びこまれたベドウィルがそういった。

「たとえサンザシの茂みの下で生まれたのであっても」

ベドウィルはよろよろと火のところまで行き、どさりと腰をおろした。がっくりとうなだれ、睫毛《まつげ》の上では雪がとけている。この男は半分も意識がないと、そのときわたしは思った。

「モン（アングルシー）では豊作だということです。道さえ早く通れるようになれば、春にはもうあと何台分かの荷物が届くでしょう」

誰かがベドウィルのために、酒杯に注いだヒースのビールをもってきた。これを飲み干すと、真っ青だったベドウィルの顔にも、わずかに赤みがさしてきた。やがてわたしは、穀物の倉入れの仕事を監督するよう、ベドウィルに命じて去った。そのときベドウィルは、鹿皮の袋を肩からおろし、大切な竪琴《たてごと》を取り出し、白色青銅の弦をはじきながら、寒さのため楽器にくるいが生じていないか、確かめているところだった。

その冬は体調をくずしている時間などなかった。またふつうなら、冬営のおりに、まま倦怠感《けんたいかん》に襲われることがあり、まるで熱病や赤痢《せきり》と同じように、それにたいして予防しなければならないものだが、この冬には、倦怠感におそわれている暇《ひま》すらもなかった。いまや穀物倉にはオート麦と大麦があったが、挽《ひ》かなければ食べられなかったし、肉が欲しければ自分たちで手に入れるしかなかったので、われわれのうちの何人かはつねに狩りに出ていた。いつかキンマルクスにいったように、われわれの生活は、むかし前哨《ぜんしょう》基地にいた者たちが送っていたような生活であった。「倉の小麦、森のイノシシ」で食いつなぐ生活だった。ただわれわれの場合、獲物《えもの》はたいてい赤鹿、ときには狼であった。狼の肉も、腹が空いていればそう悪くなかった。野営地の手入れも必要であった。古い砦《とりで》は、われわれが乗り入れたときには、ほとんど廃虚同然であったのだ。

騎馬部隊の馬の世話もしなければならなかった。目が鈍くなったり、剣を持つ手がなまらないよう、日々の武術の訓練も必要だった。鎧《よろい》や馬具の点検もあったし、兵や馬の訓練もしなければならない。日曜日には、ここに来た第一日目の晩に、グワルフマイの助手としてけが人の手あてにあたった司祭が街からやってきて、雑草の生えた閲兵場《えっぺいじょう》で説教をした。このような礼拝にはほとんどの者が参加したが、寒風の中に帽子もかぶらずに立っていた兵士たちの中には、ミトラ神を崇《あが》めているものもいれば、銀の手のヌアダ神や、自分たちの山にすむ悠遠な神々に祈りを捧《ささ》げている者さえあった。こんなことを話したら、親切な若い司祭は悲しんだであろうが、どの神を信じるかということは、わたしにはたいした問題には思われなかった。わたしはつねにキリスト教徒であったが、それは、行く手の闇を照らす光となるには、キリスト教がもっとも強い力をもち、もっともふさわしいように思われたからだ。しかし若い頃には、あまりに多くのことなった神に祈りを捧げてきたので、人が助けを求めて叫ぶ名や、祈りの形式などには、あまり重きをおかなくなってしまったのだ。

何か月もたったが、北からはその後なんの知らせもなかった。雪とぬかるみと洪水で、道が閉ざされていたからである。しかし新しい知らせはなくても、その冬はカレドニア（スコットランド）のことはずいぶん聞いた。

聞いたのは、商人のダグラフからだった。ダグラフはベドウィルが穀物を積んだ荷車をひいてアルフォンから帰ってきたわずか一日前に、〈ハドリアヌスの壁〉からの街道を通ってチェスターに入った。ダグラフ本人は立派な馬に乗り、四頭の荷を積んだらばと御者《ぎょしゃ》をひきつれていた。それに、カレドニア産の胸の白い猟犬を四頭、革ひもにつないで走らせてきた。

そのうち、ダグラフという名の商人が、例年のように夏のあいだカレドニアで商売をしていたのが、冬を過ごすため、故郷にもどってきたという噂《うわさ》が、城砦《じようさい》にも伝わってきた。商人の利点は、軍人だととうてい入って行けないようなところにでも、自由に出入りできることだ。この男は信用がおけるかどうか、わたしは、例の――族長か長官か知らないが――ルシアヌスに、急いで問いあわせた。すると充分信頼できる男だという答えが返ってきた（「ダグラフに安くまけてもらったためしはないが、薬味入りワインを注いだ瞬間にひびのはいってしまう壺《つぼ》だとか、色が褪《あ》せてしまうマントだとか、払った金の値打ちのない猟犬をつかまされたことなど、一度もありません」と）。そこでわたしはダグラフその人に使いを送り、夕食に招待した。

ダグラフがやってきた。がっしりとした体つき、白髪《しらが》まじりのうす茶色の髪をした男で、豪奢《ごうしゃ》なアナグマの皮マントに身をつつんでいた。商機を見逃すまいと、いつも輝いている小さな目が印象的だ。夕食がすむと、われわれは火鉢《ひばち》のそばへ移動したが、ダグラフはまず東洋の細工品で、象牙《ぞうげ》の柄《つか》が、裸婦《らふ》の姿に彫りあげられている短剣を売ろうとした。

「いらないよ」

とわたしは言った。

「短剣なら、すでに手になじんだのをもっている。商品が欲しくて君をここに呼んだのではないのだよ」

「ならば、なぜです？　わたしを賓客《ひんきやく》としてもてなすためでないことだけは、これはもうまちがいありませんからなあ。ブリテン伯爵閣下《はくしやくかつか》」

ダグラフはこう言って、わたしに向かってにやりと笑った。そして暖かくなったのでマントを脱ぎ、首にかけた銀と珊瑚《さんご》のビーズをいじりはじめた。後で分かったが、これはこの男の癖《くせ》であった。

「〈壁〉の向こうのことが知りたいのだよ」

「それなら、簡単にまとめて申しあげることができます。山あり、ヒースの荒れ野ありです。北にゆけば、マナンの森には、わけのわからない言葉をしゃべる民族がいて、信頼して取り引きなどとてもできません」

「で、ヒースのあいだには、火がくすぶっている…」

ダグラフはビーズをいじるのをやめた。

「ごぞんじなのですね」

「いくらか知っているが、もっと知りたいのだ。〈壁〉の向こうの地形や道路のことを知りたい」

「わたしはただの商人です。国境だの、言葉だの、民族だのを、商《あきな》っているわけじゃない。そんな人は、ほかにいますよ。わたしが真実をお伝えすると、お思いになっておられるのですか」

「ルシアヌスが言っていたぞ。――色が褪《あ》せてしまうマントだとか、払った金の値打ちのない猟犬をつかまされたことなど、一度もありません、とな」

「さようでございますか」

ダグラフはご機嫌《きげん》なようすで、図にのったふうを装いながら、眉《まゆ》を上げて見せた。

「だけど、わたしに安い値段で売ってもらったためしはない、とも言ったでしょう。ましてや、ただでゆずってもらったことなどないと」

わたしは金の腕環《うでわ》を――泣く泣く――手首からはずし、ダグラフの方へ放り投げた。

「猟犬が、出した金の値打ちがあるなら、払う覚悟はできているよ」

ダグラフは笑った。そして腕環《うでわ》をおてだまのようにもてあそんでいたかと思うと、いきなりマントの下にしまいこみ、床に撒《ま》いたシダの葉を足で押しのけてから、なかば黒こげになった棒きれを火の中からひっぱりだした。

「まず地形と道路のことをお話しして、次に……」

わたしが聞きたいだけのことを聞き、すべてに答えが返されたころには、夜が深々と更《ふ》けてきた。すでにアナグマの皮マントに身をくるみ、帰る態勢になってはいたダグラフは、もう一度、例の裸婦《らふ》の彫像の柄《つか》がついた短剣を売ろうとした。わたしはケイに贈るつもりで、それを買った。

それ以後、商人のダグラフはもの売りとしてでなく、ただビールを飲みながら、一、二時間ほど夜のひとときを過ごすために、ときどきやってくるようになった。じつによくしゃべる男だった。わたしはいつも旅の人の話に喜んで耳を傾けてきた方なので、冬の夜長に、この男の話を聞くのは楽しみだった。奇妙な国、奇妙きてれつな民族の話があった。山ほどの大きさの獣《けもの》が動く話だの、両端に尻《しっ》尾《ぽ》のある動物の話も聞いた。長い船旅、はるか遠くの町のことも出てきた。しかしそれだけでなく、こうした話の合間に、カレドニアとそこの人間についての情報を、さらに得ることができたのであった。

二月のことであった。むかし司令官の庭であった荒れはてた場所に、ぐしょぐしょになった去年の落葉のあいだから、雪の花《スノードロップ》が咲きはじめていた。ある晩、フラビアンがわたしを探しにきた。わたしは、この場所が気にいっていた。庭とはいえ、大きな部屋とかわらないくらいの広さで、なかば崩《くず》れかけた壁に囲まれていた。ここにいると城砦《じょうさい》の喧騒《けんそう》から逃れて、ひとり静かになることができたので、考えごとをしたいときにはうってつけの場所だった。はじめ、わたしは同じ場所を行ったり来たりしていたが、緑のしみがついた大理石のベンチに腰をおろし、商人ダグラフから聞いたことを思い出しながら、どうすればそれを行動に生かせるのかあれこれと考えていた。そして自分の部屋にもどろうとしたとき、フラビアンがすぐ後ろにいた。

すっかり開いた雪の花《スノードロップ》の花が三本、着古した革の上衣《チユニカ》の肩ひものところに刺してあるのが目についた。ケイならともかく、フラビアンがそんなことをするのは奇妙にうつった。

「閣下《かっか》」

フラビアンは何かを言おうとしていた。

「閣下」

が、その瞬間、どう切り出してよいのか分からないという顔だった。

「どうした？」

わたしはたずねた。

「何だね、フラビアン？　騎兵大隊に何かあったのかね」

フラビアンは首を横にふった。

「ならば、どうしたんだね」

「じつは、ある女をもらいたいと思っているのです。許可をいただきにまいりました」

わたしは心の中で「またか」と思った。こうしたことはときどきあったが、〈騎士団《きしだん》〉にとってはまずいことであった。

「きちんと結婚するという意味だね。証人をたてて」

「はい」

わたしはふたたびベンチに腰をおろした。

「チビ助よ、わたしは、〈騎士団《きしだん》〉の誰かが結婚するのを、禁じたことはないだろう。そんなことをする権利はわたしにはないし、そんなことをすれば〈騎士団〉なんて消滅してしまうことも、わたしには分かっている。にもかかわらず、わたしはあまりうれしくはないんだ。好きな女と寝たいときに寝て、寒い冬の夜を暖かく過ごす。それはそれで害はない。後くされなく、あっさりと別れればよいのだ。しかし妻をめとるとなると、話は違ってくる。切れない絆《きずな》ができてしまう。われわれがおこなっているような戦《いくさ》をしなければならない男にとって、結婚はさまたげとなる」

フラビアンは困惑した表情をうかべていたが、決心は固いようだった。

「もう絆はできてしまっているのです。証人の前で誓おうと、誓うまいと、同じことなのです。テレリとわたしは一体なのです」

「あらゆる点でか?」

「あらゆる点においてです」

フラビアンの瞳《ひとみ》は澄んで落ち着き、少しの動揺も見られなかった。

「どうせ同じことなら、なぜわざわざ結婚するのだ?」

「もし子どもができても、人に後ろ指をさされないようにするためです」

「そうか。チビ助もサンザシの茂みで子をつくったのだな」

わたしはしばらくのあいだ黙って、ベンチの背の冷たい緑の苔《こけ》を指で砕《くだ》いていた。三本の雪の花《スノードロップ》の意味が、いまになってわかった。フラビアンがわたしのところに結婚の許可をもらいにいくという話をしたときに、テレリが愛情のこもった手でそこにさしたに違いない。

「その女はいったい何者だ？　何をしている？」

しばらくしてわたしがたずねた。

フラビアンはずっと身をかたくして、わたしの前に立っていた。

「ただの女ですよ。手の中の小鳥のように、小さくて茶色い。父親は羊毛の商人です」

「お前には財産もほとんどないだろう。父親は許したのかね」

「はい。わたしがアルトスさまの〈騎士団《きしだん》〉の者だからです。いまひとつは、赤ん坊ができているかもしれないからです」

「結婚の許可は与えるにしても、結婚生活がどんなものかは分かっているね。春に遠征するときには、女は父親のもとにおいていくのだよ。そしてわれわれはもどってきて、またデヴァで冬越しをするかもしれないし、そうしないかもしれない。いつか別の場所に彼女を呼び寄せることができるかもしれないし、それは不可能かもしれない。しかしいずれにせよ、女は父親のもとにおいておく。貞淑《ていしゅく》な妻を野営地に連れていって、問題をおこされては困る。そんなことは売春婦でたくさんだ」

「よくわかっております。二人ともそういうことは充分承知です、閣下《かっか》」

わたしには自分のため息が聞こえた。

「ならばよろしい。女のところに行って、話してやりなさい。その前に、騎兵大隊の指揮をフェルコスにあずけるのだ。今晩は帰って来なくてよろしい」

「承知いたしました」

フラビアンはうつむき、また顔を上げた。

「どうお礼を申しあげてよいやら。言葉になりません。でも、太刀《たち》持ちをさせていただいた日々以来、お仕え申しあげてきたよりも、さらに心をこめてお仕えさせていただくことができるのであれば、喜んでそうさせていただきます」

フラビアンの真面目な顔が一瞬輝き、珍しく笑った。

「このわたしを鞍《くら》の敷皮にでもして、少しでもお喜びいただけるなら、そうおっしゃってください」

「お前の上に乗りたがっているのはテレリだろう。さあ、行くんだ。彼女が待ってるぞ」

フラビアンは昔の軍団式の格式ばったおじぎをすると、くるりとまわれ右をして、出ていった。

わたしは雨風で傷んだベンチにすわり、フラビアンの足音が遠くの野営地の音に溶けこんでいくのを聞いていた。今夜のチビ助のようになれるなら、わたしはこの世にもっているものすべてを投げ出しただろう。三百名の兵の指揮権と、われわれの戦いの目的をのぞいて、すべてを。しかしよく考えてみれば、わたしのもっているもといえば、ただそれだけであった。

春がやってきて、シギが塩を含んだ沼から高台に巣を作りにやってきて、夜遅くまで鳴いているのが聞こえるようになった。ベドウィルはふたたびアルフォンに向かって出発した。そしてふたたび穀物用の荷車をいっぱいにして帰ってきた。森には燃えるような若葉が繁り、湿地の上の方にはハリエニシダが芽を吹いた。われわれも動き出したい衝動をはげしく感じたが、まだ待つこと以外手立てはなかった。

〈ハドリアヌスの壁〉のはるか北の海岸に、不吉な船団が近づいているという噂《うわさ》がたちはじめた。ピクト人の使者をあちこちで見かけたという噂もきいた。ある日のこと、北方から狼皮を売りにきた猟師がこんな話をした。

「〈大熊〉アルトス様、昨年の秋に使者が送られ、いまやスコット人、ピクト人、それに〈海の狼《シーウルフ》〉が集結しようとしています。西からは、白い盾の戦士の一団が行軍しているのをこの目で見ました。またカウの息子フイルが父祖の城に入り、彼らを導こうとしています」

二日後、わたしの斥候《せっこう》のひとりが、同じことを伝えにきて、渦巻《うずまき》の間に血が錆《さび》のようにこびりついたスコット人の腕環《うでわ》を、証拠としてみせた。キンマルクスの言ったとおりだった。ほんとうに、今年は時間との競争になりそうだ……しかしそれでも、われわれには待つことしかできなかった。待つ時間が長くならないようにと祈るばかりであった。

これが北方の、そして山国の騎馬部隊の弱点だった。本来なら行動をおこせる季節がやってきても、長いあいだ遠征の途につけない。馬を養うための草が充分に育たなければならないのだ。それは五月かもしれないし、遅ければ六月のあたまになることもあった。それに対し、サクソンのようにほとんどが歩兵で占める者たちは、一か月早く行動を開始することができた。はたしてヘンゲストとオクタが、われわれが冬営でもたもたしている間に自分たちの利点を生かして行軍してくるのか、この時期を軍の補強にあてるのか、それともエブラクムに砦《とりで》を作り、そこでわれわれを迎えようとしているのか、知るよしもなかった。そんな風に、ヘンゲストに主導権をもたせながら、待ちつづけるのはつらかった。そしてわたし自身は、わたしの主要な戦いの多くが防衛戦であったにもかかわらず、守りにはいって戦うのはきらいであった。しかし大局的にみれば、お互いに五分五分ではないかと、わたしは思った。最後にぶつかりあうのがデヴァの近くだとすれば、われわれの補給路は短くてすむし、それに対して敵の方は危険なほど長く伸びてしまう。ただし、ヘンゲストより先に、北方の敵が襲ってこないと仮定しての話だ。すべてはそこにかかっていたのだ。

そこでわれわれは、この四月を、〝黒い牡牛〟とよばれる、荒涼とした丘陵の尾根につねに注意をはらいながら、しだいに興奮してくる気持ちとともに過ごしたのだった。〝黒い牡牛〟は、ほぼ一日の行軍の距離にあった。いちばん近い見張りがそこにいて、合図の狼煙《のろし》を用意して待ちかまえていた。こうして、ついに五月一日の前夜がやってきた。

その晩、ケイとわたしはルシアヌスと食事をするために外出した。ベドウィルは残っていた。というのは、三人全部が同時に野営地を離れないというのが、三人のあいだでのきまりになっていたからである。われわれは大いに飲んだ。その夜は古いローマ式の宴会で、いまどきめったにお目にかかれないものだったからだ。そうした宴会では、女は食事がすむとさっさとひきあげ、男たちが〝宴《うたげ》の主人〟を選び、本格的に飲みはじめるのだった。主人はわれわれに敬意を表して、とっておきのファレルノの赤ワインが入った壺《つぼ》を出してきた。そんなわけで、ようやくわれわれが通りを上がってきて、城砦《じょうさい》の門をくぐったときにも、酒の強い香りが頭にまだ残っていて、星は踊りを踊っているし、足もともおぼつかないようなありさまだった。われわれのどちらも、朝になって、頭くらくら、舌ひりひりで目を覚ますなどまっぴらだったので、どちらからともなく宿舎に背を向け、階段をのぼって、城壁の上の細い歩道に出た。そうして、熱くなったひたいをかすかな西風に当てながら、並んで寄りかかった。

「これで少しは気分がいい」

ケイが、朽葉色《くちばいろ》の髪の毛を風になびかせながら、犬のように鼻をフンフンいわせて、言った。

「あのいまわしい家では窒息《ちっそく》しそうだ」

フルヴィウスは、夜警の第二当番にあたっていたが、城壁の歩道をわれわれのところまで歩いてやってきて、笠石にひじをついてもたれた。フルヴィウスは笑った。夜警にあたっている者の、静かな笑いであった。

「髪の中が、ぶどうの葉っぱだらけだね」

長い待機の緊張から誰もがぴりぴりしていたので、昨日こんなことを言われたら、ケイは怒っただろう。しかし今夜はワインのおかげで、気持ちもやわらいだようで、おだやかにこう答えた。

「髪の毛にぶどうの葉をつけた男が、あの城壁のおそろしく危険な階段を、ふらつきもしないで登ってなど来れますかって！」

「リンドゥム（リンカン）のバース庭園の城壁を、そなたがちっともふらつかないで歩いているのを見たことがあるぞ」と、わたしは言った。

「あのときは、そなた、ワインに酔ってべろべろだったな。そなたじゃなかったら、とっくに犬小屋に倒れて、星に向かって、わけの分からない愛の歌でも歌ってるところだな」

「どうにも頭が痛い」

ケイが澄まして言った。

「あのルシアヌスのところは暑すぎた。あんなに火を焚《た》くものではない。真冬ならともかく、明日《あした》からは五月なんだぜ」

「ルシアヌスの他にも、今晩は火を焚いている者が大勢いるだろうな」

フルヴィウスが言った。

「ここの城壁から十五もベルテーン祭の火が見える。ほかにすることもないから、もう二十回も数えているけれど」

ほとんどなんの考えもなしに、――おそらくフルヴィウスより多く見つけてやれと思ったのかもしれないが――わたしも、ぼんやりと焚火《たきび》の数をかぞえはじめた。わたしはベルテーン祭のときに、丘の上に焚かれるかがり火を見るのが好きだった。それは昔から、復活の力をもつとされている。いつも、ディナス＝ファラオンのうしろにある高い尾根で、かがり火が焚かれた。わたしは子どもの頃、鳴きわめく牛を追いたてて、消えかけている火のあいだを走らせ、翌年の多産を祈願するのを手伝ったものだ。そんなことを思い出しながら、城壁にもたれて、野営地の向こうの、西の山々の方にからだを向けた。しかし、そちらの方に火はなかった。たとえあいだに山が全然なくても、おそらく五十マイル以上は離れているだろう。

しかし、他にもたくさんのかがり火が、近くに、遠くに、夜闇の中に、椀《わん》に種を散らしたように見

郵便はがき

料金受取人払郵便

新宿局承認

7985

差出有効期限
2020年9月
30日まで

切手をはらずにお出し下さい

160-8791

343

（受取人）
東京都新宿区
新宿一ー二五ー一三

原書房

読者係 行

1608791343 7

図書注文書（当社刊行物のご注文にご利用下さい）

書　名	本体価格	申込数
		部
		部
		部

お名前　　注文日　　年　　月　　日

ご連絡先電話番号（必ずご記入ください）　□自　宅　（　　）　□勤務先　（　　）

ご指定書店（地区　　）（お買つけの書店名をご記入下さい）　帳合

書店名　　書店（　　店）

5547

落日の剣 上

愛読者カード　　ローズマリ・サトクリフ 著

＊より良い出版の参考のために、以下のアンケートにご協力をお願いします。＊但し、今後あなたの個人情報(住所・氏名・電話・メールなど)を使って、原書房のご案内などを送って欲しくないという方は、右の□に×印を付けてください。　□

フリガナ
お名前　　男・女（　　歳）

ご住所　〒　　－

市　町
郡　村
TEL　（　　）
e-mail　@

ご職業　1 会社員　2 自営業　3 公務員　4 教育関係
5 学生　6 主婦　7 その他（　　）

お買い求めのポイント
1 テーマに興味があった　2 内容がおもしろそうだった
3 タイトル　4 表紙デザイン　5 著者　6 帯の文句
7 広告を見て（新聞名・雑誌名　　）
8 書評を読んで（新聞名・雑誌名　　）
9 その他（　　）

お好きな本のジャンル
1 ミステリー・エンターテインメント
2 その他の小説・エッセイ　3 ノンフィクション
4 人文・歴史　その他（5 天声人語　6 軍事　7　　）

ご購読新聞雑誌

本書への感想、また読んでみたい作家、テーマなどございましたらお聞かせください。

えた。ゆっくりと向きをかえながら、わたしも十五を確認し、それ以上は見つけられなかった。すると、そのときとつぜん、あまりにも遠くで、最初のうちは見えているのかどうかさえさだかではなかったが、もうひとつの焚火《たきび》が目についた。わたしは一度目をそらし、ふたたび見た。はるか西の山と空の接するところに、かすかな赤い光が見えたのだった。

「十六だ。十六だよ、フルヴィウス。ほら、山の端《は》に」

二人ともわたしのさした方向を見た。そして一瞬、無言でそれを探した。

「ハイ＝ウッドの端に昇っている星でしょう」

ケイが言った。

フルヴィウスがすぐさま、違うという仕草《しぐさ》をした。

「そうじゃない。ここで見張りをするのは、今日がはじめてではありません。この時間にハイ＝ウッドの峰の上に出る星などありません。それに、あんな赤い星などどこにもない。まちがいなくあれは焚火です。しかしベルテーンのかがり火がついたとき、あんな火はなかった。ほんの少し前までなかったなあ」

われわれはみな喉《のど》もとをつかまれたような気がして、黙りこんだ。心臓が急にどきどきと打ちはじめた。あとの二人も同じだろう。するとそのとき、〈黒い牡牛〉の、もっこりと盛りあがった裸の尾根の上――われわれと十六番目の火を結ぶ直線上、わずか十五マイルか二十マイルの距離のところで、とつぜん光がともり、ゆらめき、小さくなったかと思うとぱっと広がり、見るみるうちに、ぎざぎざの炎の花になった。

「サクソンだ」

わたしは言った。何か月にも及んだ待ちの時間もこれで終わりをつげ、北方民族の脅威がいまにも顕在化《けんざいか》しようとしているいっぽうで、ともかくも、ヘンゲストがここにいるということを知った安堵《あんど》感は、いまだに忘れられない。ファレルノワインの名残《なごり》りが、すっかり頭から消え去ってしまった。まるで風が立ち、吹き飛ばしてしまったかのようだった。

「よくぞ、ベルテーンの日を選んでくれたものだ」と、ケイが言った。

わたしも同じことを考えていた。というのは、われわれのために灯された火にしろ、狼煙《のろし》にしろ、サクソン人にも知られてしまうのはとうぜんのことで、そうなると、彼らの方も、こっそりと接近したのがばれてしまった、奇襲の効果はないということを悟って、警戒を強めるだろう。しかし五月一日前夜なら、ベルテーンの火とまぜこぜになり、合図だとは気づかれずにすむのだ。

「われわれには、どのくらいの猶予《ゆうよ》があるでしょう」

ケイが聞いた。

「おそらく四日だろう。それで充分だが、充分過ぎるというほどではない」

わたしは城壁の階段のところまでもどってきていた。

「プロスペルをたたき起こして、角笛《つのぶえ》を吹かせてくれ。全員を閲兵場に集めたい」

今回は戦場を選ぶのは、われわれの側になるはずだ。敵が昔の軍道から来ることは、まちがいなかった。というのも、山の中の牛飼いの通る道に頼ったり、じめじめとした樫《かし》の林や、谷間を満たしている泥炭地《でいたんち》を通ってくるのは、自らもって災《わざわ》いに身をさらすようなものだ。事実、このような考えにもとづきながら、われわれはしばらく前に自分たちの陣を選んでおいたのだった。そこはデヴァからおよそ五、六マイルほど先に行ったところで、山越えの道がじめじめとした谷に入り、小川を渡り、また昇りになって、徐々に――というより、むしろだらだらと、西側の斜面を上がってゆこうとする場所であった。そのゆるやかに上る斜面は、デヴァの側では、サンザシと樫《かし》の林の細長い茂みで頂上に達し、その茂みは両方向に一マイルかそれ以上に広がっていた。そして、まるで生け垣《いがき》のようなこの茂みの中を、道は軍団の城市《まち》デヴァの西門へとまっすぐに伸びていた。かつてここにも秩序が行きわたっていた時代には、道の両側は弓の射程のあたりまで、樹々が刈りこまれていたが、いまでは育ちの早い低木、ハシバミ、ポッキリヤナギ、リンボク、キイチゴなどが、勢いをもりかえし、ほとんど森そのものと変わらぬくらい、通り抜けるのが困難になっていて、人間にとっては、よい目かくしにもなっていた。

この場所で、五月祭の日の朝、われわれはヘンゲストと〈海の狼《シーウルフ》〉を迎える準備をはじめたのだ。まず手はじめに木を切り倒して、細長い森の中に、迅速《じんそく》に騎馬隊を投じるための道をつくることにした。すると二日目の正午近くになって（遠くから察知されてしまうような大騒ぎを避けたかったので、この仕事は時間をかけてじっくりとやった）、われわれがときどき偵察に使っている部族の者――色黒で小柄《こがら》な山男が、大型犬くらいの大きさの、毛がもじゃもじゃの小馬《ポニー》に乗って、大急ぎで道を駆け上がってきた。サクソン軍の動向を知らせに来たのだ。

わたしが慎重に騎馬道の入口の目かくしを調べているところに、男は連れてこられた。男は小馬から降りると、よろめき、ふらふらしながら立っている。頭は垂れ、息づかいも荒くわきに立っている、みじめな小さな馬の首に、腕をまわしている。

「ずいぶん大急ぎでやってきたものだな。どんな知らせだ」

男は頭をゆっくりと上に向け、もつれた髪をかきあげて目の前からどけると、まるで木を見上げるように、目を細めてわたしを見た。

「あなたさまが、〈大熊〉アルトスとよばれるお方で？」

「わたしが〈大熊〉アルトスだが」

「ならばよかった。〈海の狼《シーウルフ》〉どもが、昨日の日没時に来ました。デュー森の周辺で野営しています」

「敵は何人だ？　数えることはできるか？」

「わたしが見たわけではありません。子どもが蟻《あり》の巣を蹴飛《けと》ばすと、蟻がうようよと出てくるみたいに、やつらはうようよといるそうです。ブロークンヒルの向こうから来た男が言ってました。が、その男はこれを持っていました。別の男からあずかってきたもののようです。そしてわたしに渡してくれたのです」

小柄《こがら》な男は、そのうす汚れた狼皮のマントの胸から細い棒きれを取り出した。フンノが記録をつけていた、皮をはいだ柳の小枝に似ていた。しかしそこにあるのは馬の数の記録ではなく、サクソン軍の人数であった。わたしはそれを手にした瞬間、棒に乱暴に彫られた数字を読んだ——MCDLXX。千五百名近い数であった。多少はそれより多いかもしれないし、少ないかもしれない。慣れない者にとって、数を判断するのがいかに難しいことか、わたしは知っていた。それにしても、千五百の前後であることはまちがいない。サクソン軍は昨年の秋以来、すでにその数を三倍に増やしていた。キンマルクスの意見とは裏腹《うらはら》に、ピクト人はもう壁を越え、エブラクムの〈海の狼《シーウルフ》〉と合流したのだろうか。それともヘンゲスト伯《はく》が北海から兵を召集し、軍を増強したのだろうか。いや、こんなことは、目下のところどうでもよかった。問題は数だ。どこから来ようと関係ない。これだけの敵に対して、こちらは負傷者や病人を計算にいれると、二百五十名をわずかに超えるくらいの自分の重騎兵隊と、まがりなりにも訓練の終わっている部族民が五百名ほどいるだけであった。この五百名というのは、冬のあいだに補助兵、非正規兵として、わたしのもとに集まってきた者たちだ。御者《ぎょしゃ》を前線に投じれば、さらに百名あまり、兵力が増す。また、いよいよとなれば、城市《まち》の者たちが立ちあがるだろう。だが彼らは、勇敢で戦闘意欲はあるが、追撃以外にはあまり役に立たない烏合《うごう》の衆だ。たしかに馬の働きは大きい。数の上での圧倒的な劣勢を、多少は帳消しにするだろう。が、それも充分とはいえない……

わたしは男を若い連中の手にゆだねた。そして、男と、消耗しつくした小馬《ポニー》に食べ物をあたえ、野営地で休ませるよう命じた。いっぽうデヴァには、知らせを伝えさすべく人を送った。それからベドウィルとケイを呼び、棒に記録されている数字を見せた。これを見たケイは、何やら口汚くののしり、ベドウィルの方はというと、いつもよりもいっそう雑種犬の耳のように左の眉《まゆ》を飛び上がらせ、ぴゅうと長く湿った口笛をふいた。

「これは激しい戦いになりそうですね」

「あまりに激戦すぎて、わたしの好みではない。だから、何も手立てがないのなら仕方がないが、いんちきなサイコロを相手に、みすみす手をつかねて、敗《ま》ける賭《か》けなど行なうつもりはない。少しでも、ハンディを減らさねば」

「で、どうするのです」

「熊の罠《わな》を仕掛けるのだ」

「初耳ですね。熊の罠とは、熊を取るためのもの。それを〈熊〉が仕掛けようとは」

「この〈熊〉は特別なのだ」

そこでわたしは、部族民たちに穴掘りを命じた。小川と林地の中ほどに、ところどころ騎馬隊の通るすきまをあけながら、長い塹壕《ざんごう》と、深い穴を掘っておこうというのだ。それは道をまっすぐに横切り、左右どちらにも、弓の射程《しゃてい》の半分ほどのところまで伸びる溝だった。幅の広い浅瀬《あさせ》のところで、道が川を渡っている。その場所だけは土手が固い土になっているが、ほかの場所では、川が浅く広がっていて、枯れ草でおおわれた、ぬるぬるの土手のあいだに、無数の池がつらなっているようなありさまだ。こんなところでは、一歩まちがえれば、足をとられて、にっちもさっちも行かなくなるものだ。それゆえわれわれは、谷底を充分離れるまでは、サクソン人が横に広がることはできまいと判断し、罠の幅として、弓の射程の半分もあれば充分と考えたのだった。われわれは塹壕を三フィートの深さ、三ないし四フィートの広さに掘り、短い杭《くい》の端をとがらせ、火であぶって固くしてから、溝の底に立てた。そうして、ちょうど熊の罠をしかけるときのように、軽い枝の格子を作って穴をおおい、その上に、まだ山に残っていた去年のワラビの、黄色いぐしょぐしょの残骸《ざんがい》をばらまいた。道の真上にあたるところは、仕掛《か》けが難しいはずのところだったが、もともと地盤がゆるいので、丸太道が下生えの上に渡されてあった。そこで話は簡単になった。塹壕を掘った後で、丸太をもとにもどすさい、それをぎりぎり支えられるくらいの、もろい網み垣の上にのせたのだ。丸太の一、二本は腐っていて取り換えなければならなかったが、道路を維持するために修繕するというのはおおいにあり得ることだから、不自然ではなかった。作業が終わると、山の斜面は以前とまったく変わらずに見えた。あまった土はデヴァで調達できるかぎりの木鍋や籠《かご》に入れて、樹々のあいだに捨てた。

作業が終了して、なお一日の猶予《ゆうよ》があった。

その晩、作業をはじめて以来そうしているように、われわれは細長い林の後ろで野営した。そしてわたしはベドウィルを呼んだ。

「みんなにビールだ、ベドウィル。男たちは皆疲れている。英雄のように働いてきて、明日《あした》はまた英雄のように戦わねばならない。しかしみなが飲みすぎないよう、注意していてくれ。朝になって、生ける屍《しかばね》みたいなのが野営にうろうろしているのはごめんだからな」

わたしは自分でケイを探しにいった。馬のつなぎ場にいるのを見つけると、ちょっと連れだし、彼だけに究極の言葉を言った。

「ケイ、みなにビールを出すよう命じたぞ。がぶ飲みするなよ」

憤慨《ふんがい》したケイは、いつもながら滑稽《こっけい》だった。

「わたしが酔っぱらっているところを、見たことがあるのですか?」

「そなたが酔っぱらいに見えたことはないが、にもかかわらず、飲みすぎれば向こう見ずになるだろう」

ケイは半分は笑い、半分はいぜんとして憤慨したまま、わたしの方に向くと、青いガラス玉と銅の針金のブレスレットをじゃらじゃらいわせながら、わたしの肩に腕をまわしてきた。

「すっぱいビール一杯のせいで、あなたがブリテンを失うなんてことは決してないようにしますよ」

第10章　デヴァの戦い

その晩遅く、色黒で小柄《こがら》な山の男が、毛むくじゃらの小馬《ポニー》に乗ってやってきて、ヘンゲストの最新の動きを伝えた。それによれば、ヘンゲストは山間部を抜けて、その縁《へり》につらなる低い丘陵に入っているとのことだ。敵の斥候《せっこう》は本隊より先行し、〈黒い牡牛〉の斜面の林で野営しているらしい。待つのも、明日《あした》の正午までだ。

しかし依然として、敵が夜間に行軍をこころみる可能性もあった。したがって翌朝はぐずぐずしているわけにはいかなかった。円《まる》パンと黄色いかちかちのチーズが、朝いちばんの光とともに配給され、太陽が向かいの尾根の森から昇りきったときには、われわれは皆それぞれのもち場についていた。すなわち、歩兵は道沿いの密集した低木の中に隠れ、騎馬の射手とキムル（ウェールズ）人の長弓隊が、その両側の樹々の影に身をひそめた。はるか左手にはベドウィルが自分の騎馬隊を率いて待機し、ここ右側にはわたしが自分の騎馬隊とともに待ち伏せをしている。われわれの背後にはフルヴィウスが予備隊と共に木の間に隠れていたし、谷向こうの林ではサクソンの進路からはるかに離れたところに、ケイが、約束どおり、まったくのしらふで、五十名ほどの騎馬の部族民の部隊を指揮しながらひかえていた。背後から〈海の狼《シーウルフ》〉を襲うことも、彼らの退路を断つこともできるだろう。

ヘンゲストは夜間に行軍しなかったようだ。そしていっこうにやってくる気配がないままに、ときがゆっくりと過ぎていった。うすぐもりのおだやかな日で、遠くの山々には銀色の花が咲いている。林の縁《へり》を飾るサンザシの花の、ミルクのような香りが、あてどなく吹いているそよ風にのって、まるで息をしているように行ったり来たりするのだった。そしてそよ風は、ときおりワラビの新芽のあいだで横になり、眠りにつくように感じられた。沈む夕陽に空が赤く染まることなど、とても信じられないような日であった。ゆっくりと時間が流れていった。ハシバミの葉をときどき銀色にみせる気まぐれなそよ風を除いては、道端の茂みはひっそりとしていた。ただ、木の下の半日陰のところで、ときおり馬の馬銜《はみ》が音をたて、そわそわしている馬を落ち着かせる小声が聞こえてくるので、騎馬隊の待っている場所がわかるのだった。ひたすら待ちつづけているだけのこの場所が……

わたしは手を伸ばし、サンザシの花枝が、兜《かぶと》のひたいの紐《ひも》にちゃんとついているかどうか、触って確かめた。何か目印になるものを身につけて戦場に乗りこむというのが、われわれ〈騎士団《きしだん》〉のあいだの習慣になっていた。それは身元確認にもなるし、ある種の飾りにもなるし、ほこりでもあった。虻《あぶ》がわたしの老馬アリアンを刺した。馬は頭をぷいと上げ、鼻を鳴らし、尻尾《しっぽ》でふりはらおうとする。しかし尾は、戦《いくさ》のときの例で、敵につかまれないよう、結んで上にあげてあった。はるか遠くの森のどこからか、カッコウの初音が繰り返し聞こえ、静かに響いた。茂みの向こうでは、小虫が雲のように群れ、陽《ひ》の光の中できらきらと舞っている。

正午はとっくに過ぎ、向かい側の山の斜面が樹々の下に小さく影を結んでいた。そしてわれわれ自身の影も、小川の方に向かって静かに流れはじめていた。するとそのとき、向かいの尾根と空との境がかすかににじんだ。そこはエブラクム（ヨーク）からの道が、峠をこえているところだ。わたしはあまりに長いことそちらを見ていたので、一瞬、あまりに目が疲れて、地平線そのものが這《は》っているように見えるのだろうかと思った。もっとはっきり見ようとして、わたしはまばたきした。ちらちらするものがふたたび目にはいった。今度はもっとはっきりと見えた。まちがいない。敵だ。

はてしない待ちの時間が終わったのだ。

そうこうするうちに、まるで暗い波が尾根の上にうち上がり、一瞬そこに静止したかと思うと、砕《くだ》けてこちら側にこぼれ落ちてきたように見えた。こうして、われわれはふたたびサクソン軍に出会ったのだ。

彼らは広がりながら谷を降りてきた。斥候《せっこう》の報告にあったように、蟻《あり》の大群のようだった。中心は道路の上を行き、両翼《りょうよく》は広く散開することなく、密《みつ》にかたまって、道の両側の固い地盤の上を進んでくる。夕陽が、黒々とした敵を真横から照らす。槍《やり》の穂先、盾の円鋲《まる》、兜《かぶと》のとさかが、きらきらと光った。中でも、ひるがえる馬の尾の軍旗に光があたると、それ自身で輝いているように見えた。まるで雷鳴とどろく空を旋回するカモメの翼に太陽の光があたったように、苛烈《かれつ》なほどあざやかだった。

斥候の報告した数は大きく外れてはいなかった。敵が千五百人くらいいることにまちがいはなかった。彼らの行軍によって、大地がかすかにふるえるのが早くも感じられるような気がした。わたしはすでに馬に乗っていた。わたしの横には、馬にのったらっぱ手のプロスペルがいた。銀の帯を巻いた、狩猟《かり》の角笛《つのぶえ》をもっている。いつもこの角笛が戦闘開始を告げるのだ。わたしは命令を発した。

「〝馬に乗り、戦闘準備せよ〟を吹け」

プロスペルが銀の吹き口を唇《くちびる》に当てた。いつもの調べが流れる。けっして大きくはないが、いつまでも鳴りやまないこだまのように、樹々の下に響きわたった。たちまち、わたしの左右、背後で人の動く気配がし、兵たちが次々と馬に乗った。

「次は〝進軍〟だ」

騎馬部隊の合図は多すぎてもいけない。人にも馬にもまぎらわしい。しかしわたしは、それぞれの族長と騎兵隊長たちにたいして、最初の〝進め〟の合図が出たときには、〈騎士団《きしだん》〉と長槍と投げ槍《やり》の兵だけが、樹々の下から出て敵に姿をさらして、停止するよう命じておいた。そして弓の射手については、林の縁《ふち》ぎりぎりのところに身を潜《ひそ》めているよう指示したのだ。

らっぱの響きがまだ枝の下から消えやらぬうちに、小枝をこすり、折る音がして、下草のあいだを、兵士たちが大波のように進んでゆく。昨年の落葉を踏みしめるひづめの音、馬具のぶつかり、擦《す》れる音とともにわが軍は前進し、樹々のあいだをぬけ、林の前で馬を止めた。わたしの鞍《くら》には、金を張った青銅鋲《せいどうびょう》のついた円盾《まる》がぶら下がっている。わたしは身を前にかがめ、この盾に手を伸ばし、高く左肩に通すと、ふたたび同じ手に手綱《たづな》を持った。同じ動作を味方が行なっているのが聞こえる――というより、わたしは気配で感じた。われわれは大型の馬を手に入れて以来、新しいビザンティン式の戦法を練習しはじめていた。それはかつての剣でめった斬《ぎ》りにする戦法よりもはるかに効果的ではあったが、手になじんだ剣の代わりに、ほっそりとしたトネリコの槍柄を持って戦場に臨《のぞ》むのは、いまだにしっくりとこなかった。

サクソン軍がこちらに気づいた。その黒い集団が、一瞬進むのを止めた。次の瞬間、彼らは大きな叫びを発し、カッコウの声の響いていた閑寂《かんじゃく》な谷間は、樹の生えた尾根から尾根へと炸裂《さくれつ》するかのような、サクソンの戦闘らっぱのうつろな音に包まれた。そして黒い軍団が、よりスピードをあげて、ころがるように進みはじめた。これこそ、こちらの思うつぼであった。これのために、わたしは林の前に姿をあらわせと命じたのだ。それというのも、例の熊の罠《わな》を最大限に活用するには、敵に整然と接近してもらうよりも、血の湧きかえった大混乱の突撃をかけてもらう方が、はるかに効果があったからである。

「一節《ひとふし》吹いてくれ」

わたしはプロスペルに言った。

「ただ一節だぞ。嘲《あざけ》るような調子のやつをな」

プロスペルはにやりと笑い、ふたたび吹き口を唇《くちびる》にもってゆき、耳障《ざわ》りな戦闘らっぱの音に対抗して、獲物が見えたときに猟犬をけしかけるための旋律を、ものうげに演奏してみせた。おそらく意味するところはわからなかっただろうが、この音自体、彼らには屈辱的に感じられたのではないだろうか。谷の向こうで、彼らの叫びと、戦闘らっぱの音がふたたび響いた。彼らは白馬の尾の旗を掲げ、向かい来る風になびかせながら、いっせいに渡り場に押し寄せてきた。わたしの老馬アリアンは頭をもち上げ、戦闘らっぱに向かって挑むようにいなないた。

新しい混血の馬たちが、初陣をどうつとめるかは疑問だった。その冬のあいだ中、われわれは訓練をしてはいた。人間の集団、敵意のこもった叫び、戦闘らっぱの轟《とどろ》きに慣れさせた。なまくらの槍《やり》をもった兵に向かって、おじることなく攻撃すること、絶叫する集団が押し寄せても狼狽《ろうばい》せずに立っていること、目標に向かってまっすぐに走ること、それに蹄鉄《ていてつ》を打った前足を武器として使うことを教えた。戦闘馬の利点を最大限に生かすためには、乗っている人間ばかりでなく、馬にも戦ってもらわねばならない。はじめは葛藤《かっとう》があったが、それを乗り越える馬たちと、たいていの馬がそうであるように、自分たちに求められていることをほこりをもって理解し、やろうという熱意が感じられ、じつによく、また概して進んで調教にのってきた。しかしいまになって、彼らは訓練の内容を思い出すだろうか？　槍はなまくらではないし、血の匂いだってかぐはずだ。

サクソンはほぼ川のところに達していた。盾《たて》と盾、肩と肩をくっつけ、緊密な集団となってやって来た。彼らは進むにつれて速度をまし、軽やかな狼のような足取りとなった。そして、遠くの海岸に打ち寄せる波のざわめきのようだったサクソン人の喊声《かんせい》は、しだいに膨《ふく》らみ、ついには山そのものを揺《ゆ》るがすような轟音《ごうおん》となった。彼らは川を渡りはじめた。そして中核部隊は浅瀬を渡っており、その両側の者たちは比較的浅いところをさぐりながら、さかんに水をはねあげて進んでくる。接近してくるにつれて、白馬の旗を掲げながら先頭に立っているヘンゲストその人の姿が見えた。一門の勇敢《ゆうかん》な家来たちに囲まれている。ヘンゲストは年老いて、金髪に白髪《しらが》のまじった巨漢だった。伯爵《はくしゃく》をあらわす金の環《わ》を右腕にはめ、兜《かぶと》の上では、青銅の縁のある牡牛の角が、低い太陽に照らされて、光をはげしく散乱させている。その横には、格下らしい男がいた。年はヘンゲストの半分ほどだが、その残酷そうな眼のきらめきには、共通するところがあった。息子のオクタにまちがいなかった。

浅瀬を渡るあいだに、緊密だったサクソンの隊列が乱れた。あまりにも横に広がり過ぎ、戦列がでこぼこになった。川は一面にあわだち、水しぶきがあがり、それが彼らにもかかり、西陽《にしび》の下できらきらと輝くのだった。川を渡り終えた彼らは、乱れた盾の集団をまたひきしめ、ごうごうと音をたてながら、まっしぐらに丘を登ってきた。ただし両翼《りょうよく》はぬかるみに足をとられて遅れ、戦列は弓なりになってしまった。

老馬アリアンは鼻を鳴らしながら、そわそわしはじめた。わたしは首のところに手をやり、馬を落ち着かせた。この馬はいつもらっぱの合図がある前から、攻撃したくてうずうずするのだった。他の馬にも、そのような気持ちが伝染した。とつぜんわたしは、獲物《えもの》に向かって猟犬を放つ瞬間を待ちながら、懸命に革ひもをひっぱっている猟師のような気がしてきた。

はやる馬たちを、長くおさえておく必要はなかった。押し寄せてくる真っ黒な集団の先頭が、ゆるやかな坂の半分くらいにまで上った。あとひと槍分の長さだ。規則的だった恐ろしい喊声《かんせい》が、とつぜん、乱れた悲鳴にかわった。敵が一歩足を踏み込んだ瞬間に、一見なんの変哲もないワラビにおおわれた斜面が口をあけ、人の大波の、まず最初のうねりを呑《の》み込んだのだ。前列の者たちがろうばいの叫びをあげる間もなく、視界から消えた。後方にいた者は止まるわけにもいかず、そのまた後ろの者に押されて、味方の上にまっさかさまに落ちるしかなかった。馬の尾の旗のひとつも、急によろめいて倒れた。一瞬にしてあたりは大混乱となり、身悶《もだ》えする姿があちこちに見られ、激怒の声、苦悶《くもん》の叫びに満ちあふれた。

塹壕《ざんごう》は敵の列の長さの分だけ掘ってあったが、いまやサクソンも前方に待ちかまえているものを悟ったので、ふたたびうねりが前に進みはじめた。幸運にも、落とし穴のあいだの固い地面に行きあたり、まったく罠《わな》にかからないですんだ者もいたし、塹壕を飛び越えたり、味方の屍骸《しがい》の上を、群れをなして渡っていく者もいた。また塹壕にはまってしまった者のうち、とがった杭《くい》に刺さらなかった者は、よじのぼって出ようとしていた。戦闘用の角笛《つのぶえ》は、傷を負った牡牛のような声をあげていた。にもかかわらず、熊の罠は功を奏し、敵の攻撃のはずみがそがれたような形となった。

とつぜんわたしは、まるで自分の分身が行なっているかのように、ハシバミの茂みの陰《かげ》にひそみ、矢の発射の用意をして待ちかまえている射手たちに気がついた。絶妙なタイミングだった。塹壕のあたりの大混乱が鎮《しず》まる間もなく、今度は待ちかまえていたかのように、茂みの陰から矢が飛び、スズメバチの大群のような音をたてながら、混乱のまっただ中へと突っこんでいった。かなりの人間が倒れていた。見えない所で、射手が前かがみになり、自分の前の地面や、鞍《くら》にぶらさがっている矢筒から、各自、次の矢を準備しているのを感じとることができた。

われわれ自身の戦列の端の方で命令の声があがり、槍兵《そうへい》が短く鋭い鬨《とき》の声をあげながら、丘を駆けおりてきた。側面にいたサクソンの射手の中には、われわれの矢がどこから発射されたのかわからないので、彼らの恐ろしい矢を槍兵に向ける者もあった。ついに猟犬を放つときがきたのだ。

「突撃の合図だ」

わたしの横にいるプロスペルは、大きな角笛を唇《くちびる》にあて、まるでびっくりした鳥が谷中を飛びまわるような、反響の長い音をひと吹きした。ほとんど同時に、遠く左手の方で、ベドウィルのらっぱ手が同じ音を流した。われわれのあいだからおおいなる喚声がわきおこった。そして、それまで直立していた槍がいっせいに水平にふりおろされるとともに、騎馬部隊の両翼《りようよく》が突撃をはじめた。わたしは鞍《くら》の上で身をかがめ、きたるべき衝撃に備えて足を鐙《あぶみ》にしっかりとすえ、掌《てのひら》と指に全神経を集中させて、水平な槍《やり》のつりあいを感じている。うしろから、どうという騎兵部隊のひずめの音が聞こえてくる。

われわれは彼らの両翼を、全速力でとらえた。

彼らには盾で防御壁を作る暇などなかった。最初の衝撃が続いているあいだは、とても戦いといえるようなものではなく、たんなる殺戮《さつりく》であった。しかし〈海の狼《シーウルフ》〉に対してどんな悪口が言われようとも、彼らの勇気に疑いをさしはさむ者はいないだろう。彼らはやっとのことで態勢をたてなおすと、英雄のように戦った。雨あられと降り注ぐブリテンの長い矢を浴びて、次々と仲間を失いながらも、サクソンの射手たちは巌《いわお》のように立ちはだかり、われわれに向かって間断なく矢を放った。中枢部隊を占めるヘンゲストの郎党たちは、軽い投げ斧を使いきってからも、槍をふるって健闘した。裸の身体に顔料を塗った狂戦士たちは、われわれの槍の先に身を投じ、下から馬を短刀で刺そうとした。後になってから、わたしは一方的な大量虐殺ではなく、れっきとした戦いの形がとれたことを喜んだ。しかし戦いの渦中にあるときは、すべてを血生臭《ちなまぐさ》い霞《かすみ》の中にでも見ているような気がして、ほとんど何も感じなかった。

太陽が沈み、潮が満ちるように、夕闇がゆっくりと谷に忍び寄ってくるころ、彼らはついに敗走をはじめた。ほんの少し前としか思えないが、嵐のように川を渡ってきた軍団は、いまやずたずたに破れはて、あっというまに去っていった。われわれは彼らのあとを追い、渡り場のところまでやってきた。するとふたたび角笛《つのぶえ》が鋭く、高い音を発し、ケイと血気にはやる連中が、向こう岸の森から出てきて、彼らに襲いかかった。

それでも、暗闇が急速にせまりくる中で、おもだった者は逃げた。その連中を山の中まで追撃するのはケイに任せ、それまで戦いの中心を担《にな》っていた者たちはくびすを返すと、戦場を見下ろしている、樹におおわれた長い尾根をめざしてもどりはじめた。そこには、まだやるべき仕事が残っていた。

射手の一部が、荷馬の御者《ぎょしゃ》、女たちとともに、さっそく倒れた人間のあいだをまわっていた。そうして敵なのか味方なのか、死んでいるのか負傷しただけなのかを確かめている。味方の遺体は、埋葬のために運ばれてゆく。サクソン人の遺体は、まだ彼らの夏の棲処《すみか》にもどっていなければ、カラスと狼の餌食《えじき》になるだろう。エブラクムへの道はしばらくのあいだ見苦しいものになるが、われわれには敵の埋葬をしている暇《ひま》などなかった。負傷したサクソン兵は、短刀でとどめをさされているところだった。同じような状況で、敵がわれわれの兵士をこんなにすんなりと殺すのかどうかは疑問だが、わたしは負傷した敵の手足をもぐような残酷なことは許さなかった。少なくとも、生きている人間の場合はそうだ。まだ初期のころにはそんなことをしようとする女たちも何人かはいたが、すぐに自分のあやまちに気づいてくれた。

わたしはこの場を彼らに任せ、アムロズがアリアンを連れにくると（老馬ながら、まだ横歩きをしながら鼻をならし、蹄鉄《ていてつ》を打った前足には敵の血糊《ちのり》と脳みそがついていた）、味方のけが人のようすを見に行った。デヴァ（チェスター）から親切な人たちが大勢かけつけて、重傷者を荷車や農場のそりに乗せる手助けをしているところだった。野営地で看病はできないし、今日の勝利に追いうちをかけるため、明日《あした》は朝いちばんにサクソン人の後を追わねばならない。そのためにもけが人は、道中揺《ゆ》られて多少犠牲《ぎせい》がでるにしても、デヴァにもどった方が賢明であった。手あてにあたってくれる人も大勢いるだろうし、たいていは酔っぱらっているだろうが、腕のよい医者もいた。

森のデヴァ側にある昨晩の野営地につくと、真ん中に大きな焚火《たきび》がともされてあった。荷車やそりは、焚火の明かりがやっと届くあたりに運ばれた。グワルフマイが、自分の負傷した腕には汚いボロ布を巻きつけ、落ち着いたようすで、足をひきずりながら負傷者のあいだをまわっている。そして負傷者が樹々のあいだから運びこまれてくるごとに、そちらに目を向ける。司祭と何人かの女たちが手伝いをしていた。グワルフマイの顔は灰色で、表情ひとつ変えることなく、優しさと同時に、医術に集中しているときにだけ見られるような、極度の精神の集中が表われていた。わたしはグワルフマイにわれわれがどの程度の痛手をこうむったのかたずねてみたかったし、負傷者にも話しかけてみたかったが、そんなことは後回しだ。こんな表情をしているときのグワルフマイには、質問をしたことがない。この男と医術のあいだにわたしを割りこませることは、ある意味でじゃまをするのと同じではないかといつも懸念《けねん》していたのだと思う。

そこでわたしは、グワルフマイとけが人を残して焚火にもどった。そこにはすでに旗が立てられ、食物が配られ、ベドウィルがわたしを待っていた。

「埋葬には誰があたるのだ？」

わたしは聞いた。

「いまはアルン・ドリフェドがあたっています。交替でやるよう命令を出しておきました。荒れ野では、墓は深く掘る必要がありますからね」

「道路を補修するのに使う分を除いて、塹壕《ざんごう》を掘った土で塚を作るんだ。そうすれば荒らされないだろう」

ベドウィルは、あの横にまっすぐで、人をからかうような片方の眉《まゆ》の下から火をのぞきこみながら、うなずいた。

「土をかぶせる前にシモン司祭にお祈りの文句でも唱えてもらいましょうか」

ベドウィルがどんな神を信じているのか――それがいればの話だが――わたしは聞いたこともなかった。キリストでないことは確かだった。たぶん、竪琴《たてごと》を奏でる手と弦とのあいだにでもいるのだろう……

「司祭がいるのだから、利用するにこしたことはない。だが司祭の役目はまずグワルフマイを助けて負傷者の手当をすることだ。お祈りはその後で充分だ。生きている者が先だよ。死人は後だ」

「物事には順序があるというわけですね。ところで、キリスト教のお祈りをしてもらって墓にはいる者の数よりも、はるかに多くのサクソン人が狼の餌食《えじき》になるようですね」

「これまでのところ、こちらが失った兵の数は、敵側と比較して驚くほど少ない」

「驚くにはあたりませんね。あんな熊の落とし穴まで掘ったのだから」

ベドウィルは、飛びはねるような眉の方をつりあげてこちらを見た。

わたしはしばらく黙っていたが、こう答えた。

「誰もすき好んであのような戦いを行なったわけではない。〈騎士団《きしだん》〉がなだれこんでいったときには、大虐殺《ぎやくさつ》になるかと思ったよ。まがりなりにも戦闘という形にもっていけてよかった」

「アルトスさまはずいぶん変わったお方だ。サクソン族を愛してらっしゃるのかと思ってしまうときがありますよ」

「こちらが実際に向こうの喉《のど》もとにとびこみ、向こうもこちらの喉もとにとびこんできたときだけさ。それより前にも後にも、愛するなんてことはない」

二人の騎兵隊員が樹々のあいだの暗闇から、ひとりの死体を引きずりながら出てきた。死体を扱うようすを見ていると、どうもわれわれのではなく、サクソンのものらしい。二人は焚火《たきび》のよくあたるところにそれを放りだすと、無言で転がしてあお向けにしたが、その態度はどんな勝利の叫びよりも誇《ほこ》らしかった。そして上官のベリクスがただこう言った。

「われわれが見つけたんです」

赤い竜の旗のもとに放り出されて、ぶざまなかっこうで手足を伸ばしてはいたが、この男には死してなお、どこか高貴な雰囲気《ふんいき》がただよっていた。老人――とても大きな老人だった。灰色の顎鬚《あごひげ》、頭のまわりにふわりと広がった白い髪には、輝かしい金髪が混じっていた。まず、この男の正体を知ったのは、右腕にはめた伯爵《はくしやく》の腕環《うでわ》からだ。というのは、眉間《みけん》を槍《やり》にやられていたからである。しかし、つぶれて血まみれになった顔をよくよく見ると、狡猾《こうかつ》なごつい口もとは――白い歯をむきだして凍りついていたが――まさにあの男のものだった。何よりも、たとえ死んではいても男が偉大であったことがうかがわれ、肉体のみならず人物そのものも大物であった雰囲気《ふんいき》をただよわせていた。アンブロシウスの宿敵、ヘンゲスト。ジュート族の軍人がサクソン族の司令官となり、いまここに夜風にかすかになびくブリテンの旗のもとに、貢《みつ》ぎ物のように投げだされている。

これで、残るは息子と孫ということになる。

「まあこれで、ヘンゲスト伯もついに嵐の神々のもとにいくわけですね。稲妻が山から山へと走る嵐の晩にでも死ねばよかったですね。何もこんなサンザシの香りただよう静かな夏の夜でなくてね」

ベドウィルが静かに言った。

「この男は大ばかだった。死んでくれてたすかった」

わたしは言った。

その晩遅くなってから、わたしは食べかけの円《まる》パンをもって、かがり火のあいだを見まわりに出た。するとどこからともなくフラビアンが現われ、いっしょにまわった。

「騎馬部隊はすべて異常なしです。明日《あした》はいつ野営をかたづけるのですか」

「夜明けとともにだ」

「であるならば、その一時間前にもどってくれれば、つまりその、デヴァはほんの六マイル先なのです。その間フェルコスに騎兵隊をまかせておいて……」

わたしは立ち止まり、フラビアンの方にからだを向けた。そのときわたしは自分で思っている以上に疲れていたのだろう。かんにん袋の緒が切れたようになってしまった。

「いいか、フラビアン、夜明けまでにはあと五時間しかないんだ。その半分を馬を走らせ、後の半分かねを女といっしょにベッドでめそめそするのに使ったら、わが第三騎兵隊長は明日《あした》はどうなってしまうかね」

かがり火のほの暗い明かりの中でも、フラビアンのひたいにさっと血がのぼるのがわかった。わたしは一瞬前フラビアンに腹を立てたのとおなじくらい、今度は自分に腹が立った。すぐにわたしは言った。

「すまない、フラビアン。認めるわけにはいかないんだ」

フラビアンは首をふった。

「いや、そんなことを考えるなんてわたしの方がおろかでした」

わたしはフラビアンの両肩に手をおいていった。

「そのとおりだ。だけど、君の思っているような意味じゃない。来る前に彼女にさよならは言ってこなかったのかい?」

「言ってきました」

「そのとき、二人はつらい思いをしただろう。それで充分じゃないか。無事であることを知らせればいい。だけど、いまもどったりしたら、またつらい思いをしなければならない」

「おっしゃるとおりだと思います。あいつにとっても、その方がいいのです…」

わたしがまた見まわりをはじめると、フラビアンは焚火《たきび》の方に向き、しぼんだサンザシの花束を肩の締め金のところからはずし、炎の中へと投げこんだ。それはまるで奉納《ほうのう》の儀式のように見えた。

ケイとその一団が、暗闇で〈海の狼《シーウルフ》〉を見失い、夜のあいだにもどってきた。朝いちばんの光とともに死者を埋葬し、けが人をデヴァに無事送りとどけると、われわれは逃げるサクソンの後を追って、エブラクムへの道を西に向かった。最初にサクソン襲来の知らせをもってきた〈黒い矮人《こびと》〉の猟師が、案内役としてわれわれに同行した。われわれは昨日の戦いで兵のみならず馬も失っていた。しかし混血の若い牡馬のおかげで、補充する分は足りたし、しかもまだ予備に数頭残っていた。

徒歩で逃走する敵を騎馬で追うことなど、試みたことのない者にとってはいともたやすく思えるであろう。しかし事はそれほど単純ではない。山間部では、五月のはじめといえども、まだ草はまばらだ。人間なら、疲労でもう一歩も歩けなくなっていても、叱咤激励《しったげきれい》すれば気力で何とかなるが、馬はやる気をつぶさないためにも、ときどき休ませる必要があった。またわれわれはただ逃走兵を追っているのではなく、敵の要塞《ようさい》に乗りこもうとしているのだった。荷車が何台かあったし、槍持ちもいて速くは進めなかった。その上、サクソンは西に進軍したときとは違って、道をそれ、馬では追うことのできない、山の中へと逃げこんでしまったのである（彼らが裏切り者のブリテン人を見つけて案内させたのか、それとも自暴自棄《じぼうじき》となり、沼にはまらぬようただ神々に祈ったのか、われわれには知るよしもなかった）。険しい崖《がけ》の切り立った、起伏の多い広大な山々の中で、生えているものといえば、ワラビとキイチゴが露出した岩の間にあるくらいで、動いているものといえば、まばらな草のあいだをそよぐ風と、頭上を舞うハヤブサくらいだ。しかし渓谷は樺《かば》の林におおわれ、人を見つけるのは容易なことではなかった。また背後に敵を残しながら、やみくもに進んでいくのも賢明《けんめい》とはいえなかった。それでも何人かは敵を見つけた。大部分はうつ伏せに倒れ、背に野鳥狩りに使う太矢ほどの大きさの、黒っぽい羽のついた矢が刺さっていた。山に住む悪魔《あくま》たち、〈黒い矮人〉たちも、どうやらわれわれと同じで、

〈海の狼《シーウルフ》〉にはほとんど愛情を感じていないらしい。

そしてまもなく、その理由がはっきりと分かった。それは、追い詰められたサクソンが逃走に必要な食糧をどのようにして手にいれたのかという問いの答えと、密接にからんでいた。最初の二日のあいだに二回ほど、われわれは山のあいだに煙が上がっているのを見た。狩猟《かり》の火にしてはあまりに黒く、広がりすぎていた。そして三日目に道路をそれ、案内役に導かれながら、牛飼いの道を進んでいった。そこには、道路の通っている茂みにおおわれた谷間よりも、よい草が生えていた。そのとき、オウェインが猟犬のような嗅覚《きゅうかく》で、「煙りだ」と叫んだ。やがて、ワラビにおおわれた山の背をぐるりとまわると、サンザシやナナカマドやビャクシンが風のせいでもつれあって生えている茂みの向こうに、もうほとんど燃えつきてしまったような、弱々しい煙の上がっているのが見えた。われわれは馬を止めた。芝土をふむ静かなひづめの音がやんだとき、高山にとつぜん訪れた静けさをいまでも覚えている。一羽のノスリが真っ青な上空を旋回していた。そしてかすかに滝の音が聞こえた。故郷のアルフォンでもそうだが、こうした山の中で滝の音が聞こえないところはめったにない。わたしは普段は近くにいるベドウィルとグワルフマイを呼び、〈黒い矮人《こびと》〉の案内役にあと数名の者を加えて、サンザシの茂みの方へと馬を向けた。残りの軍団はケイにゆだね、小道で待たせておいた。

雑木林の一帯をぬけると、〈黒い矮人〉の民の集落に行きあたった。そこは半分は大きな農場、半分は小さな村だ——というか、村だったところだ。サクソンが通りがかりにさんざん荒しまわった跡に、われわれは行きあたったのだ。あわれな小屋の集落はなかば倒れふし、ワラビでふいた屋根はいまだにくすぶっていた。かつて人間の住処《すみか》であった家々にぽっかりと穴があいて、黒こげになり、煙を上げながら、山腹に並んでいるのだった。あろうことか積み上げた泥炭《でいたん》にまで火をつけられ、かろうじてびっしりと詰めこまれたところだけが、火の手をまぬかれていた。踏み固められた地面の上には、大麦がぶちまけられてあった（村の下方にある斜面の、風のあたらないところには、小さなみすぼらしい畑が寄り集まっていた）。煙のくすぶる残骸の中に、牛の死体が横たわっていた。山間《やまあい》の小さな牛で、生きていたときも飢《う》えて痩《や》せていたのだろう。牛はわき腹と肩のところがめった切りにされていた。おそらくサクソンが血と暖かい体液を吸おうとしたのだろう。あるいは生肉を食べたのだろうか。家の屋根が炭になり、家畜が虐殺されて目も向けられないありさまだったが、さらに、ここに住んでいた人たちが倒れていた。あまりにもとつぜん襲われたという死に方であった。老人もいれば、われわれの案内役のような骨格の小さな武人もいた。女や子どももいた。頭をつぶされ、血とともに脳が飛び散っている老人の足もとに、牧羊犬が死んでいた。しっかりと子どもを抱き、自分の体をおおいかぶせるようにして、なんとか守ろうとしている若い女もいた。女も子どもも、喉《のど》を切られていた。

わたしはすぐ横のベドウィルの方を見た。何日か前の晩の二人の会話を思い出したからだ。

「ベドウィル、やはりわたしはサクソンを愛していないぞ」

〈黒い矮人《こびと》〉のわれわれの案内役は、この光景を目にした瞬間から誰よりも凍りついたようになっていたが、まず最初に動いたのはこの男だった。死体のひとつひとつを見てまわりはじめたのだ。そして琥珀《こはく》のピンを髪にさした初老の男の遺体のところで立ち止まった。初老の男は腹部をやられていた。案内役はかがみこむと、自分のベルトから長くてほっそりとしたナイフを引き抜いた。

わたしはすばやく言った。

「イラフ、何をするつもりなんだ？」

彼はわたしの方を見上げた。まるで子どもにやさしく説明しようかというような顔つきであった。

ナイフの先端はすでに死体の動かない胸の上にあった。

「なすべきことをなすだけの話です。父の勇気を食べるのです。それがなくならないように」

「君の父上？　するとこの場所は…」

「ここはわたしの家でした。そしてわたしの家族」

そういって男は父親の心臓の上にあたる部分を深くゆっくりと切った。

わたしは目をそむけた。口は乾き、胃がむずむずとした。男が小声でいうのが聞こえてきた。

「まだ暖かい。まだ少し暖かい。これはいい、おとうさん」

暗い影が、手に何かを持ってヒースの中へと入って行くのを、目の端に感じた。

長いあいだ誰も動かなかった。誰かが言った。

「なんてこった。野蛮人《やばんじん》め」

他の誰かが、魔除《まよ》けのために、手ですばやく角《つの》の形をつくった。〈黒い矮人《こびと》〉の集落で、その言葉を口にするのは、いくら何でもはばかられたのだ。わたしは太刀《たち》持ちの方に急にふりかえり、ほかの者たちを何人か連れてくるよう命じた。少年は顔が真っ青だった。命令をすぐさま実行に移そうとしたが、とつぜんしゃがみこんで、吐《は》いた。そうして去っていった。

太刀持ちが人をつれてもどってきたときには、われわれは無惨《むざん》に切られた遺体を、彼らの住まいだった穴の中へ入れようとしていた。牧羊犬はわたしの手で主人の足もとに寝かせた。同じような状況なら、カバルもわたしの足もとにねかせてほしいと思うだろう。われわれはその辺に転がっているものので運べるものをいっさいがっさい持ってきて、遺体の上に積み重ねた。黒こげになった梁《はり》、半分焼けた屋根材料、積んであった泥炭《でいたん》までも持ってきた。腐肉をあさる狼と野兎《のうさぎ》から遺体を守ってくれるものなら何でもよかった。イラフの父親の遺体は最後まで手をつけないでおいた。やがてイラフがもどってきて、われわれのそばで静かに仕事をはじめた。〈騎士団《きしだん》〉の中には、嫌悪《けんお》の情もあらわに、イラフを避けようとする者もいた。またあちこちで、角の印を手でこしらえる者もいた。しかし、イラフはただ風習に従ったまでのことである。しかも、父親を愛するがゆえにそれを行なったのだ。最後の遺体に覆《おお》いがなされると、イラフは唾《つば》と灰で、頬《ほお》とひたいの上に喪に服していることを表わす線を描き、短剣の先でひっかいて、胸と腕から血をにじませると、まるで客を向かえる主人のような態度で、どっしりとおちついて言った。

「サクソンのやつらはほとんど何にも残してはいないでしょうが、ここの物はどれもあなたのものです。ご自由におもちください」

が、われわれのうちでも頑丈な胃袋をもった者は、サクソンが見逃した物はないかと、すでに廃虚の中を探しまわっていた。〈黒い矮人《こびと》〉の村を嗅《か》ぎまわりたいなどと、ふつうなら誰も思わないだろう。しかし、いまはサクソンがさんざん荒しまわり、すべてを空と風のもとにさらしだしたので、人間の生活のあわれな残骸しか残っていない。おそらく、あの日廃虚となったイラフの村を見てまわった者は、日なたの民族が日陰の民族に対してつねに抱いてしまう恐怖心を、永遠になくしてしまったのだろう。

わずかしかないビールの壺《つぼ》はすべて空《から》になっていた。穀物の貯蔵穴にも、いまの時期なら残っているはずの大麦はなかった。急ぐあまり見逃したらしい穴が、たったひとつ残されているだけだった。中身はしなびていたが、ないよりはましだった。われわれはそれをすくいとって皮袋にいれ、荷物用の小馬《ポニー》の背にのせた。これがなくても、育て収穫した人たちはもはや飢《う》えることがないのだ。そして、彼らの敵討《かたきう》ちをするのに、この穀物があれば助かる。また、煙がおさまるにつれてハエがたかりはじめていた、家畜の屠殺体から肉を切りとった。すると、もうすることがなくなった。わたしはサンザシの枝を三本切り、門だったところをそれでふさぎ、塩と、傷口の消毒用にもっていたワインを少し枝の上にふりまいた。

こうしてわれわれは村をあとにした。黙《だま》りこんでいる者もいれば、悪態をついている者もいたし、無情なほど陽気な者もいた。その場所にはまだかすかに煙が立ち上っていた。われわれの案内役は、喪を意味する腕と胸の傷からいまだに血をしたたらせながら、毛の長い小馬に乗り、わたしのわきを進んだ。男は馬に揺《ゆ》られながら、ささやかな追悼《ついとう》の歌をうめくように口ずさんだ。それには山々が星に向かってそびえたって以来、あてどもなくさまよっている風を連想させる、もの寂しい響きがあった。聞いていると、ぞくぞくとして頭の毛が立ちそうな感覚に襲われるのだった。

翌日。褐《かっ》色《しょく》の山と山との合間に、エブラクムへと通じる広大な青い大地の一部がはじめて目に入った。ついにわれわれはブリテンの屋根ともいうべき山岳地帯を抜けだし、低地にやってきたのだ。われわれの進む速度はかなり落ちてきていた。しかし、自分たちにも馬にも苛酷《かこく》であることを承知しながら、前進を続けた。なんとかエブラクムに向かうサクソンの残兵の先まわりができたら、少なくとも彼らが防御を固める前に追いつくことができたら、激しい血みどろの戦いにはなるだろうが、一度の戦闘ですべてのかたがつく。しかしひとたび彼らが安全圏《けん》に入ってしまえば、胸の悪くなるような長引く包囲戦しかなくなる。いまにも火がつきそうなほど北部がくすぶっているのに、のんきに包囲などしている時間は断じてなかった。

しかし高地をでて、灰色と朽葉色《くちばいろ》の丘のふもとにある、緑におおわれた低地にやってくると、ライ麦酒のように、疲れきった体を生き返らせてくれるできごとが起きた。どこからともなく、隠れた村から、暗い谷間の森から、赤い竜の旗印のもとに、人が集まってきたのである。ブリガンテスの民はいつも荒々しく、誇《ほこ》り高い連中だった。完全にはローマ化することもなかったし、サクソンのくびきはなおのこと耐えがたいようであった。われわれの進軍の知らせがヒースの間をかけめぐると、彼らは駆けつけてきた。これまでのところ〈海の狼《シーウルフ》〉の手を免れている富裕な農場の持ち主がひとりか二人、それぞれが状態のよいローマ式武器を持ち、一族と小作人の集団を従えてきた。首環《くびわ》の跡も生なましい逃亡奴隷《どれい》もいたし、自由な戦士たちもいた。彼らは、はるか昔ローマ軍団と戦ったときの、大青で染めた盾《たて》を持っていた。こうした者たちがわれわれの進軍に加わり、整列し、われわれのあいだを軽やかな足どりで進んでいった。癇《かん》の強い小馬《ポニー》にのっている者もいた。短い夜の小休止のあいだ、彼らはわれわれの焚火《たきび》にやってきて、雄鹿のように雄々しく、はやくも目を闘争心で輝かせながら、大自然の中でしゃべるのにふさわしく簡潔で直接的なものいいで、こう言った。

「アルトス閣下《かっか》、わたしの名はグエルン、またの名はタローレ、もしくはラスメイルの息子クノファリヌス。今回おともさせていただきます」

もうあと一日の行軍を残すのみとなった最後の晩、われわれは小さな農場が焼かれているところに出た。黒こげになった屋根と灰の下には、まだ火が鈍く輝いていた。その場所のいたるところに、大きな一団のいた形跡が残っていた。イラフは猟犬のようにあちこちを嗅《か》ぎまわっていたが、わたしのところにもどってくると、自分の手を狼皮のキルトでぬぐいながらいった。

「連中がここを去ってから半日とはたっていませんよ。ここで彼らはひとつの軍団にまとまったのです。どうかお急ぎください」

わたしはベドウィルとケイを呼び、言い渡した。

「日の明るいうちは猛スピードだぞ。暗くなってからは、食事をとり、馬に水をやって休ませるために一時間休憩する。その後また夜を徹《てっ》して走る。そして彼らが通った道とは違うところを、速度を落とさずにいくのだ。競争も最後は接戦になるぞ」

そしてわれわれは一度の休憩をとっただけで、止まらずに闇の中を走りつづけた。なだらかに起伏している草原のなか、疲れた馬にむち打って、ふたたび舗装《ほそう》された道をたどっていった。そして次の日の正午に、エブラクムが見えてきたところで、サクソンのしんがりに追いついた。

第11章　魔女の息子

それは不規則で、長引く戦いだった。サルヤナギやハシバミの茂みのあいだの緑地で、分かれ、解隊し、いくつもの小さな戦いになったかと思うと、またひとつにまとまって、だんだんと近くに見えてくるエブラクム（ヨーク）の灰色の城壁の方へと、場面を移していった。徐々に門の塔が高く手ごわくそびえ立ってくる頃には、戦う者と、白く葉の巻き上がったサンザシの茂みの影がだんだん長くなってきた。ほとんどそのときまで、わたしはサクソン兵と彼らの砦のあいだに割って入り、彼らを押しかえしてやろうと思っていた。しかし味方の兵も馬も疲れきっている以上、〈海の狼《シーウルフ》〉のうち何人が、ローマ軍団の要塞《ようさい》に守備隊として残っているのか皆目見当もつかなかったので、味方をそのように危険な位置に入りこませることはとてもできなかった。そのかわり、わたしは別な賭けをこころみることにした。それは前に攻めこんで、敵のごく近くにまで押し入り、門の警備をできなくさせてしまうのである。われわれは犬が羊を追うようにサクソンを追い立てた。サクソンが羊のようであったという意味ではない。彼らは雄々《おお》しい兵士であり、われわれの突撃に対して決してひるむことなく、逃走の気配《けはい》も見せずにじわじわと後退していった。デヴァ（チェスター）の道で潰乱《かいらん》して以来、こんなに落ち着いているサクソンを見るのははじめてだった。盾をかかげ、刀の応酬《おうしゅう》をしながら、死者には目もくれず退却路に置き去りにした。

砦《とりで》の門にたどりついたとき、敵はもう二、三百人にまで減っていた。われわれがきびしく追い詰めたので、勝ち誇《ほこ》った〈騎士団《きしだん》〉の者たちは、すでにオクタの取り巻きと混じりあい、ブリテンの赤い竜とサクソンの白馬の尾の旗は、ほとんどひとつになってひらめいているように見えた。味方の叫び声に混じって、アリアンのひづめの下で橋の材木がうつろな響きをたてるのが聞こえた。門の内側にいる者たちが見えた。守備兵のそばに女や老人や少年がいる。仲間を中にひきいれようと、門を開けて待ちかまえている。そうしてサクソン人が全員中に入ったら、われわれを締めだすつもりなのだろう。そんなことをされたら、われわれの最前部にいる者の死を意味する。仲間から遮断《しゃだん》され、門の内側に取り残されることになるからだ。

ずいぶん恐ろしい賭《か》けをすることにしたものだ。しかし暗々《くらぐら》と口をあけている門と、そこに群らがっている敵を見ていると、猟犬が断崖絶壁《だんがいぜっぺき》から落ちそうになるのを見ているしかない、猟師の無力感が一瞬わかるような気がした。もうここまできたら引っ込みはつかない。歯をくいしばって、前進あるのみ。サクソンを追い払って、われわれ自身の攻撃の圧力で門を開けておくしかない……

わたしは声をはげまして叫んだ。

「ウル＝ウィズヴァ、ウル＝ウィズヴァ」

そして鞍《くら》の上で低い姿勢をとり、汗だくのアリアンのわき腹に何度も何度もかかとを押しつけながら、敵の槍《やり》のあいだに突進した。

「ぴったりとついてこい、ぴったりとだぞ。門を押し開けておくのだ」

わたしの横では、プロスペルのらっぱが突撃を指令していた。また後ろから、〈騎士団《きしだん》〉の者たちが飛びだしてきた。しかしすでに敵の守備隊がよろめく仲間の救援に出てきていたし、青銅におおわれた門扉《もんぴ》のところに突進してきてわめいている者もいた。

われわれは門のアーチの陰へと入っていた。投じられた槍がイラフの小馬《ポニー》にあたり、馬はいないて頭から突っ伏した。イラフの方はうまく飛び降りた。うしろにいた馬はわきによけ、恐怖に鼻を鳴らした。一瞬、わが最前部は止まってしまい、混乱に陥った。止まっていたのはほんの息をするくらいの間——早鐘《はやがね》のような心臓がひとつ打つほどのあいだだったが、それで充分だったろう、門をしめるには……すべてが失われたかに見えたその瞬間、奇跡が起きた。それは急に起きたが、最初の瞬間から、すさまじい洪水のようだった。守備隊の間にとつぜん大混乱が生じた。熱狂した人々が、うしろからも横からも、どこからともなく飛びこんできて、門を閉めようとしている者たちのあいだに割り込んだのだ。男も女もいた。痩《や》せて半狂乱で、ぼろをまとい、奴隷《どれい》の首環《くびわ》をした者たちだった。彼らは棒や、なたや、肉切り包丁を手にしていた。これらの人々は、なんとか門扉を開けておこうと体を押しつけるのだった。門の暗いアーチの中で大混乱が起きた。絶叫と悲鳴がわき上がり、それがひとつの音の渦巻となったが、地獄の亡者たちの歓声を思わせるような、大きなしわがれた勝利の歓声の中に吸いこまれていった。わたしの耳に、ふたたび自分が叫んでいる「ウル＝ウィズヴァ、ウル＝ウィズヴァ」の声が聞こえてきた。背後で、それに応《こた》えてうねるようなどよめきが起こり、いわばその歓声の大波に乗るようにして、われわれはサクソン兵の勇ましい後衛にぶつかっていった。そして彼らを蹴散《けち》らし、とつぜんの川の氾濫《はんらん》がすべてのものを流し去るように、彼らを一掃《いっそう》した。うしろでは頑丈な門が押され、小刻みに揺《ゆ》れていた。イラフはわたしのすぐそばを猟犬のように走りすぎた。われわれは門のアーチのトンネルを進んだ。耳は、屋根の下に響く馬のひづめの虚《うつ》ろな音に満たされ、われわれと戦っているというより、目を血走らせながら互い同士で戦って、よろめき、わめいている暴徒のあいだをつき進んでいったのだ。そして、必死の抵抗を続けるサクソンの後衛の先に、エグラクムの城市《まち》の大通りが目の前に大きく開けた。そこには誰も人がいなかった。

その瞬間、目もくらまんばかりの闘いのどよめきよりもさらに大きく、〈黒い矮人《こびと》〉のかん高い、狼のような、血を騒がせる喊声《かんせい》が聞こえた。イラフは短剣を手に、動揺している戦士たちをめがけて全速力で走っていった。敵の間《あいだ》を突破してやれなどど思ったはずはない。ただここでも自分たちの民族の習性——喜んで自らを犠牲にすることで勝利がおとずれると信じる、彼らの習性に従ったまでのことだ。そして、このような信念に基づいて、イラフは敵の槍《やり》に向かって飛びこんだのだ。まことに、この小柄《こがら》な男は父親の勇気を食べて自らのものとしたのだ。あるいは自分自身の勇気だけで充分だったのかもしれない。

「さあみんな来い！」

わたしは叫んだ。

「わたしのもとに！　イラフに続け、わたしに続け！」

そして狩りの角笛《つのぶえ》がさらに加わった。

前方に、ごくわずかの家来に囲まれた、ヘンゲストの息子オクタの巨体があった。金髪は頭皮の傷口から出た血で、べったりとかたまっている。胸と肩の鎖《くさり》かたびらも、ところどころまるで錆《さび》のように血で茶色くなっていた。なくすか、投げだしたのか、すでに盾《たて》はなかった。わたしはアリアンをオクタの方に向けた。オクタはかん高い挑戦的な叫びをあげて、わたしに襲いかかってきた。剣をふりあげたとき、その目が一瞬見えた。それはまるで、うす緑の炎に燃え立っているようだった。わたしは金色の襟《えり》の上の湾曲《わんきょく》した喉《のど》に、剣の一撃を加えた。血がほとばしり出た。そしてオクタの目が驚いたように大きく見開いた。それから音もなくくずれるようにして、家来の間に後向きに倒れた。

その後は敵の士気《しき》がうすれ、攻められればあっさりとしりぞくようになった。

サクソンの小屋の屋根に火が放たれた。夕方に起こった風のせいで、あっというまに炎が広がり、屋根から屋根へと移っていった。煙がもうもうと渦を巻き、ごみの山で半分くらいにまでせばまった通りにたちこめた。ミヤマガラスの巣のようなサクソン人の集落の上に、断崖のようにすっくとそびえ立つ白いバシリカは、ただよう煙にかすんで見えた。また、煙はわれわれの喉をふさいだ。奴隷の首環をはめた者たちが、各々およそそれらしくないものを武器がわりに持って、わたしのそばを、そして〈騎士団《きしだん》〉の馬のあいだを走っていた…　そしてこのとき、〈海の狼《シーウルフ》〉の戦列が砕けちり、潰走《かいそう》がはじまった。こうなるともはや戦闘ではなかった。狩猟《かり》だった。

ほどなく炎はなかば鎮《しず》められ、わたしは広場の中央にある凝った装飾をほどこされた泉の縁《へり》に腰をおろし、アリアンの手綱《たづな》に腕を通したまま水を飲ませていた。騎兵も、歩兵も、顔料を塗ったくった戦士たちも、エブラクム中を走りまわりながら残兵の捜索《そうさく》をしている。ケイとひとにぎりの軽騎兵は、その他の敵を海岸にまで追いつめていった。勝利のどよめきがわたしのまわりに押し寄せてきた。ひとりの大柄な男が、わたしのすぐそばに立っていた。この男は門につめかけた荒っぽい群衆の最前列にいた。サクソン人のように金髪だが、灰色の鉄でできた奴隷の首環《くびわ》をはめ、手にはむきだしの剣があり、泉のわきから引き抜いた草で、注意深く磨いているところだった。

「どなたか知らぬが、礼を言わねばならぬ」

わたしの声は、われながら重くくぐもって聞こえた。自分のそんな声にびっくりして、思わず目がさめた。

「わたしが誰かって？　わたしは刀鍛治《かたなかじ》のジェイソンです。だから、柵《さく》の棒だの、肉切り包丁などではなく、れっきとしたこれをもっているんですよ。そして、そこにいるのが」

こういって男は、大きなワイン壺《つぼ》をかかえてよろよろしているもうひとりの男を、剣で指した。

「町の穀物商の店員です。それから、あすこにいるのがシルウィアヌス。自分の土地と、本でいっぱいの書斎をもってまさあ。それからあちらがヘレン。われわれの人気者ヘレンですよ」

（ジェイソンの指した方を見てみると、そこにも、あの大混乱の中で見かけた女の顔があった）

「〈海の狼《シーウルフ》〉の連中は、ヘレンのことを売笑婦《ばいしょうふ》あつかいよ。ヘレンにゃ気に入らないさ。十年以上も売春宿の女主人をやって、女たちを使ってたんだもの。ごらんのとおり、われわれのほとんどが奴隷でさあ」

そう言ってジェイソンは首環《くびわ》に手をもっていった。

「わしらは、ブリテン伯の従者にふさわしくはないですか?」

「従者として申し分ないよ」

わたしは言った。

「その首環のことだが、ジェイソンよ、そんなものなら、そなたが自分ではずせるだろう。わたしの武具師に手伝わせよう。そなたと、そなたの軍勢がいなかったら、きっとわれわれの大部分の者は、今晩エブラクムの門の前でわんわんと吠《ほ》えていただろうよ。それに、わたしと最前部の者たちはめった切りにされて、街のどぶの中にでもころがっていたことだろうよ」

わたしはジェイソンを見上げた。この男がボロをまとった集団を率いていたことは明らかだった。

「どうやって画策《かくさく》したのかね?」

男は厚みのある肩を持ち上げた。

「われわれは計画を練ったのですよ。二つか三つの案を作っておいて、いざというときがきたら、どれかよい方を実行しようと考えたわけで。楽しみでしたよ、それは。多くのだんな衆が戦いに出てしまっているわけですから、お互いに行き来するのはたやすい。来るべき時がきたときも、逃げるのは簡単でした。はじめはただ脱走することだけを考えていましたが、サクソンの敗北とヘンゲスト死亡の知らせが来たので、われわれは先の流れを読んで、しばらくは待つことにしました。それから逃げてあなた方に加わるなり、内側から手を貸すなり、臨機応変《りんきおうへん》ですよ」

「君が考えたんだね」

計画の大胆さは、この男の口もとにも現われている。

「わたしとヘレンとで考えたのです」

ジェイソンは顎《あご》を上げて、けばけばしい衣服とガラスの腕環《うでわ》をつけた女の方を指した。女は化粧した目を、いちばん近くにいる〈騎士団《きしだん》〉の男にちらっと向けた。

「ヘレンはそれはたいした女ですよ。いつだって、われわれの十人分の値打ちはある。長いこと自分が宿の女主人だったのに、〝よろしければ〟も〝かたじけない〟のひと言もなしに、さかりのついたオスからオスへとたらいまわしにされても、まったく平気なんでさあ」

男はクスクスと笑った。金髪の毛が生えた胸の奥に、何かおもしろいことでも浮かんだのだろうか。

「次から次へとちょっとした食物やビール壺《つぼ》をもたせて、城壁の上の男たちのところに慰《なぐさ》みの女を行かせて、あなた方が現われるのを、注意して見張らせようって言いだしたのは、ヘレンなんですよ。そして叫び声が上がり、城壁に上がっていた女がすっとんで下りてきて、あなた方が〈海の狼《シーウルフ》〉の後にぴったりついてきていると金切り声で知らせてくれたとき、とうとう、来るべき時がやってきたのだということがわかりました。われわれのほとんどは、古い僧院の庭の茂みに潜んでいました。そして何人かで城壁にのぼり、見はりの連中を処分しました……」

男は親指で、すばやく突く動作をしてみせた。

「気づかれないうちに相手の首のすぐ後ろにまわることができれば、たやすいものでした。見はりはそれほど多くはいなかったけど、奴らの武器もちょうだいすることができました。その頃には、

〈海の狼《シーウルフ》〉の最初の一団は、橋のところまで来ていました。あとはごぞんじのとおりです」

「あとのことは知っている」

「ふりかえってみれば、簡単なことでしょう」

「ふりかえってみればな」

とわたしはいい、われわれは満足気《まんぞくげ》にお互いを見た。

こうしているあいだにも、サクソン人を町中で追い詰める声が――ときには近く、またときには遠くで――響いていた。そして火の消えたあとの灰の粉が、風にはこばれてきた。草の生えた舗道《ほどう》を歩く、せかせかした足音が聞こえ、ふり向くと、わたしのすぐ横にフラビアンが立ち止まった。

「オイスクの姿が見えません」

こう言うフラビアンはすすで真っ黒で、足もふらついていた。しかし昔の誇《ほこ》らしいローマ軍団式のあいさつを、みごとに正確にこなした。

「街中の家という家をくまなく見てまわりましたが、どこにも見つかりません」

わたしは力なく肩をすくめた。

「ああ、できることなら一族を皆殺しにしてやりたかったが、親子三代のうち二人を亡き者にしたことは、おおいに評価できる。あいつがカンティまでもどれたら、今度はアンブロシウスに対処してもらおう。あるいは、またいつかわれわれのところに来るかもしれない……それは避けられないよ、チビ助」

「わかってます」

フラビアンは言った。そしてすばやくつけ加えた。

「それはそうと、東門の方の家で、男の子をひとり見つけました。おそらくやつらの一族の者だろうと思われます」

「ならばどうして置き去りになどしたのだろう。けがでもしているのかね?」

「いいえ、ただ…」

「ならば、連れてこい」

フラビアンは一瞬黙って立っていた。そして言った。

「こちらから出向いた方がよいかと存じます」

わたしは驚き、なぜかと問いたい気持ちをおさえて、フラビアンを見つめ、そうして立ち上がった。

「わかった。行こう」

わたしは大柄な刀鍛治《かたなかじ》の男の肩に一瞬手をのせた。

「あとで君の一団に話したいことがある。それまで、そちらのけが人を、こちらの薬師《くすし》のグワルフマイのところに連れてくるんだ。グワルフマイの居場所は、皆知っている」

わたしは通りかかった〈騎《き》士《し》団《だん》〉のひとりに声をかけ、アリアンの濡れてうなだれている首を軽くたたいてから、引き渡した。それから広場のアーチの方を向き、フラビアンをうしろに従えて、大通りへと進んだ。

「東門といったね?」

「ちょうどそこのせまい道を行ったところです」

われわれは黙ったまま歩きつづけた。サクソン人の粗末な家は、ローマ時代のはげかかった壁のあいだに、寄り添うようにして立っていた。家々はまだくすぶっていたが、通りは妙《みよう》にがらんとしていた。街の果てまで追跡の手がのび、穀物倉も見つかったからだ。がらんとしているというのは、生きた者がいないという意味である。怒りを含んでぎらぎらと照りつけてくる夕陽を浴びながら、手足を放りだした遺体が、あちこちに転がっている。一度、泣いている女子どもの一行を、わたしの部下が昔の砦《とりで》の方へと導いていくのに出会った。そちらの方が、街の中よりも監禁しておくのが簡単だからだろう。しかしその数も、それほど大勢ではなかった。おそらく多くの者が海岸まで逃げたか、あるいはいまもなお逃走中だろう。ほかの者は……このエブラクムの、炎のような黄金色の夕べに、大虐《ぎやく》殺《さつ》が行なわれたのだ。何とも無惨《むざん》なことだが、これで沿岸のサクソン人集落でも、〈大熊〉アルトスばかりか、神を恐れるようになるかもしれない……

われわれは東門に通じるせまい道までやってきて、そこに入っていった。すでに強烈な西日は遮断され、ひんやりとした、たそがれの空気が流れていた。道をなかばまで進むと、サフラン色の光が開かれた戸口からこぼれ、通りにかすかな黄色のしみを落していた。〈騎士団《きしだん》〉の仲間が何人か戸のそばに立ち、疲労のため口もきかずに、道をあけて、わたしを中に入れた。誰かが、松明《たいまつ》を持ってきた。おそらく、くすぶっている屋根か、うち捨てられた炉《ろ》から火をもらってきたのだろう。松明の光が床を照らし出した。屋根裏に巣くったツバメの糞《ふん》で、ところどころ汚れてはいるものの、もとは美しい象嵌《ぞうがん》が施されていたようだ。また悪臭を放っている漆喰《しつくい》壁は、しみだらけではあったが、かつては美しく色が塗られていたのだろう。もうひとつわたしの肩くらいの戸があり、青い盾を持った男がその前に立っていた。わたしはフラビアンの方にいったん目をやり、松明《たいまつ》を持った男を従えて、戸をくぐった。

小ぶりの部屋だったが、まに合わせの松明では壁までは見えなかった。そして松明を上にかざすと、部屋の中央に、二人の人物が照らしだされた。ひとりの女が、低いわらぶとんの寝台に横たわっていた。深紅の長衣《ガウン》の、長くまっすぐな襞《ひだ》にくるまれ、頭には金の王冠がのっていた。そしてそのわきに、十四歳くらいの少年が、片方の腕で女を抱えるようにしてしゃがんでいた。ほんの羽ばたきほどの一瞬、まん中にミツバチをとらえた琥珀《こはく》のように、沈黙がこの光景を包みこんだ。そしてわたしが入っていくと、少年は野生の動物のように飛びだしてきて、さっとわたしの目の前に立ちはだかった。しかし女は動く気配を見せない。白いうなじから硬直した足まで、一本の柱のように動かず、柱に刻まれた溝《みぞ》のように、深紅色の長衣《ガウン》の襞が乱れることもなかった。

「触っちゃだめだ！」

少年は嚙《か》みしめた歯を、むきだしにして言った。言葉の上ではいざしらず、現実にそんなことをする者を、わたしは見たことがない。が、この少年はほんとうにそうしたのだ。白くてがんじょうな歯をむいて、まるでいまにもわたしの喉《のど》にとびかかろうとしている、美しく、きらきらと輝く野生動物を見ているような気がした。

「触るなといってるんだ！」

そしてそのときはほとんど気づかなかったが、少年は曲りなりにもブリテン語を使っていた。

わたしは静かに両手をわきにたらしたまま前へ進みでた。

「触らないよ」

わたしは遠くの街の喧騒《けんそう》と、部屋の外のいがみ合う声を耳にしながら、女を見下ろしていた。すぐわきに立っている少年の、短く喘《あえ》ぐような息づかいが耳にはいってくる。しかし沈黙が、ほかの何にもまして強烈にこの部屋を支配していた。死んで火葬を待つばかりとなった高貴な婦人が、身分を表わす王冠を髪につけ、もっとも豪華な長衣《ガウン》をまとっているのだった。その外見からして、王族の婦人だろう。しかもたいそうな美人だった。けっして若くはなかった。死者の年齢はわかりにくいものだ。若さが顔に現われることもあれば、老いて見えることもある。しかし枕の上にふわりと広がった髪は、白髪《しらが》混じりではあったが、松明《たいまつ》の光に照らされて、実った麦畑に穏やかな薄日《うすび》がさしたときのように、金色に輝いていた。長引く熱にやつれ、目の下や、翼のような小鼻のまわりには、かすかに死斑《しはん》が現われはじめていたが、美人であることに少しもかわりはなかったし、死んだからといって決して表情が穏やかになっているわけでもなかった。その目はきちんと閉じられていたが、じっと見おろしているうちに、もしその目が開いていたならば、ついさっき見た目と同じように、緑がかった灰色をしているに違いないと、わたしは心に確信した。いままでこの女を見たことはなかったが、イゲルナのときと同じように、まちがいないと思った。それにしても、目が閉じていてよかった。開いていることを想像しただけで耐えがたかった。この目には、あまりに強烈な力があるような気がした――善とは反対の力が。どういうわけか、そのときだしぬけに、老アクイラが、ロウエンの奥方について評していた言葉が頭に浮かんできた。アクイラが囚《とら》われの身であったときに、彼女の父親の邸宅で一度見かけたことがあるという。「深紅のガウンをまとった金髪の魔女」と、アクイラは言った。ヘンゲスト伯の娘ロウエンは〈赤狐〉ヴォルティガンをたぶらかし、妻を捨てて自分のもとに走らせた。そうしてそんな自分の力を利用して、ヴォルティガンを動かし、自分の父親を利したのだった。しかし夫に屈辱に満ちた寄る辺のない日々がおとずれると、ロウエンは夫を見捨て、サクソン族のもとへと帰った。しかし、そのときロウエンの腹には子が宿っていたという。

わたしは少年の方を見た。少年は足をはだかって立っている。母親に近寄らせまいというつもりらしい。いつのまにか、わたしの目は少年の灰色がかった緑の瞳に釘づけになっていた。くもりの日の浅瀬の水の色。最後に見たときには血まみれになり、つぶれていたけれども、それはヘンゲストの瞳の色でもあった。またそれは、つい先ほど白馬の尾の旗の下で、わたしが一撃をくらわした瞬間にかっと見開かれたオクタの瞳でもあった。しかし、少年の髪の色は父親や祖父よりも濃く、また母親よりも濃かった。それは狐の皮のような、燃え立つような赤褐色《せきかっしょく》だった。

わたしは質問した。答えははじめから知っていた。

「君はいったい誰なんだい？」

「僕の名はケルディック。ブリテン王ヴォルティガンの息子だ。母のロウエンは、ジュート族のヘンゲスト伯の娘だ」

少年の声は平坦《へいたん》であった。あたかも乱れるのをおそれているかのような、平坦な口調であった。

「ここで何をしているのだ。ヴォルティガンの息子、ケルディックよ」

「母と暮らしている」

「もう少しまともな嘘《うそ》をいったらどうだ。オイスクは無事に逃げた。君の一族は――君の母親の一族は、君を〈大熊〉アルトスの手にゆだねたなどと信じろというのか？」

なかなか勇敢《ゆうかん》な小僧だった。このわたしをひどく恐れているのは確かだが、例の不思議な灰色がかった緑の目は少しも動揺しなかった。首にはほっそりとした金の環《わ》があったが、少年はぷいと頭をふり上げた。

「知っていて僕をここに置き去りにしたわけじゃない。ものすごい大混乱だったんだ。うっかり忘れることもあるさ。みんなは僕が殺されたものと思っているだろう。それだけのことさ」

しばらくしてわたしは言った。

「お母さんは死んでいるよ。わかっているだろう？」

「母は昨日《きのう》死んだ。火葬の準備がされていた」

少年の声は、いままでにもましてしっかりとしていた。

「それなら、ここに残ったのは何のためだ？」

今度は、わたしが少年を見て連想していたような野性動物が、鉤爪《かぎ》をむき出しにして飛びかかってくるような勢いで、答えが返ってきた。

「少しのあいだ、母を守ろうと思ったんだ。おまえらのきたない手が母に触れる前に、最低ひとりは殺して、屋根に火をつけようと思ったんだ。だけど、こんなに速く来るとは」

少年はベルトに手をもっていった。そこには短剣の柄《え》があるはずだったが、手はそのまま何もつかまずに落ちた。

「おまえらキリスト教徒が、死人の遺体をあつかう汚らわしいやり方を、この僕は知らないと思ってるんだろう。おまえらは神との聖餐《せいさん》と称して、死者の肉や血の杯を口にするじゃないか。僕は知ってるんだぞ」

少年はこう言うやいなや、いきなり、わたしの喉《のど》を引き裂かんばかりに襲いかかってきた。

わたしは少年をつかみ、おさえた。両腕をはがい絞《じ》めにして、自分のからだに押しつけた。背後で大勢の声が聞こえ、すばやい足音が近づいてきた。

「かまうな！」

わたしはうしろの声と足音に向かって言った。わたしはありったけの力で少年をわたしの身体に押しつけていた。怖くて少年を殴《なぐ》れなかった。わたしは殴るのが怖かった。とりかえしのつかないことになる可能性が高いからだ。少年はわたしの腕の中で、山猫のようにもがいた。そしてなんとか頭を下にもっていくと、今度はわたしの腕にかみつき、離れようとしなかった。その力はだんだんと弱まっていった。息をつくことができないからだ。わたしは少年の若々しい胸がわたしの肋骨《ろっこつ》の下でもがき、息をしたがっているのを感じ、さらに強く押さえつけた。

「やめないか、このばか者！　やめないと痛い目に合うぞ」

しかし何をいっても、少年の耳には届かなかった。

するととつぜん少年がわたしの腕の中でぐったりとした。わたしは、なかば気を失った少年を押さえていた手を、ゆっくりとゆるめ、空気を肺に通してやった。そして少年の足がしっかりしてくると、伸ばした腕で、少年の肩を押さえた。少年はもうすっかりおとなしくなっていた。しゃくり上げるように息をしていたが、完全に手をゆるめたら、次の瞬間にわたしの喉《のど》もとに飛びつかないという保証はどこにもなかった。そしてとつぜんのことに、すねて、表情ひとつ変えない少年の顔を見ていて、もしこの子が自分の息子であったなら、愛することができたのにという思いが胸に浮かんだ。自分の息子が、故郷《ふるさと》の山で別の魔女の手で養育されているのだと、わたしは心の奥の奥で信じていた。が、その息子ではなく、目の前のこの少年なら、わたしは愛せると思ったのだ。いや、この一瞬、わたしとこの少年は、ほとんどお互いを愛していたといってよいと思う。人間の心というものは、このように奇妙で思いどおりにならない、恐ろしいものなのだ。

その一瞬が過ぎた。

「誰から教わったんだ？　その肉を食べるとか、血を飲むとかいう話は」

わたしは問いつめた。

少年は長々とふるえる息を吸い、しゃくりあげるのを止めると、こう答えた。

「母だ。でもそんなこと、みんな知ってる」

「いいか。よく聴くんだ、ケルディック。わたしの言うことを信じるのだ。そんなの嘘《うそ》だ。わかるだろう。お母さんはまちがっていたんだ」

「あんたの言うことなんて信じられないな」

「信じるんだ。どんな信仰にも神秘的な儀式というものがある。おそらく君も、もう自分の信仰の、そういった儀式に参列したことがあるだろう。キリスト教徒であるわれわれが神と晩餐《ばんさん》をするという場合、パンを食べてワインを飲むだけのことだ。聖餐式《せいさんしき》の神秘はそれとは別だ。だが、その神秘がどうのこうのと言う前に、パンはただのパンだし、ワインもごくふつうのワインだよ」

「そんなこと、言うだけなら簡単だ」

「だけどこれは本当なんだ。われわれは君の母親の遺骸《いがい》に何も手をつけないよ」

「それも言うだけなら簡単だ」

そうはいうものの、少年の目には自信のなさが見えはじめていた。

「おまえの言ってることが本当だと、どうしてわかる?」

「ただ断言するだけだ。証拠はない。だが、誓ってもいい」

少年は一瞬黙ってから言った。

「いったい何に?」

「わたしの剣と柄頭《つかがしら》に誓おう」

「それは、僕と、僕の民族を海へと追いおとす剣か?」

「わたしにとっては神聖な剣だ」

少年はずっと無言で、わたしの目を見つめて立っていた。わたしは少年から手を離し、鞘《さや》から剣を抜き、そうして誓った。大きな紫水晶の中心で、松明《たいまつ》の光を受けて星がきらりと輝いた。

「これはわたしの曾祖父《そうそふ》で、ブリテン皇帝であったマグヌス・マクシクムスの玉璽《ぎょくじ》だ」

誓いの文句を言ってから、わたしは言った。そして剣を鞘におさめるあいだ、少年は宝石をじっと見つめていた。それから、何か挑むような、意味ありげな目を上げてわたしの顔を見た。それは空間ではなく、遠い先の時間を見ているような、不思議な表情だった。しかし何もしゃべらなかった。

「もう行かなくてはならない」

少年はぐっと唾《つば》を飲みこんだ。するととつぜん大人っぽさが消え、ふたたびふつうの子どもにもどった。

「行かなくてはだって？ 僕を殺さないの？」

ベドウィルが部屋に入ってきて、すぐ後ろに立っているのに、しばらく前から気づいていた。聞き慣れた声が耳もとでささやいた。「もちろん殺す！」と。

「いや、殺さない」

わたしは言った。

「子どもは殺さない。おとなになったらもどってくるんだ。わたしが勝てば君を殺すし、君が勝てば、このわたしを殺すんだ」

「いつかもどってくるぞ」

しかしわたしはほどんど聞いてはいなかった。わたしは、わきにいるフラビアンに命じた。

「ほかの者を二、三人、連れていって、この子が無事に門を抜けでて、海岸までの道を千歩ほど行くまで、見届けるのだ」

もう一度わたしは、亡くなった母親のそばに立っている少年を見た。

「そこから先は君ひとりだ。青い盾《たて》の連中にぶつかったり、海岸に着いたときに船が出てしまっていたら、それでおしまいだ。それ以上、君に何かしてやることはできない。さあ、出ていくんだ」

少年はわたしから寝台の上の遺体へと視線を移した。しばらく見ていたかと思うと、またわたしの方に向きなおった。それから、無言で背を向けると、戸の方へ歩いていった。フラビアンが後に続き、外の二人に声をかけるのが聞こえた。「ヴラン、コナン、ちょっと手伝ってくれ」と。そして、せまい路地の上を、足音が遠のいていった。

松明《たいまつ》に照らされた部屋で、ベドウィルとわたしは寝台の横に面と向きあった。

「あの子を見つけたのが、あのばかなフラビアンではなくて、このわたしだったらよかったのに！」

ベドウィルが言った。

「ブリテン伯の手をわずらわせることなしに、わたしならうまくやったのに」

この男は、ブリテン伯などという称号をひやかし以外で使ったことはなかった。

「どうやって？」

「即座に殺してましたよ」

いとも簡単に言ってのけた。

「どうして殺さなければならないのだ、ベドウィルよ」

「ヴォルティガンの息子だということが、お分かりにならないのですか？　あの子はわかってますよ。まったくなんにも見えてないんだ、アルトスさまは。お忘れになったんですか？　ヴォルティガンの一族が真の王家だと思っている連中が、ブリテンにはまだ大勢いるんですよ。その連中に言わせれば、あなたの血筋などは、よそから来て、ブリテン王位にいすわった強奪者のものだということになる。ご先祖さまは、もとはといえばスペイン生まれのローマ将軍で、アクイレアで死ぬときに、大勢のブリテンの若者の命を道づれにした、とんでもない男だと。アンブロシウスが国王であるうちはいいですが、お亡くなりにでもなれば…」

剣をひらりとふりおろしたように、われわれの上に沈黙がおりた。そしてしばらく何も言えずにいた。やっとわたしが口をきいた。

「そういうことは忘れていたようだ。教えてもらってよかった、ベドウィル」

ふたたび沈黙がおとずれた。先ほどの足音の響きが、息の音よりもかすかに、まだ残っていた。

「いまからでも遅くはありません」

わたしは首を横にふった。

「運命は、すでに編み上がった模様をくずすことを許さないのだ」

そう言ったとき、奇妙な予感がした。それは未来に災《わざわ》いを予見したというのではなく、ただ、いま述べたような運命、逃れられない宿命のようなものを感じたのである。しかし、それが何にせよ、小鳥が日のあたる草地を横切って、日かげから日かげへと飛んでいってしまうように、あっというまに過ぎ去ってしまった。わたしはあたりを見まわした。

「もう終わったことだ。それより、これを燃やす準備をせねばなるまい。小枝やわら屑《くず》をもってきて、寝台のまわりに積み上げるのだ。それから庭のいちばん近いところの茂みは苅っておくように。今夜はこれ以上エブラクムに火が広がるのはごめんだ」

「火？　ということは家全体を焼いてしまいたいのですね」

ベドウィルは言うべきことは言ってしまったので、あっさりとひっこんだ。そうして、さっそく次の仕事にとりかかっている。

「そのとおりだ。やつらのあいだでは火葬がふつうだ。いずれにせよ、屍臭《ししゅう》がただよっている」

しかし火葬によって魂が清められるのではないかということも、わたしの心にはあった。「深紅の長衣《ガウン》を着た金髪の魔女」というアクイラの言葉が、まだわたしの胸に響いていた。

ふたたび通りに出ると、小さな公園の茂った樹々を、男たちが切り倒し、ひっこぬいているところだった。夕闇は深まっていた。薄暗がりの中にざわめきが聞こえ、忙しそうに動く影と、火の粉《こ》を散らす松明《たいまつ》が見えた。わたしがもどったときには、広場で大きな焚火《たきび》が燃えていた。そのときには大半の歩兵が帰ってきていたし、軍全体が炎の近くにひしめきあっていた。家畜を何頭か追いこんできていた。そしてすでに肉を焼くにおいが、ただよっていた。そのとき、別の香り、麝香《じゃこう》の甘ったるい香りがほのかにわたしの鼻をかすめた。そうして例の女ヘレンが暗がりから現われ、わたしの行く手をさっと横切ったかと思うと、急に止まり、肩ごしにこちらに目を向けた。派手なボロを痩《や》せた身にまとっていたが、だぶだぶに着ているので、少し胸が見える。明るいと同時に、言いようもなく疲れている目は半分笑い、まぶたに塗った顔料が垂れて、緑の筋になっていた。ヘレンのからだが軽くわたしに触れた。無言で誘っているようだ。

わたしはヘレンを見つめた。

「君には深く感謝している、ヘレン。今夜は感謝の気持ちを、どう言葉で表していいか分からない」

「言葉じゃなくてもいいでしょう、アルトスさま。男と女が語りあうのに、言葉はいりません」

ヘレンの声は鳩《はと》のように低くかすれていた。

「うちに来れば、ワインがありますわよ」

「今晩はだめだ。疲れ過ぎている」

わたしが話していると、近くの焚火《たきび》に照らされたところに、ケイが気取ったようすで歩いてきた。わたしはそちらを親指で指して言った。

「あの朽葉色《くちばいろ》の鬚《ひげ》を生やして、腕環《うでわ》をした男が見えるかい？　君に親切にする気があるなら、あの男にワインをご馳走《ちそう》したらいい」

ヘレンは少しの恨みも見せず、ふられたなどとはまったく感じていないようなそぶりで——わたしの方にも、ふったつもりなどなかった——ただほんの少しあざけるように、緑に化粧した目をこちらに向けた。

「でもあの人もお疲れでしょう」

「あの男は疲れるなんてことはないんだ」

わたしは答えた。

第12章　トリモンティウム

われわれは数日間エブラクム（ヨーク）に滞在し、兵と馬に休養をとらせ、武器を修理、更新し、負傷者の手あてにあたらなければならなかった。ほとんど間髪《かんぱつ》をおかず、〈海の狼《シーウルフ》〉が来たときに避難していた城市《まち》の人々が、奥地の隠れ場所から少しずつもどりはじめていた。こうした人々の手を借りながら、通りにぶざまにころがっている死体をかたづけ、死体から使えそうな武具をはぎとった。そうして例によって、最も切れ味のよい武器と、できばえのよい鎖《くさり》かたびらを自分たちのものにした。これによって、いまだに何人かの者が使っていた革と角の鎧《よろい》、古色蒼然《そうぜん》たるローマ式の鎧と取りかえることができた。リンドゥム（リンカン）がわれわれにいてもらいたがったように、エブラクムもわれわれを手放したがらなかった。しかも、その名目もあった。というのは、われわれが出てきたとき、リンドゥムにはほとんど〈海の狼〉の心配がなくなっていたが、ここでは市内から敵を追いだしたばかりで、海岸に向かう方面はいまだに敵の手中にあった。しかし北部に火がつこうかという情勢の中で、リンドゥムどころか、エブラクムにもぐずぐずしているわけにはいかなかった。

わたしは妙《みょう》な取り合わせの軍議を召集した。構成メンバーはこうだ。腹を空かせた行政長官がひとりか二人。彼らはそれまでの人生で経験したことがないほど、痩《や》せこけていた。青年のころにローマ軍団に仕えた者を呼び集めたところやってきた、よぼよぼの白鬚《しろひげ》の男たち。われわれの遠征に加わったキンマルクスの部族民と、ブリガンテスの民の指導者。はずしたばかりの奴隷《どれい》の首環《くびわ》の跡が、ひりひりと痛そうな刀鍛冶《かたなかじ》のジェイソン。彼は勇敢な民衆の代表だ。それから、わたしの補佐役のベドウィルとケイ。ある日、わたしはこれらの者たちを広場に呼び集めた。そして、いま手がけているこの仕事が終了するまで、わたしがここに留まることはできないと通告したのだった。北部の火が下ってきて、われわれ皆を飲みこんでしまう恐れがあるからだ。わたしは、訓練の手助けができるよう、熟練の槍兵をおいていこうと言った。彼ら自身の兵、すなわち青い盾の戦士も残した。彼らほど勇ましい戦士はいない。ローマ軍団も知っていたはずだ。また、たとえ剣をもつ日々が終わっているにしても、戦《いくさ》の知恵と技術を知っている老兵も残した（わたしがこのように告げると、青い盾の戦士たちが皇帝のように直立し、老兵たちは青い盾を見下しはじめたので、すべての違いを忘れて協力する必要のあることを、わたしは説いてきかせたのだった）。いまとなっては、何を話したか忘れてしまったが、彼らの心と腕を鍛《きた》えようと懸命につとめ、いつかかならずもどってきて、いっしょに仕事をしあげようと誓ったことだけは覚えている。わたしはまるで子どもをあやすような猫なで声を出してみたり、任期満了の百人隊長よろしく、帝国の半分が自分の指揮下にあるような乱暴な言葉でののしってみたり、また恋人に訴えかけるような調子で話したりもした。しまいには、多くの者の目がうるんでいたような気がする。わたしは自分が人殺しになったように感じていた。しかし狼のねぐらを一掃《いっそう》した以上、彼らはなんとか持ちこたえてくれるだろうと、わたしは心の中で確信していた。ただし、そのためには、彼らは力をあわせなければならない。おお、彼らが仲たがいしませんよう！　ブリテン人にはなかなか分かってもらえない一致団結ということを、彼らが学んでくれますように！

　われわれが進軍の途《と》につく二日前のこと。リンドゥムのグイダリウス公から使いがきて、コリタニ族の地域にはまだ〈海の狼《シーウルフ》〉の気配《けはい》はないが、わたしにもどるつもりがあるのなら、かつてわたしがいた場所は、いまでも空けてあるということを伝えてきた。わたしは使いの者のために、食事と寝床の用意をするよう命じた。そして、グイダリウス公には感謝するものの、計画を変更するつもりがないというこちらの意向を告げて、翌日帰らせた。わたしには礼をつくして言葉を選んでいる暇《ひま》はなかった。というのも、わたしはさまざまの準備で、手がふさがっていたのだ。秋が終わる前にエブラクムから食物や軍事物資が送られてくるよう、手配しなければならない（すでにデヴァ（チェスター）には勝利の知らせはしてあり、それとともに、デヴァとモン（アングルシー）の穀倉地帯からも、物資の供給が必要になるだろうとキンマルクスに予告しておいた）。また、古くから〈ハドリアヌスの壁〉の諸要塞《ようさい》への補給基地となっているコルストピトゥム（コーブリッジ）でも、食糧補給の交渉をしなければならなかった。そればかりか、避難していたエブラクムの司教を説得する必要もあった。それは運よくサクソンの襲撃をまぬがれた教会の果樹園からあがる収益を、神の栄光のためと称して貯めこんでばかりいないで、しっかりとした矢、塩、鞍《くら》の革などを購入するのに使わせてほしいということであった。この司教はリンドゥム司教ほど小心者ではなかったが、説得するにはなかなか骨が折れた。しかし最後には、こちらのいうことをわかってくれた。

翌日、われわれはエブラクムの北門を後にし、〈ハドリアヌスの壁〉へと向かう軍路を進んだ。最盛期には目を見張るような光景であったに違いない。当時は、〈壁〉の上を歩哨《ほしょう》が行き来し、青銅の鎧《よろい》をつけた歩兵隊が櫓《やぐら》を守り、軍団の神々に捧げられた像や祭壇がところせましと並んでいたことだろう。〈壁〉と、まるで〈壁〉の影のように並走している道路と川のあいだには、町が延々といくつも連なっていた。あるいは多くの名前がついた、ひとつの長細い町と考えた方がよいのだろうか。セゲドゥムヌム（ウォールズエンド）からルグウァリウム（カーライル）まで四日の旅のあいだに、いくつもの街が点在していた。これらの街は〈壁〉同様、いまでは人の気配《けはい》もない。北方からの脅威があまりに迫り過ぎていて、ローマ軍団に去られては、とてもたび重なる侵入にはもちこたえられなかったのだ。そんなわけで、われわれは死の町に入っていった。屋根はとう落ち、壁は砕けて、あたり一面は背の高いイラクサの茂みとなっていた。ここではかつて、商人が品物をひろげ、補助部隊の者たちが、非番の時間を楽しんだことだろう。既婚者の住居もあっただろう。子どもや犬が日なたでころげまわり、歩兵の行軍のじゃまになったりもしただろう。酒屋からは酔客の高歌放吟《こうかほうぎん》が夜の街に流れ、鍛冶屋《かじや》もサンダル職人も馬商人も売笑婦も自分の商売にいそしんだことだろう。いま動いているものといえば、誰のものとも知れないくずれ落ちた墓石のあいだにいる野うさぎ、それに、かつての石弓の残骸の上にとまったカラスぐらいなものであった。いまでこそ朽《く》ちはてようとしているが、昔は〈壁〉に設置された最大級の石弓だったことだろう……そのカラスも、われわれが近寄ると、カアカアといいながら、羽をばたつかせて飛び去ってしまった。

われわれはその夜、コルストピトゥム（および、その先のエブラクム）からくる道が、カレドニア（スコットランド）の低地地方、かつてのウァレンティア州へと抜けようとするあたりにある、くずれかけた門の櫓《やぐら》のところに野営した。わたしは指揮官たちを夕食後呼び集め、棒で焚火《たきび》の端《はじ》の灰の上に地図を描きはじめた。野営の夜にこんなことをしているアンブロシウスの姿を、いく度見たことだろう。わたしは自分自身と彼らの知識を頼りに、見たこともない地方の地図を描いているのであった。しかし長い冬の夜に、商人のダグラフの話を聞いておいたのはむだではなかった。

「ほら、われわれはここフヌム門にいる。ここから、道は北へ、そしてわずかに西へそれてトリモンティウム（シュースステッド）へと通じている。三日の行程だ」

（ローマ軍団の昔を知らないのに、距離を算出するときは、ローマ軍団式に一日二十マイルと考えてしまうのは、奇妙なことであった。）

「ここでトウィード川を渡り、低地地方の丘陵地帯をぬけ、カレドンの森の周辺をぬけて、高地地方のふもとの平原に出る」

ベドウィルも他の者たちも焚火の明かりの中で身を寄せあい、わたしの肩ごしに地図をのぞきこんでいる。わたしは暖かい灰の上に線を描きつづけた。

「さてわたしが石を置いたルグウァリウム（カーライル）から、もう一本の道が北方のクネティオ（ミルドンホール）の砦《とりで》まで伸びている。湿原や丘の荒れ地を避けるように道が曲りくねっているので五日はかかるだろう。そしてピクト人の国のまさに心臓部を通って高地地帯へと道は続いている」

わたしはトリモンティウムに話をもどし、商人ダグラフがトウィード川の流れについて説明してくれたことを思い出そうとした。

「ここでトウィード渓谷はせばまり、山あいを流れることになる。ここが戦略上重要だということは一目瞭然《いちもくりようぜん》ではないかな。川の流れる渓谷があり、それとこの道路が、カレドニアから南部に向かう大街道ということになる。北西の方は、森の中にあるピクト人の国がぐっと迫ってきている…そしてもしダグラフの言うのが本当なら、トリモンティウムからこのようにトウィード川水源へと向かうわき道があるはずで、それは森の突き出たところを横切って、クルータ川水源へと通じ、谷を下ってクネティオの砦《とりで》へとつながっている。さて、地理がしっかりと頭に入ったかな？　入ったなら、ほかの者たちにも、教えておいてもらいたい。これら三本の道と二つの砦が、これからしばらくのあいだわれわれの運命の鍵を握ると思う。われわれがカレドニアを制するかどうかは、これらの道や砦を制するかどうかにかかっているのだ」

説明を終えるとすぐにわたしは火の中心へ棒を投げ入れ、灰を手でこすって大雑把《おおざつぱ》な地図をあとかたもなく消した。そして立ちあがり、床につく前にいつもするように馬のようすを見にいった。

次の朝、オウェインは部族民からなる五十人ほどの軽騎兵とともに国境《くにざかい》の道を西に向かい、ルグウァリウムをめざした。彼らの任務は、裏道、わたしの地図でいえば、わきに描いた道を偵察《ていさつ》することで、敵が危険を承知で（われわれが背後や横から襲撃する可能性があるからだが）、そちらからブリテンに侵入しようとしたら、すぐに報告するためであった。

一行が去ると、ベドウィルとわたしは前衛部隊とともに、くずれかけたフヌム門の、ローマ軍団の作った突進するイノシシの像の下をくぐり、〈壁〉の外に出た。壁の向こうは、急に、暗く荒れた地が広がっているように見えた。遠くの山々は暗い思いに沈んでいるようで、ヒースのあいだを吹きぬける風も荒涼として感じられた。しかし、そんなことはばかげている。ただわれわれが国の境《さかい》を越え、なじみのある世界の外にいるのだと思うと、そう感じただけのことであった。

後衛の最後尾が門をくぐり終えるまでに、二時間近くかかったに違いない。というのはわれわれは敵の領地内を行軍するときの隊形をとっていたからだ。騎兵の前衛が歩兵と補給部隊の数マイル先を進み、後衛は数マイル遅れ、軽騎兵は側面からの攻撃に備えて散開するというものだった。わたしはこの隊形が気にいらなかった。耐えがたいほど、一日の行軍時間が伸びた。それがいやなら、日々の行程を縮めるしかない。しかし、これ以外の方法をとることは、狼の国に迷い込んだ羊のように、メエメエと泣いて災禍《わざわい》を招き寄せるようなものだった。

災禍はメエメエと鳴かずとも、すぐにやってきた。〈壁〉からトリモンティウムまでは三日の行程のはずであったが、三週間以上かかってしまったのだ。いきあたりばったりの衝突はなかった。すでにそういう段階ではなかった。しかしカウの息子フイルはわれわれが来ていることを察知したので、軍団を集め、城を武装するために、軽騎兵を派遣し、われわれを牽制《けんせい》しようとした。そして小ぜりあいのためにやってきた兵は土地を熟知しているのに対して、こちらときたら、まったくの不慣れであった。ほとんど毎日、どこからともなく現われる敵と戦わねばならなかった。しかも、たとえ敗れても、敵はただ山腹にまぎれこんでしまうだけで、ほとんど兵を失っているようすもなかった。こちらは褐《かっ》色《しょく》の小川があるたびに、そして見通しの悪い曲り角に来るたびに攻撃され、ハリエニシダの茂みの陰があれば矢が飛んできた。道は道で、地面が軟弱なため、通行の困難なところに、しょっちゅう行きあたった。そんなときは、白い草の穂が唯一の目印で、それによって最悪のぬかるみを避けながら、丸一日かかってようやく一マイル馬を進めるという日もあった。そして、そんな間にも、ほとんどたえず攻撃を受けつづけたので、われわれは兵と馬を少しずつ失っていった。もしこれが谷間や森の中であったなら、もっとひどい目にあっていただろうと思う。ところが、道の大部分はヒースの荒れ野を通り、自然にできた尾根道というよりも、道を作った人々の手でいくぶんもとの地面よりも高くなっていた。昔この道を作ってくれた人々に対して、わたしは自分の知っているかぎりの神の名をあげながら感謝し、冥福《めいふく》を祈ったものだ。しかし過去の人々はさておき、ここの土地そのものが、裏切り者や〈海の狼《シーウルフ》〉とぐるになっているように思われた。われわれは二度も濃霧の中に押し込められた。まさか、槍の先ほどのところに敵がひそんでいるかもしれないのに、見知らぬ土地をやみくもに行軍するわけにもいかないので、前の晩の警備の範囲を一歩もでることなく、何日も足止めをくらった。その間も、馬だけはしっかりと見はらなければならなかった(われわれは毎晩野営の周囲に溝《みぞ》をめぐらした。そして各自が溝の後ろに槍《やり》を突き立てた。それはかつてのローマ軍団が〝刺の垣〟とよんだものに、われわれのような移動軍団が、できるだけまねたものだった)。二度の霧のどちらのときにも、馬のつなぎ場が攻撃された。何頭かの馬が殺されたり、使いものにならなくなった。そのために攻撃者も命を失ったが……

フヌム門を出たのは初夏のことで、われわれの総勢は御者《ぎよしや》も含めて七百名ほどいた。ところがヒースの花が荒野に咲きはじめるころには、兵力の五分の一を失っていて、やっとのことで、三つの頂《いただき》をもつエイルドン山の麓《ふもと》にある、大きな赤い砂岩でできた要塞《ようさい》が見えるところまでやってきた。三つの丘がある場所という意味のトリモンティウムがいよいよ見えてきたのである。

目的地が近づくにつれて、わたしは隊を緊密にした。そして数名の軽騎兵を前方の偵察《ていさつ》に送った。するとちょうど昼の休止をしているときに、彼らがもどってきた。小馬《ポニー》たちは息もたえだえだ。指揮官が息を切らせ、ころげそうになりながら、わたしのところにまっすぐ駆けてきた。

「アルトス閣下、敵に先んじられました。すでに砦《とりで》に入っています。サクソンもいるようです。壁の向こうに、あのいまいましい馬の尾の旗がかすかに見えています。塁壁の上に白い盾がキラリと光ったところをみると、どうやらスコット人もいるようです」

これはなかば予期していたことではあった。〈三つ峰の丘〉はこちらにとってもかっこうの基地であり本部となるのだから、敵がそこに集結したのもうなずける。わたしは昼食のビスケットの配給を監督していたベドウィルを呼んで、言った。

「狼の軍団が前方にいる。トリモンティウムがほしければ、奪《うば》い取るしかない。ほかの者にもそう伝えるんだ」

しかしじつのところ、こういったことはいつもそうなのだが、噂《うわさ》はすでに山火事のように軍団中に広まっていた。わたしは騎馬の兵を後方に遣《や》り、歩兵と後衛に集合するよう、命令を伝えさせた。そして彼らが追いつくと、戦闘隊形をとって、ふたたび進軍をはじめた。

しかし、その前に、〈騎士団《きしだん》〉の者たちは――そして、もちろんわたしも――大きな赤紫のエリカの枝を摘《つ》み、すでにわれわれのあいだで習慣となっていたやり方で、兜《かぶと》と肩の締め金に刺した。

しばらくのあいだ、砦はゆるやかな地面の起伏の向こうに隠れていた。しかし三つの頂《いただき》のあるエイルドンの方はずっとわれわれの前にそびえ立ち、何マイルも進むうち、移ろってきた空を背景に、ますます高く立ちはだかっている。夕暮れ近くになり、ベドウィルとわたしは軍を最後の尾根の陰に残し、二人だけで馬を駆って、ここまで数日の行軍のあいだ、丘をおおっていたハシバミと樺《かば》の林を抜けた。ほんの弓の射程の五、六倍ほど先に、古い粗末な砦《とりで》が、赤く威圧するような姿を見せた。斥候《せっこう》の言ったことは本当だった。塁壁《るいへき》の上に人間の頭がひしめいている。門のあたりに大勢の人が混みあい、小馬《ポニー》が大急ぎで中へ入れられ、そのあとに、防御柵が立てられた。そして煮炊きをする火の煙が、風が出てきたせいか、横にたなびいていた。

「敵が何人くらいいるのか知る手立てがあればいいのだが」

わたしはベドウィルに言った。ベドウィルもすでに林を抜け出て、わたしの横にいた。

「この砦は歩兵が二部隊、すなわち千人が攻めても、何か月も持ちこたえられるように作られている。短い間なら、その三、四倍の兵でも落ちないだろう」

「ただし、そんなに水がもちますか」

わたしはベドウィルにちらりと目を向けた。

「やつらはここに立てこもるつもりだろうか」

「いまのところは何ともいえませんが、敵がこちらを歓迎するために、向こうの空き地に整列しているのじゃないかと思います。われわれが近づいているという警告は、いやというほど聞いているはずですし、少なくともサクソンは、籠城《ろうじょう》して戦うのを好まないでしょう」

わたしは黙っていた。わたしも敵がわれわれに備えて整列しているはずだと予期すべきであった。もちろん包囲戦の可能性はあった。敵の食糧が充分であれば、見知らぬ敵国にいるわれわれの方が、先に食糧がつきるであろうことは予想できるからだ。しかし水の問題があった。この地に人が住まなくなって何年もたっている以上、井戸はおそらく枯れているだろう。枯れていないにしても、想定された収容人員よりも多くの人間が入っているだろうし、荷馬車をひく動物にだって水は必要だ。したがって、水の供給が追いつかなくなるのは目に見えていた。敵はいま何を考えているのだろう。こんなに遅くなってから攻めてこないだろうとたかをくくり、ただ朝を待つつもりかもしれない。あるいは、われわれが油断しているすきに、夜襲を計画しているのかもしれない。敵の作戦さえわかればと、どんなに思ったことか。そう思いながらも、わたしは無言で、あたりの地形を頭に入れようとしていた。目の前には浅い谷が広がっている。そして、向かって右側の地面がゆるやかにもちあがり、幅の広い尾根のようなかたちで、そのまま砦《とりで》の壁にまで達している。そのあたりは、かつてきれいに刈られていたに違いないが、いまではハシバミとニワトコが生い茂っていた。砦の向こうは、どちらの側も、ここから見るかぎりでは、鷹が急降下するような急傾斜になっていて、エイルドンの麓《ふもと》の樹々におおわれた峡谷へとすとんと落ちていた。そこは急流の上にそびえる尾根だった。三方がそのようであるならば、こちら側、すなわち、南側からのみ攻撃が可能なはずだ。

プロスペルが狩猟《かり》の角笛《つのぶえ》をひと吹きする。川の流れる渓谷から、こだまの亡霊が返ってきただけだ。

ベドウィルとわたしが尾根の陰にいる味方のもとにもどった頃には、もう日も暮れかけ、風が起こって、まるで突撃する騎馬隊のような音をたてていた。わたしはほんの数人の選りぬきの斥候《せっこう》を集め、命令をくだした。

「谷を下り、しばらく隠れているのだ。夕闇が濃くなってきたら、砦《とりで》のそばまで、なんとか進んでみるのだ。やつらは哨兵《しょうへい》を立てているかもしれない。疑わしいが、いちおう注意はしておく必要がある。砦を一周して、ここからでは見えない側がどのくらい険しいのかを見てきてもらいたい。防壁の状態もだ。それから門の守りはどうか。ほかにも、次の行動をとる上で参考になることなら、どんなに小さなことでも知らせて欲しい。わかったか？」

斥候が風に揺《ゆ》れる茂みの中へと消えてしまうと、われわれは尾根を利用してうまく隠れるよう野営を設置し、数名を高い所に残してトリモンティウムを見はらせた。小川で馬に水を飲ませた。小川は南の方のどこか高地にある荒れ野に源を発し、シダを茂らせながらゆるやかな曲線を描いて丘のあいだを流れてきて、涼しげな音とともにトゥィード川へと注いでいた。大麦の円《まる》パンと、お決まりの固い黄色のチーズで夕食をすませ、偵察隊の報告を気長に待つことにした。あたりが暗くなってしばらくすると——その日は月もなく、雲は星のあいだを流れていたが——偵察隊の者たちがひとり、またひとりと風の激しく吹きつける夜闇の中からふいに現われ、焚火《たきび》のそばに倒れこんできた。そうして、取りわけてあった食べ物をむさぼりながら、彼らが語ったところによると、哨兵はいないが、砦の向こう側から攻撃をしかけるのは、どだい無理だということが判明した。わたしが念をおしても、「ハリエニシダの茂みは歩きようがない」というのが隊長の言葉だった。しかし鹿のとおり道はあるということだった。また北側には裏門があり、ある場所では壁がくずれて人の背丈くらいになっており、外側にはたくさんの石が落ちたままなので壁が上りやすくなっているとのこと。だから、小さな部隊をそこに送りこみ、なんらかのおとり攻撃をしかけることで、敵側の注意を主要な門からそらせることも可能だという。門そのものは朽ちてはいるが、どこも刺《とげ》のある木や、頑丈な材木でふさいである。トリモンティウムに集結しているこの敵の混成軍団が、いったい何人くらいなのかは、ただ非常な大人数だというだけで、偵察隊には何も手がかりがつかめなかった。

話をすべて聞き終えると、ケイとベドウィルとわたしは風にちぎれそうな炎の明かりの中で、顔を見合わせた。ベドウィルは食後にたいていそうするように、愛する竪琴を出してあった。そして、何かものをたずねるように、弦をばらんとかき鳴らした。その音は風の中にはね飛んで、まるで黄色く色づいた樺《かば》の葉のように、くるくるとあたりを舞った。

「今晩ですね?」

「今晩だ。ひとつには、こんな風に恵まれることはもうないかもしれないからだ。ケイが下草のあいだをつき進んでも、音がかき消される」

たしかにその晩、風はさまざまな形でわれわれに有利にはたらいていた。もちろん、全軍が尾根をこえ、浅い谷の樺《かば》やハシバミの林を進軍してもその音を消してくれたというのが、その第一だが(主要な馬は見はりをつけて、尾根の手前に隠しておいたが、たとえ数頭なりとも、馬が下草の茂みに入ると、大勢の人間がいるより、大きな騒音をたてるものだ)、そればかりでなく、要塞《ようさい》のけわしく切り立った斜面をおおう藪《やぶ》の中でも風が舞っているだろうから、ベドウィルの隊が馬をおり、赤い砂岩の壁の下をはいまわって、斥候《せっこう》の報告にあった壁の切れ目のところをよじ登っても、気づかれることはないだろう。もっとも、そうでなくとも、音はほとんど立たなかったろう。というのも、彼らは鎖《くさり》かたびらを脱いでいたからだ。それを身につけていると、どんなに注意深く動いても音が立つので、思い切って円盾と剣だけを持ったのだ…また、大風のおかげで、樹の枝やワラを主要な防御柵のところに積み上げる音もかき消された(ただし、くずれないようにしておくにも、五人の手を要したが)。そこに燃え木を投げ入れると、すぐに火がつき、風が炎をあおったので、またたく間に防御柵の材木に燃え移った。そのため、中にいる敵がようやく気づいて、最初の警告を発したときには、入口全体が火の海に包まれていたのだ。

その頃には、待機していた弓の射手たちにとって、弓を放つのに、もうじゅうぶんに明るくなっていた。近くの茂みに身をひそめた射手たちは、矢が門の櫓《やぐら》の両側の塁壁《るいへき》を越えて、もち場についている敵の頭上に落ちるよう、高い軌道で矢を放ちはじめた。松やにを浸したぼろきれを結びつけ、それに火をつけて放たれた矢もあった。それが飛んだ跡は、冬の夜空の流れ星のようであった。敵の応戦も多少はあったが、多くはなかった。守りの者たちは門そのものに注意をとられ、矢など放っている暇《ひま》もなかったのだ(いまこそわれわれは敵の注意を完全に引きつけており、ベドウィルにチャンスがあるとすれば、この瞬間だった)。門の内側があまりに騒然としてきたので、炎の明かりが届かないところで、老馬アリアンに乗って、騎兵大隊とともに身をひそめているわたしには、砦《とりで》の向こう側にいるベドウィルからの、準備ができたという合図が聞こえないのでは、と一瞬不安になった。またベドウィルの方でも、攻撃を下令するわたしの角笛《つのぶえ》が聞こえないのではないかと、そんなことまで心配になった。タイミングというものが重要な場では、お互いの合図を聞きのがすわけにはいかないのだ。

防御柵は轟音《ごうおん》をたててくずれ、炎がめらめらと荒れ狂う空に舞いあがった。そして炎の先端は風にあおられ、砕ける直前の波頭のように、ぐにょりと曲った。炎の切れ端が砦中を駆けめぐった。そうして防御柵がくずれた直後の一瞬の静寂の中で、かすかに、アルフォンの鬨《とき》の声が遠く嵐の中に聞こえた。「ウル＝ウィズヴァ！　ウル＝ウィズヴァ！」いよいよそのときがやってきた。

アリアンは汗をかいていた。馬がびっくりして、ふるえているのがわかった。どんな馬でもそうだが、アリアンも火が怖いのだ。どんな馬も……もし馬が燃えさかる門に向かうとしなかったら、どうしよう？　やはり徒歩による攻撃にすべきであった。しかし騎馬攻撃の衝撃力とスピードがなんとしても必要だった。後悔や、ためらいに、うつつをぬかしている暇《ひま》はない。鎮火するのを待っている余裕もない。敵側の矢や槍が飛んでこない壁際で、こちらの兵が青草をどっさり投げこんで、とりあえず火を鎮《しず》めようと、懸命につとめていた。白い蒸気がシュウと上がり、炎の壁がくずれ、勢いが弱まる。その瞬間、わたしはらっぱ手に叫んだ。「さあ、突撃だ！」

狩猟《かり》の角笛《つのぶえ》の聞きなじんだ音が、風にのって飛んでいった。わたしはアリアンの汗だくの首に身を伏せた。「いまだ！　いまだ、みんな！」アリアンは鼻を鳴らし、首をふった。わたしはマントでアリアンの目を被《おお》った。これで目が見えない。この馬はわたしを信じきっているから、わたしが命じればどこにでも行く。「さあ、進め！」馬はもう一瞬だけ躊躇《ちゅうちょ》したが、次の瞬間には、挑むような、自《じ》暴自棄《ぼうじき》のいななきをあげ、駆け足をはじめた。そして後ろから、ほかの馬たちのひづめの音が聞こえてきた。わたしの顔面は、門の熱をまともにくらった。また、消えかけている火の煙で喉《のど》はむせ、目をあけていられない。わたしはアリアンの首に顔を伏せた。それは目を保護するためだが、この騒ぎの中で、自分の声を馬に届かせるためでもあった。わたしは膝《ひざ》だけで馬を御《ぎょ》していた。手綱《たづな》は首に垂れたままだ。一方の手は槍を持っていた。もう一方はマントで馬の目を被《おお》っている。わたしは馬に歌いかけた。後ろに寝かせた耳に向かって叫んだ。

「進め、勇者よ！　さあ、来たれ、勇ましく、美しき者！　さあ、来たれ、わが英雄！」

そしてアリアンは、まさに英雄のようにわたしの期待に答えてくれた。勇敢な馬ではあったが、自らをさらに奮い起《た》たせ、鼻に火の恐怖を感じながらも、くすぶり、パチパチと音をたてている地獄の門と、密集した槍の間を抜けて、暗闇へと突き進んでいった。そして、わたしにつづいて、ほかの者たちが突進してきた。丸いひづめの下に火を踏みつけ、赤々と熾《お》こっている燃えさしを、刀鍛冶《かたなかじ》のかなとこの火花のように撒き散らしながら……　わたしは鬨《とき》の声をあげた。すると大混乱に陥っている敵陣営の奥の方から、こだまが返ってきた。「ウル＝ウィズヴァ！　ウル＝ウィズヴァ！」ふたたび角笛《つのぶえ》が響いていた。とつぜん前方の敵陣営の中心から、サクソンの角笛のうつろな響きと、スコット族の八フィートの角笛の低く振動する音が聞こえてきた。われわれは敵に向かってつっかかっていった。

火矢と燃える防御柵から飛び移った炎で、いくつかの建物の屋根が燃えていた。われわれは風に松明《たいまつ》をかき消されそうになりながらも、ブリテンの赤い竜の旗をふりかざしながら、びっしりと集まった敵の中をつき進んだ。目指すは敵陣の中枢部だ。角笛と、林立する軍旗からみて、あそこにこそ、カウの息子フイルと一門の家来たち、それに同盟した族長たちがいるだろう。わが歩兵部隊は、われわれ騎馬隊が彼らのためにけちらした燃えさしを踏んで、大挙侵入してきた。そして大砦のいたるところで、白兵戦が繰り広げられていた。そして北側では、ベドウィルとその部隊がくずれかけた壁を乗り越え、突撃の声に、何十人もの勝利の雄叫《おたけ》びがこたえながら、みるみる接近してきた。

戦いの最後の局面はほとんど覚えていない。そもそも戦いの痕跡がすべてなくなってしまえば、覚えていることなどほとんどないものだ。ただすべての戦いに共通する、混沌と血と汗の臭《にお》いだけが残るばかりだ。それに、あまりに疲れていて、頭もはっきりしていないのだろう…　最後に敵は総くずれとなり、力の残っている者はくずれた壁を越えて逃げだした。塁壁の上から、樹の茂った急斜面に飛び降りるのだった。死んだ者を後に残して…

戦いがすっかりやんだ。そしてとつぜん、大陣営の中が静まりかえった。風さえもが、この瞬間にはぱたりと止まったように思われた。皆は屋根に燃え移った火を消していた。わたしは調理用の火の燃えさしのそばに立ち、アリアンの首に腕をのせてほめたたえながら、わき腹にできた槍傷の心配をしていた。すぐに傷口を洗わなくてはという思いが、ぼうっとかすんだ頭に浮かんだ。すぐに。水があれば…　たしか、だいぶ前に、水の不足がどうのこうのというはなしがあったな…　わたしの頭は少しずつはっきりとしてきた。そして、ベドウィルが足をひきずりながら、歩いてくるのが見えた。膝《ひざ》の上を斬られ、血を流している。

「じつにうまくいった」

ベドウィルが近くにくると言った。

「うまくいきましたね」

「フイルの手がかりは？」

「いまのところまだつかめていません。しかし敵は死者や負傷者を残して、逃走しはじめたばかりです。まだまだ大勢残っています」

「味方の損失は？」（おそらくエブラクムと同じくらいだろう。しかし戦いがすんで聞くことは、たいてい決まっているのものだ）。

「いままでに判明しているところでは、それほどでもないようです。北の塁壁《るいへき》から侵入する際に、何人かを失いました。しかし狼の大部分は燃えさかる門の方に気をとられていたようです。それにしても、炎を突破する攻撃作戦は稲妻の一撃のようなものです。迎え撃つことなど、できるものではありません」

さらにベドウィルはつけ加えた。

「馬を九頭失いました。わたしが把握《はあく》している分ですが」

わたしの頭から霧がすっかり晴れた（思い返してみると、知らないうちに頭になんらかの衝撃を受けていたに違いない。戦いの後で、あのように頭が重いことなど、それまでにはなかったことだった）。

わたしはベドウィルを見た。アリアンがわたしの肩に鼻をこすりつけてきても、ほとんど気づかなかった。馬が九頭とは人間九人よりも痛い損失だった。しかし、いたしかたのないことだった。いまさら悪態をついてどうなるというものでもない。

「これでわれわれも冬の陣がもてる。まだ敵を洗いだす必要はあるけれども」

わたしはいった。アリアンを受け取ろうと、アムロズが来た。わたしは老馬の手綱《たづな》を渡すと、山と積まれている仕事や決断にとりかかった。戦いの後にどんな司令官にも待っている処理であった。

負傷者は屋根のない兵舎のならびに集められていたが、グワルフマイはいつものように落ちついて手当にあたっていた。荒れはてた入り口のところに通りかかったとき、ひとりの男が苦痛に叫んだ。するとグワルフマイの静かな命令口調と、励ましの言葉が聞こえてきた。

サクソン側の死者と負傷者は一緒にして、塁壁《るいへき》の下が切り立った崖《がけ》になっていて、下がそのまま川になっている場所から、投げ落とされていた。ただしその前に、松明《たいまつ》の光をひとりひとりの顔にあて、カウの息子フイルではないことを確認するのだった。味方の遺体は埋葬のため、一か所に集めて安置されてあった。仲間たちが、いま、茂みのあいだの土が柔かいところに、細長い墓を掘っているところだった。どんなに暑くきつい日をすごした後であろうと、どんなに疲れていようが、沈んでいようが、あるいはどんなに敵が迫っていようが、夜明けまでの時間がなかろうが、陣内に死者を葬《ほうむ》らないまま夜を越してはいけないということに、もう何年も前から決めていた。どうしてそうなったのかはわからない。おそらく、遺体を一晩中放っておくと、悪霊が集まってくると思ったからだろう。しかし、そんな風にして疫病が起こるのではないか。とくに夏の暑いときに、そうなったのを見たことがある。しばらくのあいだ、トリモンティウムが攻撃されることはないだろう。そして何名かの歩哨《ほしょう》を別にすれば、今日の分の睡眠を明日《あした》とることとだってできるのだ。

敵の捜索にでていた者たちは、サクソンの隊長をひとりならず見つけた。ひたいから膝《ひざ》にかけて民族特有のらせん形の刺青《いれずみ》をし、貴族の首飾りをした大柄なピクト人が、最後の抵抗がおこなわれた場所で、血まみれになった馬の尾の旗の下に、折り重なるようにして倒れていた遺体の中から発見された。しかし敵の遺体を調べあげても、最後の最後まで、カウの息子フイルらしい人物の手がかりはなかった。

「明日《あした》に仕事をとっておくのは悪いことではない」

ケイが言った。この男は古い店の倉庫にサクソンのビールが蓄えられてあるのを見つけて、楽観的な気分になっていたのだ。

「閣下《かっか》、どうかみんなにビールをまわすよう、ご命令を。みんな欲しがっていますよ」

ケイは幸運をみんなと分かちあう性格であった。

「それはよい考えだ」

わたしは言った。

「隊長を二人、〈騎士団《きしだん》〉の者を六人ほど連れていって、ビールを運ばせろ」

しかし倉庫にあったのは、ビールの樽ばかりではなかった。しばらくして、〈騎士団〉のひとりが、補給隊の入城を指揮していたベドウィルとわたしのところに急いでやってきて、こう言った。

「アルトス閣下。ビール樽のあいだに、少女の遺体を発見いたしました。見にきていただきたい」

そう言った男は数多くの戦闘を経験した、古つわものであった。〈騎士団〉の誰よりも、戦火に鍛《きた》えぬかれていたといってもよいだろう。しかしこのときばかりは、いまにも吐《は》きそうな顔色だと思った。

第13章　丘の民

またか、くそう！――男についていくことになり、わたしは心の中で悪態をついた。またエブラクム（ヨーク）のときと同じだ。戦いの後にはいつも女の死体があり、それをかたづけねばならない運命にあるようだ。しかし今回は、深紅《しんく》の長衣《ガウン》を着た金髪の魔女ではない。

松明《たいまつ》の明かりのもとで男たちが作業をしていたので、彼らが妙《みょう》に静まりかえって道をあけると、彼らの足もとに横たわっている者の正体を見きわめることができた。

じっさい、明るすぎた。

若い女だった。まだ少女といってもよいくらいの女が、ビールの樽のあいだに放り投げられ、蹴《け》られて、醜《みにく》くゆがんだ姿になっていた。女はわれわれでいえば十四、五歳くらいの女の背丈しかなかったが、〝黒い矮人《こびと》〟なので、きっと成人だろう。あお向けになり、顔の一部にもつれた黒髪がかかっていたが、かつてはこの民族特有の、華奢《きゃしゃ》で整った顔立ちであったことがうかがえた。しかしいまは見るかげもなかった。ただし肌だけは、乱暴な扱いを受けてあちこち傷だらけではあったものの、いまだにきめこまやかでふっくらとしていた。またねじくれた手足も、細く美しかった。女は全裸で、体についた傷から判断して、いく度も、いく度も強姦《ごうかん》されたようであった。松明《たいまつ》を掲げていた男が腕を動かし、照らす場所が変わったので、わたしはもう一度少女のひどく殴られた顔をのぞきこんだ。わたしは、そこに浮かんでいるのは、苦痛と耐えがたい恐怖の表情だろうとばかり思っていた。しかしいま苦痛の下に、何か別なものが見えた。それは解放の表情であった。この古い民族の血をひく少女には、ある種の鳥や動物がもっている力が備わっていた。その力とは、ある限度を越える暴虐《ぼうぎゃく》を加えられると、どんな加害者もついてはいけない、死という避難所に逃れることができる力であった。

ケイはこみ上げてくる怒りを抑えながらも、呪《のろ》いの言葉をつぶやいていた。その青い瞳はかつて見たことがないほど怒りに燃えていた。

「地獄に落ちやがれ！　絶対にだ！　もしそいつがここにいたら、この素手《すで》で男でなくしてやる。その後で、生きたまま心臓をえぐり出してやるぞ」

「ひとりや二人じゃないぜ。それに助けもいるだろうよ」

わたしの後ろでベドウィルの声がした。ケイが激しやすいのとは対照的に、ベドウィルの方は深い湖のように冷静であった。

兵士たちのひとりが、わたしの方を見てたずねた。

「この女をどうしましょうか？」

わたしは躊躇《ちゅうちょ》した。もしこの女がわれわれと同じ民族の者であったならば、戦死者といっしょに細長い墓に埋葬することもできた。しかしこの女は、古い民族――〈黒い矮人《こびと》〉であった。われわれの偵察やその他の従軍者の中にも、同様の血筋の者が数多くいる(アルフォンの王家もその系統をひいているのではと思うことがある。というのも、叔父《おじ》のアンブロシウスは背は高いけれども、〝黒い矮人〟のように骨格は華奢《きゃしゃ》で、髪も黒かった)。〈騎士団《きしだん》〉の者が、彼らと同じ皿の食べ物をわけあうときに、魔除《まよ》けのための〝角《つの》の印〟を手で作るのを何度か見かけたこともあるが、われわれと彼らの関係はうまくいっていた。とくにイラフが加わってからはそうだ。とはいえ、もしここでこの女を戦死者とともに葬るよう命じたら、ひと悶着《もんちゃく》起きるのは目に見えていた。〈黒い矮人〉の死者は、なんらかの形で戦死者に害を及ぼすのではないかと、恐れられていたからだった。

「茂みのどこかに、この女だけの墓を掘ってやれ」

急にあたりがざわつき、後ろで不服を唱える声が数多く聞こえた。ふりかえってみると、人が集まり、お互いの肩ごしに、松明《たいまつ》に照らされた、暴行の跡も生々しい小さな遺体を見ている。ひとりのらばの御者《ぎょしゃ》が皆のあいだをかきわけて――あるいは後ろの者に押されたのか――前へ進み出てきて言った。半人半獣のファウヌスのようにピンと耳の立った、小柄、色黒で、毛むくじゃらの男だった。

「アルトスさま、その件にかんして、申し上げたいことがございます」

「言うがよい」

その男は足を広げてふんばり、それこそらばのように頑固な目で、わたしの顔をじっと見つめた。

「アルトスさま、わたしは、こういったことに詳しい者です。祖母は〈虚《うつ》ろな丘〉の出身ですから。

わたしの民族――祖母の民族には、ひとりきりで墓に入る習慣などありません。もしお命じになったように葬ったら、この女は淋しがるでしょう。そして淋しくなると、さまよい歩くかもしれません。それでなくても、この女のような死に方をすると、死んで後《のち》さまようものです。そして自分を殺した者だけでなく、われわれにも恨みを抱くでしょう。ひとり放っておいたといって……しかしこの要塞の真ん中に葬ってやったら、生ある者が身近に行き来し、煮炊きをする熱も頭上に感じられて、きっと安らかに眠れるでしょう。怒りは自分を殺した者の方に向けられ、われらに幸運をもたらし、〈三つ峰の丘〉を守護してくれることでしょう」

ブラッドマンの息子ブリュスは烈火《れっか》のごとく怒って抗議した。

「閣下《かっか》、こんな男のいうことなど聞いてはなりません。死人をわれわれの真っただ中に野放しにするなんて、とんでもない」

そして別のひとりがつけ加えた。

「枕の下にこれがいると思うと、とても眠る気になんかなれないな」

次々と同じような言葉が繰り返されたが、らばの御者《ぎょしゃ》はその場を動かず、わたしの顔をじっと見つめている。そしてその後ろで、この男を前に押しやった者たちが、自分たちの間で何かつぶやいていた。

ケイは低い声でうなるように言った。

「ご自分の〈騎士団《さしだん》〉の意見をきかず、らばの御者ごときに耳を貸すのですか？」

「らばの御者は必要だ」

こう答えたそのとき、わたしの心に答えが浮かんだ。完全とは言わぬまでも、考えうる最善の策と思われた。

われわれの立っているところからほんの数歩ばかり離れたところに、深くて大きな穴があった。おそらく、かつては予備の穀物を貯蔵していたのであろう。内側をおおっていた皮の黴《かび》だらけの切れ端がくっついていたし、蓋《ふた》であったらしい木材の残骸も残っていた。この穴がふたたび使われることはあるまい。わたしは死んだ馬を穴の中に入れ、今晩は土くれであれ、がれきであれ、古い屋根材であれ、手に入る物でおおっておくようにという命令を出しておいたのだった。しかし、まだこの命令を実行にうつす暇《ひま》がなく、いまのところ一頭が穴のそばに運ばれてきただけであった。私がこのように命じたのは、馬の死体を塁壁《るいへき》の外に出し、遠くに引きずっていくよりも、この方が楽だからだ。それに馬は太陽の子であり、かつて〝太陽の民〟の間では神聖なものとされていた。また九という数字は、力をあらわす数でもある。

「馬を入れる前に、この女を昔のその穴に安置し、三の三倍の馬を上にのせる。そうすれば、万事すこやかとなろう。煮炊きの焚火《たきび》が冷えることもないだろう」

反対を封じるように、わたしはたたみかけた。

「誰かいって、荷物用の綱をもってくるんだ」

(わたしは猫の死体をゴミの山に投げ捨てるように、この女を扱いたくはなかった。)

だれかが綱を探しに行った。ほかの者たちはただ見つめている。女に手を触れたそうな者は、同じ民族の者にさえほとんどいなかったので、わたしは自分の着古したマントを脱ぎ、地面に広げ、痛ましい姿の遺体を抱えあげて、その上に寝かせた。それはまるで子どものように軽かった。生きていたときのしなやかさもまだ残っていた。そのため、遺体が見つかったときのめちゃくちゃなかっこうではなくて、見苦しくない姿に整えてやることができた。ベドウィルはわたしの横にひざまずき、マントの暗い襞《ひだ》をのばして遺体をおおうのに手をかした。

「顔をおおってください。わたしが運びましょう」

ベドウィルが言った。

しかしそれはわたしの仕事のような気がした。わたしは首を振り、しっかりと包んだ小さな遺体を、腕に抱えて立ちあがった。そして外に出て、松明《たいまつ》の明かりに照らされながら古い穴蔵《あなぐら》が大きく口をあけているところへと歩いていった。穴のところには、陣営の半分ほどの者が押しかけてきていた。大声でしゃべる声は聞こえないが、あちこちでお互いの顔を見合わせながら、あるいは運ばれてきた遺体を見ながら、低い声でつぶやく声が聞こえる。みんな〝角のしるし〟を手に作っている。結局、荷綱は必要なかった。ゴールトとレヴィンが、おどけて――それは優しい気づかいだった――ちょっとした曲芸のようなことをやってのけたのだ。自ら穴の中に飛び降り、ひとりがもうひとりの肩の上にのり（彼らはよく軽業《かるわざ》師のコンビようなことを好んでした）、上の者がわたしから遺体を受けとると、下の者がしゃがむと同時に飛び降りて、でこぼこの地面の上にそうっと横たえた。上をおおうために新しいワラビが投げ入れられた。そうして中にいた二人が、馬の重さが直接かからないよう、手渡された梁《はり》をそっと遺体の上にさし渡した。それから、ふたたびレヴィンが友の肩の上に乗り、穴の縁《へり》に捕まると、人の手も借りずにはいあがった。そしてくるりと向きをかえ、ゴールトをひきあげようとした。ところが穴が深すぎた。腕をぴんと伸ばしても、二人の指先が触れあうだけで、手を握るところまでいかない。二人はなかば笑いながら、お互いの顔を見あわせた。ひとりは墓となった穴の中から上を見上げ、ひとりは下を見下ろしながら、なんとか届かないものかと手を伸ばしている。するとそのとき、誰かが端を結んだ荷綱を放りこんだ。ゴールトはいとも簡単によじのぼり、少し息を切らせ、われわれのところにもどってきた。

これで一件落着、疲れた戦士たちの大半は散っていった。残った者たちは、死んだ馬から馬具をはずそうとしている。わたしはその場を去り、補給部隊が無事すべて入ったかを確認したうえで、井戸の状態を見にいった。予期していたとおり、渇《か》れていた。ひとつだけ、はるか底の方に水が残っていた。とりあえず、負傷者には充分だ。あとの者は、朝になって馬を川に連れてゆくときまで、水はおあずけだ。

すでに朝が近づいていた。赤い砂岩でできた古い要塞《ようさい》に、静寂《せいじゃく》が訪れていた。隅《すみ》という隅に、兵士たちが寄りそって寝ている。その上にころんでも、動きもせず悪態をつくばかりだ。ふたたびあの古い穴蔵《あなぐら》のところにとおりかかったときには、風は静まってきて、ときおりざあっと来て、吹きすぎては、あたりの空気はまた疲労困憊《こんぱい》の静寂に満たされるのだった。馬は最後の一頭が穴の中に入れられ、その上に、土の塊りやこげた屋根の草などが仮にのせられてある。きちんとふさぐのは明日《あした》の仕事だ。わたしが穴に近づいてゆくと、先の方にベドウィルの姿が見えた。自分の用の途中に立ち寄ったらしい。ベドウィルの手に、小さな竪琴《たてごと》が見える。すると、それの奏でる音が聞こえてきた。ベドウィルはとても静かに弾いていた。ささやかな音と音のあいだに、長い間があった。きまぐれな風がまた向きを変えた。ベドウィルはわたしの方に顔を向け(とはいっても、近くの見はりのかがり火が消えかけていたので表情はよく見えなかった)、音をつまびいた。そして、また次の音を弾く前に、心の中でそれをさぐるかのように、しばらくしてまた音が鳴った。音と音の間があまりにあるので、何かひとつの曲のようには聞こえず、ただ心をかきむしるような美しい瞬間が、風の音さえ消えかけたあたり一面の静寂の中に、ビーズの玉のように連ねられているようだった。

「それは何だ?」

最後の音のあとに、風と闇とが永遠の終止符をうったかに思われたとき、わたしはつい聞いてしまい、完璧な円環をこわしてしまったことを呪《のろ》った。

ベドウィルは親指の爪でもう一節かき鳴らすと言った。

「何に聞こえます?」

「哀歌——だが、馬のためではないな」

「おっしゃるとおりです。馬の哀歌はこの次にしましょう。竪琴《たてごと》にあわせて詞《ことば》もついているきれいな曲をね。風のように速く、太陽のように輝いている曲を奏でて、アルトスの九頭の馬に捧げることにしましょう。かがり火を囲む者たちが、千年も歌い継ぐようなのをね。いま弾いていたのは、ほんのささやかな死を悼《いた》む、小さな哀歌です。踏みつけられたブラックソーンの花の小枝のことを歌にしたのです。そして…」

ベドウィルは最後の下降するさざ波のような三音を奏でると、肩にかけていた竪琴の袋に手を伸ばした。

「これで終わりです」

ベドウィルがそう言ったまさにそのとき、彼の視線がわたしの背後の何ものかを追って動くのがわかった——というより感じられた。ベドウィルは一瞬、息を止めていった。

「後ろをごらんになってください。九頭の馬ではたりないのでしょうか?」

わたしはすでにふり向いていた。やって来る者を歓迎しているのだろうか——消えかけた火が燃え上がるように、焚火《たきび》の火がはね上がった。そして炎の明かりがやっととどくあたりで、何かが動いたかと思うと、あかあかと照らされたところに進み出てきた。少女…いや女だった。背丈は十四歳の子どもくらいだが、細おもての顔の両側には黒髪がまっすぐに垂れ、大きな瞳は切れ長で、目尻がつっていた。この女は殺された女のように裸ではなく、暗い色の——昼間の光で見ると緑と青の市松模様《いちまつもよう》だったが、焚火の光のもとでは、ほとんど真っ黒にみえる——衣を身にまとっていた。衣は片方の肩にひっかけて、腰のところで革ひもで結ばれてあった。女の後からは、同じ位の背丈の若い男が七人ついてきた。女と同じように、髪が黒く、肩幅もせまく、女の衣と同じような格子縞《こうしじま》のキルトか、カワウソか山猫の毛皮を腰に巻いているほかは、何も身につけていなかった。おのおのが軽い槍、それに小さな弓と矢筒を持っていた。彼らが明かりの中に足を踏みいれた瞬間の光景はなんとも不思議で、容易に忘れることのできないものであった。まわりの者たちは皆息を呑《の》んだ。ケイは聞こえないように祈りを唱えはじめた。ところが奇妙なことに、少女が幽霊《ゆうれい》であってもおかしくないほど真っ青な顔をしていたにもかかわらず、本当に幽霊だという考えはまったく思い浮かばなかった。まず最初に、見張りの者たちが眠ってしまったのだと思って、わたしは腹が立った。しかしそれは、わたしが生粋《きっすい》の〈丘の民〉のことを、まだこのときにはよく知らなかったからだ。後になって〈黒い矮人《こびと》〉たちのことをもっと知るようになると、見過ごした歩哨《ほしょう》に、厳しいことが言えなくなった。彼らは草の上を影のように移動することができるのだ。

焚火《たきび》のまわりにいた男たちはふりかえり、目を丸くして見つめていた。ひっくり返った兵舎の陰から出てきた者もいた。何かが起きたことを直感したのだろう。そしてわれわれはみなしんとなってしまった。そうしてしばらく、七人の若い兵士を連れた少女と、焚火を囲んだわれわれは、ただ突っ立って、互いを眺めていた。

「誰だ？　ここで何をしているのだ？」

わたしはたずねた。

「わたしはあちらの山に住む〈丘の民〉の娘です」

女はためらいがちにケルト語で答えた。奇妙な抑揚《よくよう》がついている。彼女の自身の言葉ではないらしい。

「ここで何をしているかというと、わたし、いえわたしたちの――わたしの兄弟とわたしのことですけれど――姉を返してくださいと、お願いに来たのです」

焚火を囲む男たちの間に動揺が走り、はっと息を呑《の》む声が聞こえた。女はすばやくあたりに目をやった。

「知っているのでしょう？　姉を見たのですね？」

「お姉さんのことは見たよ……お姉さんはどうして、われわれが来る前にここにいた連中の手に落ちたのだろう」

「姉は籠《かご》を編むために、川辺でサルヤナギを切っていたのです。わたしたちは二人とも川辺にいました。そこに彼らがやってきたのです。〈海の狼《シーウルフ》〉と〈刺青《いれずみ》の民〉でした」

女の開いた口もとから小さな歯がのぞいた。ハタネズミのように鋭くとがっている歯だった。しかしその声には何の表情もなかった。

「わたしたちは走りました。そしてあの人たちが追ってきたのです。それから姉は何かにつまづいて、転んだのだと思います。つないでいた手が離れてしまいました。ふりかえるとあの人たちが姉の上に……」

女はわたしの顔をじっと見すえ、手を差し出し、さらに一歩近づいた。かすかに雌《めす》ギツネの臭《にお》いがしたような気がした。焚火《たきび》の光に、腰帯《ベルト》にさしてある、ミツバチの針のようにとがった、小さな青銅の短剣がきらりと光った。

「あなたが〈大熊〉アルトスとよばれているお方ですね？　どうか姉をわたしたちに返してください」

「そうしたいのはやまやまだが、お姉さんは亡くなった」

女のほっそりとした顔は、あいかわらず動かない。

「死んだのではないかと思っていました。要塞が落ちたときに、姉の死んでいるのが見つかったのですね？」

「そうだ」

「それならどうか亡骸《なきがら》を。連れていって、一族の墓に葬《ほうむ》りたいのです」

静寂《せいじゃく》の中で、風がくずれかけた塁壁《るいへき》の上をそっと吹きぬけ、かがり火の炎が急に燃えあがったり、パチパチとはぜるのが聞こえた。繋馬索のあたりで、馬がそわそわと動き、そうして静かになった。あの大きな馬を九頭、また引き上げることなどとても考えられなかった。綱とてこを用いても、一週間はかかるだろう。それに、たとえ指一本で動かせるにしても、この少女に、姉の変わりはてた姿を見せる気にはなれなかった。この姉妹はあまりにお互いよく似ていたからだ。

「家族の方が来るということを知っていればきっと待っていたと思うのだが、いまはお姉さんの亡骸をお渡しするわけにはいかない。もう埋めてしまったのだよ」

「どこに?」

わたしはわきに寄り、芝土や屋根材でざっとおおいがしてある、古い穴蔵《あなぐら》を見せた。できるだけ速やかにすべてを知ってしまう方がいいと思ったからだ。

「この穴の底にお姉さんは眠っているのだよ。九頭の馬がその上に重なっている。ちゃんとマントでくるみ、黄色いワラビをかぶせてから馬を入れたよ」

夏の稲妻のように、突如《とつじょ》として少女の顔にあざ笑うような表情が走った。少女のまわりをとりまく空気もいっしょにふるえるかのように見えたが、少女の口からは何の声ももれなかった。

「ええ、誰でも知っていることですわ。――馬が太陽の子であり、大地の暗く暖かな子宮の子である、わが民のような者をおさえる力をもっているのだ、と。あなたがたが眠っているあいだに、姉が墓から出て徘徊《はいかい》しないよう、お骨折りくださったのですね。たしかに馬が九頭も上にのっかっていれば、穴の底から上がってはこれないでしょう」

そして笑いが少女の顔から消え、

「もし、本当に姉がそこに埋められていればの話ですけれど」

「〝もし〟だと？」

「どうか聴いてください。偉大なるお方、太陽の王さま、〈大熊〉アルトスさま。姉が亡くなったと伺いました。要塞《ようさい》が落ちたとき、姉を発見したとおっしゃいましたね。姉がこの世をさまよわぬよう、九頭の馬といっしょにここに埋葬したということですね。だけどその証拠はどこにあるのでしょう。姉が亡くなったように感じてはいても、恐れと切望は心を惑《まど》わすものです。姉を見ずして、どうして自分を納得させることができましょう。あなたが慰《なぐさ》みにここに囲っているかもしれないではないですか。姉が死んでいるにしても、それが〈海の狼《シーウルフ》〉の仕業《しわざ》であり、あなたがたのせいではないということがどうしてわかるのでしょう」

「お姉さんをいく度《たび》見たって、誰のせいで死んだかなんてことはわからない」

少女はしばらくのあいだ黙ってこちらを見ていた。その目は大きく開かれ、樹々の下にたまった真っ黒な苦い樹液のように、じっと動かない。

「そのとおりだわ。遺体を見せてもらえなくても納得いたしましょう」

「皆戦いで疲れはてている。そんなときにもう一度穴から九頭の馬を引き上げさせるなんてことはできない。わかってくれるね、〝丘〟からやってきた娘さん」

少女はため息をついた。

「無理だということは、よく分かります。それならば、そのままにしておいてください。姉はそこにいなければなりません。ただ、お願いがあります。わたしといっしょに、丘の老女のところまで来てほしいのです。そしてその老女に話をして、姉の埋められている場所に注ぐ〝黒い水〟と、安らかに眠るよう聖《きよ》い薬草とを受け取ってほしいのです」

あたりは一瞬静まりかえった。少女が自分の兄弟だといっている若者たちが、少女にぴったりと寄りそい、うかがい知れない黒い瞳でじっとこちらを見ていた。

その間ベドウィルはずっとわたしのそばに立っていたが、まず最初に口を開いた。

「〝黒い水〟と薬草とが必要なら、そこにいる君の兄弟にとりに行かせればいいじゃないか」

「これは太陽の王さまの仕事なのです」

少女はわたしの顔を見すえたまま答えた。

「わたしは太陽の王の右腕だ。わたしが行こう」

「それはだめだ」と、わたしはつぶやいた。

しかし二人とも聞いていなかった。

「音楽は闇の力を封じる、強力な魔除《まよ》けになるのだ」

少女の声に嘲笑《ちょうしょう》的な調子がもどった。

「ですけれど、わたしたちのところにも、〈虚《うつ》ろな丘〉に行けば竪琴《たてごと》弾きがいます」

そしてばっさりと斬り伏せたように、ベドウィルのことはまったく無視して言った。

「来てくださらないのですか、アルトスさま。簡単なことなのです。でも指導者、王者こそが行なわねばならないのです」

「どうしてわたしでなければいけないのかね？」

少女はさらに近づき、剣の柄《つか》を握りしめているわたしの手の上に、自分の手を重ねた。

「しいて申しあげれば、誠実さの証《あか》しということです」

行かねばなるまいと、わたしは思った。その理由もわかった。

「出発はいつだ？」

「剣と短剣を置きしだい、すぐにです」

「それまで置いていかなければならないのか」

「そうです。〝誠実さの証《あかし》〟と申しあげましたでしょう？」

わたしは剣をさしていたベルトをはずした。短剣もそこにさしてあった。そして両方ともベドウィルにあずけると、ベドウィルは無言で受け取った。そこに口をはさんできたのはケイであった。言葉をあせるあまり声もかれていた。

「アルトス、ばかなまねはよしてください。剣を持っていようがいまいが、こんな女について行ってはなりません」

ケイの大きな手がわたしの腕をつかんだ。力づくでも引きとめようとしているかのようだった。

「罠《わな》ですよ」

「罠ではない」

「おやめください！」

わたしはケイの手をふりはらった。

「行かねばならぬ」

「この女は魔法をかけたんですよ。この女の正体がわからないのですか。ついていったら、地獄に堕《お》ちますよ」

そのことはわたしの頭にもあった。

「そんなことはないだろう。いずれにせよ、行かねばならない」

「少なくともごいっしょさせてください」

ベドウィルがわたしの剣と短剣を手にして言った。

わたしは首をふった。しかしうわべはともかく、内心では不安に感じていたと思う。

「これはひとりでやらなければならないことだ…　心の準備はできている」

われわれはせまい北口から出た。残された者は静まりかえっていた。少女が先を行き、わたしは後に従う。そして若い戦士たちは来たときと同じように、無言のまま、わたしの両わきと後ろを、影のようについてくる。まるで焚火《たきび》の明かりがとどかなくなると、肉体が消えてしまったかのようであった。要塞《ようさい》の塁壁《るいへき》の下までくると、斜面はほとんど川から垂直に切り立っているように見えた。そして、ハシバミやイバラのような花をつける低木の茂みでうっすらとおおわれている。

「こちらです」

と少女は言って、まるで崖《がけ》から落ちてしまったかのように、すとんと視界から消えた。後をつけていくと、かすかに道がついているのがわかった。それは半分消えかけた道だった。せまく、けもの道のように険《けわ》しく茂みの中を急降下していた。

「こちらです」

また少女が言った。わたしたちは降りていった。影のような戦士たちが、わたしの後ろに一列になってつづく。その夜はずいぶん数多くの小径《こみち》を通ったように感じられた。それは、ローマ軍団が北方に道を敷く以前に、鹿や〈黒い矮人《こびと》〉によってかすかにつけられた山道だった。われわれは一度まともな道を横切り、少なくとも二度、川を渡った。それはトウィード川ではなくて、その支流の小さな急流だった。長く歩いたような気がしたが、あとで考えてみると、少女は鬼火《おにび》のダンスのようにあっちに行ったり、こっちに来たりしていたのではないかと思う。あるいは非常に疲れていたために、なおのこと遠く感じられたのかもしれない。何しろたった一時間寝ただけで、たいへんな距離を移動し、激しい戦いを行なったのだから。すでに空が白みはじめていた。雲に光があたり、風に流されている。とうとうわれわれはオーツ麦と大麦のちっぽけな畑のわきを上り、荒れた丘の尾根を越えると、三つの小さな忘れ去られたような谷が集まっている、浅い丘のくぼ地にでた。

やや下の方、くぼみの向こう側に、風あたりのそう強くなさそうな場所があった。わたしは、はじめ、木の茂った小さな塚が集まっているのだと思った。子どもの頃、とつぜんの豪雨で川の土手が決壊し、川の流れが変わって、このような塚が暴《あば》かれたことがあった。その中央に、ちょうど子宮内の胎児《たいじ》のような姿勢でうずくまっている人の骨があった。また、青銅の短剣と琥珀《こはく》の首飾りもあった……

しかしほとんど同じ瞬間に、立ち止まって、徐々に明るくなってきた光の中で見下ろすと、茂みのあいだから泥炭《でいたん》の煙が立ちのぼり、青白くかすんでいるのが見えた。

「ここがわたしの家です。長いことかかってごめんなさい」

少女がふりかえって言った。

そしてわれわれはくぼ地へと入っていった。目覚めたばかりの灰褐色《はいかつしょく》の牛が歩いてきて、こちらを見ているわきを通り過ぎ、苔《こけ》だらけのいじけたハンノキのところで川を渡り、小径《こみち》をたどっていくと、村とも小農場ともつかない場所にでた。ヒースが生い茂り、それを囲んでいる土塀《どべい》の足もとにまで押しよせてきている。中に入り、耳のぴんと立った猟犬が主人の帰りを歓迎して出てきても、小さく盛りあがった芝生の根から低木やイバラが生えて、一面藪《やぶ》のような印象があった。少女はもっとも大きな小屋の方へと歩いていった。それは敷地の中央に立っていて、ただの芝土の小山のようにも見え、入り口の上には低いイバラが芽を出していた。少女は大雑把《ざっぱ》なつくりの梁《はり》をくぐり、闇の中へともぐっていった。わたしがその後を追って、この家の入り口というよりは動物の巣穴のようなところに入るには、ほとんどよつんばいにならなければならなかった。そして暗がりからただよってくる臭《にお》いも動物の臭いで、少女のまわりに漂っていた狐のような臭いと同じものだった。そして泥炭《でいたん》の濃い煙が喉《のど》にひっかかり、目にしみたので、少女が「気をつけて」と叫ばなかったら、中の不ぞろいな四段の階段を踏みはずしていたかもしれない。そういうわけで、よろけながら、探るような足取りで階段を降り、下まできても、屋根を支えているヤナギの横木の下にはまっすぐに立っていられないことがわかった。

若い武人たちと犬が後から入ってきた。こうなると、そこはたいそうせまく感じられた。しだいに目が慣れてくる。わたしは瞬《まばた》きをした。そこにすでに集まっている人々の顔が見えた。白鬚《しろひげ》の老人が二人、若い女が二、三人、それに新たにおこされた中央の炉《ろ》のまわりに、犬と子どもがかたまっていた。その場にいる若者はといえば、最後に入ってきた武人たちだけのように見えたが、はたして彼らが本当の兄弟なのか、それともわれわれが〈騎士団《きしだん》〉の仲間のことを兄弟とよぶような意味でそうなのかは、判然としなかった。わたしには、ついに〈黒い矮人《こびと》〉たちの血縁関係がどうなっているのかを完全に理解することはできなかった。それはおそらく、彼らがわれわれのような婚姻形態を取るのではなく、女を共有していたせいではなかろうか。

少女は、炉《ろ》のそばの低い椅子に、すわっているというよりしゃがみこんでいる、白髪《しらが》の老婆の方へと進んでいった。老婆はまるで巨大な蛙《かえる》のように醜《みにく》く太り、尻が大きく、喉《のど》は袋のようにたるみ、荒い息づかいをしていた。少女は老婆の前に身を投げだすと、彼らの言葉で早口に、よどみなくしゃべった。わたしには何ひとつ理解できなかったが、要塞《ようさい》で起きたことの一部始終を話していたことはまちがいない。この大きな小屋に集まっていた者たちは少女の話に聴き入り、わたしの方に目を向けた。彼らの視線がわたしに注がれているのが、わたしには痛いほど感じられたが、その瞳の奥にいったい何があるのかは、うかがい知ることができなかった。その間、少女と老婆はずっと話をつづけ、質問をしたり答えたりを繰り返していた。彼らの言葉は、大きな木の葉に雨のしずくがうちつける音を連想させた。壁にもたれていた若い女たちは身をゆすりはじめ、そうするのがしきたりなのか、静かに声をあげて泣いた。部屋の空気がよどんできた。泥炭《でいたん》の煙と狐のような臭《にお》いが充満し、息がつまりそうに感じられた。

やっとのことで、老婆は顔を起こし、もつれた髪を肩の後ろにふりはらうと、曲がった土色の指で、近くに来るよう合図をした。わたしは屋根にぶつからないよう、首を曲げたまま老婆の前まで行ったが、老婆は首をのけぞらせると、身をかがめるよう合図をした。

「低くおなり。膝《ひざ》をつくのじゃ、太陽の人よ。肩で屋根をもちあげようとでもいうのかい。そんなかっこうをされたのじゃ、まともに顔も見られないし、まして話などできるわけがない」

「あの女《ひと》の言うとおりにしてください」

少女がささやいた。

「ここの女主人なのですから」

わたしはひざまずき、自分の目線が腰かけている老婆の目線よりも高くなりすぎないように、正座した。老婆は前にのりだし、あのひきがえるのような光る目で、こちらの顔を穴のあくほど見つめた。

「そなたが、〈大熊〉アルトスとかいう者じゃな」

「いかにも。わたしが〈大熊〉アルトスだ」

「もみの木のように背が高く、ネズミのように白いと聞いてはいたが、まことじゃな。〈刺青《いれずみ》の民〉を北に追いはらい、〈海の狼《シーウルフ》〉を海に追い返すために来たとも聞いている」

「いったい誰から聞いたのだ?」

「北に帰る雁《がん》からじゃ。丘を吹きぬける風かもしれん」

老婆はだしぬけに手を伸ばし、ねじれた鉤爪《かぎつめ》のような手でわたしの顔の両側をつかみ、自分の方に引き寄せた。老婆の吐《は》く息は野生のニンニクと古くなった肉の悪臭がした。わたしは思わず、そのくすんだ光を放つ黒い瞳から顔をそむけたくなった。いまになっても、いったい自分の意志で老婆の視線を受けとめていたのか、それとも顔をそむけようとしてもできなかったのか、よく分からない。

「で、あの娘《こ》は死んだのじゃな」

やっと老婆が口をきいた。

「ああ」

「そしてあの娘を穴に埋めて、その上に馬を九頭のせたのだね」

「遺族の方が来ると知っていれば、そうはしなかった」

「そのことじゃが、あそこの大地は暖かく、あの娘は〈母の安らぎの家〉にいるのと変わらず、落ち着けるじゃろう」

老婆はあいかわらず目をそらさなかった。そして歯のぬけた大きな口が、わずかに動いた。

「あの娘はどうやって永遠の眠りについたのじゃ？」

「最後の最後に、現世の苦しみを逃れるためにだ」

知らぬ間にわたしは口をきいていた。

「いいようにされたのだ、しかもたくさんの男に。最後には殺されていただろう。だがそうされる前に、死んで自由になることができたのだと思う」

「そのようにいうところをみると、そなたにもいにしえの知恵、大地の知恵が備わっているとみえる……そなたのいうことは真実じゃ」

とつぜん、わたしは老婆の視線から解放されたように感じた。まるで見るべきものは、もうすべて見たとでも言いたそうであった。それでも、両手はそのままだ。しかし、やがて老婆はその手も放し、きれいな青に染められたテンの皮の膝《ひざ》掛けの上においた。

「そのようなむごい死に方をしたのは、あの子がはじめてではない…　男どもは、いつもわしらを憎んできた。やつらが愚《おろ》かだからじゃ。愚か者は、怖いものを憎むのじゃよ。じゃが、たいていはわしらに手を出さなんだ。だけど、あいつら、いまわしらの山にうようよしている連中は別だよ。〈海の狼《シーウルフ》〉に、西からやってきた海賊、それに〈刺青の民《いれずみ》〉じゃ。やつらはこっちが小さいから踏みつぶせると思っておる。それといっしょに、臆病心もつぶせると思っとる。あげくのはてに、わしらの墓に金が埋まっているとまで思っておる。まるで冬の前にじゃまなミツバチを焙《あぶ》りだすみたいに、わしらを焙りだそうとするのじゃ」

（このとき、わたしの脳裏《のうり》には、あの父親の勇気を食べたイラフのこと、デヴァからエブラクムに行く途中の、小さな焼き滅ぼされた村のことが浮かんだ。）

「やつらは家畜や女を奪っていく。ここはうまく見えないようになっておるので、いままでのところは無事だった。じゃが、これで、わしらも復讐の種をもったのじゃ」

老婆は黙った。女たちの細くかん高い泣き声が聞こえた。武人のひとりがしゅうと息を吸いこむ音がした。

「太陽の王よ、わしらが怖くはないのか」

「怖くないといえば嘘《うそ》になる。だが、こうして、その必要もないのに、武器ももたず、花束ももたずにやってきたのだ」

「そのとおりじゃ。だからこそ、そしてそなたがアルトスその人であり、そなたの剣が稲妻となって〈海の狼《シーウルフ》〉の上に落ちるからこそ、助けのほしいときにわしらを呼べば、〈丘の民〉はすぐに駆けつけるのじゃ。こんなにチビで、弱々しく、数も年々減ってはいるが、丘や、人気《ひとけ》のない高地にわしらは散らばっておる。国の端から端まで知らせや伝言を伝えることなど、朝飯前じゃ。忍び、隠れ、偵察して消息を伝えもする。わしらはちょっとした草の倒れぐあいや、イバラの小枝についた毛から、いつ獲物が通ったかわかる猟師みたいなものじゃ。暗闇《くらやみ》で人を刺すクサリヘビみたいなものじゃ」

そういいながら老婆はわずかにふりかえり、あのわたしを招いたの同じ曲がった指で、若者のひとりを呼んだ。若者はやってきて老婆の足もとにわたしとならんでひざまずいたが、顔は老婆に向けなかった。そういえば、男は誰ひとりとしてまともに老婆の目を見る者がいないのに、わたしは気づいた。老婆は神聖な存在——冒《おか》すべからざる禁忌《タブー》なのだ。〞ご老女〞なのだ。

「太陽の王に、矢を一本見せるのじゃ」

男は肩にかけていた矢筒に手を伸ばし、鳥撃《う》ち用くらいの矢を取り出した。男の小さな掌《てのひら》に置かれた矢は、アシの軸に、ヒドリガモの羽がつけられ、とても精緻《せいち》な塗りのある、青い火打石が先端についていた。じつに美しい物で、この男の持っている華奢《きゃしゃ》な弓とおなじで、子どもの玩具《おもちゃ》といってもよいくらいの大きさだった。しかし、戦《いくさ》の道具としては、奇妙なほど情のこもったものだった。

「うまくできておるじゃろう。鳥のように飛ぶ。扱いにはくれぐれも気をつけるのじゃ。かえしのところは触《さわ》らぬように。この矢の欠点はただひとつ——猟には使えない。毒が残るのでな」

「毒？」

わたしのその小さなものをもっと念入りに見ようと手にとっていたが、そっと大急ぎで持ち主の手に返した。

「そのかえしでちょっと傷がついただけで――ほんの軽くひっかいただけで、即死じゃよ。だから、人を殺すときにしか使えないのじゃ」

「こんなすばらしい武器をもっていながら、いまだに〈海の狼《シーウルフ》〉を追いだしていないとは不思議なことだ」

「矢が充分にあるのなら、とっくに追い出していたはずじゃ。が、毒のとれる草は数が少なく、見つけにくいのじゃ。さらにひとつの毒矢を作るのに草が三本は必要なのじゃよ。にもかかわらず、うちにはいくらか備えがある。今後取れた分はそなたにさしあげよう、太陽の王よ。憎しみの猛毒と混ぜ合わせれば、もっと威力を発揮する。わしら〈丘の民〉は強く憎む者なのじゃよ」

矢を取りだした男は、猛毒が塗ってあるとはとても思えない、なにげない手つきでそれを矢筒にしまうと、立ち上がって、暗がりにいる兄弟たちのところにもどった。男が若い犬とたわむれるのが聞こえてきた。カバルが子犬だったとき、わたしもよくやったように、からかったり、ころがしたりしていた。

「約束は忘れないぞ。それというのも、この先、〝強く憎む者〟や、狩りのうまい者が、ぜひとも必要になってくるだろうからな」

わたしは毒矢のことは口にしなかった。

老婆は椅子にかけ、膝の上に手を置いて、あきらかに、ひとつの事をかたづけたので、次の事にうつろうというようすだった。

「ああ、まったく耄碌《もうろく》しちまったわい。幻ばかり見てきたせいか、頭もぼけている。まず最初にせねばならんことを、忘れておった。黒い飲物と、九頭の馬といっしょにいるあの娘《こ》の墓の上で焚《た》くのに、香草《かおりぐさ》をもっていってもらいたい」

老婆は少女の方を見た。少女はほかの者のように泣き叫んだりせず、ただじっと火のそばにしゃがんでいた。

「このお方にもって帰ってもらうものを取ってくるのじゃ、アイサ。それからお出しする杯《さかずき》も。太陽の王はお疲れのようじゃ。それにお帰りの前に、かわした約束を確かなものにするため、杯をくみかわさねばならぬ」

アイサとよばれた少女が、老婆に言われたとおり立ち上がったとき、わたしの背中にとつぜん冷たいものが走った。幼い頃、何度乳母に注意されたことか…「万が一〈虚《うつ》ろな丘〉に迷いこむようなことがあったら――そんなこと、そもそもあってほしくないけれど――けっして、そこで出された物に手をつけてはいけないよ。それさえ守っていれば、あの者たちにつかまることはないよ。だけど、ひとたび、牛乳一杯、大麦パンのひと切れでも口にしようものなら、永遠にあの者たちのものになってしまうよ」と。どこの母親でも、乳母《うば》でも、子どもに向かってこんなふうに注意したものだった。こんなことを教わりながら、皆大きくなるのだった。

わたしはできるだけ固くならないようにしながら、老婆の前に長いあいだ――とても長いあいだ、膝《ひざ》をついていた。やがて少女がもどってきた。片方の手には黒い陶器の瓶と小さな革袋を持っている。そしてもう一方の手には、年月を経て黒ずみ、青銅の縁《へり》のついた革の酒杯を持っていた。何か飲み物がなみなみと注《つ》がれてあった。

少女は瓶――立てる足がついていなかった――を、袋といっしょにわたしのすぐ横のシダにおおわれた汚い床の上においた。そして酒杯を差しだして、

「お飲みください。家路が短く感じられますよ」

と言った。

わたしはゆっくりと酒杯を手にし、わずかに琥珀色《こはくいろ》の液体を眺め、躊躇《ちゆうちよ》していた……　すると老婆がこう言った。

「飲みなされ。だいじょうぶじゃよ。それとも、これを飲んだら眠りについてしまい、目が覚めれば、そこは何もない斜面。帰ってみると要塞《ようさい》はもぬけの空、そなたの仲間も百年前に死んでいた――などということを恐れておるのかい」

このとき、同じようなことをかつて口にした別の女のことが脳裏《のうり》に浮かび、ますます背筋がぞっとした。あのとき、女が出したものを飲みほしたのだった。そうして、自分の山の斜面で寒々と目覚めたようなものだった。あのとき以来、どんなときにも――家来との交流を楽しみ、暖かい太陽、剣をにぎる感触、力強い馬の動きに心を踊らせているときも、わたしの中の一部は、あの冷たい山の斜面に残してきたままであった。

しかし、もしここで飲まなければ、〈黒い矮人《こびと》〉との友好関係は、永遠に失われてしまうだろう。ここまで来た目的も果たせないし、あのさりげなく納めた小さな毒矢のような、恐ろしい敵をつくる

ことになるだろう。ブリテンを失うかもしれない。

わたしはこわばった笑みを浮かべた。

「友の家でごちそうになるのを恐れる者はいない。〈黒い矮人《こびと》〉と〈太陽の民〉のために、乾杯しよう」

本来ならここで立ち上がるところなのだろうが、あのような屋根の下ではまっすぐに立つことなどできなかった。そこでわたしは膝《ひざ》をついたまま杯の中身を飲みつくすと、少女の手にそれを返した。飲み物は冷えていて、ヒースのビールのように甘くはなかった。冷たいけれど、燃えるような森の飲み物だった。このような味は、それ以来味わったことがない。

それからわたしは瓶《びん》と、小さな香草《かおりぐさ》の袋を手にとった。

「夕暮れどきにあの娘《こ》の墓の上で香草を燃やすのじゃよ。そしてその灰といっしょに〝黒い飲物〟を墓の上にまくのだよ。あの娘が喜ぶからね」

老婆は言った。

それからわたしがあいさつをして立ち去ろうとし、急な段々と入口のある方に向かおうとしたとき、呼びとめられた。

「お待ちなされ。わしの娘の娘に送らせよう」

今回はただまっすぐに帰ったように思う。というのは、来たときとは別の場所から谷を出て、小川は渡らず、エイルドンの三つの峰をつねに前に見ながら進んだからだ。距離の方は、暗闇の中を来たときの四分の一もなかった。要塞《ようさい》のある丘のふもとまで来ると、上りになった。風はやみ、エニシダの茂みに射《さ》す暖かい日の光の中で、ユスリカの大群がキラキラと光っていた。城壁で見はりについていた者の目をどうやって逃れたのかは知らない。アイサと名のるその少女が、自分の陰のマントか何かで、ずっとわたしと自分をおおっていたのではなかろうか。そのときは上の方が静かだったので、よけいに不安が増したような気がする。やがて何かの動く音がして、馬のいななきが聞こえると、それまで肩胛骨《けんこうこつ》のあいだに感じていた寒気《さむけ》がやわらいだ。ほぼ、赤い砂岩の塁壁《るいへき》のま下まで来ると、アイサはけもの道からそれ、最後に「こっちです。来て」と言った。

そこまでずっと少女の後についてきていたので、少しも疑うことなく、その小道をさらに進んでいった。少女が案内したのは、ハシバミの茂みの中にある小さな秘密のくぼ地であった。そこは城壁から弓の射程の半分ほども離れてはいなかった。斜面の地形のせいか、それまでは聞こえてこなかったが、このくぼ地の縁《へり》にきてはじめて、かすかに水の落ちる音がした。そこまで来ても、本当に小さな音だった。妙《みょう》に鐘《かね》の音に似ていた。少女はちっぽけな谷に降りてゆき、しゃがみこんで、イバラとシダのかたまりをもちあげた。「見て」と少女が言うので、目をやると、そこには二つの岩のあいだに小さな湧き水があり、騎馬隊の円盾《まるたて》ほどの大きさの水たまりに落ち、岩とシダの下にふたたびしみこんでいた。これでは水から自分の背丈ほど離れたところでも、気づかずに通り過ぎてしまうだろう。

「これはすばらしい」

わたしは言った。

「君が教えてくれなかったら、藪《やぶ》を刈りこむまで、水のあることがわからずじまいだったよ」

「そうだろうと思いました。これで水をわざわざ小川から汲《く》んでこなくてもよいでしょう。ここの水は質もいいし、おいしいのです…　わたしどもの助けが必要なときは、馬の水飲み場の上の方に生えている大きなハンノキの枝に、藁《わら》の環をかけてください。誰かが来るようにします」

わたしは湧き水のそばに片膝《ひざ》をつき、冷たく心地よい水を目にかけた。

「どうしてその樹だとわかる？　われわれがどこで馬に水を飲ませるかなんて、どうして分かるのだ」

「あきらかに他のどの場所よりもよい所があるからです。ちょうど小川が大きな川に合流するところ、渡り場のすぐ上ですわ。わたしたちも牧草地から牧草地へと牛を移動させるときには、そこで水を飲ませます。場所も樹も、すぐにわかりますわ」

少女はわたしのすぐ後ろでしゃべっていたが、ふりかえってほかのことをたずねようとすると、もうそこにはいなかった。ただほんのちょっと後に、斜面の下の方で、何かがちらちらとした。ハシバミのあいだを、何か野性の生き物が通りすぎていったのだとしてもおかしくない。

わたしは立ち上がり、上に見えていた要塞《ようさい》の裏口の方へと登りはじめた。

ニワトコの若木が、廃墟となった門衛の詰所の、敷居《しきい》の裂けめに根をはっていた。人は何げないものに目がゆくものだが、わたしも昨晩からそのことに気づいていた。そして門に向かってゆきながら、一瞬、冷ややかな予感がした。ひょっとして、そこには年を経た切株以外何もなく、あのなじみ深い音をたてている野営地にいるのは、顔も知らない男ばかりではないか…

しかしニワトコの若木は昨晩とまったく同じで、またたくまに、わたしのまわりに見はりの男たちが集まってきた。叫び声が聞こえ、誰かが駆けてきた。廃墟となった兵舎の棟のあいだを、少年のように駆けてきた。ベドウィルだ。チビ助と若いアムロズがついてくる。わたしの肩胛骨《けんこうこつ》のあいだにかすかに風が吹き抜けるような冷たい感じはこれを最後に消え去り、太陽の熱がぽかぽかとさしてきた。そしてそれと同時に、どっと疲れが押し寄せ、彼らを前にして一歩も前に進めないような気がした。

「だいじょうぶですか？　どこも何ともありませんか？」

「万事よしだよ。よすぎるくらいだ。行っただけのかいはあったよ」

「さあ何か召しあがってください」

しかし、わたしはぼんやりした頭をふって、笑った。

「とにかく寝場所を用意してくれ。誰も足の上なんかにのっかってこないところに、もぐりこみたい」

第14章　キト＝コイト＝カレドン

　戦いの可能な季節がまだ二か月ばかり残ってはいたが、ケイとベドウィル、それにほかの隊長たちとの協議の結果、夏も終わりになってフイルの散り散りになった軍団をかたづけるためだけにわれわれの勢力を拡散するのはやめようと決意した。それよりも、ここトリモンティウム（ニューステッド）での冬営の準備に力を集中し、クネティウム（カースルダイクス）の砦《とりで》に守備隊を派遣し、冬が来るまでのあいだに身を隠すべき塹壕《ざんごう》を掘らせ、そこを強固な前哨《ぜんしょう》地点にした上で、こちらとのあいだの道にたえず警備の者を行き来させるのが得策と思われた。

　まず最初にすべきことは〈黒い矮人《こびと》〉ともう一度話をし、商人ダグラフから教わった古い城砦《じょうさい》の位置に、まちがいがないかを確認することであった。またその城砦がただちにわれわれのものになるのか、敵の手中にあってトリモンティウムのときのように奪い取らねばならないものなのかも、確認する必要があった。

そこで〈うつろな丘〉からもどって三日目の朝、フラビアンを呼んで、騎兵隊の馬に水を飲ませに行くさいに、例の大きなハンノキの折れた枝に、藁《わら》の環をかけてくるよう命じた。アイサの言ったとおりだった。そこには完璧な水飲み場があった。後に〈馬の小川〉とよぶことになるが、激しい奔流《ほんりゅう》となって下ってきた川が、そこで大きく広がって池のようになり、川岸にハンノキが生えていた。そこから川は扇形に広がり、何世紀にもわたって積もってきた石ころの上を流れ、かっこうの渡し場となっていた。この浅瀬をすぎると、川はふたたび急流となって大きな川に注いでいた。そしてこの池にかぶさるようにして、一本の古びたハンノキがすっくと立っていた。ほかの若くて小さなハンノキから抜きん出ているので、まるで族長のような雰囲気があった。

馬を連れて帰ってきたフラビアンは、わたしのところにやってきて、言われたとおりのことを実行したと報告した。そしてその晩ドルイム・ドゥ――わたしに例の矢を見せた男がやってきた。せまい北門を入り、そこにいた警備兵に「太陽の王がわたしをお呼びになったので、参った」と告げた。

わたしは古い閲兵場《えつぺい》にこしらえた焚火《たきび》のそばにいた。われわれにはまだちゃんとした宿舎がなかった。ただ荒れ野に野宿をするように、トリモンティウムの廃虚に寝泊まりしているだけだった。そのわたしのところに、男は案内されてきた。男は人々から注目されていることなどまったくどこ吹く風で、野性動物のような威厳をもって腰をおろした。あいさつの言葉も何もなく、じっとわたしの目を見つめるばかり。こちらから何か言い出すのを、ただ待っている。

わたしが望みを述べると、男は言った。

「おっしゃっている場所のことですが、ここから街道を西に向かって、二日間の道のりです。というのは、わたしも牛の番をしながら、同じ道を通ったことがあります。塁壁《るいへき》は頑丈《がんじょう》です。あそこの古い砦《とりで》が空なのかそれとも占領されているのかは分かりませんが、一日、多くても二日いただければ、伝言を送って、返事をもらうことができます。結果がわかりしだい、お知らせしましょう。ほかに何か？」

「そこが空いていれば、何もない。もし占拠されていたら、占拠している者の数、彼らの武器、食糧にかんする情報を得てくれ。それは可能だろうか？」

「もちろんです」

男は立ち上がろうとした。

「その前に何か食べていけ」

わたしは言った。

「せっかくですが、自分のところのものしか食べないことにしています」

しかし、これでは不公平だ。

「食べるんだ！　わたしだって、そなたらの飲物を飲んだではないか！」

男は疑わしげな目をじっとわたしに注いでいたが、火のそばにもう一度すわると、手を差し出して、誰かが差し出した大麦の円《まる》パンを取った。そしてわたしの顔から一瞬も視線をそらすことなく、食べた。食べ終えると、来たときと同じように、何のあいさつもなく立ち上がり、手をひたいにもっていくという奇妙に意味ありげな仕草《しぐさ》をして、闇の中へと消えていった。

次の日、男の気配《けはい》はまったくなかった。しかし、その次の朝、馬に水を飲ませて引きあげてきたフラビアンが言った。

「ドルイム・ドゥがまたやってきました。まったく、どうしてあんなに神出鬼没《しんしゆっきぼつ》なんだろう。鳥肌が立ちますよ。馬を水飲み場から引きあげようとしていたら、あいつがわれわれの中にいたんだ！」

わたしはフラビアンの背後に目をやった。黒い小男がついてきているかと思ったからだった。しかしフラビアンは首をふった。

「ここまでは来ませんよ。ただこう言ったのです。〝太陽の王に伝えてくれ。例の古い砦《とりで》には誰もじゃま者はいない。いるのは山ぎつねと、フクロウが一羽か二羽だけだ〟と。そして、消えてしまいました。ハンノキにでも化けたんだろうか……」

フラビアンはそう言いながらちょっと笑った。しかし、それはぎこちない笑いだった。

「ハンノキに化けられるなら、偵察するのに重宝じゃないか」

「ええ。でも、なんだか気味悪いですね。あんなふうに現われたり、消えたりされたのではね」

フラビアンはいらいらとしたようすで肩をもちあげたが、とつぜん真剣なまなざしになって、わたしを見た。

「アルトス閣下《かっか》、あの男――あいつらを信用するのですか？　クネティウムの城砦《じょうさい》のことをあんなふうに言ってますが……　やつらは油断のならない小さな獣《けもの》だということで通っていますよ」

「そうかもしれないが、彼らを信じることにする。もちろん、それ以降に状況が変わっているかもしれないから、いつものように斥候《せっこう》は派遣するよ。だが、それだけだ。こちらが彼らの信頼にこたえているかぎり、ドルイム・ドゥとその仲間はわれわれを裏切るようなことはしないだろうよ」

それから数日後、自分たちの食糧と武器を荷馬にのせ、五十騎からなる騎馬部隊、槍兵部隊、それに若干名の投石兵と偵察用の馬とを率いながら、ベドウィルが山にはさまれた川沿いの道を西の方へと上っていった。クネティウム駐留軍だ。

「冬の夜長に竪琴《たてごと》が聴けなくなるなあ」

西の塁壁《るいへき》の赤い砂岩に、わたしと並んで寄りかかっていたケイがつぶやいた。ベドウィルの一行はだんだん小さくなってゆき、ついに晩夏特有の黄褐色《きかっしょく》の砂ぼこりの中に消えてしまった。

しかしその秋は、竪琴だの何だのといっているような暇《ひま》はなかった。われわれは塁壁の周囲六百メートルにわたって、茂みや薮《やぶ》を刈り込んだ。ただし、泉――いわば〈黒い矮人《こびと》〉からの贈物である、あの泉だ――の目かくしになっているハシバミの茂みだけは、そのままにしておいた。また、二つあった井戸のうちのひとつは、また水が出そうに見えたので、きれいに掃除し、ふたたび使えるようにした。さらに古い便所をどうにか使えるようにし、塁壁の壁をできるだけ修繕した。また編み垣にワラビの葉をのせて、いくつかの兵舎の棟の屋根を葺《ふ》きなおした。本来の目的に使用するものもあったが、屋外便所、貯蔵庫、厩舎《きゅうしゃ》に転用されたものもある。泥炭《でいたん》やたきぎを蓄え、飼料と敷きわら用にワラビを刈りこんだ。こういった仕事の大半は補助隊員の肩にかかってきたため、苦情がたえなかった。ふだんなら、戦いのない時期に正規の隊員がやることだったからだ。しかし〈騎士団《きしだん》〉と軽騎兵隊員には、ほかに仕事が山ほどあったのだからしかたがない。九月末までには、われわれは定期的にクネティウム砦との連絡路を巡回していた。そして最初からわたしは、ブリテン人の村々から徴発し、それと同時に、あたり一帯を支配下におさめるため、小さな騎兵集団を用いた。中部および南西ヴァレンシアの部族は、まだ、このたびの大戦《いくさ》には巻きこまれていなかったが、たいていはわれわれに友好的なままであった。また、ピクト人や〈海の狼《シーウルフ》〉に、自分たちの土地を踏みにじられたいなどと願っている者など、誰ひとりとしていないことは明らかだった。何しろ、彼らが去った跡には、かならず血で真っ赤にそまった廃墟が残されるのだから。しかしその一方で、料簡《りょうけん》のせまい族長の中には、トリモンティウムにいるよそ者軍団に従わねばならない理由など何もない、ましてや、自分たちだけでも精いっぱいなのに、冬用の食糧などとても供出できないと考える者も少なくなかった。ときには、「子牛を三頭よこさないと火をつける」などと、露骨《ろこつ》に脅迫したこともあった。とくに、ケイが徴発部隊を率いているときはそうだった。ケイはそういった脅しを、暗いユーモアに包んで用いるので、相手の心に傷が残ることはほとんどなかった。しかしあまり脅してばかりいると、族長たちが、蛮族《ばんぞく》どもから自分たちの畑や家畜を守るのに、逆にその蛮族と手を組んでしまえばよいのだと考えてしまう恐れがあった。だから恫喝《どうかつ》作戦を使いすぎるのは、考えものだった。それに、全体としては、いままで見たこともないような重武装の騎兵隊がやってきただけで、小さな部族にとっては、脅威と同時に安心感を与えたようだ。したがって、わたしはいかなる場合にも家畜を襲うことを許可しなかった。そのかわりにわれわれは狩りをした。低木の茂ったエイルドン周辺の森には、いつも獲物がいた。部族民にも、軍団にも、〈黒い矮人《こびと》〉にも行きわたるほどの獲物があった。とくに、軍団の荒々しい若者連中はイノシシやオオカミだけを標的にしたので、そのほかの者たちは、もっとよい獲物にあずかることができたのだ。

秋も深まった頃、コルストピトゥム（コーブリッジ）から約束の物資が届いた。そして穀物の皮袋と獣脂の壺《つぼ》にくわえて、矢の束、鞍革、岩塩の大きな塊が入っていた。エブラクム（ヨーク）の司教を脅《おど》して、手に入れたものだ（司教の老いて疲れた魂に神のご加護《かご》を。あの男はとうぜん支払うべきものを頑強に拒んだが、いったんとりかわした約束はきちんとまもったのだ）。これのおかげで、しとめた獲物の大半を塩漬けにして、冬に備えることができた。

その年は冬が早くやってきた。にわかにみぞれが降ったかと思うと、雪にかわった。それが溶けるとまた雪が降り、今度は溶けないまま何週間も山に残り、狩りをするにも、徴発隊を出すにも、危険と緊張がともなうようになってきた。また長い期間にわたって馬に青草を食べさせることができなかったので、厩《うまや》に入れて飼料を与えなければならなかった。そして凍《い》てつくような風がトリモンティウムの空を吹きぬけてゆき、頭の上で雁《がん》の鳴き声が聞こえるような長い冬の夜には、ベドウィルの竪琴が恋しくなった。

冬のあいだ中ずっと、蛮族《ばんぞく》も、〈黒い矮人《こびと》〉のことも、消息がなかった。まさにケイの言ったとおりだった。

しかし冬のおとずれが早かったぶん、春も早くやってきた。馬に水を飲ませに行くと、ハンノキの枝のあいだから赤い新芽が萌え出で、山々の北斜面にはまだ厚く雪が残り、風は身を切るように冷たかったが、タギリの鳴く声がやかましいほど聞こえてきた。ある晩のこと、わたしは自分の騎兵隊の演習から帰ってきたところだった。――馬の調子をもとにもどすため、われわれはすでに大忙しであった――衛所の戸に人の気配がし、気がついてみるとドルイム・ドゥが小さな弓を手にもって、わたしの鐙《あぶみ》のところに立っていた。目はくぼみ、老けて見えた。しかし、われわれは皆そうであった。いってみれば飢餓《きが》の表情だった。食糧が不足している冬の終わりには、たいていの者はこんな狼のような表情をしている。

「アルトスさま」

ドルイム・ドゥは、あいさつがわりに、鐙《あぶみ》に乗ったわたしの足に触れた。

わたしはわきに寄り、ほかの者には先に行くよううながして、馬から降りた。

「やあ、久しぶりだな。ドゥルイム・ドゥ。何か知らせをもってきてくれたのかね」

「使者がさかんに走っています」

「そうか」

「あっちの国境《くにざかい》の、〈海の狼《シーウルフ》〉らの村に行きました」と言いながら、ドゥルイムは西の方に顎《あご》をしゃくって見せた。

「雪の方にも」（これは北という意味だ）「夕暮れの方にも。部族の者と〈刺青《いれずみ》の民〉を呼び集めるためです。去年の夏の終わりに、やつらはそれぞれ、マナンの自分の故郷《ふるさと》に帰った。――帰れる者は、です。〈夕暮れの海〉を渡ってきた〈白い盾〉の連中といっしょに、冬を越しました。いまは使者が走っているので、やつらはまた集まるでしょう」

「いったいどこへ？」

「あっちの、二つの大川のあいだにある〈大きな森〉です。――すなわち、キト＝コイト＝カレドン。われわれの言葉でメラヌドラギルとよぶ場所です」

このとき以来、春めいてくるにつれて、〈黒い矮人《こびと》〉がときおり姿を見せるようになった。いつもいつもドルイムやその兄弟とはかぎらなかった。はじめて見かける者もいた。頑丈《がんじょう》で、ヒースの根っこのように体のよじれた小さな老人のこともあった。この老人は、もどってきた警備隊のまさに足もとに、とつぜん現われた。また女のこともあった。丘の人々のあいだでも、使者たちが動きだしたらしい。

それぞれが敵の軍勢の集結状態、カレドンに集まっている人数などを報告した。エイルドンの山腹のくぼみに、まだ雪が残っているころのことだった。ピクト人やスコット人が秘密の経路で侵入してきていることも伝えてきた。〈海の狼《シーウルフ》〉たちの黒くて細長い軍船の集団が、陸にいる仲間によって増強されて、ボドリア（フォース）川の河口をうろついているという情報もあった。当分のあいだ、われわれは万全の準備を整えて、灼熱の瞬間がくるのを待つしかなかった。次々に押し寄せてくる軍団をいちいち迎え撃っていたら、結局は、われわれの力を無為《むい》にすり減らしてしまうだけだろう。われわれに必要なのは、ヴァレンシア中に広がっている諸軍団との、行きあたりばったりの小ぜりあいなどではなく、敵勢力の核心をつく大勝利だった。すなわち、カウの息子フイルを殺し、その軍団を退けることだ。その他のことは、どんなに遅くても、なりゆきにまかせておけばよい。

というわけで、わたしはせっかちな連中の言うことには耳を貸さなかった。ケイがわたしに面と向かって言ってのけたように、「とまり木の上で羽が抜けていく老いた鷲《わし》」のように、みすぼらしい要塞《ようさい》にとどまった。その間にも蛮族の者たちが、地平線から近づいてくる雷のように、じわじわと集まってきた。

まもなくベドウィルが、クネティウムの砦《とりで》をオウェインにあずけて、やってきた。一部に屋根のついた礼拝堂を、わたしは自分の居所にしていたが、その入口の前で焚火《たきび》を燃やし、これを囲んで軍議を開いた。このときまでには〈黒い矮人《こびと》〉からの情報によって敵の動向が詳細に判明し、それから判断するに、敵はクネティウム砦《とりで》との連絡路を遮断しようとしていることが明らかだった。そしていったん敵の思惑が成功すれば、われわれのカレドニア（スコットランド）低地地方を抑えておく有機的な体制はくずれ、危険なほど長く脆《もろ》い道でつながりをもった、二つの孤立した砦が存在するばかりとなり、力を合わせる確固たる手段を失ってしまうことになる。

「それに加えて」と、ベドウィルが膝《ひざ》の上の竪琴《たてごと》をそっとつまびきながら言った。「ドルイムと仲間らの言っていることが真実なら、フイルが全軍を集めたときには、向こうはこちらの三倍の軍勢になりそうだ。じつにすばらしい見とおしだ」

「ケイは侵入者を各個撃破しろとうるさいのだ」

「ケイの言うことを聞くつもりはないのですね？」

「肝心のときがくるまで待つつもりでいる。そして一撃でやってしまうんだ。わたしは老いぼれているだろうか、ベドウィル」

「いいえ、老いぼれているのはケイですよ。すぐにかっとなり、待っていられないのは、いつも老人の方ですよ」

ベドウィルはこう言うと、指をならすような曲を竪琴で奏《かな》で、焚火の向こうのケイに向かって、ニヤッと笑ってみせた。ケイの赤褐色の鬚《ひげ》のうしろで、顔が紫色になっている。

「この…この垂れ耳のナイチンゲールめ…」

わたしはケイの目を見た。するとケイはしかられた老犬のように小さくなって、ぶつぶつとつぶやいた。

「喧嘩《けんか》をしている場合ではない。よく聴くんだ。こうして隠忍自重《いんにんじちょう》をきめこむのは、ほかに取るべき手段がほとんどないからだが、そうすることで、こちらが戦いの場所を選べることになると思うからでもあるのだぞ」

「どうしてそういうことになるのです？」

事の重大さに、ケイも怒りを忘れた。

「最後の最後まで待っていれば、敵はカレドンのもっとも南端まで下ってくる。敵が道路から数マイル以内に来るまで、こちらが陣取らなければよいのだ。あそこなら森がもっと開けているし、川が分岐して、二つの水流にはさまれているあたりでは、両側が湿地になっていて、通れる場所がかぎられてくる」

「それは彼らにとっても同じことでしょう」

ケイが言った。

「そうだ、しかし少なくとも前線の長さは等しくなる。だから敵が広がって、こちらを包囲するのを防ぐことができるのだ。あれだけの人数がいれば、その危険がおおいにある。それに、こちらはあらかじめ敵の横腹をねらうこともできる。そこに、守勢にまわることの利点があるのだ」

わたしは焚火《たきび》から黒こげになった棒を取りだすと、自分の考えたとおりの作戦図を描きはじめた。

キト＝コイト＝カレドンは未知の土地ではなかった。過去に狩りをしたことがあったし、斥候《せっこう》といっしょに一度ならず見まわったこともあった。戦場の地形を多少なりとも知っていることは、指揮官にとって悪いことではなかった。

こうして三月の朝、川の分岐点の最高地点をはさんで、やや変則的な陣形をとりながら、われわれは蛮族を待ちぶせた。

待っていた灼熱《しゃくねつ》の瞬間が、ついにやってきた。山々のはるか向こうで、〈黒い矮人《こびと》〉が煙をあげて、合図を送ってきた。一時間もたたないうちに、少数の守備隊をトリモンティウムに残し、全員が進軍の途についた。合図があったのはほぼ正午であったが、あらかじめ打ち合せてあった野営地についたのは、夜もふけてからだった。われわれより少し前に、オウェインがクネティウム砦の小さな分隊を率いて、到着していた。また、新たに燃やした焚火のそばには、ドルイム・ドゥもいた。しかし、顔と小柄《こがら》な裸体の上に、粘土と黄土で戦闘のための模様を塗っていたので、はじめはそれと分からなかった。ただ、こちらにやってきて、馬から降りる一瞬前にわたしの鐙《あぶみ》にのせた足に手を触れたので、そんないつものしぐさからドルイムと分かったのだ。黒髪はうしろでひとつに束ねられ、小さな死の矢がたっぷりと入った矢筒が、肩にかかっていた。

「狼どもが、〈目印石〉のそばの〈山猫尾根〉の背に野営しています」とドルイムが教えてくれた。〈丘の民〉にとって、サクソン族だけが〈海の狼《シーウルフ》〉であり、〈刺青《いれずみ》の民〉、さまざまの部族、スコット族の侵入者などは、ひとまとめにしてただたんに「狼」であった。)

「そこまではどれくらいあるだろうか」

しかしドルイムの仲間にとって、距離という概念はなかった。彼らはかかる時間で計算するのだった。

「敵が日の出とともに出発すれば、川の分岐点の丘には、影がこのくらいになる頃に着くでしょう――」

ドルイムはかがんで弓の元を地面につけ、午前九時頃の影を描いた。

「敵はどのくらい集まっているのだろうか」

「おそらく味方の二、三倍というところでしょう。しかしわたしの兄弟も、わずかですが、ここからそう遠くないところにいます。あなたのために、たえず偵察を続けてきました。戦士としても、少なからず役に立つでしょう」

この言葉のとおり、二十人からの〈黒い矮人《こびと》〉の者たちが、その晩われわれの焚火《たきび》のところにやってきて、朝になるとまた消えていた。彼らが本当に血のつながった兄弟なのかどうかは聞かなかった。この者たちにかかわりのあることは、質問はしないにかぎるということを、わたしは学んでいた。彼らを普通の兵士のように用いようとするのは、山の霧で槍の刃《やいば》を作ろうとするようなものだ。彼らが差し出すものを、ただ受け取るしかなかった。

われわれはほんの二、三時間眠り、曙光《しょこう》がさしそめ、焚火が灰になると同時に、活動を開始した。馬の世話をし、守備位置につきながら、固い大麦の円《まる》パンを大急ぎで飲み下す。するとそのとき、敵が動きはじめたという情報が伝わってきた。〈丘の民〉の者たちが、どうしてこんなに速く情報を伝えられるのか不思議だ。森の中では、狼煙《のろし》を次々に上げてゆくことなど、できるわけがない。しかし考

えてみれば、夜明けの直前に、遠くで中空の筒を掌《てのひら》にうちつけるような規則的な音を聞いた――とい
うより感じたような気がする。

こうしていまや、道路から数マイル北の、あらかじめ決めてあった場所に前線をつくり、敵の現わ
れるのをひたすら待った。わたしは幸せな気分ではなかった。というのも、これではいつも騎馬隊を
率いてきたからだ。わたしの戦法は馬を使っての戦法であった。にもかかわらず、はるか前方に隠れ
ている軽騎兵は別にして、これからの戦いはすべて徒歩で行なわねばならなかった。数マイル北とく
らべたら樹々がややまばらとはいえ、このような雑木林の中では、重騎兵を有効に使うことなど不可
能だ。自分の直属部隊を予備軍にまわし、中央よりやや後方で待機しながら、わたしは戦線を眺めわ
たした。そして、もはや変更はきかないが、はたしてもてるだけの力を最大限に生かして作戦を立て
ただろうかと考えた。〈騎士団《きしだん》〉の者はすべて馬からおろした。彼らは最も重装備で、頼りになる兵た
ちだ。そしてケイとベドウィルを戦線の中央に配し、この者たちの指揮にあたらせた。両脇には軽装
備の槍兵をおき、さらにその向こうの先端部分には、弓兵と投石兵を独立した部隊として配置した。
こうして、変化に富む地形ながら、可能なかぎり深い弓形を描くように陣形をつくった。そうするこ
とによって、攻めてくる狼どもの中心がこちらの中心に接触する前に、わきから攻撃しようという作
戦だった。さらに、敵からは見えないところに、軽騎兵の集団が待機していた。わたしは思いつくか
ぎりの、戦《いくさ》の神の名をあげながら祈った。どうか小馬《ポニー》がまずいときにいないで、敵に勘づかれるこ
となどありませんように、と。

われわれは川の分岐点をまたぐようにして並んだ。できるだけ自然の傾斜を利用しながら、左側は

クルータ川に注ぐ小川ぞいに並び、右側はトウィード川の湿地へと下ってゆく、いばらのからんだ険しい断崖《だんがい》に沿って並んだ。首をめぐらせて、はるか南に目をやれば、国境《くにざかい》の高い山々が見えた。ヴァレンシア地方の川の半分以上は、そのあたりから流れてきている。そして道路は、その山々のあいだを抜け、〈三つ峰の丘〉やその前哨《ぜんしょう》地点の砦を経由して、〈ハドリアヌスの壁〉にまで通じていた。前方には広い野がひらけ、若いワラビが芽を出しはじめていた。その向こうは森で、まるで暗い海のように樹々のうねりが続き、はては、古代のピクト人王国の中心地帯であるマナンにまで続いていた。そこは暗黒、森林、古代、未開、未知の世界であった。つまりわれわれは、言うなれば二つの世界のはざまにいたのである。そして自分たちの世界のためにその場所を死守して、未知の世界の侵入を食い止めようとしていたのだ。

まだ遠征には早い春の日だった。どんよりとした曇天《どんてん》だ。白い星のような花をつけたアネモネが、風に背をむけてふるえている。にわか雨が顔に打ちつけてくる。軍旗に描かれた深紅の竜は、水がしみて黒ずみ、固まりかけた血糊《ちのり》のように見えた。いま手綱《たずな》を持っていれば、アリアンのたてがみが風になびいて、手をなぶるだろうと思った。わたしはアリアンが懐かしくなった。せかせかといらだち、一刻も早くつっこもうとせかす馬の、膝《ひざ》のあいだの感触が、ひどく懐かしかった。鎖《くさり》かたびらが肩に重くのしかかる。ずっと立ったままで、てくてくと歩いて上り下りしたので、ますます重く感じられた。〈騎士団《きしだん》〉を馬からおろして、しかも重装備のままにさせたのは、やはりおろかだったろうかという思いが、ふたたび頭に浮かんできた。しかし中央で必要なのは、重量であった——どっしりとして動かない重量だ。動きが必要なのは両翼《りょうよく》である。

前方の森は真っ暗に見えた――それはまんざら空想でもなかろうと思う。というのは、キト＝コイト＝カレドンでは、いつも同じように感じるからだ。おそらく森に生えているのが松だから、こんなに暗く見えるのだろう。南部では決して見ることのない、暗い松の樹海。しかし、やせた肩がぼろマントの裂け目から顔をのぞかせるように、樫《かし》やブナやハシバミの茂みから丘や荒れ野がつきでているような場所でも、暗いことには変わりはなかった。いつもわたしはこの暗さ、土地そのものの持つ、狼のような脅威を感じられる。あたかも、この森が人の知ってはならない、太古からの秘密を抱えこんでいるかのように感じるのだ。

背後で何かが動く気配がし、暗い影が、わたしの肘《ひじ》と旗持ちの肘とのあいだを、ひらりととおり過ぎた。狐《きつね》のにおいを感じたかと思うと、ふたたびドルイム・ドゥがそこにいた。

「敵までは、暗い森の縁《へり》から、弓の射程の八倍もありません。大軍です。そうとうの大軍です。たっぷりと狩猟《かり》が楽しめそうです」

ドルイムは白い歯を見せて、声もなくにやりと笑った。妹もそうだが、この男はいつも声を出さないで笑った。茂みに差す早朝の陽《ひ》の光のように、粘土の縞《しま》と黄土の環がドルイムの小さな茶色の手足に浮き立って見えたが、声がしなければ、そこにいることさえわかりにくかった。そしてとつぜん――そこにいなくなった。

しかし、ほぼ同じ瞬間に、ドルイムの言葉に答えるかのように、スコット人の戦《いくさ》の角笛《つのぶえ》が鳴り響いてきた。それはまるで、巨大な雄鹿が木の下で吠《ほ》えているように聞こえた。

そよ風が大麦のあいだを吹き抜けるように、目の前の兵士たちの中にさざ波の走るのが見えた。そして正面の部隊の全員が、それまでは槍《やり》の柄《つか》にもたれていたのを、それぞれの円盾のうしろに身をかがめ、槍を水平にかまえて敵の接近に備えた。

風がやみ、どこかでカササギが鋭く鳴いた。つぎに強風がごうと吹いてきて森を抜け、われわれの顔に雨滴がはげしくぶつかった。とつぜん、風とともに下生えを踏みしだく音が聞こえ、それがにわかに近づいてきた。そして樹々のはずれに沿って、ちらちらと人の動く気配がした。その気配はしだいに強くなり、はっきりとした形をとってきた。そうして、いっせいに新芽を吹き出した木々の下に、大量の人の群れとなって現われた。〈狼〉どもがやってきたのだ。われわれの姿を見るなり、彼らは大きな叫び声をあげ、イバラの丘、もつれた去年のワラビにもなるたけ戦列をくずさぬよう進んでくる。彼らは着実に、脅威を感じさせる狼のような足取りで進んでくる。その歩調は一見遅いように見えて、じつは恐ろしい速さで彼我《ひが》の距離を埋めてきた。中央にサクソンの野蛮な馬の尾の軍旗がなびき、左翼にはスコット人の石灰を塗った盾が、白いカモメの翼のように輝き、右手には絶叫するピクト人たちの、派手な青を塗ったくった身体が見えた。ドルイム・ドゥの言うとおり、たいへんな数の軍勢であった。まるで果てしなく広がるように見え、近づいてくるにつれて、彼らの足に踏まれて、大地そのものが身ぶるいしているのを感じた。山に雨が降り、川が堤防を破るときと同じだった。岩そのものが恐怖におののいていた。

その瞬間のわたしは、洪水の道筋に立って、大水が真正面からごうごうと押し寄せてくるのを眺めているようなものだった。重たい鎖《くさり》の上衣を着ていると、足に根が生えてしまったように感じられた。やはり重装備でいる中央の者たちも、同じような悪夢に襲われているだろうと思った。

襲いかかってくる蛮人どもの前衛部隊が、湾曲《わんきょく》した角のような陣形をとっている味方の、先端と同じ位置にならんだ。わたしは、弓兵が早まったことをしないよう祈った。

「戦《いくさ》の神ミトラよ、どうか弓の手を抑えておきたまえ。光の神ルーグよ——おお、キリストよ、彼らが早まって弓を射ませんよう！」

蛮族《ばんぞく》どもが深く罠《わな》に入りこんだところで、まずは片側から、そして一瞬遅れでもう一方の側から、矢が下生えを蹴《け》って次々と飛びだし、敵のまっただ中にぶうんと襲いかかった。またたくまに敵はよろめき倒れ、一瞬にして、降り注ぐ矢の雨のもと敵に動揺がはしり、攻撃の勢いがそがれた。そして喊声《かんせい》をあげて態勢を立てなおし、進軍をつづけはするものの、矢に激しくやられた側面では、よろめき、ばたばたと倒れていくのだった。わたしのすぐ目の前には、低く槍《やり》をかまえている男たちの、緊張した背中と、力のこもった肩が見えた……

最前列の味方がかまえている牛の皮の円盾に、敵の投げ斧がいっせいに当たり、その直後に、待ちかまえている槍の穂先めがけて、狂戦士よろしく狂乱の叫びをあげながら、敵兵が飛びこんできた。盾と盾とがぶつかり、雷鳴のような轟音《ごうおん》がとどろく。槍に串刺しにされた男たちの絶叫、武器と武器のぶつかりあう音、盾の鋲《びょう》と鋲のこすれあう音。一瞬前までの息を呑《の》む緊張感は、血まみれの大混乱に変わっていた。サクソンたちは、わが軍の槍先を牛皮の盾に受け止め、それを押し下げることで、使わせないようにしようとした。彼らの第一撃は成功しつつあった。重装備にもかかわらず、わが軍の中央は、相手のもうれつな衝撃によって後退を余儀なくされたのだ。しかし〈騎士団《きしだん》〉の者たちは反攻にでて、敵を押し返した。剣が抜かれ、喧噪《けんそう》と武器の衝撃音の中に、ケイが雄牛のような声で部下に叫んでいるのが聞こえた。敵味方二列の歩兵が、がっしりと組みあっていた。まるで相手の喉《のど》をねらう二匹の野獣《やじゅう》のようだ。背後と両側には、わたしの部隊の兵たちが、出走の合図の白いスカーフが落ちる一瞬前の走者さながらに、緊張しているのがわかった。しかし予備軍はこの者たちしかいないので、早々と投入するような余裕はなかった。

〈騎士団《きしだん》〉の者たちの戦いぶりはすばらしかった。歩兵としての戦いには不慣れであったにもかかわらず、突進してくる激しい圧力に対して、あくまでも自分たちの陣を守りとおした。一度など、ふたたび前につっこんだが、徐々に足が進まなくなり、またもや静止してしまった。永遠《とこしなえ》に続くかとも思われる苦悩の時間の中で、二つの部隊が押しあっている。それがあまりに張りつめているので、戦いのさなかにあっても、激しい息づかい、いまにもはじけそうな心臓の鼓動が、耳に聞こえるような気がした。どちらの軍でも、組みあった盾の背後で、兵士がばたばたと倒れ、生きている者の足をもつれさせた。死の抱擁《ほうよう》のようにがっしと組みあった敵味方の戦列は、前へ後ろへと揺《ゆ》らぎはするものの、どちらも一歩以上に陣を奪うことも、失うこともなかった。この忌《い》まわしい組みあいが、いったいいつまで続くのかは誰にも予想できなかった。このままだと、いたずらに兵を失い、なんら得るものはない。いまこそ予備軍を投入すべき潮《しお》どきだと、わたしは思った。わたしは横にいたらっぱ手に向かって、合図の手を上げた。彼は飾帯《しょくたい》から角笛《つのぶえ》をとると、突撃を下令する音を発した。それは戦《いくさ》の声のうねりよりも高く、はっきりと鳴りわたった。その合図はわれわればかりでなく、離れて待機している騎馬集団に対してのものでもあった。そしてわれわれが前に突き進んでゆくと、いままでの喧《けん》騒《そう》を増幅させるような、新たな音に気がついた。両翼から駆けつけてくる、馬のひづめの音だった。

前方で奮闘していた兵士たちが、われわれを通すために二つに分かれた。まるで、歩兵部隊が騎兵を通すようなぐあいであった。われわれは、切っ先の丸いくさびのような陣形をとった。そしてこのくさびが、敵の中へぐいと食いこんだのだ。上古《いにしえ》から伝わる吶喊《とっかん》の声「ウル＝ウィズヴァ！　ウル＝ウィズヴァ！」が響きわたった。盾の後ろでぐいと顎《あご》をひき、赤い竜を頭に、末広がりのくさび形に組んだ灰色の鎧《よろい》軍団が、サクソン人のあいだに深く切りこんでいった。それと同時に――もはや彼らのことまで考えている余裕はなかったが――敵の側面と背後から、小さな騎馬部隊が攻撃をかけ、蛮《ばん》族《ぞく》どもをわれわれのくさびの方へと駆りたてていった。弓兵と槍兵はいまや役たたずになった武器を投げ捨て、剣を抜き、両側から包囲する形をとった。狼どもは追い詰められ、あまりに密集してしまったのでお互いの盾がじゃまで剣も抜けないありさまだ。そして死者が生者の動きをさまたげ、彼らのあくまで前進しようとする勇敢な努力も、ただわれわれの鉄のくさびに向かって、いよいよ深く食いこんでくるだけの結果となった。

わたしはいまだに思うことがある。――あのとき、敵の軍団がひとつであったなら、戦況はどうなっていたろう？　あのときの敵は、四つの部隊がばらばらで、それぞれ独自の戦法をもち、どうやって力を合わせるかなどとは考えだにせず、ただ勇気と残忍さを共有しているだけの烏合《うごう》の衆にすぎなかった。そのため、兵が手薄になってくると、とつじょとして戦闘集団が動揺し、前進をためらったのだ。ついに、最後の力をふりしぼって、長く、ゆっくりと圧力をかけることによって、敵の上に高波のように襲いかかる瞬間がやってきた。すると、われわれのくさびによってほとんどまっぷたつに分断された敵は、圧倒され、むやみにたたかれた結果、いっきょに壊滅し、後退し、敗走をはじめた。

仲間の屍骸《しがい》も、負傷者をも踏みにじって走ったが、こんどは、追ってくる軽騎兵のひづめの下敷きとなったのだった。

　われわれは逃げまどう敵を斬り伏せながら、突進していった。サクソン人の中では、主だった者だけが鎖《くさり》かたびらを身につけ、そのほかの者は、袖《そで》のない革の胴着《どうぎ》程度のものしか帯びていなかった。それも運がよければの話だった。スコット人の戦士は、やはり身分の高い者を除いて、サクソン人とかわりがなかった。そしてピクト人にいたっては、位の高下にかかわらず、革の腰あて以外には何も身に帯びずに剣に身をさらしていた。それでも、逃げずにわれわれに面と立ち向かう者、一歩一歩後ずさりしながらも、戦いつづけている者もいた。降参するくらいなら、その場で斬り殺された方がましだというのだろう。藪《やぶ》の間の小高い場所は、踏みつけられた遺体でいっぱいになった。そして前進しながら、わたしは軍団の横を何者かが走っているのに気がついた。木から木へと小さな影が移ってゆく。わたしの耳もとを、何かブーンという音がかすめ通った。前を走るサクソン人の両肩のあいだに、鳥撃ちの矢ほどの、黒っぽい矢がつき立った。男はさらに数歩走ったかと思うと、ばたりと倒れ、のたうちまわった。いまや、われわれのかわりに、軽騎兵たちが敵の追跡をひきつごうとしていた。わたしは、まるで猟犬を呼びもどすように、〈騎士団《きしだん》〉の者を呼びもどした。大抵の者には、わたしの声が聞こえなかっただろうが、わたしはあえて角笛で退却の合図を吹かせることはしなかった。そんなことをすると、ほかの者まで呼びもどしてしまうだろう。しかしひとりまたひとりと、追跡をほかにひきついだ者たちが帰ってきた。重装備のため、息を切らせ、ひとにぎりの長い草で血に染まった剣の刃をぬぐいながらもどってきて、ふたたび騎兵大隊の形に集合した。追撃の音は遠くへと消えてゆき、われわれが戦線の向こうにある昨夜の野営地にもどる頃には、北からの風にのった冷たい細雨が、背をまるくしたわれわれの上に降りかかってきた。

「あれを見てください」

とつぜんわたしに肩を並べたベドウィルが言った。

「ほら、あそこにも」

ベドウィルの指さす方に目をやると、死者たちの中に、背中に小さな黒い矢の刺さった者がいた。ほかにもいた。そしてまたほかにも……

「例の老女が言うのに、あの一族は暗闇で人を刺す毒蛇らしい。どうやら追跡もこれで万全だ」

今回はわたしが経験したなかでも、もっとも悲惨な戦いだったと思う。われわれの方にも相当な数の犠牲者がでた。われわれの戦線は連なる遺体で記されているようなものだった。場所によっては、遺体が二つも三つも折り重なっているところがあった。この日、補助隊員は別にして、五十名以上の〈騎士団《きしだん》〉の者が亡くなった。小柄《こがら》な元気者フルヴィウスも犠牲になり、わたし自身の少年時代の一部が永久に去ってしまった。アルフォンで〈騎士団〉が成立した、あの最初の春からいっしょだったフェルコスも、逝《い》ってしまった。わたしは空を見あげた。雲の残骸《ざんがい》がただよい、その雲の向こうにかすかに輝くものがあるのを見て、まだ正午を過ぎてまもないことを知った。

太陽はまだ西の荒れ野の上にあり、戦いの後の気のめいるような仕事もかたづいていなかったが、わたしは、ケイ、グワルフマイといっしょに、かがり火のそばでひと休みしていた。ボロを着た女たちが、いつものように戦陣についてきていたが、何かしらをよせ集めて食事の用意をしていた。するとそのとき、大きな野獣《やじゅう》がやってくるような、枝を折り、土を踏むすさまじい騒音が下生えのあいだから聞こえてきた。すかさず音の方に顔を向けると、ひとりの男が光の輪の中に大股で歩いてきた――というより、つき出されてきた。背が高く、裸で、ピクトの染料である大青《タイセイ》で、身体に戦《いくさ》のための模様を描いてあった。男は黄褐色《きかっしょく》の長い髪で、やはり黄褐色の目をひそめ、よろめいて倒れそうになったが、ふたたび誇《ほこ》らしくまっすぐに立った。左膝《ひざ》の傷から血がしたたり落ちているのが見えた。両手は後ろ手に縛られ、色黒の小柄な戦士たちの集団に囲まれている。この男を見た最初の瞬間、小さな黒い猟犬の群れに追いつめられた、誇らかな野獣がわたしの脳裏《のうり》に浮かんだ。しかしどんな猟犬も、ここで男を取り囲んでいる者たちのように、黙りこんだまま、強烈な殺意を発散させはしないだろう。

「アルトスさま」

ひとりの男がいった。それはドルイム・ドゥであった。

「フイルをとらえました。敵の先頭に立つ者です。ここに剣もあります」

ドルイムはこう言うとかがんで、それをわたしの足もとに置いた。

とらわれの男は疲れはて、はげしく追い詰められた獣《けもの》のようにあえいでいた。わたしに目をあわせようと顔を上げると、ひたいには汗が光っていた。目にかかった黄褐色の髪を手ではらうことができないので、頭をふって、うしろにはらった。

「そのとおりか？」

わたしはたずねた。

「カウの息子フイルだ」

男のラテン語は、わたしのとかわりなかった。

「そなたは〈大熊〉アルトスとよばれる者だ。わたしはそなたのものだ。それだけ知れば十分んだ。さあ、とっとと殺せ」

わたしはすぐに返事をしなかった。目の前にいるこの男は、ヘンゲストが大物であるという意味では、大物ではないが、この男がいれば従う者が出てくる。わたし自身がそのような人間であり、同類の人間はすぐわかる。この男は野放しにするには、あまりに危険だ。そんなことをすれば、この男のもとにまた人が集まるだろう。取れる道は、三つあった…　男の右腕を切って逃す。不具になった者には誰も従わないだろう。やつらは、それは災《わざわ》いを招くことだと考えるのだ。闘技場に届ける獣《けもの》のように、鎖《くさり》につないで、南のアンブロシウスのもとに送ることもできる。さもなくば、いまこの場で処刑するか…

「なぜやったんだ?」

わたしはたずねたが、われながら愚問に響いた。

「わが正当なる王や主人に、刃《やいば》を向けたと?」

フイルは絶望と、極度の疲労の中にありながら、かすかな笑みを浮かべてわたしを見た。

「おそらく、そなたのように自由になりたいからだろう。しかし、わたしにとって自由とは、そなたとは違うものだ」

ほかの者たちが周囲に集まってきた。口から口へとフイルの名前が伝わって行くが、本人はちらりとも見ない。その燃えるような黄褐色《きかっしょく》の目は、しっかりとわたしの顔を見すえたままだ。まるで、わたしの顔が、この世で見る最後のものだと心に決めているようだ。

「いますぐ殺せ」

フイルは繰り返した。今度は命令口調であった。

「ただし前からやってくれ。背中に傷を受けたことはないんだ。死ぬときにも見栄《みえ》がある。それに、まずこの手を解《と》いてくれ」

「両手を縛られて死んでも、見栄《みば》えが悪くはあるまい」

これが誤りだったのか、あれ以来悩んでいるが、少なくともあのときは、危険を冒《おか》したくなかった。わたしが合図を送ると、ケイはもう剣を抜いて、男のそばにいた。カウの息子フイルは、かすかな笑みを浮かべると、目をあけたまま、刃に向き合った。褐色のがっしりとした首から鎖骨《さこつ》へとかわるあたり――青い模様の下の皮膚はなんて白いのだろうと、わたしは思った。まるで皮をむいたハシバミの実のように白かった――その上を、またたくまに真っ赤な血がおおった。ことは一瞬にして終わった。刃を向かえるべくフイルが身を前に傾けたので、なおのこと早かった。

わたしがあのような特別なことをしたのは、このときが最初で最後だ。

われわれはフイルの両手のいましめを解き、味方の遺骸《いがい》の埋葬がすんで後《のち》に、名誉の埋葬をした。狼に掘りだされないくらい穴を深く掘り、剣もいっしょに埋めた。ただし、人が集まるように土盛りをしたり、石塚を積んだりはしなかった。風がおさまってきて、切れ目のない、柔かい雨にかわった。小麦を育てる者たちが、恵みの雨とよぶものだ。こうしてケイとわたしは、新しく掘り返された土がまだ黒々としている場所を後にした。

「この山の中で、今度みたいな激戦を、ふたたび戦う必要はないでしょうね。アルトスさま、右手が重そうですよ」

ケイが言った。

「カレドニア（スコットランド）には、今日死んだより、もっとたくさんの狼がいるよ」

「いかにも。彼らがふたたび軍団を結成して、〈大熊〉アルトスに正面から挑んでくることなど、考えられませんね。これからは、山かげに待ちぶせがいないか、うしろからナイフが飛んでこないか、気をつけた方がいいですよ」

第15章　夏至の火

　ケイの言ったことは正しかった。あれから低地地方では、敵の大軍の集結も、戦列と戦列が押し合うような激戦もなかった。そのかわり、それ以後、違ったかたちの戦いがはじまった。不意撃《う》ちとそのしかえし、偵察兵は待ちぶせにあい、山の霧の中で切り刻まれる。その報復に村が焼かれ、投げこまれた死体で川の水が汚染される…　それは表だったいかなる戦いよりも、疲れるものだった。ひとつには、たとえ冬になっても、完全に戦いの止むことがないからだ。したがって、すわって深呼吸をし、剣帯《ベルト》をゆるめられるようなときがなかった。あの最初の夏と秋、わたしはありとあらゆる手段を使って、ブリテン島の北方の原野を南部からへだてている、この低地地方の丘陵の支配を強めようと懸命につとめた。できるかぎり、周辺の族長と友好的な関係を結んだ。また必要とあらば、神々の名をもち出して脅しもした。〈海の狼《シーウルフ》〉を追い返すためには、キト＝コイト＝カレドンにつづいて、東海岸の集落を攻撃する必要があるだろう。ちょうど、リンドゥム（リンカン）の周辺で戦ったときと同じことだ。しかしその前に、低地地方の安全を確保することが先決であった。われわれは狼煙《のろし》をあげ、復讐の剣をふりまわし、人々がいままで見たこともないような重騎兵隊を動かした。こうして西に、北に走り、城や村、古い土壁に囲まれた要塞《ようさい》を攻撃し、ピクト人の国の奥地にも入りこんでいった。

キト＝コイト＝カレドンの戦いからほぼ一か月たった頃、コルストピトゥム（コーブリッジ）から補給部隊が到着し、穀物や矢に加えて、大きな革のおおいをした荷かごによって、槍の穂先やら獣脂やら包帯用の布が運ばれてきた。また（約束の額よりは少なかったが）兵士たちに払うべき金もあった。それからいく日もしないうちに、デヴァ（チェスター）からの供給物資がクネティウム（カースルダイクス）の砦《とりで》に届き、それとともに、その年の分の若駒が送られてきた。クネティウムの砦の指揮を引き継いでいたケイが、わたしの方にまわしてきた。また補給部隊は、この半年間の外の世界の消息をももたらした。遠くアンブロシウスからの緊急の知らせもはいっていた。オイスクと、その息子で、エブラクム（ヨーク）から脱出したケルディックは、カンティの国にふたたびあらわれたらしい。アエレ率いるサクソン軍はレグナムを攻め落とし、アンデリダを略奪し、ブリテンの駐屯軍を皆殺しにしたが、アンブロシウスは南白亜《チョーク》のふもとの海沿いの細長い土地に彼らを封じ込めることに成功した。ただし、いまのところ、完全に追い払うまでにはいたっていない。聞いていて格別に愉快な知らせではなかったが、すべては遠い別世界の出来事のように感じられた。

フラビアンにも便りがあった。それはデヴァからの供給物資といっしょに届いた。フラビアンは静かな片隅《すみ》に手紙をもってゆき、ひとりになってから、二枚の書字板を閉じている糸を引きちぎった。

そして、しばらくしてから、到着したばかりの馬を見ていたわたしのところに、手紙を持ってやってきた。

「あのう、アルトスさま……」

フラビアンは、厳粛《げんしゅく》な喜びに、胸がいっぱいで、うまく言葉がでてこないようすだ。

「テレリからです。子どもが生まれました！」

そんなことは言われなくても、顔を見れば予想がついた。

わたしは祝いの言葉かけ、あきらかに聞いてほしそうな顔をしていたのでたずねた。

「で、男だったのかね、それとも女の子？」

「男ですよ、息子です」

「それなら今夜、仕事がすんだあとで、祝杯をあげよう。赤ん坊はここにはいないけれども」

わたしはフラビアンの肩に手をおき、祝した。しかし、そのときわたしがどんなにうらやましい気持ちにとらわれていたかは、神のみぞ知っている。

秋になった。夏のあいだの充実した仕事のおかげで、要塞《ようさい》の守りは万全のものとなった。やがて冬が過ぎ、馬の水飲み場のそばのハンノキにふたたび樹液が上がってきて、赤い新芽が吹きだした。キト＝コイト＝カレドンの戦い以来、〈黒い矮人《こびと》〉とはほとんど交渉もとだえていた。ときおり彼らが知らせをもってくると、その礼として、冬の穀物の蓄えの余裕がある分を持って帰らせるくらいであった。しかし、いつでも、いちばん大きなハンノキに藁《わら》の環をかけておけば、夜になる前にドルイム・ドゥかその兄弟が砦《とりで》に来てくれることがわかっているだけで、充分であった。

またその春には、〈黒い矮人《こびと》〉からの、別な贈物があった。少女と九頭の馬が葬《ほうむ》られている場所は雑草におおわれていたが、そのあいだから、銀色の葉の草が生えてきて、白いたおやかな花がすっくと伸び上がって咲いた。おそらく、老女からもらった乾燥した薬草から種がこぼれたのだと思うが、あんな花はよそでは見たことがなかった。

二度目の春はケイにトリモンティウムをまかせ、ベドウィルには東海岸の襲撃にあたらせた。わたしは太刀《たち》持ちのアムロズ、フラビアン、ゴールト、その他数名という、ようやく狩猟ができるくらいの人数で、はるか南西に馬を進め、ダムノニアの狩猟場《かりば》に行った。ダムノニア。荒れたヒースの丘と、輝く小さな湖水の国。西の海の潮騒《しおさい》が聞こえるこの土地に来ると、わが家にいるような気分にせつないほど満たされた。それはこの地の部族の民が、わたしの血縁であるカドルの王国の民と、同じ血をひいているからだ。しかし西の荒れ野にまで来たのは、なにも感傷に浸《ひた》るためではなかった。忠実な部族の民をまとめ、赤い竜の味方に引き入れようというのであった。

マグラウヌスは、このあたりで最も大きな一族の長のひとりであった。この人物と取り引きをするのは、大きな賭《か》けだった。以前に受けた印象と同じで、マグラウヌスにはみじんも敵意があるわけではないが、わたしがここまで来たわけを話す機会を与えまいと、心に決めているようだった。おびえた馬でも同じことだが、怖《こわ》がるようなことを無理にでもやらせようとすることは、むだなばかりでなく、悪い結果を招くだけだ。

マグラウヌスのところで過ごそうと決めた三日間のうちの最初の二日は、昼は狩りをし、夜は広間で竪琴《たてごと》の演奏を聴いてすごした。その間三人の濃い眉をした息子たちと側近の若い者たちは、火のまわりで、子犬のようにとっ組みあいをしたり、さいころをふったり、梁《はり》のあいだにいるスズメに向かって鷹を飛ばしたりしていた。こんなわけで、族長と二人だけで話す機会はなかった。

そして三日目がきた。この日は夏至の一日前であった。どうやら族長の気が変わったらしく、ともかく話だけは聞こうという気持ちのように見えた。日の光があるうちは、われわれは城の下にあるせまい果樹園の中を歩きまわり――漁師がりんごの樹々のあいだに、網をかけて干してあった――そうして、議論した。

マグラウヌスには不満を言うべき事情があった。しかしその口調はきわめて平静で、恨むようではなかった。

「フイルの軍団を粉砕してくれたのはよいが、スコット人の侵入者が、また以前の流儀にもどって襲撃をはじめましたぞ。去年の夏の終わりには、もう、海岸沿いを荒らしていました。あなたがたのした事はちっともわれわれのためになっていません。そちらの要求する兵と武器を提供していたら、自分のところの海岸の防衛もあぶなくなりますよ、アルトスどの」

「では、蛮族《ばんぞく》の軍団があなたの国全体をめちゃくちゃにした方がよかったとでも？　わたしの兵が不足したり、武器や食糧が充分になければ、いまからでも、そういう結果を招くことにもなりかねませんよ、マグラウヌスどの」

「それは可能性のはなしです。だが、スコット人は現実に来ているのだ」

それから、強風にいじけた小さなりんごの木の下を行ったり来たりしながら説得を繰り返してみたが、マグラウヌスを動かすことはできないように思われた。

その日も、夜の儀式に備えて家畜がかり集められているくらいで、いつもと変わりのない一日だった。しかし日が暮れかけると、いつもとは違うものがあった。夏至の前の晩の夕暮れどきは、どこの城も野営も村もいつもとは違った場所になる。マグラウヌスとわたしがなおも話しながら、夕食にもどってみると、頑丈《がんじょう》な土壁に囲まれた城には、まるで太鼓が低くぼんぼんと響いているような振動が感じられた。族長の広間では――ほかのどんな家でもそうだが――男も女もおしだまったまま、いそいそと食べていた。まるで心ここにあらずというようすだ。そして食事がすむと、女たちは炉《ろ》の火と松明《たいまつ》をすべて消した。城全体が暗闇の中に息をひそめて、何かを待っているような雰囲気になった。そしてこの暗闇の中を、男も女も子どもも犬も、城内の足腰の立つ者はすべて、外に出た。はじめはわずか数名であったが、しだいに大勢の集団となり、どっしりとした土壁の門をくぐり、一マイルばかり内陸の方へと広がっている丘の荒れ野へと向かっていった。

フラビアンとわたし、それにほかの者も、マグラウヌスと側近の武人たちの後につき、音もなく流れゆく、暗い影のさざ波に加わった。そして、深まりゆく夏の夕闇の中、自ら影となって、ともに歩いていった。

暖かく、わずかに風のそよぐ晩であった。大地を包む闇でさえ、まるで日なたの上に打ち寄せてきた、透明な影の波のように感じられた。そして空はあたかも大きな緑の水晶の鐘で、北の空にはなおも光のこだまが鳴り響いているかのようだった。しかし、地面が高くなるにつれて、夜の空気は鮮明でなくなり、かすかに霧の筋がただよいはじめた。ひんやりとした海の香りが、低いところよりも強く感じられた。そして大地は、かつてメラヌドラギルで感じたような、太古の暗い力をそなえた、なじみないものとなってきた。ヒースの広がりの上の方に、小さなこぶのような盛りあがりがあり、そのまわりを囲むようにして石が立っている。数えてみると、石は九つあり、細長く、下の部分はヒースに埋もれ、上には霧の暈《かさ》がかかっていた。まるで、いままで動いていた石が、われわれの視線に気がついた瞬間、その神秘的な動きをとつぜん止めてしまったかのように見えた。

石の環《わ》の下方の平らな地面では、ヒースが刈られ、ほの暗い踊りの場所になっていたが、そこには丸太や枯れ枝が山と積まれてあった。城と同じように、浄火、すなわち命の火が蘇《よみがえ》るのを、闇の中で待っていたのだ。

わたしが少年時代を過ごしたアルフォンでも、同じようなことが行なわれた。群衆が大きな環をつくって見守る中で、九人の若い戦士が出てきて火おこし用の錐を動かすと、まるで身体で覚えているみたいに、少年のときのふるえが蘇った。父の世界がわたしにとって意味をもたないものとなり、わたしの全存在は母の世界に呑《の》みこまれてしまった。

やっとのことで火がおこった。いつもながらさんざん苦労したあげく、渦巻く煙があがり、火花が火口《ほくち》の上に散らばり、命の炎の奇跡がとつぜんおこる。歓喜と安堵《あんど》の叫びがまわりの群衆からわき起った。「今年はもう火が起きないのではないか、もう命が亡びるのではないか」という恐れをいつも抱いてしまうのは不思議なことだ。わたしにとってこの年がそうだった。今年は闇がすっぽりとわれわれをおおってしまうだろう。世はこのような暗黒の荒野となり、すべてが終わり、あの白い花は二度と咲かないだろう、と…　しかしちらちらと揺《ゆ》れる小さな炎は、頼りなげであったが、期待を抱かせるものがあった。勝利ではないにしても、何かが生き残り、闇の中で輝きつづけるだろう…　とつぜん身体の中に歓喜がこみあげてきて、わたしはほかの者たちとともに声をあげた。人々は押しあいながら前に進み、たきつけ用のわら束に火をつけ、その火を闇の中で待ちうける薪《たきぎ》の山につっこんだ。眠っていた丸太や枯れ枝の山は目を覚まし、熱と煙と輝きを発しながら音をたてて燃えさかる、夏至の炎となった。赤い光に照らされると、暗い影が生身《なまみ》の人間となり、喜びにあふれる男女の姿があらわれた。炎の舌が薪《たきぎ》の山をさらに包むと、人々のあいだから喜びの叫びがあがり、長い叫びに叫びが重なると、最後には、丘の上を大きな翼をつけて羽ばたくような賛美《さんび》の歌になった。

歌声がやみ、喜びの声がはじけると、しばらくのあいだ奇跡は遠のく。そうしていつもながらの酒盛りがはじまる。神秘にあまりに近寄りすぎたから、いまはそうぞうしい日常の向こうに神秘を追いやろうとしているのだろうか…

火が鎮《しず》まってくると、人々は山の囲いにあらかじめ閉じこめておいた家畜を連れてきて、鎮まりつつある炎のあいだをくぐらせ、その年も多産であることを祈念した。これもわたしの少年時代からあった。おびえた目をした、大きな角の頭が、炎の中でふりあげられる。ひるむ雌馬《めすうま》のあとに、子馬がつづく。はねまわる羊の群れ。鋭いひづめに蹴られて、飛び散る炭。たてがみにくっつく火花。馬や牛のいななき。牧童の叫び。牧羊犬の吠《ほ》え声。

人々は、あたりに散らばった炭に枝の端をつけて、浄火を消さないで、とっておこうとした。そして頭上でぐるぐるとまわすと、煙る炎はまるで馬のしっぽのように見えた。また枝の炎を旗のようになびかせながら、城に走って帰る者もあった。また浮かれ騒ぎ、踊り出す者もいたが、すべてがうす靄《もや》に包まれた沼の鬼火《おにび》のように幻想的な光景であった。男も女も踊りの輪の中に入っていった。とつぜん踊りの音楽が流れた。あるいは音楽が先だったのかもしれない。どちらか知らない。

それは銀の笛の奏でる、かすかな旋律だった。まるでその輝く糸に結ばれているかのように、人々は強くすい寄せられていった。そしてみるみる長くなりまさる踊りの輪の中で、人々は二人一組になり、踊りながら進んでいった。古くからの豊饒《ほうじょう》を祈願する複雑な踊りで、輪から出たり入ったりしながら、散らばった火のまわりを右まわりにまわりつづけるのだった。そのとき、わたしは女を見た。

女は周囲の騒ぎからは奇妙に遊離したようすで、離れて立っていた。ぐるぐるまわる松明《たいまつ》の火が黄《き》褐色《かっしょく》の結っていない髪を照らすことはあったが、それ以外のときは、なかば陰に沈んでいた。

それが誰であるかは百も承知だった。族長の娘グエンフマラだ。ここ三日間というもの、もう何度も何度も見ていた。ほかの女とともに、父親の客であるわれわれをもてなしたからである。彼女の手から、主賓の酒杯を受け取りさえした。しかし、心の表層で彼女がそこにいるのを感じてはいても、格別にその存在を意識していたわけではなかった。ところが、いまは…この夜の雰囲気のためだろうか。笛の音、霧、あるいは揺《ゆ》れる松明のせいだろうか？　それとも、たんにヒースのビールのせいだったのかもしれないが…　娘の方を見ると、娘はわたしの目の中に飛びこんでくるような気がした。わたしは全身で娘を意識した。女というものをそういう目で見たことは、ここ十年来なかった。わたしが見つめると、彼女はまるで手で触れられたみたいに身体をぴくりとさせ、そっぽ向いた。そしてまたこちらを見た。

わたしは征服者のように笑いながら娘に近づいていった。たいそう酔っていたのだろう。しかしけっしてビールのせいだけではなかったと思う。とにかく娘の手首をつかむと、踊りの輪の中にひっぱっていった。ほかの者が後ろに加わり、はるか前方で、こちらへ、こちらへと誘うように、澄んだ笛の音がした。踊りの輪は広がってゆき、九つの石を囲んで遠ざかったり近づいたりしながら、そのあいだを、ちょうど祭りのための花環をつくるときのように、縫《ぬ》うように進んでいった。まだ輝いている残り火のまわりもまわった。ときには先頭にたつ者の指示で、火と石の環のあいだを横切りながら、大きな八の字を描いた。ねじれたり、環になったりしているうちに、石の上の方で、霧もわたしたちといっしょにぐるぐるまわっていた……そして解かれた女の髪は、クマツヅラの香りを運んできた……

はるか遠くで叫び声があがり、魔法は解けた。そして城のはるか下の方から、距離のせいで小さいものの、急を告げる角笛《つのぶえ》の音がした。人々はぱたりと踊りをやめ、ばらばらになって、海岸の方にじっと目を凝《こ》らした。すると船着場の方角から、あきらかに夏至のかがり火ではない火が、闇の夜空に舞いあがるのが見えた。

「スコット人だ、また、スコット人だ！」

わたしはつかんでいた女の手首を放すと、〈騎士団《きしだん》〉の仲間を呼んだ。「フラビアン、アムロズ、ゴールト、こっちに来るんだ」

三人がわたしのもとに集まってきた。ビールの酔いをふりはらい、祭りの気分からも抜けようとしながら、やってきた。狼皮の鞘《さや》におさまった剣に手がかかっている。マグラウヌスの戦士の多くは、夏至の前夜祭に来るのに、短刀しか持っていなかった。それが古くからの名誉あるしきたりだったのだ。しかしそうしたしきたりのおろかさを、われわれはよく承知していた。名誉などというものはとっくの昔に捨てたからこそ、〈海の狼《シーウルフ》〉にも勝つことができたのだ。そんなわけで、スコット人来襲の報《ほう》に接したとき、われわれの方がマグラウヌスの家来たちよりも準備が万全であったのだ。

われわれは族長とその側近よりも先に、海岸を——はるか遠くに炎の見えたところを目指して走りはじめた。ヒースの根につまずき、心臓ははげしく鼓動したが、海からの風に向かってつっこんでいった。下に行くにつれて、焦げくさい臭《にお》いが強くなってきた。船着場の下の浅瀬に、皮でおおわれた舟が二艘《そう》あった。そして燃えさかる漁師小屋とわれわれとのあいだに、人影が見えた。おそらく夏至の火が焚《た》かれる晩は、誰も見はりがいないと読んだのだろう。彼らは叫び声をあげ、寄り集まると、われわれの方に向かってきた。こちらは切れた息で精いっぱい叫びながら、彼らに襲いかかった。

それから後のことは、混沌《こんとん》以外何も頭に残っていない。おそらく、ヒースのビールと、太古の時代の魔力が残っていたのであろう。酔ったまま戦いに赴《おもむ》くというのは体験してみる価値のあることだが、鮮明で細かい記憶は残らない。ただし、いくつかのことは頭に残っている。それは、もう二度と出会うことがなかろうとおぼろげに感じていた驚きと美の世界から、急に切り離されてしまった真っ赤な怒りの感情と混じりあった、記憶の断片だ。ヒースがいつのまにか柔かい砂にかわり、砂が足の下を滑べり、へこんだ。敵を船着場から追い落し、浅瀬で戦おうとしたときの、足首を包んだ冷たい水の感触。スコット人の盾に塗った石灰の白い粉が、炎で金色に輝いていたこと。水際《ぎわ》のあちこちに、死体がぶざまに転がっている光景。そして誰かが、来年は招かれざるカラスも一羽減るだろうと、興奮して大声で笑いながら叫んだ。そして驚いたことに、戦いの最中に肩を槍で刺されたらしく、左腕が真っ赤な血に染まっていた。

戦いが終わってすっかり酔いも覚めたわたしは、陸に向かった。激しい怒りは燃えつき、肩を押さえながら、城への帰途についた。誰か女が包帯をしてくれるだろう。嵐に打ち寄せられたみたいに、屍骸《しがい》が波うちぎわに散らばり、小波が来るたびに、打ち上げられては引きもどされている。もう夜明けが近かった。燃える漁師小屋と舟とのあいだは充分に明るかった。昨日、マグラウヌスと議論しながら歩いた果樹園を囲んでいる塁壁《るいへき》の近くに、仲間から離れて死んでいる男の亡骸《なきがら》があった。目を引くのは、それればかりではなかった。わたしは立ち止まると、死んだ男ではなく、男のそばを離れようとしない、生きている犬の方に目をやった。アイルランドの大型の猟犬のことは、話には聞いていた（聞いたことのない人などいるだろうか？）。いま、わたしの目の前にいるのが、まさにそれだった。そこに立ち、頭を上げ、警戒してこちらを見たが、すばらしい犬だった。三か月の子馬の肩くらいの高さがあり、黒と琥珀色《こはくいろ》のぶちで、胸の部分だけが、ちょうどカバルと同じように、炎のせいで銀白色に輝いていた。この犬はきっと襲来者の隊長のものだったのだろう。このような犬はどんな戦闘に連れていっても、それなりの働きをするものだ。わき腹に開いた傷口を見れば、戦いから逃げようとしなかったことがわかる。わたしは犬に一歩近づいた。犬は動かず、牡牛のような喉《のど》を鳴らした。もう一歩前へ出れば、犬は飛びかかろうと身がまえるだろう。そしてさらに一歩進めば、喉に噛みつくだろう。しかし、この瞬間、もはや変わることのない強烈な確信をもって、この犬こそが、カバルが死んで以来わたしが待ちつづけてきた犬だと思った。この犬のためにこそ、わたしはほかのどんな犬をもカバルとはよばなかったのだ。

フラビアンとアムロズがわたしに追いついてきた。マグラウヌスの三人の息子もいっしょだった。

わたしは後ろにさがるよう手をふった。

「いったいどうされたのですか…」とフラビアンがたずねた。

「犬だよ。あの犬はもらった」

「犬のことなどかまってないで、ご自身の腕の手あてをなさらなければ」と、若いアムロズがせきたてた。

「腕の方は待てる。犬は、ここで逃したら、二度と同じようなのは見つからない」

こんなことを言うなんて、アルトスはまだ戦《いくさ》に酔ってるぞ、出血のせいで頭が鈍《にぶ》ってしまったのかなと、二人がわたしの背のうしろで目くばせをしているのを、わたしは知っていた。

そこに族長の次男のファリックが口をはさんだ。

「さあ城に来てください。この犬は主人のもとを離れませんよ。兄たちといっしょに、あとで縄をつけてひっぱってきますよ」

「ばかなことをいうんじゃない。縄をつけて死んだ主人から引き離したりしたら、この犬はもうおしまいだよ。さあ行くんだ。さもないと、お前もわたしも喉《のど》を嚙《か》みつかれるぞ」

われわれが息をひそめてしゃべっているあいだ、犬は動きもせず、炎で緑に輝く目で、わたしの顔を見つづけた。

わたしは果樹園を囲む壁際《かべぎわ》にしゃがみ、犬に敵愾心《てきがいしん》を抱かせるようなことをしないよう注意しながら、じっと身を固くした。しばらくすると、ほかの男たちが海辺の丈の高い草のあいだをぬって、渋々立ち去る足音が聞こえた。右手で傷口を押さえてはいたが、指のあいだから、血がゆっくりとしたたり落ちている。いったいどれくらい持ちこたえられるだろう？　ふと、そんな思いが頭をかすめたが、わたしはそれを無理に払いのけた。犬はなおも動かない。わたしは見つめることで、犬を支配しようとした。どんな犬も、数秒以上人間と視線を合わせてはいられない。この犬もたびたび目をそらし、自分の傷口を舐《な》めた。しかししばらくすると、かならずわたしの方に向いた。こんな場面を見ている人がいたなら、戦いの後で何時間も犬を睨《にら》み倒そうとしているわたしの姿は、ずいぶんおろかに映ったことだろう。このわたし自身、ばかなことをしたものだと思う。しかし、あのときはそうは思わなかった。それは意志と意思の戦いだった。そして、それはいつまでも続いた……夜明けがやってきて、漁村の火事は鎮火し、風にいじけた小さなりんごの木の影が、塁壁《るいへき》を越えて長々と砂の上にまで伸びていたが、それが徐々に短くなりはじめた。一度か二度、犬は主人の亡骸《なきがら》に鼻をこすりつけたが、その後でかならず、わたしの方に向いた。夜のあいだ緑に輝いていた目は、琥珀色《こはくいろ》の澄んだ色になり、太陽の光に暖かく輝いていたが、そこには当惑の色がありありと浮かんでいた。わたしは、その目の奥で、亡くなった主人に対する忠誠心がわたしに挑んでいるのだろうと思った。

海からの風に草が揺《ゆ》れ、りんごの枝の影も揺れた。潮が引いて戦いの跡もきれいになり、波の形のついた砂の上を、カモメが鳴きながら舞っていた。背後に人の気配がし、小声だが、ただならぬ口調で、誰かがこう言った。

「アルトス、来るんだ。その傷を何とかしなければ。お願いだ。血まみれなのがわからないのか」

わたしは言った。

「いいか、よく聴くんだ。許可なしに、犬だろうとこのわたしにだろうと近づいてみろ、殺してやる」

ことの終わりは、この直後に訪れた。こうしたことのつねとして、それは出しぬけにやってきた。馬や鷹を調教するとき、野性動物としての本性が、動物にも人間にも、これ以上は無理という限界まで戦った後で、とつぜん人間を受け入れ、そのときまで拒絶してきたものを、自らの自由意志でゆずることになるものだが、この場合も、それに似ていなくもなかった（というのも、結局のところ重要なのは、動物の方から自主的に服従することであり、人間が強制して従わせることではないのだ。犬の場合はふつうこれとはことなる。犬は人間の世界に生まれてくるものであり、はじめから人間を理解しようとするものだからだ）。犬は、わたしを主人と認め、受け入れた。愛や憎しみというものは、ほとんどの場合共存しているものだが、それと同じような葛藤《かっとう》が犬の中でもあったに違いない。長い一瞬のあいだ、外にはどんな兆しも現われなかった。そこで、わたしの方から働きかけることにした。わたしはゆっくりと手をさしのべ、「カバル、カバル」と呼んだ。

犬は哀れっぽく鼻をならし、亡くなった主人の首を舐《な》め、ふたたびこちらを見ると、おずおずと前へ出たが、またすぐに立ち止まってしまった。

「カバル」

わたしはもう一度呼んでみた。

「カバル、カバル、来るんだ」

すると犬はかすかに頭を下げ、じりじりとほんの少しずつ、こちらにやってきた。ときどき立ち止まっては、亡くなった主人の方をふりかえる。目には見えない犬の魂が、二つに引き裂かれていたのだろう。しかし、いまは慈悲をかけている場合ではなかった。慈悲は後でよい。

「カバル、ここだ！　カバル！」

犬はなおも躊躇《ちゅうちょ》していたが、その誇《ほこ》り高い顔をわたしに向けたかと思えば、またもとの主人の方に向けたりした。しかし、やがて耳をつんざくようなかん高い声で鳴くと、まるで鞭《むち》うたれたかのように伏せた姿勢で、わたしの方へと歩きはじめた。もはや後ろをふりかえることはなかった。犬はわたしが伸ばした手に寄ってきたので、わたしは耳と鼻を撫《な》で、指の間に固まっている血を舐《な》めるがままにさせておいた。そうしているあいだもずっと、わたしは犬のことを新しい名前で呼び、何度も何度も繰り返した。

「カバル、今日からはカバルだ。カバルだよ、カバル」

なおも話しかけながら、わたしはベルトを何とか手探りではずすと、片手でそれを犬の青銅の鋲《びょう》のついた幅広の首環《くびわ》にすべりこませた。

「さあ、行くぞ。わたしもいっしょだ。行くぞ、カバル」

何を言ってもよかった。声を出して名前を繰り返すことが、われわれのあいだの絆《きずな》を固めるのだった。わたしは果樹園の壁を押して、けんめいに立ちあがった。しかし、消耗しきった脱力感とともに足がふらつき、身体がかちんかちんに固まってしまったような感覚にとらわれた。まるで、草の中にうつ伏せになって倒れているあの男のようだ……　あの男から、この犬を取りあげてやったのだ……　わたしは焼け落ちた漁師小屋の方を見た。次に城へと上ってゆく道を見た。果樹園の塀の角のところで、フラビアンとアムロズが立っている。おそらく一晩中待っていたのだろう。二人は急いで立ちあがろうとした。

　わたしが二人の方へよろよろと向かいかけると、大きな猟犬はわたしに並んでゆっくりと歩いた。しかし歩きながらも、この犬のどこかに、死んだ主人への未練が残っているのを感じた。そして、いま生まれたばかりの絆を深めていくには、まだ日を要するということも…… とつぜん、次の一歩を踏みだそうとした瞬間、海と浜辺がぐるぐるとまわりだした。フラビアンの顔が近づいてきた。そして大地から波が押し寄せるように、暗黒がごうごうとうなりながらわたしを呑《の》みこんだ。

　ふたたび光が現われた。が、それは海辺の朝の冷たい光ではなく、煙のかかった、ランプのかすかな輝きだった。頭がはっきりしてくるにつれて、自分がマグラウヌスの客間の寝台に敷かれた羊皮の上に横たわっていることがわかった。左腕は、おろかにも動こうとして発見したが、わきに固定されていた。わたしのそばにすわっていた者が、すばやく身を乗りだして、言った。

「じっとしていてください。傷口が広がります」

　しわがれた声に、目を細めて横目で見ると、そこには若いアムロズの心配そうなそばかす顔があった。

「犬はどこだ?」

　わたしはたずねた。舌はまるでゆで皮のようにつっぱっていた。

「前庭に番犬といっしょにつないであります」

　太刀《たち》持ちのアムロズがいった。そしてこちらが「なんてことをしてくれたんだ」という顔をすると、

「つなぐしかなかったんです。あの犬は兇暴《きょうぼう》です。漁師の網を使ってやっと捕まえたんですよ。そ

れでもこっちはえらい目にあったんです」

「ばかなことをしてくれたものだ」

わたしは力なく言った。彼らのしたことがどれだけ害になったか、はたしてふたたび犬を従わせることができるのかどうか、おおいに疑問だ。

「牛が牛舎にはいる時間がくれば、あの犬もほかの犬といっしょに放すのだな」

「いいえ、あの犬は兇暴《きょうぼう》だと申しあげているでしょう。餌《えさ》を持っていっても、誰も近づけないのです。グエンフマラ姫は別ですけれどね。狼を城の中に放し飼いになんてなさらないでしょう？　じきに体力が回復されるでしょうから、その時に犬をごらんになりたければ、われわれで口環《くちわ》でもはめて、ここに連れてまいりましょう」

わたしは首をふった。

「つながなきゃよかったのになあ。だが、殺さないなら、そうするしかないというのは分かった。だが、つないだ以上は、誰も放してはいけないぞ。このわたし以外はな」

「かしこまりました」

アムロズがあまりにもほっとしたようすで答えたので、こちらも思わず笑ってしまった。しかし笑うと傷口が傷《いた》んだ。

「フラビアンを連れてきてくれ。ケイに伝言がある。わたしは槍傷を肩に受けてここに休んでいるが、馬に乗れるようになりしだい、トリモンティウム（ニューステッド）にもどるとな」

「そのような手はずはすでに整えてあります」

アムロズが答えた。

そしてひとりの女がランプの向こうの暗がりから現われ、両手に碗を持ってわたしの上に身をかがめた。濃い黄褐《きかっしょく》色の三つ編みが前に垂れ、わたしの胸をかすめた。

「もうお話は充分でしょう。さあこれを飲んで、またおやすみください。飲めば飲むほど、眠れば眠るほど、早く馬にお乗りになれますよ、アルトスさま」

族長の娘グエンフマラだった。しかしこのときのわたしはしらふで、どうしてこの女を前の晩に荒れ野での踊りの列にひっぱっていったのか、ほとんど思いだせなかった。髪にはクマツヅラの香りはしなかったし、わたしは例の犬のことしか頭になかったので、アムロズがこの女とカバルのことについて言ったことだけが気になった。

「どうしてあの犬はそなたをそばに近づけたんだろう？　ほかの者にはそんなことをさせなかったのに」

わたしは少々嫉妬《しっと》深くつぶやいた。スープに入っている眠り薬がききはじめていた。

「わかりませんわ。昔、女の人に優しく話しかけられて、暖かい食べ物でもつまみ食いさせてもらったのでしょう。それにわたしたち女は、男の人みたいに恐いことをしないし。鎖《くさり》でつないだりしませんわ」

グエンフマラは碗をかたづけた。

「だけどあの犬は、いくらわたしでも触らせませんわ」

「何も触ったりしなくたっていい。それよりもあの犬を生かしておいてくれるね」

「このわたしにできることはいたしますわ…　さあ、おやすみなさいませ」
いく日かが過ぎ、あいかわらずわたしは客間に寝て、グエンフマラ姫と、かつての乳母であるハイイロガラスのような老女に看病してもらっていた。そのあいだもフラビアンをはじめ、その他の〈騎《き》士団《しだん》〉の者たちがやってきては帰っていった。そしてマグラウヌス自身も見舞いにきては、皮の椅子に腰をおろし、左右の手をそれぞれ大きく広げた膝《ひざ》の上にのせ、世間話をしては、たくさんの質問をするのだった。それらの質問の中には、わたしの身の上にかかわるものも含まれていた。妻はいるのか、恋人はいるのかと聞かれ、「いない」と答えた。マグラウヌスの質問の意図に気づかなかったとは、何ともおろかだった。

三日目のことだった。女たちのよこす薬草を飲んでいたにもかかわらず、頭が熱くなり、混濁《こんだく》し、傷が炎症をおこした。そしてしばらくは、記憶していることがほとんどない。そのうち傷の炎症もおさまり、癒《い》えてきた。しかし、スコット人が侵入したときに新月だった月がふたたび新月にもどる頃になって、ようやく寝床から這《は》い出し、生まれたばかりの子牛のようによろよろしながら、客間の入口の前の日だまりまで行ってそこに腰をおろし、雄鶏《おんどり》が堆肥《たいひ》の山のそばで褐色の雌鶏《めんどり》のあいだをいばって歩くのを眺めた。雄鶏は、弓のようなご自慢のしっぽの羽に日ざしをあびて、黄金虫《こがねむし》のような緑色と青銅色に輝かせながら、わが物顔に歩いている。まもなく、一羽の雌鶏にねらいをつけ、羽を広げて突進した。しかし雌のところまではわずかに及ばず、飛びかかったところが、足をしばる紐《ひも》のぎりぎりの限界だったので、急に止まってつんのめった。ほこりにまみれて怒りくるいながらも、かっこうがつかない。雄鶏はそれにもめげず、同じことを三回繰り返した。わたしは、とつぜん、もうたくさんだと感じて、戸口付近の花をつけた草を引き抜き、編みはじめた。

もっと体力が回復してくると、わたしは待ちかねたように前庭までそろりそろりと歩いていった。真夏の暑い昼下がりであった。人っこひとりいない前庭には、陽炎《かげろう》が立っている。つながれた犬たちが寝そべっていた。眠っているのもいれば、しつこい玉虫色のハエをはらっている者もいた。わたしは例の犬を探した。すぐには見つからなかった。というのは、泥炭《でいたん》の山の細い日かげに鎖をいっぱいにまでのばして、身を寄せていたからで、黒と琥珀《こはく》の毛並が完璧に背景に溶けこんでいたのだ。わたしはじっと立って、名を呼んだ。反応があろうとは思っていなかった。しかし犬は身ぶるいをして、足にのせていた大きな頭をもちあげた。まるでわたしの与えた名前が、記憶に触れたかのようだった。わたしは「カバル」と呼んだ。ふたたび「カバル」と呼ぶと、次の瞬間犬は立ち上がり、鎖をひっぱってわたしの方に来ようとした。息をつまらせながら、なんとか頭をもちあげて、答えようとした——はげしく哀願するような声で。

「静かに。もう静かにするんだ。行ってやるからな」

自分の方に来てもらえることを知ると、カバルはもがくのをやめ、静かになった。そうして頭を上げ、金色の目をこちらに向け、しっぽを自信なげにふりながら立っている。わき腹の傷は癒《い》えたようだが、それをのぞけば、ひどいありさまだった。自尊心が消え失せたため、汚れて悪臭を放ち、毛並は荒れ、かつてはきれいだった毛皮の下にあばら骨が見えていた。重い首環《くびわ》をつけたまま無理にひっぱったせいか、首のところがこすれ、ただれていた。後でわかったことだが、ほとんど食べ物を受けつけなかったらしい。胸も張り裂けんばかりだったに違いない。

わたしはかがみこんで、重い鎖をはずしてやり、犬の鼻と耳を撫《な》でた――こんなに毛がかさかさしているのに、耳はとても柔かかった。疲れきったため息をひとつつくと、カバルはわたしにもたれかかってきたので、まだ足がふらついていたわたしは、よろめいて転びそうになった。

前庭を出ると、カバルはつながないでも、鼻先でわたしの手にふれながら、横を歩いた。わたしは犬を客間に連れて帰り、おい、誰かいないかと、人を呼んでみた。フラビアンが走ってきた。

「肉を持ってきてくれ。こいつ、骨と皮だけになっちまった」と、わたしは命じた。わたしの横に立っている犬の、頭の毛が立とうとしている。

「一体全体なぜ、こんなになるまで放っておいたんだ？」

「アムロズからお聞きになったでしょうが、この犬を放すわけにはいかなかったのです。そんなことをしたら、人が死んだでしょう。だけど、つないだままでは何も食べないのです」

「グエンフマラ姫ならば――」とわたしが言いかけると、

「グエンフマラ姫がいなければ、この犬はとっくに死んでいたでしょうよ。だけど、そのグエンフマラ姫でさえ、身体に触らせてもらえなかったのです。一度だけ、わき腹の傷口に薬をつけようとして、触ろうとしたのですが…　そのとき、噛《か》まれてしまいました」

「噛まれただと？」

「たいしたことはありません。看病してもらうとき、腕に跡がついているのに気がつきませんでしたか」

「いや、気づかなかった」

そのことをわたしは恥じたが、まだ腹がたっていることにはかわりなかった。

「わたしには話がなかったじゃないか」

フラビアンは例のきまじめで、動じない目をして言った。

「申しあげませんでした。そんなことをして何になるというのです。やきもきして、また熱がでるのがおちです」

まさにそのとおりであった。一瞬の後にわたしもそれを認め、うなずいた。

「たしかにそうだ。さあ、料理場にいる女を口説いて、肉をもらってきてくれ。後はもう用はない。ほかの者にも来るなと言ってくれ。やらなければならないことがあるんだ」

しばらくして、カバルの肩に手をのせたまま、大きな血のしたたる豚の臓物を置いてやると、犬はようやく腹いっぱい食べた。

数日後、犬が充分になつき、わたしの体力も回復したと思ったので、ほかの犬とのいざこざを避けるために革紐《かわひも》を首につけ、族長の広間での晩餐《ばんさん》に犬を連れていった。病《やまい》に臥《ふ》せっている間にすっかり鬚《ひげ》が伸びたので、それを整えるのに思ったより手間どり、わたしは遅刻した。すでに大部分のマグラウヌスの側近が集まっていた。フラビアンのほか、〈騎士団《きしだん》〉の者を引き連れて入っていくと、彼らは立ち上がり、自分の前の食卓を短刀の柄《つか》でがたがたと叩《たた》いて、族長にするようなあいさつをした。この騒ぎにカバルの耳がぴんと立ち、威嚇《いかく》するようにうなったので、落ち着かせなければならなかった。

「どんなものでも、手なづけてしまうようだな」

大きな犬を従えて、上座の方に歩いてゆくわたしに、マグラウヌスが言った。

夕食はおおいに盛りあがり、スコット人に対する勝利を祝う晩餐《ばんさん》となった。わたしはマグラウヌスとともに、みごとな赤い牡鹿の皮の敷かれてある、上席にすわった。カバルは警戒しながら、わたしの足もとの、シダが撒《ま》かれている上にすわった。その晩のごちそうは熊の腿《もも》肉をあぶったもの、うすい色の大麦のパン、山羊のヨーグルトであった。音楽師のフランが、このたびのスコット人の襲撃でもっとも活躍したことに感謝して、わたしと〈騎士団《きしだん》〉の者のために曲を作って歌った。ベドウィルが作るような曲ではなかったが、西海岸の波のうねりと、そこを渡るオールを連想させるような陽気なしらべであった。漕《こ》ぎ手の息を合わせるための、舟歌にもなりそうな曲だった。

マグラウヌスの広間では昔からの風習《ならい》に従い、女は男といっしょに食事をとらず、自分たちの場所でとった。しかし、食べ終えると、酒の酌《しゃく》をしに入ってきた。そのいっぽう、給仕をしていた小柄《こがら》な肌の黒い奴隷たちはどこへともいなくなるか、火のそばで犬にまじってうずくまるのだった。食事がすむと、今晩もグエンフマラがしきたりどおりに入ってきた。そしてほかの女たちも、その後について来た。彼女は、乳母《うば》のブラニッドと同じくらい頻繁《ひんぱん》にわたしの看病にきた。しかも、ブラニッドよりはるかに優しかった。しかし、夏至の火のそばでの、あの鮮烈な瞬間を別にすれば、わたしはグエンフマラをまともに見ていなかった。いまも、グエンフマラを見ているような気がしなかった。しかしこうしてふりかえってみると、このときの彼女がどんなようすだったか、はっきりと覚えている。

不思議なことだ……

グエンフマラは青とあずき色のチェックの長衣《ガウン》を着て、肩のあたりで、赤っぽい琥珀《こはく》と、金の留めがねでとめていた。黄褐色の長い三つ編みの先には小さな金のりんごがついていて、歩くと、それがかすかに揺《ゆ》れて、いまにも鈴のように鳴りそうな錯覚をおぼえる。彼女は大きな深緑のガラス杯を両手にささげ、ゆっくりと広間を進んできた。化粧がたいへん濃かったので、かなり向こうにいるときでも、まぶたの上の緑の顔料が見えた。アマツバメの黒く短剣の刃のように鋭い翼のように、眉《まゆ》が濃く長くひかれているのもわかった。

グエンフマラは、静まりかえった広間をゆっくり、ゆっくりと進み、台座への段を上ると、あふればかりの杯《さかずき》を父親の手に渡した。

マグラウヌスはよろりと立ち上がり、杯を持ちあげたが、その際に少しこぼした。蜂蜜《はちみつ》のようにどろりとした黄金色の液体が、指のあいだをしたたり落ちるのが見えた。マグラウヌスは赤褐色の眉《まゆ》の下から、わたしを見ると、こう言った。

「〈大熊〉アルトスの健康を祝し、ブリテン伯のために乾杯！　太陽と月がゆく手を照らさんことを。その右腕がいつまでも衰えんことを」

そして頭をうしろに傾け、口に杯をつけ、酒を飲んだ。しかし杯から口を離しても、マグラウヌスはそのまま杯を持ったまま、緑の上から、きらきらと輝く、何か意味ありげな目でわたしを見ている。これはまだ何かあるなと思い、とつぜん、頭の中にどくんどくんと警鐘の響くのを感じながら、相手の出方を待った。

「スコット人が来る前に二人のあいだで話していたことをずっと考えていたが――わたしの言ったとおりであることは、ごらんいただけたと思うが――あのときは、ああ言ったものの、やはりそなたの言うとおり、今後やってくる侵略者に対して、お互いに同盟を結んで防ぐべきではないかという考えに傾いてきた。そこでわれわれが同盟を結ぶために、絆《きずな》がいるのではないかと思うようになってきた。さあ、その絆に、乾杯」

マグラウヌスは大きな杯の半分以上を空けてしまうと、わたしの方に差し出し——そのときには、わたしも立っていたが——そうして「君も飲むんだ」といった。

マグラウヌスから杯《さかずき》を受けとるとき、中央の炉《ろ》の明かりが杯のぶ厚いガラスを通して輝き、黒っぽい金色の炎が満ちたように見えた。

「どんな絆に乾杯するのでしょう?」

危険の感覚が、頭の中にずきんずきんと走るのをなおも覚えながら、わたしはたずねた。

「親族の契《ちぎり》ではいかがかな? それが何よりもかたいのではなかろうか。娘のグエンフマラを嫁にもらってくれ。そうすればわれわれは兄と弟、父と子の絆で結ばれることになる」

一瞬、わたしは腹の底に一撃をくらったような気がした。どうしてこんな公の席でこんなことをもちだすのか、相手の気が知れなかった。自分の館《やかた》に集まった大勢の面前で、娘の体面が保てなかったらどうするのだろう。それとも、めでたいことはすべて一緒にして、今宵《こよい》を盛大で輝かしい夜にしてしまおうとでもいうのだろうか。そして、このわたしが申し出を断わることなど、考えてもいないのだろうか。あるいは、わたしが断わりにくいようにしむけたのか。この男は賭《か》けたのかもしれない。あるいは、男と女のことに、見かけよりも気をきかせたがる男なのだろうか? いつのまにか、わたしはびっくりしてグエンフマラの方に向いていた。グエンフマラの顔は、みるみる、痛々《いたいた》しいほど真っ赤に染まっていった。グエンフマラも何も言われていなかったのだ。しかし彼女は、わたしと違って、このようなことを予感していたのではなかろうか。それで若者が鎧《よろい》を身につけるように、厚化粧をしたのではないだろうか。どうしても同盟関係が必要なところで、敵を作るわけにはいかない。なんとかお互いのためになる解決策はないものだろうかと、わたしは必死で考えをめぐらせた。そうして気がついてみると、こんなことを口にしていた。

「友マグラウヌスよ、たいへん名誉なことです。しかし今晩中に返事をというのは、どうかご容赦《ようしゃ》ねがいたいものです。夏至の火が消えてから、収穫祭［昔八月一日に行なわれた］の松明《たいまつ》が灯《とも》るまでは、女のことを考えることさえ禁じられているのです。これは生まれたときからの禁忌《タブー》なのです」

ひどくとっぴな言い訳に思われたが、たとえばスコット人の英雄コナリー・モルが、タラ山の周囲を右回りにはめぐらないとか、夜に火明りの見える家では寝ないなどといった禁忌と同じことで、禁忌としては、そうありえない話ではない。とにかく誰も反論はできなかったので、少なくともひと息つくだけの間はかせげた。

広間にざわめきがおこり、女たちがささやきあっている。族長は眉《まゆ》をひそめた。二本の眉が鼻の上でくっつきそうになり、目の下が深紅に染まった。いっぽうグエンフマラの方は、ちらりと見たところ顔面蒼白《そうはく》で、まぶたと頬骨《ほおぼね》の上の化粧がどぎつく際だっている。それでも彼女は、かすかな微笑《ほほえ》みを浮かべ、静かにわたしに視線をかえした。

そのとき、一瞬の静寂《せいじゃく》の中に、族長の低い笑い声が響きわたった。

「よしわかった。五日が何だというのだ。愉快に過ごそうではないか。五日たったら、返事をもらおう。とにかくわれらの友情の絆《きずな》に乾杯といこう！」

五日だと！　どのくらい床に就《つ》いていたのか、すっかり忘れていた。夏至を過ぎてどのくらいたったのかを。が、何はともあれ、五日の猶予でも、ないよりはましだ。

「二人の友情に乾杯！」

わたしもそう言って、甘くて強い酒を飲み干し、杯《さかずき》をそばにいたグエンフマラの手に渡した。娘の手がふるえているな、と思った。それでも彼女はにこりと微笑《ほほえ》み、無理をしているとわかるような、愛らしくも堂々とした態度で杯を受けとり、ほかの女たちのところへもどった。

広間が静まりかえり、居心地が悪くなったところへ、とつぜん犬の喧嘩《けんか》のうなり声が聞こえた。カバルはそれまで、ほかの犬がえらそうな顔でけんか腰で近寄ってきたときだけ、毛を逆立て、うなり声をあげたが、あとはおとなしくわたしの足もとに伏せていた。それが急に立ちあがり、声をかぎりに吠えたかと思うと、一度に三匹の犬に向かっていった(後になって知ったが、カバルはほかの犬と喧嘩をする方ではなかったが、いざそうするときには、数の差などまるっきり問題にしないのだ)。ほかの犬もほとんどが喧嘩に加わったので、しばらくのあいだは割って入ろうとてんでこまいで、燃え木を持ってきたり、ビールを撒《ま》いたりするのだった。とうとうカバルを抑えつけ、吠《ほ》えたてる敵から切り離し、ほかの犬もほとんどが外に放り出されると、さっきの出来事は忘れ去られたかのように見えた。そしていままでにもまして、ビールの壺《つぼ》が男たちのあいだをぐるぐるとまわるのだった。

わたしには、カバルがわたしを守るために戦ってくれたような気がしてならなかった。

第16章　収穫祭の松明《たいまつ》

次の朝、わたしはカバルを口笛で呼ぶと、城の裏手の荒れ野に向かった。子どもの頃つらいことがあるとよくそうしたように、人気《ひとけ》のない、高い場所を目指したのだった。自分の体力を試してみようという気持ちもあった。収穫祭さえ終われば、マグラウヌスの城からできるだけ早く退散するのが賢明というものだ。空には嵐の雲が飛ぶように流れ、ヒースの花が咲きそめている荒れ野の上に、たえまなく陽《ひ》が差したり、翳《かげ》ったりするので、ある瞬間には斜面全体が桑の実のように真っ黒になったかと思うと、次の瞬間には淡いワインが一面にこぼれたようになった。そして光が荒野の上でさまざまに変化するにつれて、わたしの心も移り変わり、歩きながら思いが千々に乱れた。こうしてさまざまに思いが移ろったにもかかわらず、ただ一点、グエンフマラとは結婚すまいという決意は変わらなかった。妻をめとるという考えにしりごみを感じたというのも事実だが、それよりも何よりも、わたしのような生き方には女の入る余地がないし、わたしには妻にどんな人生も与えられないと思ったという方が、真実だろう。しかし、そんなことではマグラウヌスが納得しないだろう。しかも、何としても同盟を結ぶ必要もあった。蛮族《ばんぞく》を追放するためには、どうしても兵の援助を得なければならないし、結束するしかなかった。昨晩マグラウヌスが言ったのは「われらの友情に乾杯」であった。しかし、いかに傷つけないよう気をつかっても、四日後に娘に恥をかかせたら、この友情ですら終わりになってしまうのではなかろうか。グエンフマラ自身はどうだろう。(こちらの意向を前もって彼女に伝えることができるものとして)彼女から断わることにした方が、父親の怒りは買うかもしれないけれども、体面は保てるのではないだろうか? それともこちらから断わったことが皆に知られても、父親にうとまれるよりはましだろうか? 彼女が拒否しようが、どうしようが、まったく関係ないのだろうか? 女にとって、恥をかくのと、危険な目にあうのと、どちらがまずいのだろう? どちらの場合にも、マグラウヌスを赤い竜の味方につける望みなど、風前のともしびだ。おお神よ! この矛盾をどうにかしてください! わたしは運命を呪《のろ》い、よろめいた。わたしは、まわりのことに、まったく注意をはらっていなかった。冷たいにわか雨が首筋にあたって、わたしははっとわれにかえった。わたしははずいぶん遠くまで来ていた。そして疲れていた。

わたしはサンザシの茂みに腰をおろした。カバルも横で鼻を前足の上にのせて、寝そべっていた。雨をふくんだ突風が荒れ野をおそい、通り過ぎていった。すると世界はまた一新し、きらきらと輝きはじめた。その後もしばらく、わたしはすわりつづけ、咲きかけのエリカのまわりを飛んでいるミツバチの満ちたりた羽音に聴き入っていた。こうして疲れがとれると、西に向いて、ゆっくりとした足どりで海岸を目指した。

まもなく、わたしは沈もうとしている夕陽に向かって歩いていた。サフラン色に銀を散らしたような西の空に、灰色の雲が流れている。そして海は、見渡すかぎり、透《す》けた金色になった。このとき、自分が、あの夏至の前夜に踊った場所――直立した石が環《わ》の形に並んでいる丘の方に向かっていることに気がついた。石は雨にべっとりと濡《ぬ》れ、ひっかきまわしたようにあかあかと輝いている空を背にして、真っ黒な影にみえた。西日が目に激しく差しこんでくるので、ある石のそばでカバルが耳をそばだてるまで、その影に人がいるのに気がつかなかった。犬が訴えるとも、うなるともつかない調子で吠えながら飛びつこうとしたので、わたしは口笛をふいて呼びもどし、首環《くびわ》をつかんだ。しかし人影はぴくりともしない。あまりに静かなので、それも石かと思えたほどだ。そしてごく近くまで来てはじめて、その人影がグエンフマラだと分かった。生《き》なりの灰色の羊毛の上衣《チュニカ》を着ているので、背景の石の色と区別がつかなかったのだ。

「グエンフマラ姫ではないか！　いったいこんなところで何をしているのだ？」

「お待ち申しておりました」と、彼女は落ち着いて答えた。

「だけど、わたしがここに来ると、どうしてわかったのだ」

「わたしの方から、お呼びしたのかもしれませんわ」

一瞬血の気がひいた。サフラン色のガウンを着て、同じように静寂《せいじゃく》そのものといった風情で、太古の時代からそこにいるかのように、小屋の戸口に立っていた、別の女のことが頭に浮かんだからである。あの女も、「長いことお待ち申しあげておりました」と言った…

グエンフマラは笑った。

「わたしは、髪をすいて月を地上に呼んでくるような魔女ではありませんわ。ただ出かけるときのお姿を拝見したので、出会えそうな所に現われただけでございます。この九姉妹《ナインシスターズ》からですと荒れ野が見わたせますの。それで、帰り道でお目にかかれるのではないかと思ったのです。お城で話などしようものなら、次の朝さっそくうわさの種にされますからね」

「いかにもそのとおりでしょう。で、お話とは？」

グエンフマラは少し前に歩いてきた。そうして石の影から出ると、嵐のような夕焼けの光が髪の毛にからみ、秋の焚火《たきび》のように燃えたった。

「収穫祭の松明《たいまつ》がともる日に、父にどのようなご返事をなさるおつもりですか」

こう聞かれて、わたしは何と答えてよいかわからず、黙ってしまった。グエンフマラはしばし間をおいて、低い、かすかにからかうような声でまたたずねてきた——この女の声ほど低い声をわたしは聞いたことがない。しかし、青銅の鐘のように、澄んで、波打つように響く声であった。

「いいえ、お答えになる必要はございませんわ、アルトスさま。存じております。あの晩、父の目の前で返答に窮《きゅう》していらっしゃいましたもの」

「そんなに皆に見えみえだったろうか」

「おそらく、半分くらいの人は察知したことでしょう」

グエンフマラの目はわたしの上にすえられていた。とつぜん目が大きく開くとともに、目の全体に黒い瞳が広がったように見えた。そうして、まるで武器を置くかのように、からかうような調子をひっこめて言った。

「収穫祭の松明《たいまつ》がともる前に、お知らせしておいた方がよいと思うことがございます。父マグラウヌスの意に沿ってこのわたしをもらっていただけるなら、父は貢《みつ》ぎの品として、百名からなる騎馬隊をつけるでしょう。本当でございます。わたしどもの馬は大きくはございませんが、よい馬でございます。はるか昔、低地地方のどこかで消滅したローマ軍団の、騎馬隊の血をひいています。そしてその血統を維持してきました」

わたしはマグラウヌスが結婚話をもちだしたときよりも、あっけにとられていたと思う。やっとのことで言葉がでたとき、思っていたよりも厳しい調子になっていた。

「父上のマグラウヌスがそう言えと、そなたをよこしたのか?」

「そんなことがあったなら、ここに来る前に死んでいますわ」

「そうか。馬と兵は、喉《のど》から手がでるほど欲しい。だけどこのような形では…」

こんなことを言ったら、顔の上に唾《つば》を吐《は》きかけられても文句はいえない。しかし、グエンフマラはため息を小さく抑えて言った。

「貢ぎの品が目あてで結婚などなさらないことは、わかっております」

そうしてつよい覚悟とともに、さらに身を固くしてこう言った。

「アルトスさま、わたしは今日まで自分が誇《ほこ》り高い女だと信じてまいりました。そのわたしがこうして、誇りを捨て、お望みならばそれを踏みつけ、泥まみれになさっても結構ですからと、お願いするのです。どうか、わたしをもらってください」

「どうしてそのようなことを？」

「もらっていただかないと、わたしは辱《はずかし》めを受けることになるからです。夏至の踊りにわたしを誘ったことなど、あなたにしてみればささいなことでしょう。父はそれを重くみていますが、ほかの方々は、ただあなたが酔っていらしただけだと言うでしょう。だけど、父が晩餐《ばんさん》の席で皆の前でわたしをもらってくださるように言った以上、もしお断りになられたら、このわたしが城中から、部族中からどんなふうに言われるか、ごぞんじでしょうか？　アルトスはグエンフマラをものにした。夏至の前夜か、その後かもしれぬ。あの女が客間でアルトスとよく二人きりになっていたことは、大地の神もごぞんじだ。あの女と寝てみたもののどうも好みでないらしい。——そんなことを言われながら、父のもとで暮らすことなど、とてもできません。恥《はじ》です」

「百名の騎馬隊で夫を買っても、たいして恥ではないのだな」と、わたしは冷たく言った。

「貢《みつ》ぎの品目あてで選ばれることなど、女としてごくあたりまえのことです。それにそんなことこだけの話で、みんなには知られてはいません」

「ここだけの話だから、まだ耐えられるというのだな」

グエンフマラは、もううんざりというような仕草《しぐさ》をした。

「わかりませんわ。殿方にとっては違うのかもしれませんけれど、女にとっては、おそらくそういうことでしょう」

「よいか。よく聴くのだ」

わたしはせっぱつまった口調で言った。

「聴くのだ、グエンフマラ。そなたには、わたしとの結婚生活がどのようなものであるか、分かっていない。たしかに、ボロを着た売笑婦なら、何人かが一行に加わっている。負傷者の手あてを手伝ったり、男たちを慰めたりしてはいる。だが、われわれの生活は、それ以外の女にはとうてい耐えられるものではない。だから、おろかにも結婚などしようものなら、妻を実家の父のもとにおいたまま、いつまた会えるというあてもなく暮らさねばならない。フラビアンがよい例だ。あの男はデヴァ（チェスター）で嫁をもらい、一歳になる息子がいるが、まだ顔も見たことがない。また妻の方だって、妊娠してからほどんど会ってもいない。来年はその男に何週間か暇《ひま》をやり、家族のもとに帰してやれるかもしれないが、それはまだわからない」

「あなたさまはブリテン伯ではございませんか。少なくとも冬営のあいだは、女とごいっしょでも反対する者はおりません」

グエンフマラの容赦ない口調から、かなり自暴自棄《じぼうじき》になっているのがうかがえた。

「たしかにわたしはブリテン伯だ。だからこそ、わたしの妻となる者はつらい生活を強《し》いられることになるだろう。この身はブリテンに捧げたようなものだからだ」

わたしはいわば最後の砦《とりで》に拠りながら、目の前の女というよりも、自分自身と戦っているようなものだった。

「ふだんさびしい分は、冬の夜に取り返しますわ」

グエンフマラは静かに言った。そして急に、狂ったように笑った。

「だけど、このわたしに四六時中つきまとわれるなどと、ご心配する必要はございませんことよ。むしろ、寝ているあいだにグサリとやられないよう、お気をつけあそばせ」

「そなたの言うとおりにしたのに、なぜ殺されねばならないのだ」

グエンフマラはすぐには答えなかった。西日がまぶしくて、その表情も見えない。ふたたび口を開いたときには、声の波打つような響きは消えていた。

「真実をごぞんじだからです。憐《あわ》れみは、恥《はじ》よりもなお耐えがたいものですわ」

そのときまで、グエンフマラに触れるつもりはなかった。が、わたしはその肩をつかむと、顔がよく見えるよう光の方に向けた。肩に触れた感触はなんともいえなかった。華奢《きゃしゃ》で、暖かく、生命にあふれていた。彼女はまったく無抵抗で、こちらを見あげながら待っている。まぶしい西陽《にしび》の光で、はじめて、まともに彼女の顔を見た。いまは、焚火《たきび》の明かりに照らされているわけでもなく、心を惑《まど》わす笛の調べもなく、ビールに酔っているわけでもなかった。小麦色の女だった。肌も、髪も小麦色で、その髪を除けば、格別に美しいところはなかった。瞳は灰色、眉《まゆ》は銅の色で、兄や弟たちの黒い眉と同じで、横に真一文字だった。そして鹿毛《かげ》の馬のように、睫毛《まつげ》には金髪が混じっていた。わたしがグエンフマラの雰囲気を感じとったのも、この瞬間だったと思う。いまのような危機的な立場にあっても、彼女の中には静けさがあった。まだ若かったけれども——イゲルナよりもはるかに若かったが——この女には、期待の種子を孕《はら》む、実りの秋の静けさがあった。これに対してイゲルナには、苦しいほどに渇望する春の切迫感があった。

「よく聴くんだ、グエンフマラ」

ふたたびわたしは言った。

「わたしはそなたを愛してはいない。わたしには、どんな女も愛することはできないと思う……いまのところは。だが、そなたに来てもらうとしたら、それは憐《あわ》れみからではない。だから、そなたはわたしを殺す理由など何もないのだよ。また、看病してくれたり、犬を生かしておいてくれたことに感謝してのことでもない。わたしは百名の騎馬隊が欲しくて結婚するのだ。女が貢《みつ》ぎの品が目あてに選ばれるというのはよくある話だと、そなたが言っただろう？　それに、そなたを抱いた感触が気に入ったから結婚するのだ。まるでバランスのよい槍《やり》のようだ。それからそなたの声が気に入った」

グエンフマラは表情ひとつ変えず、声ひとつたてず、わたしを見つづけた。わたしはぎこちない調子で続けた。

「この取引きで損をするのは、そなたの方だ。家に帰ってよく考え、迷いがないようにするのだ。気のすむまで考えたら知らせてくれ」

「ひと晩中寝ないで考えつくしました」

また雨雲がやってきて、冷たい雨の粒がぱらぱらと肩を打った。そして、まだ輝いていた夕陽に灰色のヴェールがかかった。カモメが空を渡りながら鳴く声が聞こえる。

「濡《ぬ》れるぞ」

グエンフマラが、先ほどの雨ですでに濡れていることなど忘れて、わたしはこう言った。そして自分の方に引き寄せると、マントの半分を彼女にかぶせた。グエンフマラに触れて心地よいことはすでに分かっていたが、それでもマントの下の暖かな暗闇の中でこれだけ近くにいると、あまりに甘美な心地がして、目まいを覚えるほどだった。わたしは腕をまわしてしっかりと抱きしめ、顔を傾けて、口づけをした。グエンフマラは背が高かったので、身をかがめる必要はなかった。雨のせいで唇は冷たく濡《ぬ》れていて、髪の毛や睫毛《まつげ》にも冷たい水滴がついていた。一瞬、女の後ろの背の高い直立した石にでも接吻したような、無機的なものを感じた。が、ただちに石に命の焔《ほのお》が燃えあがり、感情がやわらぎ、心のうちでわたしに向かって飛びこんでくるように感じられた。目覚めた唇が、すばやく、激しく応《こた》えてきた。そして、ほとんどこれと同じ瞬間に、彼女はまた九姉妹《ナインシスターズ》の石のひとつにもどってしまった。そしてマントの下のわたしの腕からするりとぬけ、くるりと背を向けると、走り去った。

わたしは苔《こけ》むした大石のわきにひとり立ち、雨にそぼ濡れながら、目であとを追った。そばにすわって一部始終を見ていたカバルは、こちらを見あげ、しっぽを静かに打ちおろしていた。いまだに、女が激しく応《こた》えてきたあの瞬間が、心から消えない。あまりに急に来て、去ってしまったので、あの瞬間がはたして本当に存在したとは、信じられないくらいだった。しかしわたしは、心の奥底で、あれが決してたんなる空想ではないことを知っていた。

女が充分遠ざかるのを確かめてから、わたしはカバルに小さく合図を送り、ふたたび城に向かった。雨はまたやみ、濡れたヒースのワイン色が、夕闇の中で煙のようにかすんでいた。

その晩、寝る前に、わたしはフラビアンを客間に呼んだ。そうして伝えなければならないことを、伝えた。〈騎士団《きしだん》〉の者は誰ひとりとして、族長の申し出のことも、あのときその場で思いついた禁忌《タブー》のことも口にしなかったが、自分たちのあいだでは話題にしていたに違いない。そしていまフラビアンは黙りこくっていた。いつまでも、片腕を棟木《むなぎ》について体を支え、小さなアザラシ油のランプの焔を見つめるばかりなので、わたしの方からこの沈黙を破らなければならなかった。

「で、君の意見は?」と、わたしはうながした。

フラビアンは、ランプからわたしに視線を移した。

「冬営のあいだは、奥方といっしょにいるおつもりなのですね」

「そうだ」

「ならば、トリモンティウム(ニューステッド)に妻子を住まわせるということなのですから、とうぜん、テレリも呼んできてよいのですね?」

わたしの心は沈んだ。今度はわたしがランプの焔《ほのお》を見つめる番だった。

「だめだ、フラビアン」

「どうしてそんな差がでてくるのです?」

フラビアンの声は少年の頃もそうであったが、平坦《へいたん》であった。

「なぜかと言うと、わたしはブリテン伯であり、君らすべてを指揮しているからだ。場合によっては、部下には禁じても、指揮官に許されることがあるのだ。わたしは指揮官であり、指揮官はひとりしかいないから、わたしのすることは先例にはならない。しかし、もしわたしが同じことを君に許したら、トリモンティウムでは同じことをほかの者にも許可せざるを得ない。そんなことをすれば、一年もしないうちに腹の大きい女だとか、泣き叫ぶ赤ん坊にふりまわされることになる。それはお互いにとって危険だ。足手まといになるし、仕事に集中できなくなる」

とは言ってはみたものの、後味は悪かった。このときまで、ただの一度も指揮官としての特権をふりかざしたことなどなかったからだ。わたしは、たったひと口の腐りかけのスープでさえ余分に食べたりはしなかったし、自分だけ優先的にけがの手当をさせたこともなかった。

二人ともしばらくのあいだ黙っていた。そしてフラビアンが言った。

「考え直してください」

「あの女を嫁にすれば、百人の兵と馬がもらえるのだ」

フラビアンはすばやく目をあげた。

「それで結婚なさるのですね」

「それ以外に理由などあるものか」

「ならばあの女と結婚して、親もとに残しておけばよいではありませんか。僕だってテレリを親もとに残したままです」

「そういう条件ではないのだよ」

フラビアンはふたたび黙ってしまった。今度は長いこと黙っていた。静かに風のうなる音が聞こえ、雨が草屋根に吹きつけられ、吸いこまれる音がする。夕暮れの空から予感されたことが、現実のものとなった。垂れ皮の扉はぱたぱたとはためき、内側に大きくふくれている。ランプの焔《ほのお》が飛びはねて、幻想的な影をたるきに投げかけていた。

そしてフラビアンが口を開いた。

「はじめて不公平なことをなさいましたね」

「たいした前科をつくったわけではない。いいかね、フラビアン、いつも筋を通してばかりはいられないのだよ。わたしも罪を背負った、生身《なまみ》の人間にすぎないのだ。天使なんかじゃないんだ」

「天使のことなんかよく知りませんが、ここにいるわれわれは皆、いつもあなたのことをもっと……もっと大きなお方だと思っていました。それだけのことです」

こういうと、とてもゆっくりと出口の方へ向かった。

わたしはフラビアンをとめなかった。しかし、そのまま帰らせるにしのびなかった。わたしは剣帯《ベルト》をいじくり、もう少しではずすところまでいった。アムロズは早々に下がらせてしまっていた。うまくはずせず、あきらめて、フラビアンにこう言った。

「チビ助、わたしを見捨てないでくれ」

瞬間に、フラビアンはふりかえった。ちぎれそうなランプの明かりに、フラビアンの目が奇妙なほどきらきらと輝いている。

「うまくはずせないんだ」

フラビアンはすばやくもどってくると、片膝《ひざ》をついて剣帯をはずしてくれた。

「アムロズは白砂をどこにしまっているのだろう。この留め金は、みがかなきゃ。アムロズはわたしみたいに優秀な太刀《たち》持ちではないらしいですね」

しかしその晩は、口の中に苦い味が残っていて、ほとんど眠れなかった。

それから後は、一見平穏無事《へいおんぶじ》な日々が続いた。しかし何気ない日常的なことの奥底に、荒々しい潮のうねりが押し寄せようとしていた。外見からは、まったく分からなかった。だから、もしわたしが父の世界しか知らなかったなら、何も気づかないで終わっていただろう。しかしわたしの中の母の血が人々の目の奥を読みとり、血の中に流れている、おなじみの暗い歌を聞くのだった。

収穫祭の三日前、族長マグラウヌスは広間での夕食のときに、いつもの場所にいなかった。しかし誰ひとりとして、黒い熊皮の敷いてある族長の席に目をやる者もいなかったし、その不在を話題にする者もなかった。理由はみんな知っていた。神の役を演じる者は、皆から離れて準備する時間が必要なのだ……豊饒《ほうじょう》の角をつける者は、かならずいなければならなかった。それは、自分自身の身体の中から、生命と実りとをわけ与える者、王にして生け贄《にえ》なる者、キリストのように、必要とあらば民のために命をささげる者——であった。それは神の化身となるドルイド僧のこともあれば、キリスト教の司祭のこともあった。荒れ野や山地では、町ほど信仰の流派についてうるさくいう者はいなかった。ときにはその役を王が担《にな》い、ときにはそれが族長のこともあった。これが古来から伝わるやり方であり、その中にこそ、真の意味が含まれていた。その年、収穫祭は安息日にあたっていた。したがって、はじめの方は、ほかの安息日と変わりがなかった。

われわれは朝早く城を出て、城と、下の漁村のどちらからも人の詣でる教会で、ミサに参列した。そこは小さな、ワラビで屋根を葺《ふ》いた建物だった。このときだけは、カバルはいっしょではなかった。カバルはマグラウヌスのかわいがっている雌犬にさかりがきていたので、その小屋が気になってしかたなかったのだ。しかしファリックが鷹を連れてきていたことは覚えている。じっさい、この男は、どこに行くにも鷹がいっしょだった。そして教会の入口に着いて、扉をくぐるときにも、まだ鷹を連れていた。マグラウヌスの側近の席と、わたしの後にしたがってきた〈騎士団《きしだん》〉の者のすわる席はあったが、それ以上は入れなかった。そこで、城と村の下々の者たちは、低い塀の羊囲いのような前庭に立っていた。しかし、そこにいても変わりはなかった。開かれた戸口から中で行われていることがすべて聞きとれたし、そのときになると、教会のとなりの小屋に住んでいるアレ＝クルタ修道院の三人の修道士が、パンとぶどう酒を持ってきたからだ。

ミサはほとんど耳にはいらなかった。目はむりやり、まっすぐ前に向けていたが、わたしは全感覚をとぎすまして、女性席で侍女たちに取り巻かれているグエンフマラを意識していた。聖餐《せいさん》の時間になると、彼女が兄弟たち、とくにファリックを探しているのがわかった。彼らはいつも、ともに並んで聖餐を受ける習慣だった。その次にわたしが進み出て、ファリックの、グエンフマラとは逆の側——鷹を連れている方、つまり左側——にひざまずいた。このことを憶《おぼ》えているのは、鷹のことで、司祭とファリックのあいだに無言の意地の張りあいがあったからだ。かたや、主の晩餐《ばんさん》の席に鷹を連れてくるなどもってのほかと考え、他は、それはとうぜんの権利としてゆずらないのだった。あきらかに、これは長年にわたる争いであった。そしてしばらくすると、司祭の方が折れて、下を向いた。それまでいく度となく繰り返された敗北だった。

三人の黒衣を着た修道士も族長の不在に気がついていたに違いないし、その理由も心得ていた。前庭でひざまずいている兵士や漁師たちのところに、聖餅《ホスチア》を持っていったときにも、この儀式ののち数時間もすれば、ここにいる連中は九姉妹《ナインシスターズ》の立石のある荒れ野におもむき、キリストよりもっと古く、もっと心深くに根ざした神の前に、もっと真剣にひれ伏すのだということも知っていた。しかし、彼らはそんなそぶりを見せなかった。彼らの態度はひかえめで、静かな顔には、どんな表情もあらわれていない。また、彼らが何かたずねることもないだろう。

前庭の門をくぐってふたたび外に出ると、人々はすでに帰りかけていた。なおも鷹を手にのせているファリックが、その首を指で撫《な》でると、喜んだ鷹が、目隠しをとった頭を上下に動かし、背を曲げた。

「鷹狩りにはもってこいの日だな」

ファリックはとつぜんそう言うと、自分のまわりの兄弟やわれわれの方を見まわした。

「秋の抜け変わりの時期までに、こんなチャンスは、そうそうないだろうな。荒れ野に上ってこようと思うが、ライトリグ、アルトス殿……スリアン……ゴールト――誰がつき合ってくれるかな」

そして答えを待つこともなく、くるりと向きをかえると、馬と他の鷹をつれてくるよう叫んだ。

しかし鷹狩りの計画は、まさに渡りに船だった。誰しも、このそわそわとする不安な気持ちを忘れて、暗くなるまでの時間をつぶすことを望んでいた。だから馬と、さらに二羽の鷹がくると、各自手袋をつけて馬に乗り、獲物を隠れ場所から追い立てるための犬を集め、アオサギを求めて、北の峡谷へと向かった。

その日はたっぷりと鷹狩りを楽しんだが、いまでもはっきりと印象に残っている出来事が、ファリックが狩りに飽きたような顔を見せたときに起きた。ほかの者たちは、渓谷のもっと奥の池に獲物がいないものかと、先に進んでいったが、ファリックとわたしだけはあとに遅れて、ゆっくりと長い上り坂を馬を歩ませていた。わたしたちが通り過ぎると、ブヨの大群がワラビのあいだから舞いあがった。尾根のてっぺんにまでくると馬を止め、鞍《くら》の上から、湿地から海へと通じる広くて浅い谷を見下ろした。すぐ下に、木の葉のかたちの小さな池があった。まるで、大きな掌《てのひら》をつぼめ、そこに水がたまっているかのように見えた。耳をすませば、シギの呼びあう声が聞こえてきそうだ。このような場所にはかならず棲《す》んでいるものだ。そして、われわれと小石の浜とのあいだには、かつての農場の建物跡らしきものがあった。あたり一帯に、くぼ地やら、茂みにおおわれた塚などが散らばっていた。かつては、人の住む小屋、牛小屋、貯蔵のための穴蔵《あなぐら》だったのだろう。また、そこここに、土壁の表面をおおっていたらしい石が、曲線を描いて並んでいる場所があり、わたしは〈黒い矮人《こびと》〉の村を思い出した。しかし中央部は地面が少し高くなっていて、昔の要塞《ようさい》の中心だった円柱形の石塔――すなわち族長の塔が、ほぼ人間の背丈の二倍の高さにそびえており、ぼろぼろの草屋根がついていた。

「この場所に何が起きたのだ」

しばらく黙って見おろしてから、わたしはたずねた。

「焼きうちでも、戦《いくさ》でもありません。スコット族でもありません。この場所は、冬によく洪水に見舞われるのです。そこで、水をきらったわたしの先祖がここを見捨て、高台にあるいまの城を築いたのです」

この話はどこかで聞いたことがあった。

「まったく使われていないわけではなさそうだな。ここから見るかぎりでは、屋根は大丈夫そうだし、谷の向こう側は、一週間か十日前に草を刈ったみたいだ。黄色く光っているからな」

「牧童が春と秋に使うのですよ。ときには夏にも使うことがあります。放牧場から放牧場に移るさいの、つなぎとしてね。雨露がしのげるように塔のやねは葺《ふ》いてあるし、家畜の飼料もたくわえてあるし、自分たちが食べるように、ライ麦粉もひと籠《かご》か二籠、梁《はり》の上にしまってある。かつては刃が舞い、おかかえの歌人《うたびと》の竪琴《たてごと》の音が響いていた要塞が、いまではずいぶんつつましい使われ方をしているものでしょう？　だけど、いまでもときには昔のような用途に使われることもあるのですよ」

「どういうときだ？」

「族長の家族が結婚式をあげるときです。族長の息子が嫁をもらうときには、最初の夜をこの古い城で過ごさなければならないしきたりになっています。それは代々の族長に対する礼儀です。新しく迎える嫁を、先祖伝来の家に連れてくるわけですから」

わたしはファリックの方を見た。

「娘の場合もそうか？」

「おそらくはね。ただ娘の場合には、先祖に別れを告げるという意味になります。女は結婚すれば夫の家に入りますからね」

ファリックはいわくありげな動作でこちらに向き、上空の風にのっている鷹の翼のような、水平な黒い眉《まゆ》の下から、わたしを見つめた。

「娘にも禁じられてはいません」

われわれは顔を見あわせた。馬は動きたがって膝《ひざ》の下でむずむずした。ブョが舞っている谷まではとどきそうにない、かすかな風が髪をなびかせ、黄褐色の晩夏の草の上を、吹き抜けていった。

「もうグエンフマラから聞いたのだな」

「ええ、いくらか。けっきょく僕にも関係のあることなのでね。騎兵隊が貢《みつ》ぎの品になるのだとすれば、指揮する者がいる。それが、この僕にまちがいないのでね」

「君でなければならない理由は？」

「そういった集団を指揮するのは、族長の息子の仕事と決まっています。ライトリグは長男だし、スリアンは、すでに女にからめとられている。僕は自由の身だし、なんだか足の裏までむずむずしています。そのむずむずが直る見込みは、父のもとにいたのではありそうにないですね」

丘の澄んだ光の中で、わたしはファリックをまじまじと見つめた。こぶしにのせている鷹によく似た形の頭。そして黒い眉《まゆ》の下の、赤茶色に燃える瞳《ひとみ》。まさにこの男の言うようになるだろうと、わたしは思った。また、この顔をしかめている若者を、隊長のひとりとして使うことができればすばらしいと思った。

「足のむずむずは、このわたしが直せるだろうよ。君の右手もむずむずしているようなら、そっちの方も何とかしてやろう」

「姉があなたの嫁になり、このわたしが家来になるのですね。あっ、忘れていた……」

ファリックは顔をぷいとあげて笑った。その笑いは短く、激しい笑い方で、年をとったら、雄ギツネの吠え声のように聞こえるのではないかと思われた。

「あなたは、収穫祭の松明《たいまつ》がともるまでは、こんなことを口にしてはいけないことになっているんだった！」

「あんな知らない者ばかりの場で、何の前ぶれもなく、〝自分の娘を嫁に〟などといわれたら、返事に窮《きゅう》するってものだ。しかもその返事いかんによっては、花嫁以外のことにも、いろいろと影響がでてくるわけだから」

「いかにも、そのとおりでしょう。息つく間がもらえるなら、どんな手段にもとびつく。猶予《ゆうよ》の期間が過ぎ、決心をかためめ、協定を結んだあかつきには、約束は守ってもらいましょう。あなたには知らない人だらけでも、女の方にとっては見知った人ばかりなのですよ。しかも、その中には女の三人の兄弟もいて、その三人のうちのひとりときたら、何をしでかすか、知れたものではありませんよ」

この男のことは以前から気にいっていたが、このへたくそな脅《おど》しを聞いて、ますます好きになった。

「よく分かったよ」とわたしは言った。そしてわたしのそんな気持ちが伝わったのか、とつぜん、浅黒い骨ばった顔がそれに答えるかのように輝き、緊張の一瞬はそよ風に吹かれるアザミの綿毛《わたげ》のように飛んでいった。

「収穫祭の松明《たいまつ》といえば、ずいぶん影が長くなってきた。もう城に帰る時間ではないかな」

ファリックはわれわれがやってきた道をふりかえって、首をふった。

「いま少し間がありますよ。ここは気持ちがいい。夕暮れどきのいま時分は気持ちがいいんですよ。それに、そんなに遠くありません。野を横切ればすぐです。ほかの者とは谷のいちばん奥で待ちあわせればいいし、若いのを二人か三人やって、鷹と犬を連れもどさせればよいのです。皆で城までもどる必要などありませんよ。このまま収穫祭の行なわれるところまで直接行って、馬は近くの林につないでおけばよいのです」

そういうわけで、たそがれが暗闇に変わり、雲にかすんだ月が荒れ野の空にかかったころ、われわれは集会場所のふもとの、ハシバミの茂みに馬をつなぎ、その先の、ヒースの生えた斜面に向かった。昼間のそよ風はやんでしまい、空一面に、かすかにさざ波のたったような雷雲がひろがり、上っていくうちにも、夏の稲妻が山の上に走るのが見えた。見上げれば、九姉妹《ナインシスターズ》の立石の環《わ》が、荒れ野の高みにそびえ立ち、明るい月を背景に、くっきりと黒い輪郭を描いている。石の下には、すでに大勢の人々が、集まりはじめていた。畏《おそ》れに満ちたつぶやきと、草をかすめる足音が聞こえる…ヒースの茂みから、踊りの場所になっている、なめらかな芝生の上に出てみると、皆の顔が石の環の内側に向けられていた。わたしも同じ方向に目をやった。明るく、空気の澄んだ夜なのに、そこにはかすかに靄《もや》が残っているのが見えた——というより、見えたように、わたしは思った。いや、それは靄というより、見ることも、見とおすこともできない霧のようなものだ。古代の神官が軍隊を隠すために生じさせたような魔法の霧は、このようなものだったに違いない。

ファリックは側近を連れて、いつのまにか姿を消していた。若いアムロズは、城まで鷹を大急ぎでもどしにいったので、まだ息をきらしていたが、大勢の人々をかきわけて、小さな〈騎士団《きしだん》〉の集団に加わった。しかし彼も、この間ずっと九姉妹の方に顔を向けていた。雷がくるのではという緊張感がわれわれ皆にあったが、別の緊張感がだんだんと高まり、とても肉体的に耐えられないというところまできた。それは、息のつづくぎりぎりまで、角笛《つのぶえ》を吹きつづけるのに似ていた。フラビアンが横で息をのんだ。わたしは掌《てのひら》に汗をかいていた。そしてこれ以上待ったら、この夜全体がぽっかりと割れてしまうのではないかとさえ感じられてきた。

かすかに足をひきずる音と低くつぶやく声がやみ、あたりは完璧な静寂《せいじゃく》に沈んだ。そしてこの静けさの中で、ことがはじまった。角笛《つのぶえ》の音ではなく、とつぜん、野獣を思わせるような強烈な臭《にお》いがした。あたかも、さかりのついた動物がすぐそばにいるかのようであった。

うめきにも似た、低い興奮したつぶやきが、群衆の中からわき起こった。そうして、まるで呼吸を合わせたように、立石の環《わ》のすぐ外側にまで押し寄せていった。まるで環の内なる力によって、引き寄せられたかのようだった。そしてわたし自身も、この力に引き寄せられていた。子どもの頃、故郷《ふるさと》の丘で同じことを経験したことがあった。あまりに昔のことなので、思い出したことはなかったけれど……石の環の中で、靄《もや》がますます濃くなったように見えた。そしてその真ん中から、麝香《じゃこう》のような――さかりのついた動物の臭《にお》いに似て、手に触れるがごとくありありと、とてつもない大地の力が流れ出してきた。どこかで銀色の笛の音がした。それは月光に洗われた荒れ野の上を飛ぶ鳥のように、遠く、かすかな音だったが、軍隊の角笛《つのぶえ》にもまして、人を駆り立てないではいない。そしてその笛の命令に従うかのように、靄が薄れてきた。そしてその中のどこからともなく、青っぽい光がぼんやりとともり、やがてその光はしだいに強くなってきて、影に沈んだ巨大な鹿の角の間からほとばしる小さな炎となった。

九姉妹《ナインシスターズ》の環のちょうど中央に、泥炭《でいたん》が積まれて玉座《ぎょくざ》がしつらえられ、その上に、胸の前で腕を組み合わせた長身の男がすわっていた。男はむきだしの肌をきらきらと輝かせ、〈大鹿〉の頭を頭上にかぶっていた。

この姿が見えると、人々のあいだから興奮にうちふるえる声があがった。そして声はしだいに高まり、丘の高みに、巨大な鳥が翼を叩《たた》きつけているかのように響いた。やがてあたかも波が砕《くだ》けるように、人々はいっせいに地面にひれ伏した。

わたしも、ほかの者たちといっしょにひざまずいていた。老いた男、女、戦士、子ども、それに、髪に魔法のクマツヅラや白いヒルガオを結いこんだ乙女たちもいた。わたしは顔を両手でおおっていたが、若いアムロズの肩のふるえが伝わってきた。

顔を上げると、〈角の生えた者〉が立ちあがり、腕を上に伸ばし、自分の姿を人々の前に現わしていた。頭上のみごとな角のあいだに燃える炎は、北の海を行く櫂《かい》のしずくにも似て、冷たく青い光を放ちながら、胸と肩を照らしだしている。男の横腹も太腿《もも》も、まるで煙のようにかすみ、足は翳《かげ》に呑《の》みこまれている。そうしてゆっくりと、男の高く掲げられた手にさそわれるかのように、群衆は立ちあがり、ふたたび、荒々しい歓迎の叫びが丘の高みのまわりに鳴りわたった。今度はその叫びが消えることなく、少しずつ、リズミカルな詠唱へと変わってゆき、古代から伝わる収穫と交配の祈願になった。それは頭で聞くというより、腹と腰で感じとるものだ。

それは、わたしの故郷《ふるさと》の丘で歌われていたものとまったく同じではなかったが、言葉や韻律こそ多少ことなってはいるものの、密儀の核心は変わらない。神を殺す儀式、生け贄《にえ》のナイフの暗い輝き、女たちの嘆き悲しむ声、その後に続く再生…わたしは思い出していた。はるか昔、ナルボ（ナルボンヌ）で、焚火《たきび》に馬の糞《ふん》を燃やし、そのわきにベドウィルが竪琴《たてごと》を持ってすわっていた。そうして、毛布を身にまとった商人が、前へ後ろへと身体をゆすっていた。「わしが子どもだった時分に、女たちがあんな風に歌ったものだよ。深紅のアネモネが岩のあいだから顔を見せる頃、アドニスへの哀歌を歌ったのじゃよ」…さらにわたしは、その朝、涼しい光に照らされていた、ワラビ葺《ぶ》きの屋根の教会のことを思い出していた。それから、主の晩餐《ばんさん》にひざまずくグエンフマラの姿を。これらすべてがひとつのものなのだと、わたしは思った。

やがて儀式は終わり、生まれ変わった神は、玉座《ぎょくざ》にすわった。ほかにも獣《けもの》の頭をつけた人物が、立石のあいだにいるような気がした。しかしまだ靄《もや》がかかっているようで、確信はなかった。人々は踊りの場の縁《へり》から、ともっていない松明《たいまつ》を拾いあげた。そして神のまさに額の上に燃える青い炎から火をもらおうと、前に押し寄せた。

一瞬ごとに新たな炎がともり、炎の舌はぎざぎざの輪になって、九姉妹《ナインシスターズ》のまわりをめぐった。強烈な銅色の光が、直立した石の古びた側面を上へ上へと伸び上がってゆき、月の光を追いはらった。いま黄褐色《きかっしょく》の煙の中に、ちらりちらりと見え隠れしているのは、――まちがいない！――角が生え、翼のついた頭、犬の鼻面をもち、耳のぴんと立った頭、頭、頭……そして炎の環《わ》のまんまん中に、牡鹿の頭をかぶった人物が微動《びどう》だにすることなく、すわっている。まだ、死と再生を意味する赤い模様が胸と太腿《もも》に残っている。また神ならぬ人間のみがもつ、戦《いくさ》と狩猟《かり》の古傷もあった。すべてがひとつのものだという、あの感覚は消えうせてしまった。名残惜《なごりお》しさに、わたしは泣きたい気持ちになった――まるで暖かな炉辺《ろへん》で眠りについたのに、閉じた扉の外の、よそよそしい世界で目を覚ました子どものように。しかし、あの感覚がたしかに存在したことはまちがいない……

松明《たいまつ》の赤い炎を前に、青い輝きが昏《くら》くなってくるにつれて、牡鹿の角をかぶった者の神々《こうごう》しさが失せてきた。そのため、仮面の中の男の顔が意識されるようになった。しかし、人間に近くなってきても、この男は何も失ってはいなかった。神が肉体をもったのだ。族長マグラウヌスだと知ってはいても、〝民族の命〟そのものであることに違いはなかった。畏《おそ》ろしく、われわれとはかけ離れた存在であることに違いはなかった。

とつぜん、人々がわずかに後ろにさがり、わたしと高い玉座《ぎょくざ》にすわっている人物とのあいだに、松明《たいまつ》に照らされた空間ができた。鹿の頭がわたしの方に向けられ、仮面の奥の目が、その空間を越えてわたしに注がれているのを感じた。そしてそれと同時に、この男の恐ろしいばかりの疲労、本来の自己にもどった孤独感、つらさを、あたかも自分のことのように感じたのだった。

「ブリテン伯アルトス殿」

マグラウヌスの声は、仮面の下で空虚に響き、ほとんど彼と分からなかった。彼は片手で小さく手招きし、ふたたび動かなくなった。いまこそ、その瞬間がやってきたのだと、わたしは思った。わたしは踏みつけられた芝生を横切り、族長の前に立った。族長は頭をぐいとそらせて、わたしを見た。一瞬、牡鹿の鼻の下に開けられたすきまの中で、松明の光がきらりと反射するのが見えた。

「ここにおります」

「収穫祭の松明がともった」とマグラウヌスが言った。ただそれだけであった。

第17章　グエンフマラ

イヌワシの羽根の被《かぶ》りものを着けた、ひとりの老戦士が――この人は族長の数多い叔父《おじ》のひとりだと思うが――前に進み出て、玉座《ぎょくざ》のわきに立った。そうしてグエンフマラの輿入《こし》れについて、友好の絆《きずな》について、そして貢《みつ》ぎの品について、わたしと話をした。こうしたことは、〃角の生えた者〃の話すべきことがらではないのだ。ただし、これがほかのときであれば、族長マグラウヌスの役目だったはずだ。わたしは老人がしゃべるのを聞いていた。百名の騎兵と、それを率いるべき族長の次男、ということが話にでた。わたしは礼にかなった受け答えをする自分の声を、他人ごとのように聞いていた。老人のひたいには小さな青い血管がからみあっている。松明《たいまつ》の光が、イヌワシの羽の根元の、銀色の綿毛を透《す》けて見えている。しかしその間ずっと、わたしの注意は老人を通りこし、玉座にすわっている〃鹿の頭をした者〃をも通り越し、松明と松明が間をあけて、煙った闇が口をひらいている場所に向いていた。この闇の中で、何かが動き、また静止した。金色のものが一瞬きらりと光っただけだった。

わたしはふたたび、玉座《ぎょくざ》の上の不動の人物に、まっすぐ身体を向けた。

「貢《みつ》ぎの品は申し分ありません。馬と兵は、わたしにとってたくさんな黄金より価値があります。姫とともに、喜んでお受けいたします」

わたしは声をはりあげて、立石に反響させた。闇の中の人々も、すべて聞こえるようにと思ったのだ。

「収穫祭の松明《たいまつ》がともりました。禁忌《タブー》の期間が終わったので、グエンフマラ姫をいただきたく、ここにお願い申しあげます。それと同時にダムノニの族長マグラウヌスとブリテン伯アルトスとの姻戚《いんせき》の絆《きずな》が、まったきものとならんことを」

長い間があって、角の生えた頭がそろりそろりと傾く。そして仮面の後ろでうつろな声が響き、古めかしい決まり文句の質問が響いてきた。

「娘より持参するものに、そなたは何をもって報《むく》いるのか?」

「お嬢さまを暖める炉《ろ》、糧《かて》となる獲物、守護すべき盾、力を養う穀物、心ゆくまでの愛、そして危害を与えようとする者には槍《やり》を。これ以上はありません」

「それで充分じゃ」とうつろな声が答える。

そして金のりんごを髪の先につけたグエンフマラが、松明と松明のあいだに、彼女のためにあけておいた闇の口を通って現われた。

事はなされた。もはや後もどりはできない。〝角の生えた者〟が自ら、石のナイフを手にとり、まずわたしの手首に傷をつけ、次にグエンフマラの褐色《かっしょく》の皮膚の下の、血管が青く見えているところに傷をつけ、それぞれの傷から血を数滴したたらせて、ワインの器に入れた。われわれは習わしに従って、縁《へり》のところで手をつなぎあわせ、その同じ器から、いっしょにワインを飲んだ。飲んでいるあいだにお互いの顔を見たとしても、それは他人を見る目であった。この同じ九姉妹《ナインシスターズ》で、マントの下に彼女を抱き、その生命がわたしの中に飛びこんでくるのを感じたのが、現実に起きた出来事とは思われなかった。

しかしよそよそしさを感じようが感じまいが、いまや、この女はわたしの女だった。そして驚きと畏《おそ》れのうちにはじまった荒々しい酒宴の中に、われわれも引きこまれていった。密儀のおもな部分は終了し、神は玉座《ぎょくざ》から降りて、ぐるぐると回転する踊りの先頭に立った。松明《たいまつ》の光と影が交差し、石の環《わ》のまわりを、炎の環がまわっているように見えたが、この石そのものが、動きとは無縁な、自分たちだけの秘密の舞いをおどっているように見えた。わたしたちはかかとでリズムをとりながら、笛の音にあわせて目まぐるしく動いたが、さながら風が枯葉を撒《ま》き散らし、空に舞い上げ、地面に旋回させるかのようであった。そしてとうとう踊りの環は旋回しながらくずれ、小さなグループや二人組やひとりで跳ねまわっている者たちに分かれた。

グエンフマラはわたしと踊った。彼女は先ほどの婚礼の儀式のあいだ、完璧にふるまってはいた。しかし、そのいわば複雑な型をもった、まったく別な種類の舞踏を踊るあいだ、彼女は夢遊病者のようであった。ところが、いまグエンフマラは目を覚まし、ほかの者たち同じように、うっとりと踊りに夢中になっていた。皆と同じように笑い、喉《のど》の奥深くから感きわまった声を発していた。わたしたちは渦巻く大勢の者たちの中で、自分たちの踊りを舞った（もっともこのときには、多くの者がそうなっていた）。それは男と女の踊りだった。角で茂みを突く牡鹿、翼の下の黄色を誇示するゴシキヒワのような、求愛の踊りだった。

すでにビールの壺《つぼ》がまわりはじめていた。男も女も、お互いから松明《たいまつ》の火をもらおうとひしめき合い、頭上高くかかげた火から、くすぶる炎を馬のしっぽのようになびかせながら踊っている。笑っている顔、汗まみれの顔、組んだ手、風になびく髪が照らしだされた。ある場所では、山猫の皮のキルトをはいた男が自分だけの世界にひきこもり、抜身の短刀をふりながら、くるくるとまわり、足踏みをして、複雑なリズムの戦いの踊りに興《きょう》じている。わたしのすぐそばでは、半分裸のような少女が若い戦士の腕から抜けだし、金切り声をあげて笑いながら倒れた。若者はうれしそうに少女に重なったが、その前に少女の喉と肩に口づけの赤い跡が見えた。

かかとを踏み鳴らす規則的な音が、鼓動のように鳴り響き、笛の音が小さな鋭い波となって、わたしに打ちかかってくる……いつこのことに気づいたのか分からない。また、どうして気づいたのかも知らないが、ともかく早くここから出る方法を見つけださないことには、そのとき、その場でグエンフマラを抱かなければならないはめになることに気がついた。あとになって、わたしの頭がはっきりとしてくると、わたしにじいっと目配せをしてくれる人がいて、わたしに何が期待されているのかを、知らせてくれたのだと気がついた。

そんな期待には答えられないと、わたしは思った。もしこれが行きあたりばったりに選んだ女であったなら、おそらく、種馬と同じで、ほかの者たちの目をはばかることなく、相手を抱くこともできただろう。もし、彼女を愛していたなら、ほかの者たちがまわりにいようといまいと、二人にとってまったくどうでもよかったはずだ。しかし、じっさいには…

ちょうどそのとき、たくさんの頭の向こうに、眉《まゆ》をひそめたファリックの赤茶色の目に出会った。その目は半分笑っていたが、真剣そのものであった。わたしは、この視線が何を語っているのかを察知した。そして、なぜこの男がわたしに古い要塞《ようさい》を見せたのか、なぜわたしの馬がすぐ手の届くところにいるよう手配したのか、合点がいった。

自分でも何をやっているのか分からずに、わたしはグエンフマラの手首をつかんで、踊りの環《わ》からひっぱりだした。ゴールトとフラビアンがすぐそばにいた。二人はまだしらふでいるように見えた。わたしは顎《あご》で彼らを呼んだ。

「行ってアリアンを連れてくるんだ。人に気づかれないようにな」

わたしはチビ助にささやいた。わたしはグエンフマラの編んだ髪に下げている金のりんごをもてあそぶふりをしていたが、彼女の方は顔を影に隠し、かすかに息をきらしていた。

「ほかの馬もですか?」

「いや、アリアンだけだ。松明《たいまつ》の明かりがとどくぎりぎりのところに連れてきてくれ。口笛で合図をするんだ。ゴールト、アムロズや、そのほかの連中を連れてこい。花嫁を連れ去る時間だ。逃げだすのを手伝ってくれ」

ことはすみやかに運んだので、周囲で踊っていた群衆は、われわれがただひと息つくために踊りから抜けたのだと思ったことだろう。あるいは、この後のことのために準備ができたからだろうと思ったかもしれない。ゴールトとフラビアンが去ると、わたしは通りかかった者の方に手を伸ばし、ビールの壺《つぼ》を受け取った。そうしてグエンフマラに、飲むようにさしだした。中にはほとんど残っていなかった。わたしとグエンフマラにひと口ずつしかなかったが、それでもいくらか時間は過ごせた。グエンフマラは壺の縁《へり》の上からこちらを見た。わたしが何をしようとしているのか、彼女はすばやく理解したようだった。松明《たいまつ》の明かりに照らされたその瞳は、もはや他人の瞳ではなかった。わたしはからっぽの壺を、あたりかまわず放り投げた。するとファリックがそれを受けとめた。まだこんなにそばにいたとは、知らなかった。わたしが礼の言葉をかけると、ファリックは手を上げて、まるでその言葉をつかみとって、投げ返すような仕草《しぐさ》をした。

「わたしはすでに、あなたの部下ですからね」

ファリックはそう言うと、渦巻く群衆の中へともどっていった。わたしはグエンフマラの手をとり、反対の方へと引っぱっていった。そのとき、ざわめきと甘く鋭い笛の音の中に、馬のひづめの鈍い音が響き、一瞬後にアリアンの青白い横腹が炎の明かりの縁にあらわれ、そうして少年の吹くような指笛の、高く澄んだ音が鳴りわたった。

わたしは笑った。とつぜん、心地よい酔いがまわった。いまからわたしは、自分の選んだ女を一族のもとから運び去る男を演じるのだ。

「われわれの馬だ。来い、グエンフマラ！」

わたしは彼女を抱きあげて走った。グエンフマラも笑いだした。そしてわたしが抱きやすいよう、腕をわたしの首にまわした。わたしは明かりの縁《へり》で白く輝いている、馬の方へまっしぐらに駈けた。ごく近くで踊っていた者たちには、わたしのもくろみが分かっただろう。しかし、あっけにとられてしまい、踊りやめたり、われわれの行く手をふさぐ間もなかった。そしてそのすきにわたしは馬のところに行き、グエンフマラを鞍《くら》に乗せた。ところが、わたしがその後ろにまたがったとき、ファリックが声をあげた。

「見ろ！　あの男が姉をさらっていくぞ！」

そしてたいていの婚礼の祝宴を終わらせる、なかば喧嘩《けんか》のような騒ぎがはじまった。わたしが手綱《たづな》を受け取ると、フラビアンは飛びさがった。わたしはアリアンの横腹を蹴って、半回転させる。わたしの数人の部下たちが、さっと後ろにまわり、護衛についた。グエンフマラの三人の兄弟が率いる若い戦士たちが駈けつけてきて、護衛をすり抜けようとする。驚いた馬が跳ね上がり、鼻をならす。肩ごしにふりかえると、フラビアンとファリックの姿が見えた。二人はすもうのように組み合っているが、半分笑っている。フラビアンが叫んだ。

「駈けろ！　こっちはまかせてください！」

わたしは馬の白い脇腹にかかとをけりこみ、笑いと争いの声をあとに残し、全速力でその場を去った。グエンフマラもまだ笑いながら、わたしにしがみついている。ほどけた髪が冷たい水しぶきのように、わたしの顔と喉《のど》にかかった。

誰もつけてくる者がいないとわかると、わたしは普通の駆け足にゆるめた。おぼろ月の明かりで、慣れない山中を全速力で馬を駆るのは賢明とはいえない。特に女がいっしょで、手綱《たづな》を持つ手もままならないとなれば、なおさらのことだ。馬の足をゆるめるのに合わせたように、しばらくのあいだわれわれの追い風となっていた、強い暖風も静まった。グエンフマラはまっすぐに身体を立て、わたしの腕の中で、軽々と、もたれかかりもしないですわっているので、そこにいるのかいないのかも分からないほどだった。

「これからどこに行くのですか?」

グエンフマラは小さな声でたずねた。まるでここ数時間に起きたことをすっかり忘れてしまったかのような口調だった。口の中に入った髪の毛を吐《は》きだしながら、わたしは答えた。

「古い城だ。他にどこがある?」

「道はごぞんじですの?」

「たぶんね。ファリックが教えてくれた。きっと後で役立つと思ったのだろう」

「ファリックにしゃべったこと、怒ってらっしゃるの?」

「それはやむを得ないことだ。そなたが結婚するとなれば、ファリックにもかかわってくるわけだから」

「ごたごたにね」

グエンフマラはつけ足した。

「そうは言ってないさ」

「ええ、言ってないわ」

グエンフマラは髪に手をもっていき、わたしの鬚《ひげ》や、メドゥーサの頭をかたどった肩のブローチにからまっている長い髪の房をそっとまとめ、自分の手もとにもどした。

われわれは道をつづけた。それ以上、口はきかなかった。もう話すこともなくなっていた。

起伏のつづく荒れ野のはてまで来たとき、まだ、雲のかかった月が空に浮かんでいた。見おろすと、下の方に小さな池があり、空のうす明かりを映していた。そして柔和な白い月光の中で、うち捨てられた城の廃虚が、〈黒い矮人《こびと》〉の村のように見えた。

「いまでは、塔はときどき牧童小屋として使われています」

数時間前に弟がいったのと同じことを、グエンフマラも言った。

「でも族長の家で婚礼のあるときには、広間として用いられていた過去を思い出すのです」

小道はとうの昔にヒースでおおわれていたが、そのあいだをぬってわたしたちは馬を進めた。そしておだやかな波のような土塀《どべい》が途切れたところで、かつての門の跡から中に入った。ヒースは敷地内にも侵入し、塔の石壁のきわにまで押し寄せていた。そして家畜を放つ中庭の粗雑な石垣の前には、イトジャシンの遅咲きの花が、ぼんやりとした月影の中に白く浮きあがっていた。そして丘の上には、夏の稲妻がちかちかと光りつづけている。

広々とした芝生の上でわたしは馬を降り、グエンフマラを抱き降ろした。そしてわたしの火うち石を渡し、小枝やヒースを集めて火をおこすのはまかせて、わたしはアリアンの鞍《くら》をはずし、ひと握りの草で身体をこすってやった。そして池のほとりに連れていって、水を飲ませた。そうしてしばらくしてから、ヒースと小高い藪《やぶ》のあいだをぬって、芝草のひろがっている場所に連れていった。草を喰《は》ませるためだ。

カエデの落葉のように、まだらで、暗い黄金色の光が、わたしを迎えてくれた。グエンフマラは火をおこしてあった。そして、そのそばにすわり、ライ麦と蜂蜜《はちみつ》の小さなケーキをこしらえ、炉《ろ》の石が熱くなったらいつでも焼けるようにしていた。円《まる》い石壁の上の方には光が届かず、翳《かげ》の中に消えている。だから塔は、目で見るかぎり、堂々とそびえ立っていた昔とかわりがない。そして、グエンフマラの影が、背後の高くつまれたワラビと、敷き皮が散らばっている牧童の寝場所の上に落ち、長く奥の壁にまで伸びていた。

わたしが入っていくと、グエンフマラは、かすかに笑みを浮かべて顔をおこし、彼女が入口を入ってすぐのところに置いた、黒の陶器の壺《つぼ》を指さした。

「蓄えを見つけたの。わたしたちが婚礼のお祝いをしても、恨まれることはないでしょう。池まで行って、それに水を汲んできてください。それに、敷きわらにする新しいシダもお願いします」

わたしは壺をもって水を汲みにゆき、新しいシダをかかえて帰ってきた。そして寝床の古い敷きわらの上にそれをばらまくとともに、悪臭のする皮を、足でわきにどけた。仕事が終わった頃には、火があかあかと燃え上がり、炉の石の上では、蜂蜜入りケーキがきつね色に焼けていた。わたしは炉の前の主人の席にすわり、手を膝《ひざ》にのせながら、グエンフマラの方を眺めたり、よそを見たりしていた。グエンフマラは妻の座の側にすわり、熱いライ麦ケーキをひっくり返し、ヒースの小枝を一本、また一本と火にくべるのだが、けっしてわたしの方に目を向けようとしない。ときおり、山から低い雷鳴がかすかに聞こえてきた。

グエンフマラが激しくわたしに応《こた》えてきたあの瞬間は、わたしの空想ではなかったのだと信じることは、ますますむずかしいと感じられてきた。しかし、それが現実のことだったことを、わたしは知っていた。それは、どこかでじっと目覚めを待っているのだ……やがてケーキが焼きあがり、二人は熱くて、甘くて、パリッとしたできたてを食べ、黒い陶器の壺に汲んできた冷たい水で、喉《のど》に流しこんだ。それでもなお、どちらも何も言うことを思いつかなかった。

落ち着かない婚礼の夜の食事が終わると、わたしは立ち上がり、アリアンのようすを見にいった。その晩はかつてないほどに静かで、山の端《は》でかすかに轟《とどろ》いている雷のせいで、かえって静寂《せいじゃく》が感じられるほどだった。そしてときおり光る稲妻も、ほとんど、白い月光の中に紛れてしまった。静かだ。池のほとりの小石の上に波が静かに打ち寄せ、狩りをするフクロウの声が茂みのあいだから聞こえてくるばかりだ。とつぜん、わたしは嵐でもきてくれと願った。耳をつんざく雷鳴と暴風、叩《たた》きつける雨がやってくれば、どんなに気が楽になることか。

ふたたび敷居《しきい》をまたぎ、塔の中へと入ってゆくと、グエンフマラはすでに寝床に横になっていた。ほんとうなら、わたしがそこまで抱いて連れていかなければならなかったはずだ。彼女はすでに長衣《ガウン》と下着を脱ぎ、銅とエナメルの腕環《うでわ》、靴とともに、足もとに置いていた。そして塔の中が蒸し暑かったせいか、髪の毛をほどいて、わたしの着古したマントの上に裸で寝ていた。火に引き寄せられて入ってきたのだろう、小さな白い蛾《が》が、彼女の頭のまわりをひらりひらりと飛んでいる。わたしはグエンフマラを眺めやった。炉《ろ》の明かりと、戸から洩《も》れてくる傾いた月の光が混じった薄明かりの中でも、ふだん衣でおおわれている肌が、白ではなくて、クローバーの蜂蜜《はちみつ》のようなうす褐色《かっしょく》をしているのが分かった。頭のてっぺんから、足の先まで褐色《かっしょく》の女なのだ。グエンフマラは腕枕のまま、首をわずかにこちらに向けた。わたしが炉《ろ》のところに行き、雨にあてない用心に、持って入った鞍《くら》をそこに置くのを見ている。奇妙なことに、それまでの、二人とも何かを遠ざけておこうとするような――そんな緊張感がとけ、自然に身をまかせ、避けては通れないものを迎え入れる気持ちになったのだ。

「お脱ぎになるのに必要かと思い、火をとっておきました。でも月明かりだけで、だいじょうぶそうですわね」

わたしは靴を脱ぎ、剣帯《ベルト》をはずし、服を脱ぎはじめた。

「なんとたくさんの傷でしょう。まるで生涯狼と戦いつづけてきた老犬みたいですわ」

おそらく、わたしがこの女を四日前に見たような目で、この女もそのときはじめてわたしを見ていたのだと思う。わたしの傷など、看病している間に何度も見ていたはずだ。だが、いままでそのことに触れたことがなかった。

炉のそばに立って、わたしは肩にできた真新しい傷跡をながめ、次に腿《もも》と前腕にある古傷の白い継目に目をやった。

「これがあるがままのわたしだ」

「どうしてそう同じようなところばかり、何度もけがをなさるのでしょう？」

「傷を見れば、その男が重騎兵かどうかが分かる。戦《いくさ》のとき鎖《くさり》かたびらのすその下になる腿は、どうしても傷を受けやすい。腿あてというものもあるらしいが、馬に乗るときの邪魔になる。だから、腿と、剣をもつ右腕は傷だらけになる」

「長袖をお召しになったらどうですか」

とても現実的な質問だ。婚礼の夜だというのに、奇妙な会話であった。

「それでは剣をふるじゃまになる。サクソンの武具師だって、そんな鎧《よろい》は作らない」

わたしは火のそばに立って、伸びをした。そうしてから身をかがめ、とっておいた芝土を、火の上にのせた。わたしがそうしていると、グエンフマラはあいかわらずもの静かで、人ごとのような口調で言った。

「立派なお姿ですわ。いままでにも、何人もの女の人からそう言われたでしょう？」

わたしは火を一か所にまとめ、芝土をおいた。火は消え、暗闇の中には、いまにも消え入りそうな月あかりだけが残った。

「ほんの数人だ。はるか昔のことだ」

「いったいどのくらい昔のことかしら？　そもそも、今年でおいくつになられるのでしょう？」

「三十五だ。だからなおのこと、こんなわたしと結婚すべきではなかったのだ」

「そしてこのわたしは二十歳。もうすぐ二十一になりますわ。わたしたちはどちらも婚礼の年頃を過ぎてますのね」

グエンフマラがじっさいに何歳なのか、考えたことがなかった。ただ漠然《ばくぜん》と、いわゆる年頃というものを、とうにすぎているなとは思っていた。そして、このときはじめて、なぜそんなに婚期を遅らせてしまったのだろうと疑問に思った。そんなわたしの気持ちを見透《す》かしたかのように——そして、何もかも明るく照らし出そうとする炉《ろ》の明かりが消えて、いくらか警戒心がとけたのか——彼女はこう語った。

「わたし、十五のとき、もっと南の地方の族長の息子と婚約していました。よくある、親同士が決めた話です。でも、その人のことは好きでした。好きだと、思っていました。いまとなってはよく分かりません。まだ十五のときでしたから。その人はわたしをもらいに来る前に、狩猟《かり》で亡くなったのです。まるで太陽と月とが一度に空から落ちてしまったのかと思いました。何を見ても、どんな男の人に会っても、その人の思い出がじゃまをするのです。父はふたたびわたしを嫁がせようとしましたが、わたしはそうしないよう頼みこんだのです。ほかの男といっしょになるくらいなら、死ぬと言いました。そしてついに――わたしはどうかしていたのです。父はわたしに本当に死なれては困ると思ったのでしょう――半分折れて、五年の猶予を与えてくれたのです」

「今年は六年目の夏だね」

「たしかに六年目ですわ… でも…」

グエンフマラはわずかに、自分を茶化すように笑った。

「二回目の夏を迎える前に、自分がおろかだったと知りました。その人の思い出をとどめておこうと思いました。けれどもそれはまるで煙のように希薄なものになり、指のあいだをすりぬけてしまったのです。後には何も残りませんでした」

「どうして父上に話さなかったのだい?」

「自尊心が許しませんでした。あなただってもしご自分が十七歳の少女で、ほかの男と結婚させられるくらいなら死ぬとまで言って、父親をさんざん困らせておきながら、その父親のところにまた行って、〝ああ、おとうさま、わたしがまちがっておりました。誰もがするようなまちがいですわ。あれは愛ではなかったのです。あの人がどんな顔をしていたのか、声がどんなだったかさえ忘れてしまいました。やっぱり生きているだんなさまのところにに嫁ぎます〟などと、ぬけぬけと言えるかしら」

わたしは剣をとり、寝台まで持ってゆき、手の届くところに置いた。それからわたしはグエンフマラのそばに横になった。顔の前を蛾《が》が飛んだ。そのほかには、暗闇の中で動くものはなかった。

グエンフマラの身体は触《さわ》りごこちがよかった。肌はなめらかで、褐色《かっしょく》にもかかわらず、すべすべとしていた。そしてその肌の下に強くて軽い骨があるのがわかった。軽い肋骨《ろっこつ》、長くほっそりとしたわき腹。大部分の男の好みからいったら、痩《や》せすぎといえるのだろうが、その骨の感触が、わたしにはとつぜん好ましく感じられた。先ほど、炉《ろ》の明かりでバラ色のほくろが左胸に見えていた。そのありかを手でさぐり、指を押しつけてみた。ほくろは柔かく、不思議なほどいきいきとしていて、つぼみのようでもあり、かぎりなく小さく、柔かい乳首のようでもあった。そこに触れただけで、きらめくような喜びがわたしの身体中をかけめぐった。わたしはグエンフマラに腕をまわし、自分の方に引き寄せた。彼女はまったく受身で、与えるのでもなければ、殻《から》をとじるでもなく、ただ耕された畦《あぜ》が種の撒《ま》かれるのを待っているようなものだった……そして、まさにこの瞬間、いわば真っ黒な霜のように、あの記憶、この前に女と寝た、あの感覚が蘇ったのだった。あれはなかば闘い、なかば恍惚《こうこつ》のうちにおわった、山猫との交わりのようなものだった。憎しみの冷たい毒気が一面にたちこめ、息が詰まり、魂まで凍《い》てついて、力をすべて吸いとられそうに感じられた。わたしは、さらに強くグエンフマラを抱いた――いや、むしろ溺《おぼ》れるものが藁《わら》をもつかむように、しがみついていただけなのかもしれない――嫌悪感を叩《たた》きだし、グエンフマラの体温で冷気を追いだし、その生命によって死を締めだそうとしていたのかもしれない。わたしの下にある身体は、もはや受身ではなかった。しかもわたしは痛い思いをさせたに違いない。叫んだのを聞いたからだ。そしてその瞬間、相手が処女であったことを知った。しかしたとえそうだとしても、わたしは必要以上に痛い思いをさせたのだった。わたしには容赦《ようしゃ》がなかった。何か障壁を取り壊そうとして――一度《ひとたび》拒否されたものを取りもどそうとして、自暴自棄《じぼうじき》になって戦っているようなものだった。それは、グエンフマラにはなんの関係もないことだった。こんなに苦しい戦いは経験したことがなかった――もうひとつの戦いを除いて……

結局のところ、わたしは男としての役割を決してまずく演じたわけではなかった。しかしそれはむなしく、喜びのないもので、生命が去ったあとの、抜け殻《がら》のようなものだった。そしてグエンフマラにとっても、痛みを喜びに変えるだけのものはなかったと思う。はじめて抱いた女のことが、頭に浮かんできた。あの女は暖かい干し草の陰で、けらけらと笑いながらわたしを受け入れた。下手だったが、喜びがあった。あのときは健全で甘美だったが、今回は屈折していた。そしてイゲルナがわたしにした仕打ちの、正体がわかった。わたしの男としての槍《やり》の穂先を、あの女は折ってしまったのだ。

わたしはグエンフマラを放し、寝がえりをうって離れた。うめき声をあげたのだと思う。そのときのわたしは、生死をかけて戦った男のように、汗だくになり、頭のてっぺんからつま先まで、ふるえていたのではないかと思う。わたしは腕の中に頭を沈め、グエンフマラが嫌悪《けんお》と軽蔑《けいべつ》でそっぽを向いてしまうのを待っていた。

ところが、グエンフマラはおだやかに、しかし喉《のど》に何か固いものが詰まっているかのように言った。

「こんなはずではないのでしょう？」

「ああ、こんなはずじゃない」

わたしはなおも強く、顔を腕の中に押しつけた。小さな色とりどりの光が、ちらちらと目の前の闇を舞った。腕の中で、くぐもった声がつぶやいていた。

「何日か前、わたしは糞《ふん》の山にいる雄鶏《おんどり》を見ていた。そいつは何羽かの雌鶏《めんどり》といっしょにつながれていたが、そいつのねらっている雌は届かないところにいた。そいつは、雌にとびかかろうとするたびに、あと一歩というところで、縄に引きもどされては、糞の中に転んでしまうんだ。最後には、羽が糞まみれさ。おお、神よあわれみたまえ。ある時わたしは、それを滑稽《こっけい》に感じたのだよ」

長い沈黙があって、グエンフマラが口を開いた。

「いつもこうなのですか？」

「もしそうなら、いくら騎馬隊つきでも、そなたをもらったと思うか？　もう十年も女と寝ていない。知らなかったのだ」

ふたたび沈黙が訪れた。火は消えているので、外で静かに降り注ぐ雨の音が聞こえるだけだ。開いた戸口から、暖かい地面に落ちる雨の香りが入ってきた。雨の中でいっそう、見捨てられた城の静けさを感じた。

そのときグエンフマラが口を開いた。

「何があったのです？　一度話してしまえば、それですむことですわ」

わたしは頭を腕の中にうずめたまま、過去十年のあいだ誰にも語ったことのない、あの汚らわしい話をあらいざらい話した。そのことは、この自分自身よりも、もっと親しく感じているベドウィルにさえ、話したことがなかった。グエンフマラには、わたしの過去を知る権利があるのだ。最後まで話した。グエンフマラは汚らわしさのあまり、身を遠ざけようとするだろうと思った。ところが、あまりにも長いこと何も言わないので、わたしはついに顔を起こし、暗闇の中で相手の顔を見ようと、横に向いた。すると、不思議なことが起きた。グエンフマラがかすかにこちらに向き、わたしの顔を手でさぐり、両手で引き寄せると、わたしの知らない母のようなキスをして言った。

「かわいそうに、ひとりで悩んでいたのですね」

第18章　愛し合う者たち

　うわさは、わたしよりも先に、クネティウム（カースルダイクス）の砦《とりで》と、〈三つ峰の丘〉に届いていた。おそらく、部族から部族へと伝わったのだろう。あるいは〈黒い矮人《こびと》〉たちが運んだのかもしれない。何ごとも、彼らの目をのがれることなどできないのだ。わたしが到着すると、人々がやたらに長くわたしを見たり、あるいは逆にすぐ目をそらしてしまうので、推測がついた。しかし、こちらから言い出すよりも先に話したのは、〈騎士団《きしだん》〉の二人だけだった。

　グワルフマイは、わたしが、まだ夏の路の汗とほこりを洗い落としている最中に、足をひきずりながら入ってきた。この男も、ほんの数時間前に、物資の調達から帰ってきたばかりだったが、サクソンの村々に対して、ベドウィルがどんな戦いを行なっているか、報告しはじめた。やってきた用は、この報告だけだろうと、わたしは思った。そしてじっさい、グワルフマイは帰ろうとして腰をあげた。ところが、彼はまたわたしの方に向き直り、もっと言いたいことがありそうなようすで、もじもじしている。この男は、自分にとって重要なことは、なかなか言い出せないタイプだった。

「ダムノニのところから奥方をもらわれたとか。砦《とりで》はその噂《うわさ》でもちきりです。しかもわれわれがここで冬ごもりするときには、奥方を連れてこられるとうかがいましたが、本当でしょうか」

グワルフマイは、やっとのことでここまで言った。

「本当だ。わたしは妻をめとった」

「ここへ来るというのは？」

「それも事実だ。えりぬきの百人からなる騎馬隊もいっしょだ。妻の弟が率いている」

「何はともあれ、百人とは大歓迎です」

「なのに、もうひとりの方はだめなのか？」

グワルフマイはためらった。

「奥方のことなど、考えたこともありませんでした。慣れてないのです。少し時間をください」

そして話題を変えた。

「アルトスさま、最終便で包帯と膏薬《こうやく》が送られてこなかったのです。お伝えしたようにも負傷者は大勢いるし、いつまでもマントを引き裂いてばかりではいられません。わたしが催促《さいそく》に行かれればよいのですが、明日《あした》はベドウィルのところにもどらねばなりません。コノンをコルストピトゥム（コーブリッジ）まで催促に行かせる許可をください」

グワルフマイにくらべて、ケイははっきりとものを言った。その晩遅く、いっしょに巡回にでる前にこう切りだした。

「女がほしいなら、どうしてもらってから父親のもとにおいてこなかったのです。きれいな首飾りでもプレゼントすれば、何の問題もないでしょう?」

「父親のマグラウヌスは、自分の娘を嫁にやっても、エニシダの茂みに放っておかれたら、百名もの騎馬隊はよこさなかっただろうよ」

「たしかに、価値のある貢《みつ》ぎの品であることはまちがいない」

ケイも認めた。そして、さもげんなりしたような声でつぶやいた。

「だけど、鏡をのぞきこんでめかしこむ女なんて……それに何人も女の子を連れてきて、身のまわりの世話をさせるのでしょう?」

「ひとりだけだ。ひとりは連れてきてよいと言った。グエンフマラは年とった乳母を選んだ。歯も抜けてしまったような婆さんだよ、ケイ。片足をすでに墓につっこんでいる。もう片方だって、脂肪の塊《かたまり》にのっけているようなものさ」

「そいつはいい!」

ケイは、すっかりうんざりしたといったようすだ。

「いかにも。ここでは厄介者だろうが、もう一方の足も、すぐにすべって転んで、おだぶつさ」

われながら、無情なことを言ったものだ。わたしは、何もかもに腹がたち、いやになっていた。そして何よりも、自分自身にうんざりしていた。

「愛は気分をなだめることにひと役かってはいないようですね、アルトス」

わたしは生皮の長靴をはこうとしていたが、顔もあげずに言った。

「誰が愛などという言葉を口にした？」

「誰も。百名の騎馬隊と結婚したのでしたね。しかし困ったものだ。こんな男ばかりの砦《とりで》に、奥方と老婆をおいておくわけにはいかない…」

「商売女がいるではないか」

「堅気《かたぎ》の女だったら、そんな女に指一本触れるくらいなら、死んだ方がましだと思うでしょうよ」

「ケイ、商売女以外の女を知っているのかい？」

ケイは作り笑いを浮かべて、肩をすくめた。しかし、ランプの炎からこちらを見あげた、その激しい青い目には、困惑の表情が浮かんでいた。

「まったく。自分のやり方を、頑固に押し通そうとするんだから！　嵐の予感がするよ」

ケイはぶるっと身ぶるいした。古マントのように、厄介事《やっかいごと》を脱ぎ捨てようとでもいうのだろうか？そうして笑って、重い腕をわたしの肩にまわしてきた。われわれはランプの灯った部屋から、真っ暗な山の中へと出ていった。

「堅気の女がどんなものか知るために、ためしに奥方を誘惑するかもしれませんよ」

「ご注意、かたじけない」

平静な声でわたしは答えた。そして、だしぬけに胸を刺した嫉妬《しっと》の不快な痛みを無視しようとした。この瞬間に知った。わたしはグエンフマラを愛しているのだ…

次の瞬間、わたしは豚の上に頭からつっこんだ（その頃には、もうかなりの数の家畜を飼っていたのだ)。豚はきいきいと怒りながら立ちあがり、どしんどしんと闇の中へと消えていった。わたしは肘《ひじ》のあざをこすりながら、運命の女神を呪《のろ》った。女神たちは自分たちがつけた傷口を、さらにナイフでえぐるばかりか、人間の威厳を奪い、愚弄《ぐろう》しなければすまないのだろうか。

トリモンティウムではすべてが順調だった。頭に血がのぼりやすいことと、女にだらしないことを除けば、ケイには大きな信頼がおけた。そこで、翌朝グワルフマイが交代要員を連れて東に向かうときに、わたしも同行することにした。こうして数夜ののちに、わたしはベドウィルとともに、風にいじけたニワトコの茂みの陰にたたずんでいた。そこはわが軍の警戒線の、いちばん下の端にあたるところだった。ベドウィルは煙臭《くさ》かった。野営地の焚火《たきび》のような新鮮なにおいではなく、人間の住む場所を焼き打ちしたあとの、すっぱくて、かすかに油っぽい臭《にお》いだった。この前会って以来、ベドウィルは多忙の日々を送ってきたらしい。

ベドウィルは、こう話していた。

「…グワルフマイの信じている神とやらが、アダムの肋骨《ろっこつ》を一本とって、女なんてものをこしらえなかったら、この世はどんなに単純だったことでしょう」

「竪琴《たてごと》を奏でるときには、女がいないと困るぞ」

「歌にするのは、女以外にもいろいろあります。狩り、戦い、ヒースのビール、それに男の友情」

「ほんの何日か前にも、このわたしを見捨てないでくれと、チビ助に頼まなきゃならなかったんだ。いやはや。ベドウィルよ、君にも同じことを頼まなきゃならんとは」

ベドウィルは野営地を見わたしていた。夕闇の中に煮炊きの煙が横にたなびき、かすかな霧が海から荒れ野に上ってきた。

「もし、わたしがあなたを見捨てるとすれば、女以上の理由のあるときだと思いますよ」

「だけど、これは女より大切なのではないか？」

「そのとおりです。どんな女よりも大事です」

そのときベドウィルは、くるりとこちらに向いた。そのゆがんだ、人をからかうような顔は、いままで見たこともないほど、激しく目をぎらつかせ、鼻を膨《ふく》らませている。

「おお、なんておろかな閣下《かっか》だ！　お分かりにならないのですか！　嘘《うそ》をついたか、男色にふけったか——何でもよいけれど、閣下がキリスト教の地獄とやらに落ちたとします。いい気味だ、自業自得《じごうじとく》だと思っても、このわたしは盾《たて》をかざして、そのお顔を地獄の業火《ごうか》からお守りいたしますよ」

「きっとそうだろうとも。おろかな点じゃ、君もわたしにおとらないな」

わたしたちは、馬が並んでつながれている前を、いっしょに通っていった。荒れ野の丘陵に立ちこめた霧は、塩からい味がした。

この二日後。ゴールトの部隊が待ち伏せにあい、サクソン軍に壊滅させられた。生き残った者は、死んだ仲間を置き去りにし、けがのひどい者を馬にくくりつけて、命からがら逃げ帰ってきた。

わたしは彼らがもどってくるところを見ていた。砦の者たちは、暗いあきらめの表情を顔に浮かべながら出てきた。そして、なんの質問もせず、彼らのまわりに集まってきて、負傷者を馬から助けおろし、馬をひいていった。わたしはゴールトに部下のようすをみてから食事をとって、後刻、わたしのところに報告にくるよう命じた。ゴールトの顔は青ざめ、馬から降りるときに、まるで地面が傾いたかのように一瞬よろめいた。しかし自分の部隊が壊滅させられるのを目のあたりにしたら、どんな男でもこうなるだろう。それからわたしは自分の居場所にしている、なかば壊れかけた牧童小屋にもどり、ベドウィルの隊員名簿に目を通した。可能ならば、このような場所を指揮官がもっているのは、都合のよいことだった。夜でもすぐに居場所がわかるし、人に聞かれては困るようなことも話ができた。

いま焚火《たきび》にあたりながら、大急ぎで出された食事をとっている第四大隊の生き残りの者たち――いまだにショックに呆然《ぼうぜん》としている者たちのことを思うと、わたしの心は悲しみでいっぱいになった。こんなに大勢の〈騎士団《きしだん》〉の者が亡くなったことを思うと、悲しくてならなかった。しかし、隊員名簿を無視するわけにはいかなかった。そこでわたしは、野営地ではたいてい椅子のかわりにしている鞍《くら》の上にすわり、やりかけの仕事にもどった。ちょうど最後まで目をとおしたとき、かつて扉のあったところに人が現われ、外の藍色《あいいろ》の闇と焚火の炎がさえぎられた。顔を上げてみると、ゴールトだった。

ゴールトは入り口からはいってきた。あいかわらず、よろめいている。

「報告に参りました」

声をふりしぼってそう言ったが、まるでゴールトの声ではなかった。それからくずれかけた土壁に手をのばし、そこに寄りかかった。角灯《かくとう》の光で、その蒼白《そうはく》の顔に汗のつぶが見えた。

「しかし、もはや手遅れのようです」

わたしは飛びあがった。

「ゴールト、いったいどうしたんだ？　けがをしているのか？」

「サクソンの矢を受けたのです。ほかの者に気づかれないよう、自分の手で軸は折りましたが…」

ゴールトはマントを押しのけるような動作をした。そうするうちにも、わたしの腕の中に倒れかかってきた。わたしはゴールトを急いで寝かせると、傷を隠していたマントをどけた。肋骨《ろっこつ》のすぐ下に、血まみれの折れた軸が見えた。しばらく前、斧の一撃をうけて、鎖《くさり》かたびらに裂け目ができていた。ここ何日か、ゴールトは傷んだ箇所を修繕させようと思いながらも、そのままにしていた。いまとなっては、もはや手遅れだった。ゴールトには意識がなかった。表にはあまり出血したようには見えないが、何時間も内出血をしていたのだろう。わたしは、ほんの瞬間、ゴールトのわきにすわったが、すぐに立ちあがると、戸口のところまで大股で歩いてゆき、いちばん近いかがり火のそばで、槍《やり》にもたれて立っている男に向かって叫んだ。

「ジュスティン、グワルフマイを呼んでくるんだ。何の途中でもかまわん。もっとも重傷の者の手当は終わっているはずだ。すぐにここに連れてくるんだ！」

「かしこまりました」

この返事を聞いて、わたしは角灯《かくとう》のついている小屋にもどった。動かなくなったゴールトの身体が、床の上に丸まっている。カバルが臭《にお》いをかごうとしたので、それを払いのけ、隅《すみ》で伏せているよう命じた。ゴールトの胸に手をあてると、まだかすかに鼓動を感じることができた。それから、もう少し楽な姿勢になるよう、身体を伸ばしてやった。丸まった死体を伸ばしているような錯覚におちいった。

グワルフマイはすぐにやってきた。不揃《ぞろ》いな足音が外でして、急いでいることがわかった。そして次の瞬間には、もう戸口に立っていた。

「何をそんなに急いでいるのです?」

「ゴールトだ」

わたしは言って、わきによけ場所をつくった。

「肋骨《ろっこつ》の下に矢を受けた」

グワルフマイは足を引きずって前に進み、ゴールトの向こう側にいってひざまずいた。

「角灯《かくとう》を下げて照らしていてください。こんなに暗くては見えません」

わたしは言われたとおりにし、黄色い光に照らされた傷口を、二人でいっしょにのぞきこんだ。

「誰が軸を折ったのです?」

グワルフマイが聞いた。すでにナイフを取りだして、ゴールトの鎖《くさり》かたびらの紐《ひも》を切っている。

「自分でやったんだ。部下に気づかれないように」

「そんなことをしたって、結局のところかわりゃしないものです。だけど、折らないでくれた方が、わたしの仕事はしやすかった……」

グワルフマイは、鎖かたびらの右側をとじている最後の紐を切った。そうして下に着ている、血の染《し》みた麻の上衣《チュニカ》もいっしょに払いのけた。そして黙ったまま、露《あら》わになった傷をじっと見つめた。やがて、わたしを見て言った。

「アルトスさま、わたしはどうしたらいいのでしょう?」

「君の直感にまかせる。矢をとりのぞくしかないだろう？　君を呼んだのもそのためだ」

「そう単純にはいかないのです。もしこのままにしておいたら、三日ともたないでしょう――しかも無残な最期です。矢を取りだすにしても、九分九厘この場で死なせてしまうでしょう」

「だけど百にひとつの望みはあるのだな」

「百にひとつの望みはあります」

わたしたちはゴールトの身体をはさんで向きあった。

「いまやるしかない。この男の意識のないうちに。最悪の場合でも安らかに、苦しまずに死ねるだろう」

グワルフマイはうなずいて立ちあがった。戸口のところから湯と、大麦の蒸留酒と、ぼろきれを持ってこいと叫んだ。命じたものが届くと、もどってきてひざまずき、道具を横に並べた。

「この男の下に何か敷いてください。腹部がピンと張るよう、後ろに反らせなければならない」

わたしは寝床から古マントと、腕いっぱいのワラビをつかみ取ってきて、おし縮め、グワルフマイがそれを敷いているあいだ、ゴールトを持ちあげていた。もう一度降ろしたときには、その身体はなかば引かれた弓のように反り、胸と腹の部分の皮膚はピンと張っていた。

「それでいいぐあいです。もう一度角灯《かくとう》で照らしてください」

わたしは冬至の夜とも思えるほどの長いあいだ、そこに膝《ひざ》をついていた。そして角灯がぴくりとも動かないよう、押さえることに精神を集中させた。肝心のときにわずかな光のちらつきで、目や手もとを狂わせてはならない。その間、グワルフマイは、こういったときに周囲の人間から自分を完全に遮断してしまう、完璧な集中力で、血を洗い流し、傷口をはっきりと露出させ、ふたたびナイフを手にした。そして細心の注意を払いながら傷をひろげていったが、わたしはその確かで、一心な手つきを見ていた。その後で、ナイフを置き、鋭く小さな探り針を手にし、また別の探り針をとり、そうして、ふたたびナイフにもどった。小屋の中は、耐えがたいほど暑くなってきたように感じられた。わきの下で汗がちくちくしたし、グワルフマイのひたいにも汗の粒が光っていたが、それでも涼しい夜で、しかも草屋根の下には、火も焚《た》いていなかった。ときどきグワルフマイに指示されて、わたしはゴールトの心臓を指先で確かめた。あお向けになった顔は眉《まゆ》をしかめ、耐えがたい苦痛を感じているのか、歯がむきだしになっている。しかしじっさいには、何も感じてはいなかったのだろうと思う。感じていなかったのだと信じたい。あるとき鼓動が強く、息づかいもしっかりとしてきたように思ったが、おそらくそうなってほしいという願望が、わたしを欺《あざむ》いたのだろう。あるいは、それが命の最後のきらめきだったのかもしれない…… とつぜん、鼓動も息も弱りだした。

そのときまでにすでに処置は一時間近くにも及んでおり、なすべき事は終わっていた。

「グワルフマイ、少し休ませてやったらどうだ。心臓が弱ってきている」

グワルフマイは最小限に首をふった。

「いま休ませても何にもなりません。唇を大麦の蒸留酒でしめらせてください」

そして一瞬ののち、グワルフマイは背を伸ばしてふうっと息をいれると、もう一度身を前に傾け、ぽっかりとあいた傷の血溜りに見えている、折れた矢の軸の端をつかんだ。わたしは歯をくいしばり、一瞬目を閉じた。次に目をあけると、グワルフマイが血なまぐさい矢をわきの地面の上に置こうとしていた。真っ赤な血がどっと流れ出て、ゴールトはさも苦しそうに喉《のど》を詰まらせながら、大きく息を吸った。それと同時に、痙攣《けいれん》が全身を走った。角灯《かくとう》の明かりの中にひざまずいたグワルフマイとわたしは、百にひとつの望みが断たれたことを知らされたのだった。

グワルフマイは、かかとの上にどすんと尻を落とした。そしてぐったりと疲れた声で言った。

「角灯をかけてください。もう必要ありません」

グワルフマイは両手で顔をこすった。手を離すと、ひたいがゴールトの血で汚れていた。

「わたしたちはあまりに無知です——恐ろしいほど無知です」

「三日間苦しんで死ぬくらいなら、いま死んだほうがこの男のためだよ」

グワルフマイばかりでなく、自分をも慰めるつもりでわたしはこうつぶやいた。わたしは立ち上がった。とつぜん、戦いから帰ってきてばかりのような疲労感を覚えた。気持ちを支えてくれる勝利の栄光はなかった。角灯をもとの場所にもどしていると、あわただしい足音が外で響き、レヴィンが戸口にいた。

「ゴールトに後を引き継ぐよう命じられました。報告にいっているあいだ、部下の面倒をみるようにと」

レヴィンは口早に話しだした。

「だから遅くなったのです。わたしが…」

レヴィンの視線は、地面の遺体の上で止まった。言葉がとつぜん途切れ、沈黙にかわった。それからゆっくりと、まるで少し酔っぱらっているかのように一音一音確かめながら、つぶやいた。

「死んだのですね?」

「そうだ」

「何かまずいことがあるとはわかっていました。だけど教えてくれなかったのです。ただここに報告にくるあいだ、部下の面倒をみておいてくれと言われたのです。それで遅くなってしまった」

レヴィンは一歩前に出た。血まみれの矢と、グワルフマイがきれいにしようと拾い集めはじめた外科用の道具類が目に入った。レヴィンはグワルフマイをまじまじと見た。唇がふるえている。

「お前が殺したんだ。このへぼ医者め!」

「わたしたち二人の責任だ」

わたしは言った。

「もし矢をそのままにしておいたら、三日ともたなかったろうよ。取り出せば、百にひとつは助かる見こみがあったのだ。ずいぶん不利な賭《か》けだったんだ、レヴィン」

「よくわかりました。ただ…」

レヴィンは手の甲をひたいにおしつけていた。

「ただ、自分でも何を言っているのかわからなくなってしまって…何か言い残しましたか?」

「もう魂は肉体を離れていたのだ」と、グワルフマイが立ち上がりながらこたえた。

しかし、すでにレヴィンはゴールトのわきにひざまずき、苦痛にゆがんだ、動かぬ顔をのぞきこんでいた。われわれのことは、もはや意識にないのだろう。レヴィンは声をふるわせながら、鋭く叫んだ。

「どうして待っていてくれなかったんだ、ゴールト。どうして待ってくれなかった？　僕だったら、君を待ったぞ！」

レヴィンはこう言うと、するりとそばに横たわり、両腕で遺体を抱いた。まるで女のようだった。

グワルフマイとわたしは顔を見合わせると、小屋の外に出た。

戸口の外でグワルフマイが言った。

「男を二、三名よこして、遺体を運び出させましょう。気をつけたほうがいいですよ。二人分の墓を掘るのなんかまっぴらですからね」

「そんな事態は何としても避けたいものだ」

かがり火のあいだにグワルフマイの足音が消えていった。不自由な足を引きずる音から、どんなに疲れているかが推測できた。戸口の横に槍《やり》が立てかけてあった。わたしは、その先についた赤い竜の旗のもとに、そのままとどまった。まもなくグワルフマイが呼んだ男たちの足音が聞こえたので、また角灯に照らされた室内にもどった。レヴィンは遺骸《いがい》の横にひざまずき、死んだ友をじっと見つめている。こうして角灯の黄色い明かりに照らされた二人の大麦色の頭を見ていると、二人がとてもよく似かよっていることに気がついた。そのことを、いままでこんなにはっきりと感じたことはなかった。彼ら二人を結びつける絆《きずな》があまりに強いので、外見でさえも、おたがいを隔《へだ》てるものが何もないかのようだった。

「ゴールトを運びに来るぞ」

レヴィンは落ちくぼんだ目をわたしに向けた。

「僕もかつぐのを手伝わなければ」

「わかった。でも終わったら、ここにもどるのだぞ」

レヴィンは答えなかった。そのかわりに、男たちが着く一瞬前に、狼皮の鞘《さや》から剣を引き抜いた。

わたしは前に飛びだした。

「だめだ！　レヴィン！」

レヴィンは顔を上げ、気味の悪い笑いに、むせかえりながら言った。

「いいえ、それはまだです。後でいくらでも時間があります」

そして同じようにすばやい動作で、ゴールトのわきに置いてあった剣を手に取った。ゴールトの鎧《よろい》を切り裂くときに、そこに置いたものだった。ゴールトはそれを自分の鞘におさめた。

「一本は予備にとっておくのでしょう？　僕はゴールトのさげていたものを使います」

こう言ってゴールトが立ち上がったときに、男たちが戸口から入ってきた。

遺体を運ぶ男たちのよろめく重い足音が、夜の野営の音の中に消えていくと、わたしはふたたび荷鞍の上に腰をおろした。カバルはぶるっと身ぶるいをして、不安げに部屋のすみから出てきたが、自分が引っ込んでいなければならない事態がもうすんだのかどうか、問いたげなようすであった。そして大きなため息をつくと、わたしの足もとのいつもの場所に伏せた。一瞬ののち、カバルは頭を持ちあげ、きゅんきゅんと鳴きながら、不安げな表情でこちらを見た。わたしは手を伸ばして、頭をなでてやった。首のうしろの剛毛がわずかにさか立っている。カバルは戦《いくさ》の犬であり、戦場《いくさば》で人を殺すということは理解するが、いまの事態は、この犬の理解を超えていた。先ほどまで調べていた名簿が、わたしのそばに散らばっていた。その上にも血がついていて、端の方は乾いて茶色に変わっていた。踏み固めた土間にも血が染《し》みこみ、その臭《にお》い、死の臭いが充満していた。自分のそばで友が戦死するのと(それもたしかにこたえるが)、戦いがすんでから、自分の手の中で友が冷たい血を流して死んでいくのを感じるのとでは、わけが違う。はたしてレヴィンはもどってくるだろうか。それとも呼びにやるべきだろうか。というのも、レヴィンがわたしの命令を聞いたかどうか、あやしいものだった。

わたしは長く待った。そして呼ぼうと思った矢先に、レヴィンがふたたび戸口に現われた。

「遅かったな、レヴィン」

「このあたりは地面が固く、石ころだらけですからね」

レヴィンの声は沈んでいた。

「このわたしに何かご用でしょうか」

「ゴールトが経過をすっかり報告するはずだったが、果たせなかった。だから、副官の君の口から聞かせてもらいたい」

レヴィンの報告は終始信用のおけるものだった。とはいっても、話すことはあまりなかった。話を終えると、レヴィンは朽《く》ちた屋根の梁《はり》に腕をのせ、その腕につっ伏して泣きくずれた。わたしはしばらくそっておいてから、こう言った。

「残念な結果となった。兵も馬もたいへんな損失だった。だけどゴールトに非はないようだな」

レヴィンは目を輝かせながら、ふりむいた。

「非はない?」

「まったくない」

わたしはレヴィンの気持ちがわからないふりをして言った。

「君の報告はよかったし、わかりやすかったよ」

「ありがとうございます」と、レヴィンはつらそうに言うと、こうたずねた。

「何かほかにご用は？」

「まず、何かわたしに言っておきたいことがあるか」

「はい。お暇をいただきたいのです」

「その剣で死ぬつもりなのか？」

「わたしが〈騎士団《きしだん》〉の者でなくなってしまったら、わたしが何をしようと、アルトスさまには関係のないことです」

「これだけは言っておこう――見てのとおり、兵力は不足している。たいした理由もなしに、ひとりでも手放すわけにはいかない」

「たいした理由もなしに？」

「そうだ」

とわたしは言った。わたしは立って、レヴィンの方に歩いていった。

「いいか、レヴィン、よく聴くんだ。十年以上にわたって、おまえとゴールトのことは、もっとも忠実で勇敢な〈騎士団〉の仲間だと信じてきた。君たち二人が、勇気と忍耐を互いに競い合ってきたからだ。それも、たんなる競争心からではなく、どちらも友のために自分自身を向上させようと努めてきた。君たちは若い頃からずっとそうだった。そんな昔から二人でかわしてきた約束を、相手が死んで一時間もたたないうちに破るなんて、ゴールトが嘆くんじゃないかな」

レヴィンはわたしの方にふりかえり、目を丸くして言った。

「僕はゴールトほど、強い人間ではないのでしょう。もう生きてはいけません」

わたしはレヴィンの肩をつかんで揺《ゆ》すった。

「そんなのは弱虫の泣き事だよ。そこのすみの壺《つぼ》に水が入っている。さあ、顔を洗って、部隊の指揮をとるんだ。その中でいちばん適任と思う者を副官に指名するんだ。君が決めることで、わたしがとやかく言う筋あいのことではないからね」

「このわたしに騎兵大隊の指揮をとれというのですか?」

「そのとおりだ。君は五年にわたって、ゴールトの片腕となってやってきた。りっぱな指揮官になる下地は充分にできあがっている」

「できません」

レヴィンは情けない声で答えた。

「このわたしをどうか憐《あわ》れに思ってください。たしかにおっしゃるとおりですが、むりです。わたしはもうだめです!」

しかし、本人は自覚していなかったが、肩に手をおいていると、この男が少しずつ元気を取りもどし、大きな責任を負って生きて行く覚悟ができつつあることが感じとれた。

「そんなことはない。やっていけるとも。いつだって、やっていけるものさ。憐れむのはまたのときにしよう。部下が気づいて落胆しないようにと、ゴールトは矢の軸を折ったのだ。自分は致命傷を負いながらも、生き残った者たちがうまくサクソンの手から抜けだし、もどれるようにしたのだぞ。だから、君も顔を洗うんだ。めそめそしていると女とまちがえられるぞ。そして騎兵大隊を引き継ぐのだ。ゴールトが育てあげた、最高の部隊を維持するのだ」

わたしはレヴィンの肩を何度も何度も、骨がグリグリするほどつかんだ。

「もしそれができなければ、君はゴールトが見こんでいたほどの人間ではなかったということになるぞ」

わたしは手を離したが、レヴィンはそのままじっと立っていた。それからゆっくりと顔を起こし、喉《のど》のつかえがとれたような表情をした。そしてくるりと向きをかえると、部屋の隅にある壺《つぼ》に向かった。

その夏が終わるまで、わたしはレヴィンのようすを気にかけて見ていた。しかしそんな必要はほとんどなかった。わたしが信じたとおり、ゴールトにおとらず、指揮官としてりっぱにやっていけることがわかったのだ。サクソンに叩きのめされた連中も、レヴィンのもとに一致団結し、ふたたびすばらしい部隊になった。レヴィンは部下の命を何よりも大切にしたが、自分の命はまったく顧みなかった――あまりに顧みなかったので、さすがに自らの剣で命をたつというようなことは言わなかったものの、死を望んでいることは明らかだった。そして、そういった男にありがちなことだが、まるで魔法の力で守られているかのように、いつも死をのがれるのだった。

その年は、十月の晩《おそ》くまで軍事行動を続けた。北部では普通、九月も終わりを過ぎれば、あまり長く行軍を続けていられないが、その年はおだやかで、われわれがふたたび冬越しをするため、ようやくトリモンティウム（ニューステッド）に入ったときも、まだ黄色い葉が樺《かば》の木に残っていた。

グエンフマラをクネティウムの砦《とりで》に迎えにいく日まで、あと数日しかないうえ、準備することは山ほどあった。しかしこの数日のあいだに、わたしはグエンフマラのためにできるだけのことをした。まず、トリモンティウムに来て以来、わたしはなかばくずれた士官区域のせまい部屋に寝泊まりしていたが、そのとなりの大きな部屋に手を入れた。そこはかつて、司令官の食堂だったに違いない。粗雑に色を塗った狩猟《かり》の記念や、山羊の頭などが、ひとつの壁にいまだにこびりついている漆喰《しっくい》の断片の上に、亡霊のようにかかっていた。わたしは、寝床として積んだシダにかぶせるのに、厚手の縞《しま》の毛布と、柔かなビーバー皮の敷物を、ドルイム・ドゥとその兄弟たちから買った。またどこかの聖人の刺繍がしてある、立派な壁飾りにかけた。それは青とあずき色に――カワセミの羽のように――輝き、もっとも傷みの激しい壁の、くずれかけた赤い砂岩の表面を隠してくれたので、部屋が豪華になった。壁飾りはその夏に〈海の狼《シーウルフ》〉から奪った戦利品の一部だった。彼らは温和な低地地方の修道院から略奪したのだろう。これで教会から、貸しの一部を返してもらったと考えてもよいだろう。そう考えることには、いくらかの満足感があった。

わたしはずっと部下の目に気づいていた。しばらくようすを見てやろうというような目だった。吉と出るか、凶と出るか、それは分からない…しかし気づいていたからといって、グエンフマラを迎えることへの不安がおさまるわけではなかった。日がたつにつれて、わたしはなかばグエンフマラを待ち望み、なかば恐れるようになった。ときには、はたして本当に彼女が来るのだろうかと思うこともあった。

グエンフマラがやってきた。そしてわたしたちは、彼女を松明《たいまつ》の明かりでクネティウムの砦《とりで》に迎えいれた。荒れ模様《もよう》のサーウィンの祭日の夜だった。松明の炎が風にゆらめき、黄褐色《きかっしょく》の煙が前庭に渦巻き、その光がわれわれのまわりに群がる人々の顔に、闇に輝く翼のように打ちつけていたのを思い出す。そしてわれわれに続いて、騎兵隊が武具やらひづめやらの音をにぎやかにたてながら、門をくぐった。グエンフマラは肩からマントをなびかせながら、弟のファリックとわたしのあいだを進んだ。ここから西にほぼ一日の行程のところで、グエンフマラに最初に会ったとき、わたしは彼女だとわからなかった。馬の背にゆられる長旅に備えて、長身で細身のからだを格子縞《こうしじま》のズボンに抱み、髪は結い上げて羊毛の帽子を被っていたので、痩せた少年に見えたのだ。群がっている兵士たちの中で、それが彼女だと気づいた者はほとんどいなかっただろうと思う。それというのも、彼らは首をのばして、司令官の妻はどこだろうと、グエンフマラの後方に目をやるのだった。行列が止まり、グエンフマラを助けおろそうと、わたしが馬を降りて手をさしのべたとき、はじめて分かったのではなかろうか。そのときどよめきがおこったからだ。

わたしはそのときまで彼女に触れてはいなかった。出会ったときには、馬から降りなかった。山道はまだ安全ではなかったので、わたしたちは暗くなる前にクネティウムに着こうと、必死に馬を走らせてきた。そのようなわけで、グエンフマラが鐙《あぶみ》をけって、わたしの腕の中に滑りこもうとした瞬間、わたしは激しい胸の高なりを覚えた。しかし九姉妹《ナインシスターズ》で経験したのと同じで、彼女を抱き降ろしたとき、そこには何もないような感覚にとらわれた。それこそ、冷たい灰色の石でも抱いているような気がしたのだ。しかも今回は、炎と生命が燃えあがるだけの時間はなかった。グエンフマラは疲れてふらふらしてはいたが、ただちにわたしに背を向け、さながら抜き身の剣を手にしているかのように身がまえ、新しい生活に向かおうとしたからだ。

ファリックと他の連中は馬から降り、ふたたび前哨《ぜんしよう》基地の守備隊をまかされていたベドウィルが、グエンフマラを迎えるために、兵士たちのあいだから姿をあらわした。

「グエンフマラ、ここにいるのがベドウィルだ。わたしの仲間であり、補佐役だ」

ベドウィルとグエンフマラのあいだはどうなるだろうと、わたしはずっと考えていた。二人がじっさいに出会っても、それはまだ分からなかった。

ベドウィルは、まるで王妃にでもするように、膝《ひざ》を折って敬意を表した。醜《みにく》い歪《ゆが》んだ顔に、かすかに嘲《あざけ》りのまじった微笑《ほほえ》みを浮かべ、飛びはねている眉《まゆ》を、さながら風に吹かれた松明《たいまつ》の炎のように踊らせながら、それまで女に対して用いるのを聞いたこともないような優しくも、気取った声で、こう言った。

「まさかこの古い砦《とりで》の固い地面に、一輪の花が咲くのを見ようとは、思いもしませんでした。しかも夏でもないのに」

「剣の腕前もさることながら、竪琴《たてごと》もお上手だとか」

ベドウィルの肩の上につきでている竪琴袋の縁《ふち》の刺繍に、グエンフマラの目がいった。

「そのお言葉は、最近お作りになった歌からとってきたものですか」

「いえ、いいえ。でも次の曲を作るときに、うまく使えることでしょう。歌人《うたびと》のすることになど興味をおもちではないでしょうね」

「父のところにいた者を、たったひとり知っていますわ。オラン＝モール——語り歌——にかけては、並ぶ者のない腕前です。だけど、グエンフマラ姫に捧げる小曲は、飽きるほど聞かされましたわ。とくに腕環《うでわ》だの、新しい子牛がほしいときにはね」

「わたしは腕環にも子牛にも、興味がありませんよ。それだけはまちがいありません」

ベドウィルは口もとに微笑《ほほえ》みを浮かべていった。

「それに、残念なことに、グエンフマラ姫の輝く髪もまだ見せてもらっていない」

わきに立っているわたしは、二人の剣士が手あわせするのを見ているような気がした。ただし、木刀なのか、真剣を用いているのか、わたしにはよく分からなかった。彼ら自身もよく分かっていなかったのだろう。その晩はベドウィルと夜の巡回を行なったが、二人ともグエンフマラのことは話題にしなかった。そしてベドウィルが食堂の炉端にもどっても、わたしは後に残り、古い土の城壁に面している、くずれかけた石の胸壁に肘《ひじ》をついて、荒れ模様の暗い山々を眺めやった。わたしもすぐにもどるつもりだったが、背後の下の方で何かの気配がした。ふりかえると、なんとグエンフマラが城壁の階段を登ってくるではないか。重い乗馬用マントにぴったりと身をくるんでいたが、遠くの松明《たいまつ》の光が、解きほどいた髪を透かして後光のように見えたので、そのことからも、また彼女の身のこなしからも、ふたたび女にもどったらしいことがわかった。

「グエンフマラ！　寝なきゃだめじゃないか」

彼女はカバルに手を伸ばした。犬はわたしの足もとから起きあがり、わたしよりもはるかに上手に歓迎のあいさつをした。

「何だか落ち着かなくて、眠れないのです。何もかも見慣れないものばかりですわ。中庭にしか面していないあの小さな部屋にいると、檻《おり》に入れられているような気がするのです。それに、外は風と闇ばかりですし」

そう言うと、グエンフマラはわたしの横に来て、両手を長年の風雪にいためつけられた、冷たい笠木の上に置いた。

「ここはローマの砦《とりで》――赤い兜《かぶと》の者たちの城なのでしょう?」

「こんなはずではなかったといいたいのかい?」

「わからないわ。いえ、覚悟はできていたと思います。ローマ人は四角い箱の中に、直線に囲まれながら住むのが好きだ、などと言いますもの……しばらく前に、教えてくれた人がいます。ローマの城《ま》市《ち》に建っている家は四角い部屋ばかりで、その家々もまっすぐな通りに並んで建てられているので、まるで槍《やり》の柄《つか》で線を引いたみたいだということですが、本当ですか?」

その言葉に胸の奥がうずいた。風と闇の奥から、一瞬、別の女の声が耳に響いてきたような気がした。低く、嘲《あざけ》る声だった。

「ウェンタ・ベルガルム（ウィンチェスター）では、家々の立ち並ぶ道はどこもまっすぐだといいますわ。またどの家にも大きな部屋があり、壁が塗られているとか。それに、国王アンブロシウスは、王位を表す紫色のマントを着ていると聞きました」

わたしはグエンフマラを両腕に抱き、しっかりと抱きしめたかった。わたしのもとから彼女を奪おうとするすべてのものを寄せつけないようにするために……イゲルナを、そして必要とあらば、神を敵にまわしてもよい。しかし情けないことに、グエンフマラの許しがでるまで、わたしには彼女に触れることすらできないのだった。

「それは本当だよ。立派な屋敷はそのとおりだし、主要な大通りはたしかにまっすぐだ」

わたしは答えたが、声がふるえていないか心配だった。

「だけど、まっすぐな通りの裏には、小さな曲りくねった道がある。近頃ではそういった道が、どんどん外に向かって伸びている。ちょうど草が通りのわだちのあいだにはびこるようなものさ」

「草はローマのものではないわ」

グエンフマラは、泣きべそをかくような、疲れた声で、わずかに笑った。

「だって風が吹けば、丸くしなりますからね」

「そのうち慣れるよ」

「ええ、そのうち慣れるでしょう」

グエンフマラも言った。

「でも今晩は何もかもが新しくって――松明《たいまつ》に照らされた人たちも、知らない顔ばかり。あの鱒《ます》のようなそばかすのある太刀《たち》持ちの人を別にすれば、父のところに来ていた人たちは、ここにはいないようね」

「みんなトリモンティウムにいるんだよ。フラビアンはここまではるばる同行したが、また南へ行き、妻や子どもといっしょに冬を過ごすんだ」

グエンフマラがふりむいた。

「そうやって買収したの？」

「買収？」

グエンフマラのいっている意味がはっきりとつかめず、わたしはただばかみたいにその言葉を繰り返した。

「買収だって？」

グエンフマラの方も、言いすぎたことに気がついたのだろう。いそいで言葉を撤回しようとした。

「いいえ、ずいぶん意地悪な言い方をしたものだわ――ばかなと言った方がいいかしら。なおひどいわね。こんなに疲れていなければ、わたしも、もう少しましなことを言うのですよ。前に、フラビアンをこの冬は妻子のもとへ返せるかもしれないとおっしゃったでしょう。そうできるようになって、うれしいですわ」

そう言いながら、グエンフマラは償《つぐな》いをするかのように、わたしの方に身を寄せてきた。これこそ待ち望んでいた許しなんだろうと、わたしは思った。そこで、城壁の壁に並んでもたれながら、グエンフマラに腕をまわした。

「あの麦色の髪をした人はどうしたの？――ゴールトという名前でしたわね」

少ししてグエンフマラがたずねた。

「どうしてまた、ゴールトのことが気になるのだ？」

「わからないわ。一瞬、あの人のことが頭に浮かんだの――ただ頭をかすめただけです」

「おそらくゴールト自身が通り過ぎていったのだよ。焚火《たきび》のそばにやってきたのだろう」

わたしは食堂の炉《ろ》のそばに確保してある、空席になっている場所のことを思い描いていた。そこには、もう二度と生身の人間の姿では仲間たちのところへもどってこない者たちのために、食物と飲物が供えられてあった。しかし、サーウィンの祭りのこの晩、ゴールトの席は、トリモンティウムでレヴィンの横に確保されてあるはずだった。

グエンフマラが腕の中でぴくりと動いた。

「亡くなったの？」

「二か月前のことだ」

「残された奥さんはいたの？　子どもは？」

「いないよ、グエンフマラ」

わたしは、グエンフマラを何者かの手から守ろうとするかのように、彼女に両腕をまわし、強く引きつけた。あまりに疲れていて、すぐには反応してこなかった。彼女は消耗しきっていた。まるで嵐の海を越えてきて、力つきて海辺に落ちている鳥のようだった。しかし、まるで避難所を求めるかのように、わたしにもたれかかってきた。そして風と、つき刺すような暗闇の中で、とつぜん、光と力と静けさの感覚が蘇《よみがえ》り、イゲルナの力も永遠には続くまいという気がした。撃退し、抹殺《まっさつ》し、そして最後にはわたしも自由になって、グエンフマラとともに生きることができるような気がした。

「どうかゴールトが寒くありませんように」

グエンフマラがわたしのマントの胸の襞《ひだ》のところで、そっと言った。

「リアノンの鳥が、ゴールトのために歌ってくれますように。忘れることで、苦しみがやわらぐのなら……」(「忘れる…… 忘れる…… リアノンの鳥の歌を聞くのがこわいの? それを聞くと忘れてしまうから?」)

明かりが消えた。サーウィンの夜の風はあまりに冷たく、雨が首にしたたり落ちた。誰も自分の運命を逃れることはできない。わたしはグエンフマラに口づけした。それはさよならの口づけのようだった。

「もう寝る時間だよ」

グエンフマラもわたしに口づけをした。それは婚礼の晩のような、すばらしく心のこもった口づけであった。

「すぐに来てくださいね。アルトス。ここは淋しいんですもの」

「すぐに行くよ」

わたしは約束した。

グエンフマラはわたしの腕を抜けて、城壁の階段を降りていった。

第19章　修道女たちの家

　フラビアンは早春にもどってきた。その年の最初の供給部隊が、まだ到着すらしていない頃だ。わたしは年老いたアリアンに乗り、冬の後の訓練をはじめていた。馬をもとの状態にもってゆくには、時間がかかるのだ。そして山あいの川沿いに走っているクネティウム（カースルダイクス）からの道が曲って、谷から出ようとするところで、とつぜんわたしたちは出くわしたのだった。あまりにとつぜんだったので、馬がその場でたたらを踏んだほどだ。

「アルトスさま！」

　フラビアンが叫んだ。そしてわたしも、

「チビ助！」

と叫んで、笑いながら、馬を呪《のろ》い、鞍《くら》から身を乗りだして握手した。カバルは激しく尾をふりながら、跳ねまわった。

「テレリと子どもは元気かい？」

馬を落ち着かせ、トリモンティウム（ニューステッド）の城門に向かいながら、わたしはたずねた。

「二人ともとても元気です。子どもは大きくなったし、もう戦士のようにげんこつでかかってくるんですよ」

フラビアンはなごり惜しそうな口調で、ひとりにやにやしながら話すのだった。過去が幸福だったので、いつまでもその後味を楽しんでいたいと顔に書いてあった。しかし急に調子を変えると、こう言った。

「ところで、ごいっしょなんですね？」

「グエンフマラのことか？　来ているよ。だけど誰が君に教えたんだ？」

「新しいマントでわかりますよ」

わたしは刺すような三月の風をよけるために身につけていた、黒っぽい厚手の肩掛けに目をやった。トリモンティウムに着いて二日とたたないうちに、グエンフマラは織機を欲しがり、二人の職人がそれを作り上げると、まず最初に織ったのがわたしのマントだった。

「たしかに新しいマントだ。だけど、それがグエンフマラが織ったと、どうしてわかるんだい」

「女というものは、亭主のためにマントを織るものですよ。寒くないようにってね」

急に女のことに詳しくなったような、フラビアンの口ぶりだった。

「うちのが織ってくれたんです」

そういって自分のきれいな濃い青色のマントを広げ、またすぼめてみせた。黒と深紅の縁どりがしてあった。

「きれいなマントだ。きれいすぎて、サクソンの矢の的になってしまうぞ。わたしなら、この地味なやつでじっとしゃがんでいればいいわけだ。これだと〈黒い矮人《こびと》〉だって、丘の洞穴《ほらあな》ぐらいにしか思わないぞ」

「このわたしに嫉妬していらっしゃる!」

それは本当だった。だが、フラビアンのきれいなマントのことではなかった。

二人は馬に乗ったまま、わたしが冬営のことを話すと、フラビアンは外の世界に何が起きているのか伝えた。渡し場までやってきて、水をばしゃばしゃとはねかしながら進む。そうして向こう岸の粗雑に石を敷いた坂道にさしかかると、とつぜんフラビアンが言った。

「僕ってなんてばかなんだ。肝心なことを忘れてましたよ。フンノがこの春馬を送るとき、いっしょにシグヌスも送ってくれるそうです。覚えてらっしゃいますか?」

あの白馬がもう三歳になることを、ほとんど忘れていた。荒れ野で戦っていると、時間の感覚というものがなくなる。わたしは鞍に乗ったまま身体をねじって、フラビアンを見た。

「フンノに会ったのか? フンノは約束を守ってくれたんだな?」

「馬を見ればわかりますよ。シグヌスはアリアンより、たっぷり一手幅《ハンド》[約十センチ]以上も高くなっていますし、もっと力もあります。背が高いばかりでなく、心も気高い。フンノが言うのに、シグヌスはいままで育てた子馬の中でも、最高の華だそうです。老い先も短くなって、神さまが完璧な馬を恵んでくれたんだろうなどと言うのですよ…… どうも母馬が産んだってことを忘れているらしい」

「老い先が短いだって？ フンノはどこかぐあいでも悪いのか？」

わたしはすばやく聞き返した。

「どこも悪くはないですよ。ただ年をとっただけです」

フラビアンは言った。そして急にため息をついてから、

「誰にでも起こることです…… 誰にでも」

「そんなことに気づくようになったか？ チビ助よ、ずいぶん大人になったものだな」

「テレリだって、この前会ったときより少し老けましたよ。胸だってピンとしてないし、垂れてますよ。今度会うときには白髪《しらが》の一本でも見つけて抜き、それを七本くらいに増やしているでしょう」

ほぼ一か月ほどたって、フンノがその年の馬を送ってきた。なかなかよい馬ばかりだった。戦闘用に訓練すれば（毎年それは、砦《とりで》に残る夏の守備隊の仕事だった）、ファリックの隊の新馬補充にまにあいそうだ。

そしてその中に、約束どおり、シグヌスがいた。さっそくまわりを歩きながら観察すると、将来は戦闘用の白馬になるこの馬には、フンノが言っていたすべてのものが備わっていた。立っていると、肩のあたりで十六手幅《ハンド》［約百六十センチ］はあり、力強さと忍耐力が、がっしりとした肩と、長く美しく湾曲《わんきょく》している臀部に現われはじめていた。そして誇《ほこ》りと情熱が、高くそびえるたてがみから、たえず動いている大きな尾にいたるまで、あらゆるところに感じられた。足を踏みならし、頭をふりあげ、わたしから目をそらさぬよう、わたしの動きに合わせてくるりとまわったりするシグヌスを見ている

と、まだ乳臭《ちちくさ》かった初対面のときとおなじで、わたしの魂はこの馬に吸い寄せられるかのようであった。わたしは馬にもっと近づいた。膝《ひざ》や足首の腱《けん》は、ふるえる弓のつるのようだ。からだを撫《な》でると、生命の躍動と、すばやい反応が全身に走るのを感じた。シグヌスは疲れも忘れて、興味深げにわたしの方に頭をふりむけた。そうして耳をぴんと立て、繊細なつきでた唇で、――わたしが持ってきたことを直観したのだろう――塩をさぐりはじめた。わたしはふだんもち歩いている小さな生皮の袋から、ひとつまみの塩を手のひらにふりおとして、シグヌスに与えた。そしていく度も、いく度も、あいている方の手で、前髪からひくひくさせている鼻孔まで撫でおろした。シグヌスはよだれを垂らしながら、灰色の塩を舐《な》めた。そのひたいは広く知的で、白い睫毛《まつげ》の下にある目は、鷹のように黒く輝いていた。

「わたしといっしょに戦いにいくのだと言ったぞ。憶《おぼ》えているか?」

わたしは馬が耳慣れているはずのブリテンの言葉で語りかけた。馬はそっと鼻をならし、わたしをつついてさらに塩をねだった。

わたしはシグヌスに鞍をつけさせ、そばにいたアムロズに槍《やり》をもって後についてくるよう命じると、すぐに馬を試すため、練習場まで連れていった。冬営をはじめたばかりの、充分に時間のあるときに、古い演習場を使えるようにしてあった。表面をおおうニワトコとハリエニシダの茂みを取りはらい、刈り枝で障害物や槍の的をつくっておいたのだった。その晩は――おそらくあれほど幸福だったことは、生涯を通じてあまりなかったと思うが――ほとんど、この場所ですごした。まずは、馬のさまざまの歩き方を試した。あちこちにふりむけたり、急に止まらせたり、ほとんど後ろ足で立たせて急旋回させたりと、扱いやすさを試してみた。そして口が敏感で、こちらの要求がはっきりとわからないときでも意欲的なことがわかった。障害物や溝《みぞ》にもつれていった。障害物を飛び越すことなど、軍馬にはほとんど必要なかったが、その必要のある場面は、死命を決するような重大な局面で生じてくる。シグヌスは熱心なあまり首を伸ばし、早く飛びすぎる傾向があった。しかし障害物に対する自信、それを見下す気持ちが、踏み切って、細い後ろ足を前につきだす姿勢そのものにあらわれていたし、着地も猫のように確実であった。自信過剰におちいらないよう、調教しなければならないだろう。しかし人間であれ、馬であれ、やる気があり過ぎるくらいの方が、そして自信もあり過ぎるくらいの方が、ないよりはるかにいい。わたしは練習用の杭《くい》が曲線に並んでいるところを全速力で走らせ、コースに出たり入ったりさせた。ひづめによって、土塊がうしろに蹴りあげられる。かつかつというひづめの響きのひとつひとつを聞くごとに、わたしはますますこの馬が好きになった。ついに馬を止める。馬は首をふった。胸に泡のような汗が飛び散る。そのとき、自分と馬の中にただひとつの生命が流れているかのように、わたしは感じた。——この馬は自分のスピードと力を発揮し、しだいになれてきたわたしの手綱《たづな》さばきを、心から喜んでいるのだ、と。この馬は、きっと本物の軍馬になるだろう！　唯一、わたしがアムロズから槍を受け取り、標的に向かわせたときだけ、何かが欠けていた。シグヌスは自分に何が要求されているのか、まだ理解していなかった。また標的にしても、それは人間のように見えて、じつは人間ではないので、その後ろに何が潜んでいるのかもわからない。馬にすれば、避け、鼻をならし、警戒すべき物なのだ。しかしそんなことは、ときと訓練が解決してくれるだろう。そして軍馬としての究極の務めにかんしては、シグヌスにはほとんど訓練の必要がなかった。前歯や前脚《あし》のひづめを武器とすることは、どんな雄馬にも生まれながらに備わっているものだ。

試し乗りが終わる頃には、太陽が沈みかけ、エイルドンの三つの尾根の影が、谷間全体と、そこにつきだした古くて赤い城砦《じょうさい》、それに西の湿地をすっかり包みこんでいた。わたしは門の方へと、馬を進めた。そこには全軍の半分ほどもいようかと思われる大勢の人々がひしめきあいながら、馬を見に集まっていた。そして門の外のうす暗がりに人の気配がして、練習場をこちらに向かって歩いてきた。グエンフマラだ！　わたしの心に、とつぜんうれしい気持ちがこみあげてきた。シグヌスを試しているあいだずっとついてきたカバルは、グエンフマラに跳びつき、差し出された手を大きな口にくわえた。この優しく噛みつくしぐさは、ごく親しい人にだけ見せる愛情のこもった笑いかけのようなものだ。カバルは、ときどきわたしにそうして見せた。たまには、グエンフマラやベドウィルやドルイム・ドゥが相手のこともあったが、それ以外の者には決して行なわなかった。グエンフマラは、小さなイグサの籠《かご》を腕にかかえていた。貴重な壊れ物でも入っているかのように、大事そうにしている。

わたしは鞍《くら》からおりた。上衣《チュニカ》は汗びっしょりで、背中にべっとりとくっついている。四月にしては暖かい晩だったし、シグヌスは決して気安く乗れるような馬ではなかった。グエンフマラはカバルを従えてわたしのところにくると、ご褒美《ほうび》として、馬にまた塩を舐《な》めさせているのを立って見ていた。

「フラビアンが教えてくれたのよ。あなたが白馬をお試しになっていらっしゃると。それで見に来たのです。申し分のない馬ですか？」

「あの馬は思っていたとおり、申し分のない馬だ」

「思っていたとおり？　前に見たことがあるのですか？」

「三年ほど前だ。まだ母親から離れられない子馬だった。そのときわたしのものに決め、契《ちぎ》りを結んだ証《あかし》に、名前を授けたのだ」

「で、その名前は？」

「シグヌスだ。秋生まれの白馬だから、秋一番《いちばん》の大風が吹く頃、夜空に見える白鳥座にちなんでつけたのだ」

「そうなの。この馬はきっと、わたしの故郷の空を飛ぶ白鳥のように、すばやく、強く、美しいのですね。ぴったりの名前だわ」

アムロズが息をきらして練習場の向こう側から駈けてきたので、シグヌスを手渡すと、ふたたびグエンフマラといっしょに砦《とりで》の門に向かった。

「アリアンはどうするおつもりですか？」

「あと一、二年は事情が許せば、シグヌスと併用するつもりだ。二年もすれば若い馬も経験を積むだろうから、あの馬をゆずってくれたアンブロシウスのもとに送り返すつもりだ。かわいそうだが、その頃にはアリアンも最盛期を過ぎているだろう」

「いやがるでしょうね」

「だが、アンブロシウスのことは、きっと覚えているだろう。らっぱの音が聞こえたのに、わたしに置き去りにされたと知ったら、それこそつらいだろうよ」

「かわいそうなアリアン。年をとるのは悲しいことですわ」

「人間にも馬にも起きることだ。星にだって寿命はあるだろう。冬の夜に空から落ちて燃えつきるではないか…　そなたはまるでフラビアンみたいなことを言うな。あの男が言うには、テレリの胸はもうピンとしていなくて、垂れているそうだよ」

「それは年のせいではありませんわ」

グエンフマラは静かに言った。

「子どもを産んでお乳をあげたからでしょう」

とつぜんの沈黙がわたしたちを襲った。ほんのわずかなあいだではあったが、つらい沈黙だった。秋から冬のあいだ、わたしはグエンフマラがやってくることに不安を覚えながらも、何か奇跡がおきないものかと、期待していた。しかし、いざ彼女が到着しても、わたしたちのあいだは何も変わりがなかった。そしてグエンフマラも、何も口にしないものの、奇跡を望んでいたのだと思う。問題を話題にすることができていたならば、もっと二人の距離は縮まっただろうが、それができなかった。そして沈黙が、二人の溝《みぞ》をますます深めるのだった。グエンフマラをまともに抱くことができないという事実がほかの面にも影響し、わたしは積極的になれなかった。そしてこちらが消極的になればなるほど、彼女の方も、意に反して消極的にならざるを得ないようだった。それでも、このころグエンフマラはわたしを愛していたと思うし、わたしも、彼女を愛していたことは確かだ。

「籠《かご》の中に抱えている、その卵みたいなものは何だい」

とうとうわたしは口を開いた。この耐えがたい沈黙を何とかしたかった。

グエンフマラはちょっと息をきらして笑うと、わたしの意をくんだように、すぐに返事をした。

「みたいなものではなくて、卵ですよ！　ほら！」

そうして立ち止まると、わたしの方に向いた。草や苔《こけ》などの詰め物でくるんでいるので、まるで巣のようだ。そこには、緑がかったなめらかなマガモの卵が七つあった。

「グワルフマイが湿地で見つけ、孵化《ふか》させてみたらと、持ってきてくれました」

こう言うと、冷たくならないよう、ふたたびそっとおおいをした。まったくグワルフマイらしい。この贈物のおかげで、グエンフマラにも仕事ができ、静かな自信とともに、それを自分の仕事として受け入れていた。わたしはずいぶん前に、「男たちのあいだで問題を起こすような女はおかない」とフラビアンに言ったことがあった。しかし、そういった問題がグエンフマラに生じてくるにしても、それはまだ遠い未来のことだった。それは、ひとつには、グエンフマラがわたしの妻だからということもあろう。何と言ってもわたしは〈大熊〉アルトスだし、わたしを怒らせればこわいのだ。また、〈騎《き》士団《しだん》〉のものたちも、わたしの家族のようなものだったということもあろう。しかし主として、グエンフマラ自身の人柄によるものだったと思う。

「いったい、どうやってその卵をかえすつもりだい。巣でも作って、その上にすわり、ブラニッドといっしょにひっくり返してやるのかね？」

わたしは冗談めかせて聞いた。

わたしたちは歩きはじめた。門のあたりにいた見物人は、見せ物が終わったので、散りはじめていた。

「カラドウグの雌鶏《めんどり》が卵を抱きたがっているんです。それでグワルフマイが卵をわたしのところに持ってきてくれたのですわ。孵化《ふか》しそうだと思ったのでしょう」

そこまではわたしも気がつかなかった。武具師のカラドウグが仕事の暇《ひま》なときに闘鶏用の鶏《にわとり》を育て、市を通して、夏にときどきやってくる商人たちと取り引きしていたが、あの男の獰猛《どうもう》で小さな赤い雌鶏が、おとなしくマガモの卵を抱くところなど想像もつかなかった。

「カラドウグを探しにいこうとしていたら、フラビアンが馬のことを教えにきてくれて、人が集まっているのを知ったので、皆といっしょに見物させていただきましたわ」

グエンフマラはちょっと口をつぐんでから、つけ加えた。

「ただ、雛《ひな》がかえるころには、ここにいられませんわね。でも、カラドウグがわたしのかわりに世話してくれるでしょう。グワルフマイも、そのことは忘れているみたいですけれど」

「たしかに、忘れているようだな」

「どうかもう少し長くここに居させてください。せめて雛がかえるまで」

グエンフマラがだしぬけに言った。

わたしは首をふった。

「四月なかばでも、旅するのに遅すぎるくらいだ。そのときになったら、そなたを最後まで送って、父親のもとに安全に残してくるだけの時間など、取れないかもしれないのだよ」

「ファリックでは、護衛がついてもだめでしょうか?」

「四月の中頃ならそれでもだいじょうぶだが、五月のなかばにもなれば、どうなるか知れたことではない。護衛隊どころか、軍団の全部が必要になるだろうよ」

しばらくのあいだ二人とも黙っていた。外の道まで出ていたが、二人とものろのろと歩いている。あからさまに立ち止まったりはしないが、どちらも帰りがたい思いにとらわれている。グエンフマラが言った。

「わかりました。わたしの道中がそんなに心配なら、夏のあいだずっとここにおいてください。こんなりっぱな赤い壁があったら安全です」

「本気か？　夏のあいだわれわれは、トリモンティウムの守備隊を、ぎりぎりにまで切り詰めている。ひとりでも多く戦列に加えるためだ。そなたなら人質にするだけの価値がある。もしアルトスの妻がわずかの護衛とここにいるという噂《うわさ》が敵の耳に入りでもしたら、そなたばかりでなく、トリモンティウムまでもが決定的な危険にさらされることになる。どちらも、わたしにはかけがえのないものだ」

「そうはいっても、まず大切なのはトリモンティウムなのでしょう」

グエンフマラはそう言って、歩きながらわずかにわたしから離れた。

「約束でしたわ。あなたにべったりとくっつかないようにするって」

わたしは不器用なしぐさでグエンフマラの言葉に抗議しようとしたが、門のあたりにまだたむろしている者たちの目があったので、やめた。グエンフマラと二人きりのときでも、親密な態度にでるのがはばかられた。すべての面で自信を失っていたからである。そして他人の前では、グエンフマラに触れることもできなかった。もう門はすぐそこだった。グエンフマラは淋しそうな笑いをもらし、早口に、とても静かな声で言った。

「ごまかしてもわかりますわ。わたしがいなくなったら、心のどこかで、ほっとひと息おつきになりますわよ」

「だが、心のどこかで、そなたのことが恋しくもなるさ。失明した男が朝いちばんの光を恋しく思うようにね」

同じように、おさえた声でわたしは言った。

グエンフマラはわたしの方を向き、最後の数歩のところになって、ふたたび身を寄せてきた。

「かわいそうに！」

最初の晩に言ったのと同じ言葉を、グエンフマラは繰り返した。夕暮れまぎわの櫓《やぐら》の長い影が、わたしたちの上に落ちていた。

その年の遠征が終わるころには、ヴァレンシアは放っておいても――少なくとも、少しのあいだであれば――大丈夫だと思ったので、四年越しの約束を果たすために、エブラクム（ヨーク）へと南下した。そしてこの夏は、それが最初で最後のことだったが、グエンフマラを父親のもとに返さず、いっしょに連れていくことにした。いまとなっては奇妙ともいえる決断だが、どうしてそんな風にしたのかは、よくは分からない。根本的には、わたしが切実にそれを望んだからだといえよう。わたしは、〈海の狼《シーウルフ》〉が来たときにエブラクムのほかの人々といっしょに逃げた修道女たちが、ふたたび自分たちの修道院にもどってきているのを知っていた。だからグエンフマラをこの修道女たちのところに預ければ、夏のあいだに、戦《いくさ》の風をみはからいながら、ときどきたずねることもできるだろう…

こうしてわたしたちは南へ向かった。〈三つ峰の丘〉とクネティウム砦には、いつものようにわずかの守備隊しか残しておかなかった。老ブラニッドはやつれたカラスが荷馬車にへばりつくように、補給部隊とともに来たが、グエンフマラはふたたび短い上衣《チュニカ》を着、髪の毛をひっつめ、少年のような姿になって、〈騎士団《きしだん》〉の者たちといっしょに馬に乗って先頭をいった。

エブラクムの人たちは、長いあいだ行方不明になっていた親類縁者でも迎えるように、通りにまで出て、わたしたちを歓迎した。わたしは群衆の中にヘレンの姿を探したが、見つからなかった。しかし、ケシの花のように赤いリボンが上から落ちてきて、わたしの横を進んでいたケイの口にあたった。上を見ると、窓から、厚化粧をしたヘレンがこちらを見下ろして笑っていた。ヘレンはわたしたち二人に手をふり、わたしも手をふって答えた。ケイはリボンを胸の中にしまい、真っ赤な鬚《ひげ》を生やした口もとから、さかんに投げキッスを送った。まるでヘレンを抱いてからというもの、従軍している荷車の女という女をはじめとして、その他に何人もの女と仲良くしたことなど、すっかり忘れはてたかのようであった。

エブラクムの人々は、過去四年のあいだに、自分たちやブリガンテス族の土地に起きたできごとについて教えてくれた。彼らは〈海の狼《シーウルフ》〉を城市《まち》に入れなかった。それればかりか、海岸沿いや河口に住み着いていたサクソン人を追い返しさえした。彼らは、まるで二本の尾をもった犬のように奮闘した。それでも、われわれのなすべきことはたくさん残されていた。以前とおなじように、古い砦《とりで》を駐留地にし、軍を臨戦態勢にした。何日にもわたって、穀物商、干し肉屋、ワイン商、弓矢の職人、皮革職人などとのあいだで、取り引きがにぎやかに行なわれた。刀鍛冶《かたなかじ》のジェイソンをはじめとして、城市《まち》中の武具商の店で響きわたっている、やすりや、かなとこを叩《たた》く鉄槌《ハンマー》の音も、たじたじといったところだ。

遠征の前日になって、わたしはグエンフマラを、いまだに不満たらたらのブラニッドに付添わせて、修道院に連れていった。そこは砦《とりで》の門にまで通じている〝反物屋通り《たんもの》〟に面していたが、外からは窓ひとつ見えない、細長くて低い建物だった。焼き打ちの跡も生々しいつぎはぎだらけの壁と、不細工に葺《ふ》きなおされた草屋根の下に、黒こげになった梁《はり》がつきだしているのを見るにつけても、サクソン人がいかにひどい仕打ちをしたかがわかるのだった。わたしたちは、小さな部屋で尼僧院長と話をした。グエンフマラは身分相応の歓迎をうけ、小柄《こがら》でせっかちな修道女に連れ去られていった。まるで小さなかごの小鳥のように、悲しそうだった。わたしはこのせまい閉ざされた世界を支配している女に、ひと言話しておこうと思って、居残った。

尼僧院長は長身の女で、いまだに若かりし頃の美しい面影を残していた。黒衣におおわれた膝《ひざ》の上に組みあわされた手は、いまなお美しく、リューマチによるこぶができてはいたものの、力強く、背後の石灰塗料を塗った壁に掛かった象牙《ぞうげ》の十字架のように黄色っぽかった。それは、剣を持てるような大きな手だった。この女ならどんな男の好敵手にもなれそうだと、わたしは直感した。そしてひとりの戦士が、自分と同類のものを別な人間の中に見出したような気がして、ますます好感がもてた。

「何かまだおっしゃりたいことがあるのですね。ブリテン伯さま」

「ええ。ただひと言だけ」

これは、ぜひともはっきりさせておかねばならないことだった。

「こうしてグエンフマラを預かっていただくわけですが、この修道院に何か寄付があるだろうと期待していただいては困ります。わたしがもっているすべての金、かき集められるだけの宝は、部下を養うことにまわされます。それに軍馬を買わねばならないし、剣も焼きもどしをしなければなりません。また、ここ何年にもわたって、わたしは何にもまして教会を保護し、祭壇のともしびが消えぬよう、聖職者の方々の身の安全がはかれるよう、戦ってきたのです。教会の方こそ、わたしに借りがあるのです。その逆ではありません」

「そううかがっております。何年にもわたって」

尼僧院長が重々しく言った。

もうひとつ気にかかることがあった。わたしは院長のすわっている背の高い椅子に、さらに一歩近づいた。

「院長殿、それからもうひとつ。こんなことを申しあげて、無礼に思わぬよう願いたいが、明日《あした》わたしが出発し、グエンフマラはここでお世話になるわけです。わたしがキリストの教会からあまり好かれていないことは、お互いよく承知のことです。ありていに申して、そのために夜も眠れぬというほどのことはありませんが…さて、もしわたしがもどってきて、グエンフマラがそれ相応の待遇を受けていなかったということがわかったなら、たとえご婦人であろうと…」

「この前サクソンにやられたときのように、この修道院がよく燃えるかどうか、また試してみようと…いいえ。アルトスさま、脅《おど》しは必要ありません。ご信頼ください」

とつぜん、まったく予期していなかったことに、相手は微笑《ほほえ》んだ。口もとは厳《いかめ》しかったが、目の奥には踊るようなきらめきがあった。

「この修道院の責任者としてこう申しあげるのが、わたしの義務です。あなたはたいへん罪深く、キリストの庭を荒し、略奪する者です。あなたをしのぐのは、サクソン族だけでしょう。最後の審判の日には、地獄行きまちがいなしです。けれども、ひとりの女として、それもあまり従順でない女として、秘《ひそ》かに申しあげますと、もしこのわたしが男で蛮族《ばんぞく》の侵入を防ごう、この国を闇に沈めまいと、必死で戦っているとすれば、あなたと同じように感じ、ふるまうこととぞんじます。そしてもちろん、最後の審判の日には地獄行きでしょう」

「院長さま」

口にするまでは、いかに場所がらをわきまえない言葉であるかも気づかずに、わたしはこう言った。

「あなたをわたしの〈騎士団《ききだん》〉にお入れしたいくらいですね」

「おそらく戦士になる方が、尼になるよりも向いているのかもしれませんね」

院長はわたしの言葉を無礼とは思わなかったようだ。

「しかしわたしが神の規則に従って生き、自分の立場にふさわしい生き方に努めていることは、神さまがごぞんじです。けれども、奥方さまのことにつきましては――ここは小さな修道院です。貧しいのです。わたしたちは城市《まち》の人たちの善意に、かなりの部分を頼って生きています。あとは、塀の外にもっている畑や牧草地が頼りです。金の蓄えもなければ、宝石をちりばめた像も、刺繍を施した祭壇用の掛け布もございませんので、差し上げて、馬や剣を買っていただくわけにもまいりません。けれども、わたくしどものものは、喜んで奥方さまと分かちあい、お迎えに来られる日までここで心地よく過ごせるよう、精いっぱいのことはさせていただきましょう。こんなことで、いくらかでも恩返しをさせていただければ幸いです」

「それは何よりのご親切です」とわたしは言って、子どもの頃から身につけていた、エナメルをかけた青銅の腕環《うでわ》をはずし、院長のわきのテーブルの上に置いた。

「こんなことをしても、せっかくのお気持ちをだいなしにすることはないでしょう。これはただ、グエンフマラがエブラクムの人々の施しに頼らなくてもいいようにするためです。本当に感謝しています。あのようなことを口にして、自分を恥じています」

わたしは祝福を受けるためにひざまずいた。こんなことをするのは、あの湿地の修道院から、グワルフマイを連れてきた日以来のことである。小柄《こがら》でせわしない修道女が、テーブルの上にあった小さな青銅の鐘《かね》で呼びだされ、わたしを追い立てるようにして、門まで案内した。外に出ると、〝反物《たんもの》屋通り〟には細かい春の雨がしきりに降っていた。そうして、わたしが後にした女の世界への重い扉が、がしゃんと大きな音をたてて閉まった。

その夏は海岸に沿って北へ北へと行軍し、進みながら焼き打ちと襲撃を行なった。その間にも、山間や荒れ野の者たちが次々と軍に加わってきた。こうして、ついにセゲドゥヌム（ウォールズエンド）の壁の端を回って、前年の夏に襲撃しておいた最南端の場所にまで到達した。そして少なくとも一時間の間、次の満潮までは、そして次の東風が吹くまでは、ボドトリア（フォース）川河口からソタリス（ウオッシュ）湾まではサクソン族に悩まされることもあるまいと確信をもった。それにしても、長くてきつい道のりだった。その間、一度としてエブラクムにもどることがなかったので、ふたたびグエンフマラに会ったのは、もう秋も深まってからのことだった。

わたしたちは静かな十月の夕べに帰ってきたが、あたりには薪《たきぎ》を燃やす煙がただよい、霜の降《お》りそうな気配がしていた。頭上には、ムクドリの群れがせっせと空を渡っていくのが見えた。そして松葉杖《づえ》をついた老人の乞食《こじき》から、母親に抱えられた目のぱっちりとあいた赤ん坊にいたるまで、歓迎の祝辞を述べる首長から、はきだめの野良犬にいたるまで、およそ歩ける者、這《は》ってこられる者、そうでなくとも誰かに担《かつ》いでもらえる者はみな、通りにくりだして、われわれを英雄のように歓迎するのだった。まるでわれわれが、神々と巨人族との戦いから凱旋《がいせん》してきたかのようだ。ただサクソン族のスズメバチどもの巣を焼き払い、自分たちもけっこう刺されて、痛い目にあって帰ってきたのだとはとうてい思えぬほどだった。人々の声は大きなうねりとなり、金色の葉と秋の実のついた枝が、馬の前に投げこまれた。皆が前へ前へと波のように押し寄せてきたので、一歩も進めなくなるときもあった。わたしは老馬アリアンに乗っていたが、これがこの馬の最後の務めだったからだ。また、勝利はこの馬のおかげだと感じていたからでもある——アリアンはいつも凱旋を愛した。いまはらっぱにあわせ、頭をふりたて、ほとんど踊っているようだ。やはりアリアンにしてよかった。シグヌスだったら、攻撃力はすばらしいが、群衆の中にはいると、神経質になり、扱いが難しくなることがあった。

わたしはそのまま砦《とりで》にもどり、汚れた武具を脱ぎ捨て、できることなら群衆をふりきってから、ひっそりと修道院に行ってグエンフマラに会い、いますぐ自分のもとにくるのか、それともトリモンティウムにもどる日まで、いましばらく修道院に居つづけることを選ぶかと、たずねるつもりだった。

しかし城市《まち》の目抜き通りから砦《とりで》へと通じている〝反物屋《たんもの》通り〟に入ると、例の窓のない修道院の壁が目にはいった。そしてグエンフマラの声が、わたしの耳にではなく、この喧騒《けんそう》の届いてこない、いわばわたし自身の中心にある静かな部分で、響いたような気がした。グエンフマラが呼んでいる！　わたしを必要としている！　しかも砦までもどり、鎧《よろい》を脱いで、余裕のできたときではなく、いま、この瞬間に呼んでいるのだ……　何をばかな、妄想だよと、自分に言い聞かせたが、そうではないと、わたしは思った。――そして、じっさいに、そうではなかった。――あと少しで、わたしは修道院の前を通りすぎ、その後に〈騎士団《きしだん》〉の者たちが奔流《ほんりゅう》のように続き、さらに軽装備の兵たち、補給部隊ががたがたと騒々《そうぞう》しく砦の門へと向かってゆくだろう。そしてグエンフマラはひとり取り残されて……

「らっぱ手、〝止まれ〟だ！」

わたしはプロスパーに命じた。プロスパーは「いったい何を言いだすのだ」というような意味のことを言い返したようだが、言葉は聞き取れなかった。

「〝止まれ〟の指令を吹くのだ。わからないのか。吹きつづけるのだ！」

わたしはすでにアリアンを行進の流れから出し、見物人のあいだをぬうように進ませた。人々は歓声をあげながら、固まったり、散らばったりして、わたしのために道をあけた。その間、角笛《つのぶえ》が短い音で命令を発し続《つづ》けていた。「止まれ、止まれ、止まれ」と。見物人の叫びが耳にはいってきた。そして騎馬隊が予期せぬ命令に従ったので、後方では混乱が生じ、足を踏みならし、悪態をつくものもいた。ベドウィルが人を押しわけて、わたしのわきまでやってきた。そうして半分鞍《くら》から身を乗りだしながら、アリアンの手綱《たづな》をつかんだので、わたしは馬から降りた。わたしはがっしりとした小さな扉の方に向き、カバルがついてきそうだったので後ろに押しもどし、短刀の柄《つか》でノックした。
例の小柄《こがら》でせわしない修道女が呼びだしに答えて、出てきた。このわたしが誰だかわかっていなが
ら、驚いた真っ青な顔でわたしの背後の通りにちらりと目をやると、こう言った。
「アルトスさま、何か？」
「妻を迎えにきたのだ」
ほどなくわたしは、あの石灰塗料の塗られた壁に十字架のかけてある、小さな部屋にふたたび立っ
ていた。秋の夕暮れ時のことで、部屋は薄暗く、誰もいなかった。しかしすぐにかすかな音がして、
わたしは扉の方にさっとふりかえった。そこには修道院長が立っていた。
「ここは祈りと瞑想《めいそう》の場所です。いったい、門前のあの騒ぎは何です？」
「軍勢を引き連れているのです。そしてエブラクムの人々が歓迎してくれているのです…　わたしは
妻を迎えに来ました、院長さま」
「まずは砦《とりで》に行き、もっとおとなしく迎えに来られた方がよろしかったのではございませんか？
歓迎の嵐が鎮《しず》まってからの方が」
「そのとおりです。そうするつもりでした。けれども〝反物屋通り《たんものどおり》〟にさしかかり、修道院の壁が目
の前に見えると…考えが変わったのです」
院長は小さな奥まった扉をわたしにゆずると、言った。
「ならば、少しでも早く奥方を迎えにいってあげなさい。菜園で待ってらっしゃいますよ。それか
ら…」

院長の乾いた低い声に、またもや微笑《ほほえ》みの影が忍びこんできた。

「奥方はきっと、わたしどものことをお話しになると思います。それをお聞きになれば、よもやこの屋根に火を放とうなどとはお思いにならないでしょう」

院長はテーブルのところに行くと、そこに置いてあった青銅のベルを手にとった。

「シスター＝ホノリアがご案内いたします」

今度はいままで見たことのない、柔和《にゅうわ》で、気づかわしげな目をした尼が呼びだしに答えた。子を産める牝牛のように横幅のある人だった。この尼に向かって、院長が命じた。

「アルトリウスさまを菜園までご案内し、誰かをブラニッドのところへやって、奥さまの荷物をまとめるよう伝えなさい。グエンフマラさまがお発《た》ちです」

院長は最後にもう一度わたしの方に向いた。

「夏のあいだずっとサクソンを追い払っていてくれたそうですね。そのことについては、ブリテンのすべての人々とともに感謝をしなくてはなりませんし、祈りを捧げなくてはなりません。でも、感謝もさることながら、あなた方は、それ以上に祈りの方が必要なのではないでしょうか。暇《ひま》を告げるために、グエンフマラさまをここに連れてくるには及びません。薬師《くすし》のシスター＝アンチェレットが病気になってしまい、わたしがその代わりを務めているので、忙しいのです。朝に晩にと、貧しい病人がわたしどものところを訪ねてきます。グエンフマラさまとの別れはすませてあります」

わたしは院長に礼の言葉を述べた。そうして慎重な足取りで歩いてゆく尼僧の幅広の黒い背中を見ながら、板石を敷きつめた通路を降り、テーブルと長椅子がいくつか置いてあるだけの広間をぬけて、真ん中に井戸のあるせまい中庭に出た。若い尼僧が井戸から水を汲んでいたが、われわれがそばを通っても、決して顔をあげなかった。そんなことをすれば罪になるのだろう。中庭の向こう側には、かつては劇場の外壁の一部であったかと思われるくらいの高い壁があり、くずれかけていたが、そこにアーチ天井の通路があった。ふっくらとした尼が修道服のゆったりとした袖から手を出し、ずっと目を伏せたまま、その通路をさして言った。

「そこをくぐって行かれたら、奥方がいらっしゃいます。小さな猫にお気をつけください。いつも、道の真ん中で子猫にお乳をあげているのですよ。とら猫ですけれども、桜の木の影にいたりすると、見えないことがあります…　ブラニッドのところへいって、奥さまの衣類をまとめるようお伝えしておきましょう。奥さまは青や紫のきれいなお召し物や、チェックのマントをもってらっしゃいましたけれども、ここでは灰色しかお召しになりませんでした…」

あわないサンダルのぺたぺたという音とともに、尼が中庭をもどってゆくのを耳にしながら、わたしは壁に開いた入り口をくぐった。

壁の向こうは細長い、不規則な形の菜園だった。周囲を高い塀で囲まれ、いまわたしがくぐってきた入り口を除けば、どこにも外に通じる口がないようだった。柔和《にゅうわ》な銀白色、緑、そしてつややかな褐色《かっしょく》のハーブや薬草がさかんに生い茂り、実を結ぼうとしていた。表の通りでは騒ぎが鎮《しず》まりかけており、まるではるか遠くの浜にうちよせる大波のとどろきのように聞こえる。いちばん奥に、顔を入り口のほうに向けたグエンフマラが立っていた。髪の毛は明るく輝いていたが、それ以外の部分はくすんだ色で、菜園にとけこんでいる。

グエンフマラはわたしを見るなり駆けだそうとしたが、立ち止まると、じっと動かずにわたしを待ち受けた。あれだけ言われたのに、わたしはとら猫をもう少しのところで踏むところだった。グエンフマラにすっかり気をとられていたからだ。けれども、夕陽の最後の輝きの中で、桜の樹が小径《こみち》にまだらの影を落としているところで猫に気がつき、乳を飲んでいる子猫も無事にまたぐことができた。わたしはグエンフマラのもとへ行き、差し出された手をとった。ほんとうはグエンフマラをきつく抱きしめ、唇を重ねたかった。が、灰色の長衣《ガウン》に身を包んだグエンフマラはあまりに自分からかけ離れ、まるで修道女のように遠い存在に思われて、そうすることができなかった。

「グエンフマラ、グエンフマラ、元気だったかい？」

「元気でしたとも」とグエンフマラは答え、それからよく響く低い声で、わたしの口調をまねて言った。

「アルトス、アルトス、こんなに早くここへ来るなんて」

「本当は鎧《よろい》を脱いで、エブラクムの歓迎の人たちが去ってから迎えに来るつもりだった。けれども、そなたが会いたがっていると、だしぬけに感じたんだ。グエンフマラ、まるで、そなたに呼ばれたような気がしたんだよ」

「それでいらしたんですね」

「それで来たんだ」

わたしはグエンフマラの手をとり、アーチ天井の入り口の方へ引っぱっていった。なぜ、グエンフマラを一刻も早くここから連れださねばと思ったのかわからない。表の騒ぎと関係のないことは確かだ。むしろ、とつぜん危険を感じたとでもいった方がよいだろう。そうはいっても、いったいこの静かな菜園で何が危険なのかと言われても、答えようがない。

「エブラクムの善良な人々とわが兵士たちは、〝幽霊の狩猟〟みたいに、門のところで騒いでいるぞ。ところで、グエンフマラ、ほんとうにわたしを呼んだね？」

グエンフマラは黄褐色のふさふさとした眉《まゆ》の下から、くすんだ灰色の目でわたしを見上げて、こう言った。

「お呼びしました」

「修道女にかわって薪《まき》割りをしてくれたり、菜園でのきつい仕事を手伝ってくれるマルシポルさんというお爺《じい》さんが、ブリテン伯が日暮れ前にもどってくるという知らせをもってきてくれました。街は一日中ざわついていましたし、わたしも一日中待っていました。そして叫び声とらっぱと馬のひづめの音が聞こえ、あなたがエブラクムにもどられたのだとわかりました。そしてこの通りをぬけて、砦《とりで》に向かうのだろうと思ったのです。わたしは、〝もうすぐ、あの方が部下を無事要塞《ようさい》までもどし、汗まみれの鎧《よろい》を脱ぎ、食事もとって、一息《ひと》ついたら、わたしを迎えにきてくださる。今晩か、明日の朝、迎えに来てくださる〟と、自分に言いきかせました。でも、まったくとつぜんのことに、もう待てないという気がしたのです。夏のあいだ、ずっとあなたを待っていました。辛抱《しんぼう》が足りないと思ったこともありません。けれども馬の足音が聞こえ、みんなが〝アルトス！〟と叫ぶのが聞こえると、もう待てないと思いました――このような塀に囲まれていては、息がつまりそうな気がしたのです。もしあなたがただ通り過ぎていったなら、戸を開けてもらって後を追いかけ、鐙《あぶみ》でもつかんだだろうと思います」

グエンフマラは言葉をきった。

「いいえ、それは、してはいけないことですわ…　そうですとも。あなたがいらしてくださるまで、何とかお待ちしたことだと思います」

わたしたちはせまいアーチ天井の出口をくぐって、中庭に出ていた。あの奇妙な危機感は薄らぎ、自分はどうかしていると思いはじめていた。わたしは井戸の横で立ち止まり、グエンフマラの方に向いた。いまは、それほど遠い存在ではないように感じられた。グエンフマラからも影が薄らぎ、ふたたび生命が蘇《よみがえ》ってきたようにみえた。そうして、このときはじめて気づいた。グエンフマラは三つ編みをやめ、ローマ人女性のように、髪を髷《まげ》にし、頭のうしろにあげていた。違和感を感じたのは、そのせいでもあったのだ。そのときわたしはまわりの目など気にせず、グエンフマラを抱きしめ、口づけがしたかった。しかし、かの女は両手でわたしの胸を押さえ、いつになくせっぱつまった調子で言った。

「いけません。アルトス！　ここではいけません。どうか、お願いですから」

その瞬間は過ぎ去った。尼僧たちの黒い姿がまわりにあった。グエンフマラはひとり、またひとりとまわって別れを告げた。ブラニッド婆《ばあ》さんは荷物をかかえて、人の輪のはずれに立っている。

「お元気で、シスター＝ホノリア、シスター＝ルフィア、シスター＝プラクセデスも」

しかしぐずぐずと名残《なごり》を惜しんでいる場合ではなかった。わたしはグエンフマラに追いつくと、黒衣をまとい、そわそわと動いている大勢の人々のあいだをぬけ、食堂を通って、廊下をくだり、その先の浅い段々を降りた。ひとりの修道女が急ぎ足で先に立って、戸口のかんぬきをあけた。ブラニッドは歯のない口からうれしそうな声を上げながら、後ろからついてくる。こうして、力づくで花嫁を強奪《ごうだつ》するかのように、わたしはグエンフマラを人であふれている通りへと運びだした。

近くにいて、何が起きているのか分かった者たちから、どよめきがあがった。女たちはかん高い歓声をあげ、そして〈騎士団《きしだん》〉の者たちからは大笑いと、歓迎の叫びがいっせいに湧きおこった。ベドウィルは馬からおりて、アリアンの手綱《たづな》を持ったまま立っていた。またカバルは、待つように命じられたところにすわり、ぴりぴりとして待ちかまえていたが、わたしを見ると、狂ったようにしっぽをふりながら跳ねおきた。わたしはグエンフマラをアリアンの背にのせ、ベドウィルから手綱を受け取ると、うしろに飛びのって、手綱を持つ腕でグエンフマラのからだを抱えた。ベドウィルは笑いながらこちらを見上げた。ゆがんだ顔には笑いがはじけ、喜びがきらめいている。

「あっぱれ！　御大将！　まさに英雄ですね。これはぜひ歌にしないと」

「夕食後に聴かせてくれ」とわたしは叫び、かかとで馬のわき腹をけった。

アリアンが前に飛びだした。ベドウィルは自分の鞍《くら》にまたがり、ファリックはもう一方の側にやってきて、グエンフマラにあいさつをしている。そしてそのほかの〈騎士団〉の者たちも、剣や戦装束《いくさしょうぞく》をがちゃがちゃと鳴らしながら、そのうしろについてきた。グエンフマラはわたしの肩越しにふりかえり、窓ひとつない修道院の壁の、小さな分厚い扉を見ていた。本能的に、グエンフマラのからだがぶるっとふるえるのを感じた。それは痙攣《けいれん》するような身震《ぶる》いだった。グエンフマラを抱く手に力がこもった。

「どうしたのだ？　修道院では楽しくなかったのかい？　皆は優しくしてくれなかったのかい？」

どよめきと、ひづめと馬具の音がうまくかき消してくれるので、わたしたちは自分たちだけの話をすることができた。まるでシギだけに話を聴かれながら、エイルドンの丘の斜面に二人きりで立っているようなものだ。

「もし、そなたにつらい目にあわせたならば、このわたしが…」

グエンフマラは首をふった。

「皆とても親切でした。みなが恐れている院長さまですら。けれど、檻《おり》の中にいるような気分でした。息もできない、翼も伸ばせない…　格子《こうし》のあいだに、新鮮な風ひとつ吹いてこないのです…」

「そなたは、前々から檻を嫌っていたな。檻も鎖《くさり》も」

「ええ、いつも。ある意味で恐れていたのだと思います」

グエンフマラは声をふるわせながら、小さく笑った。

「十五のとき、許嫁《いいなずけ》の人が、ヤナギの籠《かご》にはいったムネアカヒワのつがいを贈ってくれました。それを木に吊《つる》しておけば、一日中鳥の鳴き声が聞けるというのです。わたしは三日だけそうしましたわ。あの人の贈り物だったし、あの人を愛していましたもの。でも、それ以上は耐えられなくて、小さな戸を開けて、逃してやりましたわ」

通りの曲り角に来て、修道院が見えなくなった。グエンフマラはほっとしたような小さなため息をもらし、ふたたび顔を前に向けるのだった。

ローズマリ・サトクリフ（Rosemary Sutcliff）
1920〜92年。イギリスを代表する歴史小説家。1959年、すぐれた児童文学にあたえられるカーネギー賞を受賞し、歴史小説家としての地位を確立した。『ともしびをかかげて』や『第九軍団のワシ』（ともに岩波書店）、『ケルトの白馬』（ほるぷ出版）のような児童向け歴史小説のほか、『アーサー王と円卓の騎士』『アーサー王と聖杯の物語』『アーサー王最後の戦い』『トロイアの黒い船団』『オデュッセウスの冒険』『剣の歌 —— ヴァイキングの物語』『ベーオウルフ —— 妖怪と竜と英雄の物語』（ともに原書房）など、イギリス伝承やギリシア神話の再話、成人向けの歴史小説がある。1975年には大英帝国勲章のOBE、1992年にはCBEが贈られている。

山本史郎（やまもと・しろう）
1954年生まれ。東京大学教養学部教養学科卒業。東京大学大学院総合文化研究科教授をへて、現在、昭和女子大学特命教授。東京大学名誉教授。専攻は、イギリス文学・文化、翻訳論など。おもな著書に、『読み切り世界文学』（朝日新聞出版）、『名作英文学を読み直す』（講談社）、『東大講義で学ぶ 英語パーフェクトリーディング』（DHC出版）、『東大の教室で「赤毛のアン」を読む』（東京大学出版会）、『大人のための英語教科書』（IBCパブリッシング）、『英語力を鍛えたいなら、あえて訳す！』（共著、日本経済新聞出版社）、『教養英語読本Ⅰ・Ⅱ』（編集代表、東京大学出版会）などがある。おもな訳書に、『ネルソン提督伝』、『ネルソン提督大事典』、『女王エリザベス』、『ホビット —— ゆきてかえりし物語』、『トールキン仔犬のローヴァーの冒険』、『赤毛のアン注釈版』、サトクリフ・シリーズとして『アーサー王と円卓の騎士』、『アーサー王と聖杯の物語』、『アーサー王最後の戦い』、『血と砂 —— 愛と死のアラビア』（以上、原書房）、そのほかに、『武士道的 一日一言』（朝日新聞出版）、『アンティゴネーの変貌』（共訳、みすず書房）、『自分で考えてみる哲学』（東京大学出版会）、『大人の気骨』（講談社）などがある。

落日《らくじつ》の剣《けん》
真実《しんじつ》のアーサー王《おう》の物語《ものがたり》
上・若《わか》き戦士《せんし》の物語《ものがたり》
新装版

●

2019年9月5日　第1刷

著者…………ローズマリ・サトクリフ
訳者…………山本史郎《やまもとしろう》
装幀………川島進デザイン室
本文組版・印刷………株式会社精興社
カバー印刷………株式会社明光社
製本………東京美術紙工協業組合
発行者………成瀬雅人

発行所………株式会社原書房
〒160-0022　東京都新宿区新宿1-25-13
電話・代表　03(3354)0685
http://www.harashobo.co.jp
振替・00150-6-151594
ISBN978-4-562-05547-0